인목대비

인목대비

이재원 장편소설

그는 연모했고 그녀는 증오했다

광해와 인목대비의 이야기…

仁穆大妃

살림

"참으로 질기고 지독한 인연이었다.
한 번도 내색한 적 없었다.
한 번도 아는 척한 적도 없었다.

필운동에 복사꽃 핀 봄날,
향낭으로 마음 전해주던 붉은 노을 속 젊은 선비가
광해 당신이었느냐 물어본 적도 없었다.

질기고 기나긴 마음의 끈이자 비밀의 숲이었고,
결코 맞받아칠 수 없었던 수평선과 지평선
딱 그만큼의 거리에서,
가슴으로 울던 짝사랑 같은 연정이고 애증이었다."

그는 연모했고 그녀는 증오했다.
광해와 인목의 이야기다.

인목대비는 우리가 알고 있듯이 광해군의 등극 이후 오랜 세월 서궁에 갇혀 핍박과 고난 속에 살다가 인조반정으로 비로소 왕실의 최고 어른의 자리를 되찾은 연약한 서궁마마로 전해진다. 인목은 모든 여인이 꿈꿀 수 있는 권력의 정점에 서 있었지만 영예와 치욕이라는 변곡점을 경험한 비운의 여인이기도 했다. 왕후로서의 기억은 달콤했지만 오래가지 못했고, 지아비였던 선조의 죽음으로 인해 그녀는 대환란과 지옥으로의 나락을 동시에 경험해야만 했다.

긴 세월 참 많이도 울었다. 소맷자락에서 베갯머리로, 심중에 깊이 각인된 울화로, 그렇게 눈물과 함께 점철되었던 인고의 시간들은 복수라는 명분으로 그녀의 삶을 지탱하게 했으며, 살고자 하는 이유가 되어주었다.

이 소설은,

대북파의 끊임없는 모함과 피살 위험으로부터 인목이 살아남을 수 있었던 것에 대한 답을 광해군으로부터 찾아내면서 이어질 수 있었다. 인목에 대한 광해의 연모가 아니었을까! 작가 스스로 지닌 반문인 것이다.

시작은 어느 봄날이었다. 복사꽃 만개한 한양 필운동 나들이에서 휘정 (인목)을 처음 본 광해는 그녀에게 이끌려 어머니 공빈 김씨가 물려준 한 쌍으로 된 금실 나비수 향낭 중 하나를 전달하며 마음을 내어준다. 그뿐이었다. 광해에게는 가슴 뛰는 연정이었지만 휘정에게는 붉은 노을 속에 어렴풋한 그림자로 서 있던 젊은 선비로만 각인된 채 인연의 끈은 이들을 비껴갔다.

이후 선조의 계비로 간택되어 궁에 든 휘정을 알아본 것은 안색이 흙빛이 된 광해였다. 사회통념상 새어머니와 아들이었으며 내명부의 수장 왕비인 것이다. 이때 광해의 나이 스물아홉 살이었고 인목은 열아홉 살이었다. 얄궂은 운명처럼 마주 대하게 된 두 사람의 비운은 광해의 남모를 순정과 연모로 혹은 증오로 해석되어 흥미를 더한다.

광해는 수없이 거론되어온 폐모논쟁의 와중에도 인목을 결코 궁 밖으로 내치지 않았다. 서궁 유폐라는 명분을 만들어 반목하는 사람들로부터 그녀를 주도면밀하게 보호했고, 자신의 호위무사로 하여금 숱한 살수들로부터 그녀를 철저히 지켜냈다.

애초 인목에게는 그 어떤 권력도, 뒷배도 없었다. 이 모든 것이 인목에 대한 광해의 연민 또는 연모였다 하더라도 사백여 년 전 두 사람이 그려나간 운명의 곡선들을 저자인 나는 무심히 지나칠 수가 없었다. 『실록』이나 그 어떤 기록물로도 남길 수 없는 감정의 흐름이 분명 읽혔던 것이다.

인목은 신의 있고 몸을 낮출 줄 알며 결단력도 갖춘 여장부였을지도 모른다. 내면에 잠재된 당당한 위엄으로 그녀는, 아들(영창대군)은 잃었지만 딸(정명공주)을 지켜냈다. 수많은 궁의 여인들이 목숨을 던져 그녀를 끝까지 지키고 보호했다. 그런 인목을 평생 마음에만 품었던 광해는 의심과 변덕으로 포장된 폭군으로 역사에 남았지만 사랑하는 법을 제대로 표현하지 못하고 윤리와 도의 속에 평생을 가두고 산 남자였는지 모른다. 그는 왕의 자리를 잃었지만 인목은 지켜냈다. 이제 두 사람을 긴긴 잠에서 깨워야 한다.

이 소설은 그렇게 만들어졌다. 많은 역사적 인물들을 구성하고 이야기를 끌어나가는 것이 때로는 버거워 펜을 내려놓은 적도 있었다. 너무 많은 허구는 역사소설이 아니라는 작가적 주관과, 소설적 재미를 더하기 위해 픽션에 상상력을 더하고 싶은 욕구 사이에서 갈등이 생겼기 때문이다. 그러나 단언컨대 이 소설은 역사적 진실이나 등장인물을 희화화하거나 폄하할 의도가 전혀 없음을 밝혀둔다.

저마다 꿈꾸는 세상, 수많은 인연이 씨줄날줄로 엮여서 만들어내는 이야기들은 해를 거듭할수록 또 다른 이야기로 회자될 수 있을 것이다. 그리하여 이 소설을 읽는 또 다른 이들이 새로운 상상을 통해 창조하는 새 역사의 탄생을 나는 희망한다.

2020 경자년^{庚子年} 시월
강릉에서 이재원

일러두기

이 소설은 광해군이 경운궁을 '서궁'이라 칭하고 굳이 궁 안에 인목대비를 가둬두고 고립시켰던 이유는 무엇이었을까 라는 의문에서 시작되었다. 어쩌면 연모와 증오라는 감정 복선이 징검다리가 되어 두 사람 사이를 이어지게 만든 것은 아닐까에 초점을 맞춰 풀어갔다. 역사적 사실을 중시하려 하였으나 그 어느 기록에서도 인목대비의 아명을 찾아낼 수 없었다. 그런 연유로 감히 인목대비를 '휘정'이란 가상의 이름으로 소설 속에 등장시켰음을 일러둔다. 이 글은 지극히 소설일 뿐이다.

인물 관계도

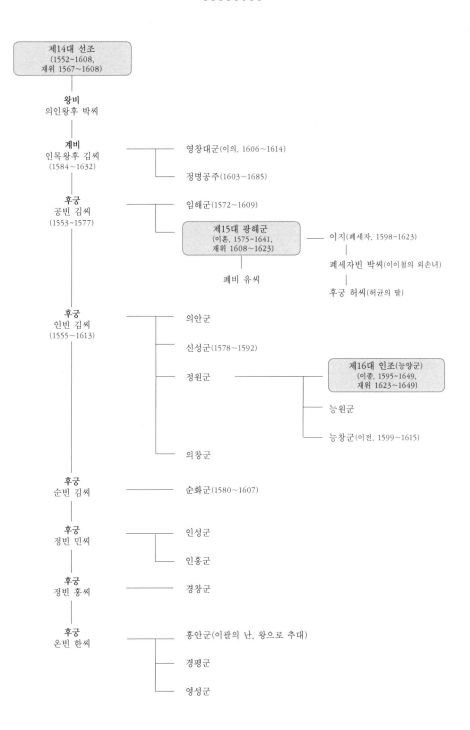

제14대 선조
(1552~1608,
재위 1567~1608)

왕비
의인왕후 박씨

계비
인목왕후 김씨
(1584~1632)
├─ 영창대군(이의, 1606~1614)
└─ 정명공주(1603~1685)

후궁
공빈 김씨
(1553~1577)
├─ 임해군(1572~1609)
└─ 제15대 광해군
(이혼, 1575~1641,
재위 1608~1623)
폐비 유씨
├─ 이지(폐세자, 1598~1623)
│
├─ 폐세자빈 박씨(이이첨의 외손녀)
│
└─ 후궁 허씨(허균의 딸)

후궁
인빈 김씨
(1555~1613)
├─ 의안군
├─ 신성군(1578~1592)
├─ 정원군 ─┬─ 제16대 인조(능양군)
│   │   (이종, 1595~1649,
│   │   재위 1623~1649)
│   ├─ 능원군
│   └─ 능창군(이전, 1599~1615)
└─ 의창군

후궁
순빈 김씨 ─── 순화군(1580~1607)

후궁
정빈 민씨
├─ 인성군
└─ 인흥군

후궁
정빈 홍씨 ─── 경창군

후궁
온빈 한씨
├─ 흥안군(이괄의 난, 왕으로 추대)
├─ 경평군
└─ 영성군

차례

제1부 # 구중궁궐
복사꽃

간택령

"전하! 새 중전을 들이소서."
선조에게 은밀하게 남긴 의인왕후 박씨(선조의 정비)의 유언이었다.

어김없이 봄은 다시 왔다. 지난밤 사이 내린 가랑 빗방울이 나뭇가지 끝에 맺혀 햇살을 영롱하게 받아내고 움트는 새순 촉마다 생명의 숨이 부풀려지고 있었다. 의인왕후의 빈자리를 느끼며 쓸쓸히 정릉동 행궁을 거닐던 선조는 지난 유언을 떠올리며 깊은 고민에 빠졌다.

오래전 세상을 뜬 공빈 김씨의 소생 광해가 왕세자 소임을 맡고 있다. 귀인 김씨(훗날 인빈 김씨)를 중전 자리에 앉히게 되면 그녀의 아들들이 왕위 계승 서열에 들게 되고, 그리되면 궐내 서열 다툼은 피할 수 없게 된다. 항간에 왕세자 광해는 명분뿐이고 실권은 김 귀인의 셋째 정원군이 잡고 있다는 분분한 소문을 내 모르지 않으니 더 늦기 전에 결정을 내려야 한다.

"새 중전을 들일 것이오."

삼정승과 육판서가 입시한 자리에서 선조는 자신의 용단을 전했다. 임진왜란과 정유재란이 휩쓸고 지나간 조선 팔도에는 여전히 전란의 상처가 곳곳에 남아 있고 의인왕후의 국상을 치른 지 채 이 년이 지나지 않았는데 선조가 새 왕비를 맞겠다고 선언을 하니 대신들은 당혹해했다. 이는 상례에 어긋날 뿐만 아니라 전혀 예기치 못한 것이기도 했다.

선조의 결정에 가장 놀란 곳은 세자궁이었다. 그동안 선조와 두터운 금슬을 보여온 귀인 김씨가 중전에 오를 것이라 믿어 의심치 않았던 광해는 그녀의 아들들과 세자 자리를 두고 다시 다투게 될지도 모른다는 불안감을 떨치지 못하고 있던 차였다.

아무리 유언이라지만 아바마마 춘추 쉰하나에 새 왕비를 들이겠다니…… 의인왕후가 누구인가? 한 마디로 자신에게 최고의 후원군이었다. 생전에 왕자를 낳지 못했던 의인왕후는 산후병을 이기지 못하고 떠난 어머니(공빈 김씨)를 대신해 자신을 친자식처럼 보살펴주었고, 전란 때도 안위를 걱정해주던 분이었다. 또한 내가 세자로 책봉되도록 힘을 실어주었었다. 그런데 왜?

광해는 이해할 수 없다는 듯 연신 고개를 흔들었다. 의인왕후의 유언이 광해에게 해가 될지 득이 될지 알 수 없는 일이었기에 여러 날 동안 세자궁의 불은 꺼지지 않았다.

간택령이 떨어지자마자 무녀 도화는 이조좌랑 김제남의 집을 찾았다.
"귀하디귀한 국모가 나실 가문입니다. 하지만 이번 간택령만은 피하심이 좋겠습니다."
"나라의 지엄한 명을 어찌 피해 갈 수 있겠는가? 하물며 중전의 자리 아닌가?"

그리 말하는 노씨 부인의 말투에는 오히려 기대감이 가득했다.

"혹여 중전에 오르시면 모든 것을 다 잃게 될 수도 있습니다. 오랜 세월 캄캄한 암흑 속에서 길을 잃고 살게 될 것이며 살아도 산 것이 아닐 것입니다. 방도를 찾고자 해도 길이 보이지 않습니다."

"그럼 우리 아이가 요절이라도 한단 말인가?"

도화는 대답 대신 고개를 두어 번 가로저었다.

"쇤네의 당부를 잊지 마세요. 마님!"

간택령을 피하라던 도화의 점괘에 상심한 노씨 부인은 결국 자리보전하고 누웠다.

퇴궐한 김제남이 서둘러 노씨 부인을 찾았다.

"낮에 도화가 다녀갔다지? 그 사람이 직접 우리 집 대문을 넘었다는 건 그만큼 급박한 일이 있다는 뜻일 터…… 내 미루어 짐작하거늘 간택령과 관련된 일이오?"

"그렇습니다. 대감, 도화가 이번 간택령을 피해 가라 당부 또 당부하더이다."

김제남의 얼굴에 수심이 가득 찼다.

"방도는?"

"길이 없다 합니다."

"굳이 듣지 않으니만 못하군. 과년한 여식을 두고 있는 신하 된 도리로 명에 따르지 않고서야 어찌 목숨을 부지하겠는가?"

"그러니 진즉 개성 땅의 전 영의정 대감 댁에서 의혼서를 보내왔을 때 차일피일 미룬 것이 후회스럽기만 합니다."

아이가 국모의 상을 타고났다는 사주에 눈이 멀어 출가를 미뤘던 것이 후회스러웠다. 선조의 나이 쉰한 살이었다. 김제남에게는 두 딸과 네 명의 아들이 있었고 둘째 여식이 이제 열아홉 살이었다. 세자빈도 아니고 지천명을 넘어선 아버지뻘 남편에 그것도 계비라니…… 게다가 김제남보다도 열 살이나 많았다. 이미 궁에는 귀인 김씨와 장성한 아들들이 있고 배다른 아들 광해군이 세자로 책봉되어 있었기에 그 누구도 미래를 가늠할 수 없었다.

선조는 변덕이 심하고 의심이 많았다. 아들도 믿지 못해 세자 광해와 벌인 선위 소동만 벌써 몇 번째이던가! 그럴 때마다 조정은 들끓었고 대신들이 앞다투어 만류해야 했으며 세자의 석고대죄는 이력이 나 있었다. 그뿐만 아니라 명나라에서는 왜란에 대한 책임과 이유를 들어 끊임없이 선조의 퇴위를 압박하고 있었다.

그나마 한 가지 위안이 되는 부분이 있다면 선조의 후궁이 아닌 정비, 왕후로 뽑히는 것이다. 선조가 장수를 한다면 게다가 적자인 왕자라도 낳게 된다면 부평초 같은 권력의 판세는 기울어지게 되어 있으니, 연안 김씨 가문에 부와 명예를 가져다줄 수도 있을 것이다. 김제남은 불안해하면서도 꿈만은 창대했다.

"아기씨! 아무리 나라님이라 하더라도 열다섯, 스물 꽃다운 처자를 부인으로 맞겠다니 해도 너무한 것 아닙니까?"

"어허, 그리 입을 함부로 놀리지 말라 당부하지 않았느냐?"

"아기씨 얼굴에도 수심이 가득해 보여 그럽니다. 틀린 말도 아니고요. 그런데 만일 간택이 되면 정말 입궐하실 생각이십니까?"

"그렇게까지 되겠느냐마는 어찌하겠느냐? 간택에 들면 집을 떠날 수밖에……."

휘정徽靖은 운명을 믿고 있었다.

"아기씨, 혹여 아기씨가 궐로 들어가시게 되면 소녀도 따라가렵니다."

조정에서는 전국 사대부가에 열세 살 이상 스무 살 미만 여식들에 대한 금혼령을 내리면서 사주와 가문 내력을 적은 간택단자를 올리도록 하였다. 계비 자리가 마음에 내키지 않았던 가문에서는 여식의 나이를 속여가면서까지 피해 가기에 급급했다.

　왕비의 간택은 삼간택으로 신중하고 엄격했다. 후보자 가문의 평판과 명망, 당사자의 생년과 인품, 학식 등을 철저히 따져 궁합을 판단하는 초간택에서 열다섯 명의 규수를 추려 기별하고, 선택받은 이들은 궁에 들어 절하는 자세와 걸음걸이, 예의범절 등으로 비교된 뒤 일곱 명이 재간택에 올라간다. 그리고 왕실 가족과 오찬 면담을 통해 최종 간택을 받은 세 명의 규수는 별궁 태평관에 묵으며 육 개월 동안 왕실의 예와 국모로서의 소양과 품위를 배워야 했다. 이런 엄격한 과정을 거쳐 유일하게 낙점받은 한 사람만이 내명부의 지존인 왕비가 되는 것이었다.

　이미 시작된 이상 나는 반드시 이 나라의 국모가 될 것이다.

　삼간택이 결정되기까지는 오래 걸리지 않았다. 박래원, 유병상, 김제남의 여식이 최종 간택자로 이름을 올렸다.
　"우리 중에 누군가는 중전의 자리에 책봉되겠지요?"
　유병상의 여식이 침묵을 깨고 말을 걸어왔다.
　"그러면 남은 두 사람은 어찌 되는 게요?"
　박래원 여식의 얼굴에 걱정이 가득했다.
　"나라법이 삼간택 규수는 출가할 수 없도록 되어 있으니 어쩌겠어요?"
　입술을 지그시 깨문 휘정은 오기가 생겼다.

나는 반드시 중전이 되고 말 것이다. 최종 선택받지 못해 평생 수절하며 살아갈 수는 없다. 운이 좋아 다시 궁의 부름을 받는다 해도 그 신분은 중전이냐 후궁이냐로 갈리니 하늘과 땅 차이일 것이다.

"종묘사직이 안정되려면 내궁이 평안해야 한다는 의인왕후의 유언 속 그 깊은 뜻을 경들은 헤아리지 못한단 말이오?"

선조는 간택이 늦어지는 것에 조급해하며 대놓고 불만을 토로했다. 왕의 심중을 확인한 좌의정 김명원과 호조판서 한응인은 중전 간택을 서두르기로 하고 내관상감을 불러들이려 했다. 그러나 이는 선조의 심기를 상하게 했다.

"내관상감이 뭘 안다고…… 그들이 하늘이 낸 자라도 된단 말이오?"

선조는 오래전 임금이 되어서는 안 될 운명이라는 관상감의 추수^{推數}를 접하고 상심했던 언짢은 기억 때문에 관상감을 탐탁지 않게 여기고 있었다. 환갑을 넘긴 좌의정은 이런 선조의 심중을 노련하게 간파했다.

"관상감은 그저 별자리나 보고 음양과 길일 정도를 정하는 관서이오니 귀담아듣지 마소서."

"그리 잘 알고 있으면서 관상감을 중전 간택에 끌어들이려는 것은 무슨 연유요?"

"아뢰옵기 황송하오나 전하, 돌이켜보면 지난 왜란의 소용돌이 속에서도 내궁의 질서가 정연하였던 것은 바로 승하하신 의인왕후의 후덕함 덕분이었사옵니다. 중전의 자리는 만백성의 어미와 같아 나라의 평안과 무관하지 않사옵니다. 관상감을 들이는 이유 또한 의인왕후의 덕과 지혜를 잇고자 함이니 통촉하소서."

선조는 성급히 심기를 드러낸 게 겸연쩍은 듯 잔기침으로 얼버무리며 수긍했다.

'사람의 얼굴 중에서 둥근 턱을 가진 하관을 가장 중시합니다. 가지런한 눈썹과 눈매에서 심성을 읽어내고 곱게 다문 입술에서 자손의 태기를, 볼과 귀에서 부부간 금슬을 알 수 있지요. 윤기와 정감이 담겨 있는 목소리에 윤색이 담겨야 색기가 돌면 아니 되고 곁눈질을 하거나 눈꼬리를 올리셔도 아니 됩니다. 입술은 자궁에 해당되니 아무리 긴장이 되어도 입술을 적시지 마세요. 음탕하다 여길 수 있습니다.'

입궁하기 전 관상을 읽히게 될 것에 대비하여 무녀 도화로부터 취해야 할 행동과 몸가짐에 대해 도움을 받았다. 휘정은 누군가에 의해 운명이 읽혀진다는 것이 두려우면서도 신기하기만 했다.

왕실 내명부의 눈과 귀가 온통 관상감의 관상 결과에 쏠렸다.
"타고난 품성은 변하지 않사옵니다. 박 규수는 성정이 여성스럽고 유순하나 고난을 헤쳐나갈 힘이 부족하여 흔들림이 심하고, 유 규수는 대쪽 같은 콧날이 인중까지 뻗어 있어 고집이 세고 먹은 마음을 말로 내뱉는 성격이라 주위와 충돌이 끊이지 않을 것이옵니다. 김 규수는 지혜롭고 총명하나 미약한 백호살이 끼어 있어 풍파가 따르겠사옵니다. 그러나 인내로 역경을 이겨내는 운명이라 큰 어머니의 상이옵니다."

"아버님! 휘정이 드디어 중전으로 간택되었다 합니다."
집안사람들 모두가 듣고도 남아 담장을 넘어갈 정도로 큰아들 김래*의 목소리는 흥분되어 있었다. 삼간택이 진행되는 동안 노심초사하며 여식의 간택만을 고대하던 김제남이 방문을 박찼고, 궁 안 소식에 고개를 내밀던 노씨 부인은 버선발로 뛰어 나왔다.
"고조부께서 영의정도 지내시고 수 대째 명문의 맥을 이어온 우리 가문 아닙니까! 이제 중전까지 나셨으니 조선 제일이 되셨습니다. 대감!"

노씨 부인은 눈시울을 붉혔고 김제남은 이제 되었다는 듯 안도의 숨을 크게 내쉬었다. 어찌 알았는지 대문이 열리고 여기저기서 사람들이 몰려들었다. 문간을 지키던 종 삼돌이가 뒷짐을 지고 팔자걸음 흉내를 내며 마당을 한 바퀴 돌자 여기저기서 웃음소리가 끊이지 않았다. 흥분이 가시지 않은 김제남은 큰 사랑채에 모인 아들들을 둘러보았다.

"휘정이가 중전이 되었다고 달라질 것은 없다. 자칫 왕실 내 다툼에 휩싸여 멸문지화를 당하는 일들이 왕왕 있음을 교훈 삼아야 할 것이다. 또한 선대 태종조 때에 외척의 세를 억제하기 위해 말도 안 되는 이유를 붙여 한 가문을 몰살했던 적도 있으니, 앞날은 그 누구도 알 수 없는 것이다. 너희들은 각별히 신중하고 자중해야 할 것이다."

한편 휘정의 몸종 달이는 마음이 혼란스러웠다. 평생 양반가에서 작은 아기씨를 모시며 무탈하게 지낼 줄 알았는데 이제 궁에 들어가게 되었다. 달이는 어릴 적부터 평생을 함께하기로 약속했던 정인 천돌이 마음에 걸렸다. 이렇게 생이별하게 될 줄은 몰랐으니 중전으로 간택된 주인댁 아기씨가 원망스럽기까지 했다.

"달이야, 너는 사가에 남거라."

달이와 천돌의 연정을 모르지 않았던 휘정이 만류하자 달이는 난감했다. 어린 날 전란과 홍역도 함께 겪고 앓으며 자매같이 서로 보듬고 살피던 지기나 다름없었다.

"달이 네가 나를 따라 입궁하겠다는 마음은 알겠으나 나는 싫다. 예 남아서 나 대신 부모님을 잘 모시고 살다가 천돌이와 혼례도 올리고 그리 살려므나."

"아닙니다. 아기씨! 제가 없으면 누가 머리를 빗겨드리며 벌레 한 마리도 잡지 못하고 천둥소리에도 놀라는 우리 아기씨를 누가 살핀답니까? 항상 덥힌 자리끼를 찾으시는 아기씨 수발은 어찌하구요?"

휘정은 미더운 눈빛으로 달이를 바라보았다.

"미안해서 그러하지. 궁인이 되면 천돌이는 어쩌누?"

"아기씨! 사가 입궁 궁인은 궁 밖 출입이 가능하다 들었습니다. 가끔 심부름 삼아 짬을 주시면 되지 않겠습니까?"

잠시 이별의 정을 나누던 지난밤 왠지 모르게 불안해하는 천돌 때문에 마음이 흔들리긴 했지만 달이는 고개를 가로저었다. 그것은 작은아기씨에 대한 배신이었다. 전란에 부모를 잃고 배를 곯아 거리에 쓰러져 있는 자신을 살린 것도 작은아기씨였고 홍역을 앓아 죽어가는 자신을 간호하다 쓰러진 것도 작은아기씨였다. 그럴 수는 없는 일이었다.

왕실 예법에 따라 친영 때까지 별궁에서 지내기 위해 입궁해야 하는 작은딸 휘정을 보내기 위한 입궁 준비로 집 안팎이 소란스러웠다.

"아가야! 이것은 웬 것이냐?"

휘정의 입궁 행장을 준비하느라 부산스러웠던 노씨 부인이 문갑 안쪽에서 향주머니를 발견하고는 손바닥에 올려놓고 휘정을 불러 세웠다.

"향낭 아닙니까?"

"그걸 내가 몰라서 물었겠느냐? 네게 없던 것이라 그러하지 않느냐?"

순간 휘정의 머릿속을 스치고 지나는 붉은 노을 속 젊은 선비가 있었다.

"그것은……?"

"아기씨! 이것은 그때 그 필운동?"

향낭을 발견한 달이가 놀란 듯 반색하려 하자 휘정이 황급히 막아섰다.

"이 어미가 보건대 금실 수 아니냐? 사대부 여염집에서 금실 수가 가당키나 한 것이냐 말이다. 이건 왕실에서나 쓸 수 있는 것일 터……."

"왕실?"

휘정은 무릎이 혼자 꺾어지는 느낌에 그만 주저앉을 뻔했다. 분명 그는 젊은 사내였다. 그렇다면 자신의 지아비가 될 선조는 아니라는 데 생각이 미치자 자신도 모르게 가슴이 심하게 두방망이질했다.

"어머니! 필운동 나들이 때 길에서 주운 것이온데 주인을 알 수 없어 소녀가 보관하고 있었습니다."

어디서 이런 임기응변이 나올 수 있었는지 휘정은 스스로에게 놀라며 달이를 책망하듯 돌아보았다.

"달이야, 주인을 알아보라고 하지 않았느냐?"

달이의 당혹해하는 표정과 중전으로 입궁할 딸에 대한 기대가 가득한 어머니의 표정이 교차하면서 휘정은 서둘러 향낭을 회수했다.

향낭에 수놓인 나비 한 마리가 바람을 타고 휘정의 귀밑머리에 내려앉을 것 같은 아름다운 여름날이었다.

중궁전의 새 주인

어질고 아름다운 내면과 현숙함을 갖추었으니 더 비할 바 없다.

선조의 이 한 문장에 모든 절차가 마무리되었다.

임인년(선조 35년, 1602) 7월 13일.

좌의정 김명원金命元이 김제남의 집을 찾았다. 비구름을 머금은 하늘이 흐려지더니 간혹 굵은 빗방울을 뿌렸으나 대문 밖에는 많은 축하객과 구경꾼들로 발 디딜 틈이 없었다.

"어명이오~ 연안 김제남의 둘째 딸 김씨는 왕비 책봉서를 받으라."

세 번의 북소리가 널리 울려 퍼지자 집 안팎의 모든 사람들이 땅에 무릎을 꿇었다. 교명문教命文 읽는 소리만 낭랑했다.

사람의 큰 도리는 부부에서 시작되고 왕의 교화는 내조內助로부터 행해

진다. 연안 김씨는 유순하고 아름다운 내면의 덕을 행함에 있어 겸손과

현숙함을 따를 자 없으니 더 고를 수 없도다.

왕비는 마땅히 음화陰化를 펴고 곤범坤範을 닦아 함께 종묘를 섬겨야 한다. 궁궐 안을 엄숙하게 하여 참소와 아첨이 행해지지 않도록 할 것이며, 말이 문지방 밖을 나가지 않도록 하고 사사로운 은혜는 근절토록 해야 한다. 원자를 어루만져 모두의 마음을 기쁘게 하고 후궁들을 예로 대우하고 몸소 근검을 실천해야 하며, 국운을 연장하고 큰 복을 창성케 해야 할 것이다.

공경할지어다. 공손하게 임금의 베풂을 받들어 만물이 은덕을 누리게 하고, 국모의 위엄과 몸가짐을 드리워 구족九族의 화목을 이룩하라. 그리하여 밤낮으로 면려勉勵하여 이 훈사訓辭를 욕되게 하지 말라. 이에 교시敎示하노라.

이어 부사 한응인이 새 중전의 존호를 내렸다.

곤도坤道는 건도乾道를 받든다. 옛날의 지치至治를 살펴보건대, 모두 내외가 서로 도와 이룬 데에서 연유하였으니, 과인에게는 더욱 어진 보좌가 필요하다.

연안 김씨에게 길일을 택하여 인목仁穆의 존호를 내리니, 국풍國風의 아름다움을 기대하노라.

존호가 공표되자 여기저기서 천세~ 천천세~ 외치며 큰절을 올리는 백성들의 모습이 장관이었다. 경사를 알리는 나발 소리가 길게 이어졌다.

"중전마마, 가마에 오르시지요."

금실로 용과 봉황을 수놓은 흉배를 양어깨에 장식한 초록 저고리와 붉은 치마를 입은 인목왕비가 문밖에 나서자 도열해 있던 호위 군졸과 상궁 나인 들이 허리 굽혀 그녀를 맞았다. 노씨 부인은 눈물을 주체하지 못한 채 딸의 손을 꼭 잡았다. 기쁘면서도 걱정이 앞선 눈빛으로 마주한 휘정은 아직 품 안의 가녀린 딸이었다.

거리마다 새 중전을 보기 위해 백성들이 넘쳐났고 장끼 털과 오색 금술로 장식된 화려한 가마를 따라 걷는 행렬이 늘어나면서 입궁이 더뎌졌다.

"중전마마 천세~ 천세~ 천천세~ 홍복을 누리소서."

백성들은 두 손을 하늘 높이 들며 천세를 외쳤고 앞다투어 큰절을 올렸다. 천돌은 가마 옆을 지키며 걸음을 옮기는 달이에게서 눈을 떼지 못했다. 달이도 그런 천돌의 모습을 연신 눈으로 찾았다. 서로 눈이 마주치자 그만 '얼른 돌아가라' 눈치를 주었지만 천돌은 돌아설 수가 없었다. 가마가 행궁에 가까워질수록 천돌은 다리 힘이 풀렸다. 가마 행렬이 행궁 안으로 들어서자 별궁의 문이 굳게 닫혔다. 천돌은 굳게 닫힌 궐문을 한없이 바라보다 그 자리에 주저앉아버렸다.

'달이야!' 왠지 불안했다.

나는 이제 이 조선의 국모가 되었다. 교태전의 주인인 중전이다.

인목은 입속으로 되뇌고 스스로에게 주문을 걸며 긴장을 풀어나갔다. 임금과 마주해야 하는 대례가 다가올수록 십여 년 전 아홉 살 소녀의 기억 속에 각인되었던 선조의 모습이 생생하게 떠올랐다.

왜적이 도성까지 쳐들어오자 비 오는 새벽 임금은 도성을 버리고 임진강을 건넜다. 자신들을 버린 임금에 분노한 백성들이 궁궐로 달려가 불을 질렀다. 솟구치며 뿜어내는 불길과 검은 연기를 바라보며 휘정은 임금의 무능을 경험했다. 한 나라의 임금이 난리를 피하여 머리에 먼지를 뒤집어쓰고 피난 가는 몽진蒙塵이라니…… 어린 휘정의 기억 속에 선조는 몽매하고 이기적인 왕이었지만, 전란으로 집을 잃고 굶주림에 떠는 백성들을 구휼하는 인자함도 보여주던 왕이었다. 선조의 양면성이 마음에 걸렸으나 타고난 운명이라 일축하며 스스로를 다독였다.

오후에 이르러서야 구름이 걷히고 날이 개었다.

"전하, 유시酉時이옵니다."

가벼운 헛기침과 함께 때가 되었음을 알리는 지밀상궁의 언질이 부끄럽고 쑥스러운 건 선조나 인목이나 마찬가지였다. 이미 많은 처첩을 거느린 임금이었지만, 이리 가슴이 뛰는 것은 오랜만이었다. 그 어색함을 깬 것은 선조였다.

"그대가 궁에 들고 거짓말처럼 비가 그치는 것을 보니 하늘도 그대의 덕을 칭송하는 듯하오. 번잡한 예를 치르느라 노고가 크셨소."

낮게 깔린 음성이었지만 정이 가득했다.

"반송방盤松坊에 살았다지요. 이 행궁은 처음인 게요?"

"그러하옵니다."

"이 행궁이 낯설고 낯선 곳이겠지만 이제 중전의 집이니 편히 하세요."

서먹한 마음을 헤아린 듯 달래주는 따뜻한 위로에 인목은 소리 없이 웃어 보였다.

"왜 웃으시는 게요."

"신첩, 아주 오래전 전하를 뵌 적이 있사옵니다."

"아니, 궁은 처음이라던 중전이 어찌 과인을 보았단 말이오."

선조는 신기하다는 어조로 인목에게 농담을 섞어 화답했다.

"아뢰옵기 황송하오나 신첩의 나이 열두 살 무렵으로 기억하옵니다. 왜란으로 백성들의 삶이 피폐해져서 굶주리고 거리를 떠돌 때 전하께서는 수라상에 올라야 할 백미를 반으로 나누어 진제장賑濟場에 보내주시었나이다. 그것으로 죽을 쑤어 백성들이 허기진 배를 달랬사옵니다.”

“그런 일이 있었구려?”

“그뿐 아니라 전하께서 몸소 진제장에 발걸음하시어 백성들을 어루만져주시던 인자한 어버이의 모습을 신첩이 보았사옵니다.”

“진제장을 기억하고 있었던 게요?”

인목왕비가 새삼 기특했다. 결코 백성들을 저버린 임금이 아니라는 것을 보여주기 위해 설치했던 진제장을 또렷하게 기억해주고 자신을 어진 어버이라 불러주는 인목이 더욱 사랑스러웠다. 옹주들보다 나이 어린 왕비라 어디서부터 어떻게 대화를 풀어가야 할지 고민하던 근심이 봄바람 속 눈꽃처럼 녹아내렸다. 현명하고 아름다운 덕행을 지닌 어린 왕비가 믿음직스럽고 이제야 인연을 제대로 찾은 것 같아 선조는 미소를 거둬들이지 못했다.

계비와 상궁

붉은 예복을 갖춰 입은 인목이 침전에서 선조를 맞이했다. 이내 술과 음식이 침전에 들고 작은 박을 쪼개 만든 잔으로 석 잔의 술이 돌고 있을 시각, 김개시는 야음을 등에 업고 긴밀하게 세자 동궁전으로 스며들었다.

"이런 시국에 여길 찾아오다니. 개시, 네 배짱이 사내 여럿보다 낫구나."

"소인을 보고 놀라지도 않으시는군요. 저하! 그간 대례 준비를 하느라 적조하였사온데, 그런 제가 보고 싶지도 않으셨습니까?"

눈을 흘기는 개시의 소매를 광해가 끌어당겼다. 왕을 모시는 대전 지밀 상궁이 동궁전 세자를 찾았다는 사실만으로도 큰 위험이 따를 수 있는 일이었다. 그러나 상황 판단이 빠른 개시는 교묘하게 줄타기하듯 이런 긴장감을 즐기고 있었다.

"중전이 오늘 대궐에 들었으니 앞날이 다소 복잡해졌습니다. 그냥 두고 보실 겝니까?"

"김 귀인이 어련히 알아서 잘 행하지 않았겠느냐?"

"세자 저하, 이리 태평하시다니요?"

개시의 말끝에 칼날 같은 날카로움이 묻어났다.

"김 귀인이 어떤 사람인지 벌써 잊으셨습니까? 공빈마마께서 저하를 낳고 산후증으로 돌아가시자마자 바로 전하 옆자리를 꿰찬 여인네입니다. 전하께서 몽진을 떠날 때도 의인왕후는 버려두고 김 귀인만 데려가셨더랬지요. 그런 사특한 김 귀인이 중전 간택에 앞장섰다면 그게 이상한 일 아닙니까? 전하도 사내인데 어린 중전에게 관심이 쏠리지 않겠느냐 말씀입니다."

"어허! 말이 너무 앞서가는구나!"

"속상해서 그럽니다. 공빈마마만 살아 계셨어도……."

개시는 광해의 모친인 공빈 이야기를 할 때면 다른 사람의 존칭을 생략해버렸다. 광해는 그런 개시가 미더울 수밖에 없었다.

공빈 김씨는 광해의 생모였다. 비록 정비는 아니었으나 선조가 다른 후궁을 찾지 않을 정도로 유달리 아끼던 후궁이기도 했다. 그런 맹목적인 총애 속에 맏아들 임해군을 선조에게 안겨주었고 둘째 광해군을 낳았지만, 산후통을 이겨내지 못하고 그만 세상을 뜨고 말았다. 그녀의 죽음을 놓고 독살설도 나돌았지만, 이렇다 할 증거는 없었다.

"그것이 나도 의심스럽다. 계비가 왕자라도 생산하게 되면 아들 셋이나 둔 김 귀인 또한 곤란에 처해질 수 있을 터…… 맘속에 뭐 집히는 것이라도 있느냐?"

"의인왕후의 유언이라는 말에 꼬리를 내린 것 아니겠는지요. 중전 간택에 반대를 했다가는 자칫 전하의 눈 밖에 날 수도 있고, 일이 이렇게 된 이상 세자 저하를 견제할 수도 있겠다 계산이 선 것 아니겠습니까? 평소에 세자 자리는 관심이 없는 척하지만 귀인의 궁극은 용상일 겝니다. 이거다 싶으면 시도하였다가, 아니다 싶으면 아예 발을 빼고 행보를 맞추는 임기응변과 처세술이 보통이 넘습니다."

"네 말도 틀리진 않구나. 그러나 우려스러운 것은 계비의 나이가 이제 겨우 열아홉이다. 얼마든지 왕자를 생산할 수 있지 않겠느냐? 게다가 아바마마는 아직도 기력이 왕성하시고 앞으로 십 년, 이십 년 더 그 자리에 계실 요량이신데 그렇게 되면 얼마든지 세자는 바뀔 수가 있음이야."

"그래서 제가 이리 가쁘게 달려온 것 아닙니까? 지금으로써는 정비 소생의 왕자가 생산되기 전에 명나라로부터 고명을 받는 것이 최상입니다. 마침 이덕형 대감이 세자 고명 사신단을 다시 꾸린다 하오니 거기에 기델 수밖에요."

머리 회전이 빠르고 뛰어난 판단력을 지닌 개시는 일개 궁녀가 아니라 광해의 속까지 들여다보는 지기이며 장자방이었다.

"제 말을 명심하셔야 합니다. 이제 편은 갈리게 되어 있습니다. 그러니 세자 저하 편에 서고자 하는 사람들을 모아야지요. 문밖에 줄을 서게 만들어야 하지 않겠습니까? 저하의 세상을 온전히 만드시려면 조건 하나쯤은 붙여야겠습니다."

"내 사람들을 모으는 일에 조건을 붙인다니…… 알아듣기 쉽게 말해보거라."

"그 조건이 무엇이겠습니까? 세자 저하를 위해 목숨을 내놓아도 아깝지 않다는 사람이어야 한다는 것입니다. 소인처럼 말이죠."

개시는 다짐을 하듯 눈빛에 힘을 실어 보냈다. 광해는 복잡했던 생각들이 어느 정도 정리되는 것 같았다. 얼크러져 있던 실타래를 찬찬히 풀어 실마리를 손에 쥐여주는 개시가 고맙고 사랑스러웠다. 개시의 허리를 감싸자 기다렸다는 듯이 요염하게 품에 안겨들었다.

개시는 다섯 살 때 의인왕후를 만났다. 궁 밖을 나갔던 의인왕후가 사노비로 팔려가게 되어 울고 있던 개시를 측은히 여겨 궁으로 데려왔다.

출신 성분이 미천하여 대조전에 데리고 있을 수 없던 의인왕후는, 외롭게 지내고 있을 어린 광해를 떠올리곤 광해의 전각으로 개시를 보냈다.

같은 또래였던 광해와 개시는 출신 성분을 뛰어넘어 궁 울타리 안에서 어린 시절을 함께 보냈다. 광해는 주근깨가 많았던 개시를 깨순이라 부르기도 하고, 개시라는 이름 때문에 개똥이라 놀리며 골리기 일쑤였다. 그런 광해 때문에 분해서 울다가 웃다가 친해지기를 반복하며 광해에게 고운 정 미운 정이 들어갔다.

개시는 꾀가 많고 재주가 많은 탓에 종종 궁인들의 시기를 받았지만, 그때마다 광해는 그녀를 감싸주며 곁에 두었다. 버드나무에 한참 물이 오르는 연초록 봄날, 광해는 그녀에게 화장분첩을 내밀었다. 개시의 나이 열다섯이었다.

임진년(선조 25년, 1592).

임진왜란이 일어나자 선조는 왜군을 피해 도성을 비우고 몽진 길에 나섰다. 도성을 떠맡다시피 갑작스럽게 세자로 책봉된 광해는 의병을 이끌며 함경도와 강원도를 누볐고 그때마다 승전보를 전했다. 일처리가 능숙하고 행동이 재빨라 선조의 수족이 되어 몽진 길에 따라나섰던 개시는, 궁에 들어 대전의 지밀상궁으로 배치되었다. 광해로서도 어쩔 수 없는 일이었다. 개시가 없는 동궁전은 적막만이 가득했고 그래서 광해의 마음은 허전했지만, 오히려 대전에서의 일들을 세세히 전해줄 수 있는 그녀의 위치가 한편으로는 다행스러웠다.

전란이 일어나자 자신은 몽진 길에 올랐지만 세자인 광해는 곳곳에서 승전보를 전하며 백성들의 신망과 환호를 받았다. 암암리에 문무백관이나 백성들의 눈에 서로 다른 행보가 비교되고 있다고 생각한 탓일까! 아직 건재한 자신을 두고 광해가 왕위를 넘본다고 생각했던 까닭이었을까!

선조는 광해에게 인색하고 수시로 심술을 부렸다. 눈엣가시처럼 못마땅해 늘 질책하고 지청구하기 일쑤였다.

점점 자존감을 잃어가던 그런 광해 곁을 지키며 위로와 조언을 해주던 개시였다. 유일한 말동무였던 것이다.

아침이 밝았다. 태평관에서 첫날밤을 보낸 인목과 선조는 조정 백관과 외명부로부터 하례를 받았다. 광해는 정2품 이상, 친공신親功臣, 육승지六承旨 문무백관을 거느리고 왕과 왕후에게 네 번 절하고 축하의 글을 올렸다.

중궁전에서는 세자빈 유씨가 내명부內命婦와 삼사 삼정승의 처妻 외명부 정경부인들을 거느리고 하례를 준비했다. 귀인 김씨를 비롯한 후궁들과 상궁 나인들까지 새 왕비를 맞는 축하의 자리를 위해 분주했다. 이를 드러나게 반기는 귀인 김씨가 못마땅했던 개시는 혀를 찼다.

즉조당 뜰에서 열린 하례식에서 중전이 된 인목을 처음 마주한 광해는 자신의 눈을 의심했다. 순간 기억의 흐름은 필운동에서 있었던 한 장면에 멈추었다. 복사꽃이 장관인 필운동에서 마주쳤던 꽃 같은 처자가 아버지의 부인이 되어 중전으로 입궁을 할 것이라고는 상상도 못 했다. 필운동 복사꽃 향기에 취한 듯 그녀에게 이끌려 세상을 떠난 어머니 공빈 김씨가 남겨준 한 쌍의 금실 나비 수 향낭을 한 개 풀어 마음을 내어주었고, 남은 한 개를 가슴 깊이 보관하며 얼마나 가슴 두근거렸던지…… 다시 한번 마주하고 싶은 마음으로 하루하루 손꼽으며 설레고 얼굴이 붉어져 이마에 열꽃이 핀 듯 잠을 이루지 못했던 지난 봄날이었다.

삼 개월 전.

"아가씨! 닭 쫓던 개 지붕만 쳐다본다고 올해도 이 담장 안에서 이리 애간장만 태우실 겁니까? 약조하셨잖아요."

필운대 봉우리에 만발한 연분홍 복사꽃이 무릉도원처럼 펼쳐졌다며 호들갑을 떠는 달이의 성화에 휘정은 담장 밖으로 눈길을 주었다. 꼭 한번은 발걸음하고 싶었던 필운대 봄 나들이였지만 부모님의 허락을 얻어내는 일이 쉽지 않은 것이라는 걸 잘 알고 있었기 때문이다.

"달이야! 너 또 우리 휘정에게 무슨 떼를 쓰고 있는 게냐?"

오랜만에 별당에 들른 김제남의 큰아들 김래는 웃음 가득한 얼굴로 휘정과 달이를 번갈아 보았다.

"큰서방님! 아기씨께서 무릉도원을 직접 눈으로 보고 싶다고 저리 한숨만 쉬시지 뭡니까?"

"아니! 달이 너는 무슨 말을 그리하느냐? 내가 언제……."

항변하는 휘정을 향해 달이가 손가락을 자신의 입술에 가져다 대었다. 모른 척해달라는 애걸이었다. 그 모습에 휘정과 김래는 동시에 '픽' 실소를 금치 못했다.

오라버니의 간곡한 요청 때문이었는지 어렵사리 부모의 허락을 얻어낸 휘정은, 혹시 모를 시비에 대비해 오라버니와 남동생 규珪 그리고 머슴들까지 대동하고서야 문밖을 나설 수 있었다. 몸종 달이와 머슴 천돌의 발걸음은 땅에 닿을 새 없이 신이 나 있었고 가마가 움직일 때마다 옥색 바탕에 꽃수가 선명하게 놓아진 나비 모양의 술이 나풀거렸다. 이미 봄날의 유혹을 견디지 못해 찾아든 사람들로 붐비는 필운동 복사꽃 동산은 바람결에 전해지는 꽃향기로 모두의 마음을 달뜨게 했다.

어느새 달이는 복사꽃 풍성한 잔가지를 꺾어 머리에 꽂고는 휘정을 향해 덩실덩실 춤을 추어 보였다. 그 모습에 미소 짓는 휘정의 얼굴은 만개한 꽃송이와 같았다. 천천히 발걸음을 옮기며 꽃향기에 취하던 휘정의 눈에 봄볕을 받아 더욱 붉게 망울을 트고 있는 꽃가지가 들어왔다. 그 아름다음에 반해 팔을 뻗어 조심스레 꽃잎을 만지려는 순간 주위가 소란스러워지는가 싶더니 빠르게 지나쳐 가는 말발굽 소리가 귓전을 울렸다. 놀라 돌아보던 휘정이 그만 몸의 중심을 잃었다.

"아기씨!"

달이의 단말마 비명에 천돌이 몸을 날려 자신의 등으로 휘정을 받아냈다. 순식간에 벌어진 일이었다.

"정아! 다친 곳은 없느냐?"

놀라 달려오는 오라버니의 외침을 듣는 둥 마는 둥 휘정은 천돌에게 달려갔다. 등을 최대한 구부려 주인댁 아기씨를 구한 천돌은 그 반동을 견디지 못하고 비탈길을 구르다가 나뭇가지에 어깻죽지를 깊게 찔려 피를 쏟고 있었다. 누가 말릴 사이도 없이 휘정은 자신의 물색 치맛자락을 입으로 찢어냈다.

"바보같이…… 제 몸 다치는 줄도 모르고…….'

"전 괜찮습니다요. 아기씨."

오히려 안심시키려 애를 쓰는 천돌의 곁에서 달이가 울고 있었다.

"이조좌랑 댁 아기씨라더군."

"소문이 사실이었구먼."

"자태도 곱고 아름답지만 마음씨도 비단결이라 하더군."

"아랫것들 챙기기가 위아래 없고 학문도 뛰어나 전 영상 대감 댁에서 탐을 낸다 하지 무언가!"

필운동 상춘객들의 수군거림 뒤에 세자 광해가 서 있었다. 그의 두 눈 속에서 청초한 물빛 위에 연노랑 저고리를 입은 천상의 여인이 도화 만발한 필운동을 보듬고 있었다. 어느새 서산마루에 노을이 길게 번지고 있었다.

서둘러 가마에 오른 휘정과 일행을 향해 노복 한 사람이 달려왔다.

"이조좌랑 댁 아기씨라 들었습니다."

"그러하네만."

오라버니 김래가 가마를 가로막고 의아한 표정을 지어 보였다.

"아기씨께 전해드릴 것이 있습니다."

그가 내민 것은 금실로 나비가 수놓인 작은 향낭이었다.

"무언가?"

"아기씨의 고운 마음에 대한 감복의 뜻이라 전하라 하셨습니다."

받을 수 없다 거절하기도 전에 어느새 노복은 몸을 돌려 저만치 멀어져 가고 있었다. 휘정은 가마의 쪽문을 열었다.

멀리 무릉도원에 내려앉는 붉은 해를 등 뒤로하고 선 훤칠한 젊은 선비의 그림자 같은 윤곽이 아련했다.

기방 살인 사건

임해군은 부아가 치밀어 올랐다.

열아홉 살 새어머니라니……! 노인네가 망령이 들지 않고서야…… 에잇!

　인목왕후의 하례식에 다녀오며 분을 참지 못한 임해군은 중궁전을 향해 침을 뱉었다. 어제 내린 비로 인해 길은 질퍽거렸고, 한여름 눅눅한 바람에 물비린내가 진동했다. 사람들이 걸음을 뗄 때마다 고여 있던 물웅덩이에 찍힌 발자국에서 물고기 펄떡거리듯 흙탕물이 튀어 올랐다. 무덥고 습한 여름 날씨는 짜증스러운 울화증을 머리끝까지 치솟게 했다.
　"춘양루로 길을 내거라."
　"오늘 같은 날 술 없이 어찌 긴긴 밤을 보낼 수 있단 말입니까?"
　신이 난 순화군이 앞장서 춘양루를 찾았다.

　분통에 열통을 부어 마시는 술이지만 그 맛은 쓰면서도 달았다.
　"술과 네년들이 없었으면 오늘 같은 시름을 어찌 날려버리겠느냐?"

"형님! 오늘은 대취합시다. 새파랗게 어린 새 중전의 품속에서 분내를 맡으며 만리장성을 쌓고 있을 부왕을 위해서라도 빌어먹을 이 밤을 그냥 보내서야 되겠습니까?"

"아무리 그래도 그렇지. 우리 나이가 얼마인데 어린것에게 머리 숙여 하례를 한단 말이냐? 게다가 광해 놈의 꼬락서니하고는! 지놈이 언제부터 왕세자였더냐?"

"형님, 저도 그건 아무리 생각해도 분통이 가시지 않습니다. 새 중전에게 착 붙어 왕세자 자리를 보장이라도 받고 싶은 겐지…… 이 아우도 배알이 뒤틀리지 뭐겠습니까? 그리고 바른말로 엄연히 장자인 형님께서 왕세자가 되셨어야 할 일 아닙니까?"

"왕세자라 하였느냐?"

술잔을 들고 있던 임해군은 갑자기 무서운 기세로 바닥에 잔을 내동댕이치더니 매서운 눈초리로 순화군을 건너다보았다. 순식간에 일어난 일이라 기방 안에는 일순 긴장감이 돌았다. 술에 취해 무심코 말을 뱉었던 순화군은 황망히 무릎을 꿇었다.

"형님! 송구합니다. 이 아우가 술김에 그만 큰 실언을 하고 말았습니다. 너무 억울해서 그만……"

순화군을 향해 주먹이라도 날아가는 줄 알고 모두가 겁에 질려 있었지만, 임해군은 예상 밖으로 방문을 벌컥 열더니 맨발로 뜨락에 내려섰다. 취기가 오를 대로 오른 임해군이 몸을 가누지 못하고 비틀거리자 수발들던 기녀가 뛰어가 부축했다.

뜨락을 사이에 둔 맞은편 방 안에서 풍악이 흘러나오고 있었다. 가야금 소리에 임해군은 어깨춤을 덩실덩실 추며 불빛을 따라 그 방으로 향했다.

"전란이 끝난 지가 얼마나 되었다고 그새 임금이 새장가를 가셨다네.

세상 참 우습지 않은가!"

"그러게 말일세. 중전의 장례를 치른 지가 엊그제인데 그렇게 빨리 새 중전을 들이다니. 임금이 노망났어……"

"나이가 서른두 살이나 차이가 난다더군. 손녀뻘 아닌가?"

"세자보다도 열 살이나 어리다지? 자기들보다 어린 계모를 모셔야 하는 왕자들도 웃기지 않겠는가?"

"그나저나 늙은 임금도 여색을 밝히는 걸 보니 아직은 남자인 게야."

점점 사내들의 걸진 입담이 기방을 휘어잡고 그 틈 속에서 기녀들이 키득키득 웃고 있는 소리가 문밖으로 흘러나왔다.

정신이 번쩍 든 임해군의 눈빛이 일그러지더니 얼굴빛이 분노로 차올랐다. 방문을 발로 박차고 들어가 술상을 뒤엎으며 한 사내의 면상을 후려갈겼다. 아수라장이 된 방 안에서 임해는 그래도 분이 풀리지 않는 듯 방바닥에 나뒹구는 사내를 발로 짓밟았다.

"네 이놈들! 주상 전하를 욕보이다니 죽으려고 환장을 하였구나. 이런 개돼지만도 못한 놈들, 어디 내 손에 죽어봐라."

화가 머리끝까지 치밀어 오른 임해는 분풀이하듯 쓰러진 사내를 향해 술병을 사정없이 내리쳤다. 술병이 깨지며 사내의 머리에서 피가 솟구쳐 올랐다. 봉변을 당할까, 두려워 말리지도 못하고 벌벌 떨고 있는 사람들을 헤집고 놀라 달려온 순화군이 임해군의 허리를 부여잡고서야 그의 광기가 조금 누그러지는 듯했다. 하지만 그 사내는 더 이상 일어나지 못했다.

새 중전을 맞은 지 이틀째 되는 날, 임해군이 기방에서 사람을 죽였다는 소문이 일파만파 퍼져 나갔다. 이른 아침 다급하게 입궐한 도승지 유희서柳熙緖의 보고를 받은 선조는 이를 믿으려 하지 않았다.

이를 더 확대하여 궐 안팎의 분란을 만든다면 왕실의 수치일 수밖에 없다. 서둘러 덮어야 한다.

"도승지는 듣거라. 소문은 늘 과장되는 것이다. 어느 아들이 아비를 욕보이는데 가만히 있을 수 있단 말이냐? 더구나 불경스럽게도 짐을 능멸하고 새 중전을 모욕했다면 이는 역적이라 할 수 있다. 하지만 왕실의 큰 경사에 누가 되는 일을 삼가려 하니, 이번 일은 죽어 마땅한 역적으로 몰려 삼족이 멸문당하지 않는 것을 다행으로 여겨 그만 마무리하라."

"하오나 전하, 이는 임해군이 분을 참지 못해 일어난 기방 살인이옵니다. 비록 왕자의 몸이오나 마땅한 벌을 내리셔야 이 나라의 법도가 바로 설 것이옵니다."

"더는 듣지 않겠노라. 추후 또다시 이 일이 거론될 시에는 소문의 근원을 찾아 엄히 다스릴 것이다. 함구하라."

도승지의 간곡한 간언에도 불구하고 선조의 태도는 확고했다. 평소 임해군의 망나니 같은 성정을 모를 리 없던 선조였다. 그러기에 임해군을 두둔하고 싶은 마음보다는 자신의 치세에 흠이 될까 두려움이 앞선 것이다. 더구나 나이 어린 중전을 보기가 민망할 수밖에 없었고 백성들의 입에 오르내릴 것 역시 경계하고 있었다.

소문은 빠르게 부풀려지는 법이고 각자의 위치에서 이를 달리 보고 이용하는 사람들도 있는 법이다. 인목은 섬뜩한 기분에 몸을 떨었다.

어떻게 사람을 때려죽일 수 있단 말인가? 이는 어린 나를 새어미로 인정하기 싫은 장성한 왕자들의 반항일 것이다. 열세 명이나 되는 대군들을 어찌 대

해야 하는가? 위아래를 모르고 포악하기로 소문난 임해군, 정원군, 순화군은
말할 것도 없고, 나머지 대군들도 만만치 않을 것이다.

공주 탄생

인목의 손목에 매여 이어진 명주실로 전달되는 맥이 여느 때보다 역동적이었다. 내의녀의 눈가가 미세하게 흔들렸다.

"중전마마, 감축드립니다. 분명 회임이옵니다."

얼마나 바라던 태기였던가!

'마마와 우리 가문의 흥망성쇠는 모두 입궁 후 십 년 안에 결정됩니다. 주상 전하의 춘추가 이미 쉰을 넘어섰으니, 중전마마께서는 무조건 왕자를 낳으셔야 합니다. 그리고 그 왕자 아기씨가 열 살이 될 때까지만 주상께서 버텨준다면 서자 출신인 세자 광해에서 적통 왕자에게로 세자 자리가 바뀌는 것은 한순간이 될 것입니다.'

중전으로 간택되어 궁에 들 때 부친 김제남의 간곡한 주문이고 당부였다. 목울대에서 가는 떨림이 부스스 밀고 올라왔다. 인목은 아랫배를 어루만졌다.

중전이 회임하였다는 소식은 순식간에 궐 안으로 퍼져 나갔고 건들바람을 탄 소문은 재빠르게 담장을 넘어갔다. 선조는 기쁜 마음을 애써 감추려 할수록 올라가는 입꼬리를 어찌할 수 없었는지 양 볼을 부풀리며 실실 웃음을 흘려내었다. 희희낙락, 저리도 좋을까? 지밀상궁인 개시가 눈꼬리가 한껏 올라갔다. 늦은 밤 중궁전을 찾은 선조는 인목의 손을 꼬옥 잡았다.

"왕자든 공주든 상관없소. 이 나라에 큰 경사가 될 것이오."

웃음꽃이 활짝 핀 선조의 목소리는 흥분과 기쁨을 가려낼 수 있을 정도로 티가 났다. 후궁전에서 많은 대군과 옹주를 보아왔겠지만 그간의 출생 경험은 까맣게 잊어버린 것처럼 보였다.

가장 민감하게 노심초사하는 곳은 동궁전이었다.

"이리도 빨리 회임을 할지 누가 알았겠사옵니까?"

세자빈 유씨의 음성에 가시가 가득했다. 왕자의 탄생만은 막겠다며 호언장담하던 개시의 말이 떠오르며, 광해는 앞으로 전개될 상황들에 대한 생각으로 혼란스러워졌다. 광해의 표정을 읽었던지 세자빈 유씨는 조심스럽게 운을 떼었다.

"저하, 너무 심려치 마옵소서. 대전에는 김 상궁이 있고 중궁전에는 상궁 난이가 있으니, 소첩이 기회를 보겠사옵니다."

"빈은 대체 무슨 말을 하려는 게요?"

듣기 싫다는 듯 광해는 불같이 언성을 높이며 밖으로 나섰다.

구월의 밤공기는 차가웠다. 필운동에서 마주쳤던 한 여인의 모습이 명치끝에서 아련하게 저려왔다. 그리움이었다.

"어머니, 혼輝이옵니다."

달을 올려보며 광해는 어머니를 불러보았다. 자신을 낳고 산고를 이기지 못해 세상을 떠난 어머니가 그 속에 있었다. 어린 광해가 어머니를 찾을 때마다 유모 상궁은 하늘에 뜬 달을 가리키며 '저기 저 달 속에서 왕자님의 어머니께서 내려다보고 계신다며 어머니의 빈자리를 채워주곤 했었다.

"어머니, 시간이 지날수록 왜 이리 꼬여만 갑니까. 날마다 대전에 문안 들기가 두렵고 두렵습니다. 소자를 바라보는 아바마마의 눈초리가 눈엣가시인 것을 소자는 어찌해야 합니까? 새 중전이 회임을 하였다 합니다. 소자의 앞날이 더 이상 참담해지지 않도록 제발 보살펴주세요. 어머니!"

어머니를 부르는 독백이 커질수록 가슴 깊은 곳은 뻐근하고 먹먹해져 갔다. 스스로에게 할 수 있는 위로라곤 주먹손으로 가슴을 치는 것이었다. 쿵쿵거리는 소리가 밤하늘의 정적을 깨듯 점점 커져갔다. 이를 바라보는 세자빈 유씨는 안타까움에 눈물을 떨궜다.

이튿날 입궐한 이이첨이 동궁전에 들었다. 시강원侍講院 사서司書로 있던 이이첨은 세자 광해를 가르치며 신임을 쌓아가고 있었다.

"세자 저하, 중전의 회임 소식만으로 이리 상심하시면 저하만 바라보고 있는 소신들은 기댈 곳이 없사옵니다."

이이첨은 서탁 위에 간찰을 하나 꺼내놓았다.

"저하, 이 간찰은 허균의 것이옵니다."

"일전 자네 주변 인물 중 강단과 소신 있는 인물이라던 그자인가?"

"그러하옵니다."

"그런데 웬 간찰인가?"

"허균이 제게 보내며 읽는 즉시 태워버리라 당부하였으나 저하께 보여드려야 할 듯하여……."

얼마나 비밀스러운 내용이기에 읽는 즉시 태우라 하였는지…… 간찰을 펼치자 유려하고 가느다란 필치가 드러났다.

"너나 할 것 없이 차별 없는 평등한 세상을 만들기 위해서는 사고가 바뀌어야 하고, 세상이 바뀌어야 하옵니다. 그렇기에 내 평생 섬기고 싶은 새로운 주군은 세자 저하인 광해군이시옵니다. 이 한목숨 저하를 위해 바칠 수 있다면 원이 없겠사옵니다."

"이런! 무서움을 모르는 자로군. 새로운 주군이라니……! 듣기에 따라서는 역모가 될 수도 있음이야."

말은 이리했지만 광해는 충성 맹약을 직접 듣는 것이 아니라, 다른 사람을 통한 간접 맹세가 왠지 더 미더웠다. 더구나 자신을 위해 이 한목숨 바치겠다는 허균이 궁금했다.

"이자가 목숨까지 바치겠다는 이유는 무엇이더냐?"

"직접 하문해보시고 판단하시옵소서."

"그의 호가 교산蛟山이라 했던가?"

"그러하옵니다. 교蛟는 교룡蛟龍을 의미하며 때를 만나지 못해 뜻을 이루지 못하는 영웅호걸을 비유한 말이옵니다."

"때를 기다리는 영웅호걸이지, 주군을 못 만난 호걸은 아니잖느냐?"

"아뢰옵기 황공하오나 때는 한 시대를 의미하며, 그 속에는 인물과 사물에 대한 변화가 다 포함되어 있는 것이라 딱히 시간만을 의미하지는 않사옵니다. 허균은 바뀔 세상에 대한 열망이 큰 인물이옵니다."

한편 대전 장지문을 사이에 두고 번을 서던 개시는 조바심이 났다. 지금쯤 마음속에서 지옥을 거닐고 있을 세자 광해에 대한 생각 때문이었다. 날마다 희색이 만연한 얼굴로 중궁전으로 드나드는 선조의 걸음걸이에 심기가 불편하고 배알이 꼴렸다. 회임한 중전을 향해 보여주는 한없이 미더운 지아비의 모습과 호탕한 웃음소리는 그녀로 하여금 목구멍에서 쓴

물이 올라오게 했다. 애써 분노를 삼키는 개시의 머릿속에는 장안의 소문 난 점쟁이를 가늠하는 것뿐이었다.

동대문 밖 용하다는 무녀를 찾았다. 신기를 받은 지 얼마 안 되었다는 무녀는 이마가 넓고 양 볼이 튀어나왔으나 눈매는 가늘게 째져 올라간 갈 고리눈을 하고 있었고, 눈동자에 서린 신기가 매서웠다. 다른 무녀와 사 뭇 다른 점이 많아 보이는 무녀의 방에는 기방도 아닌데 눈먼 악사가 대 금을 품에 안고 앉아 있었다. 그 모습이 눈에 거슬린 개시는 소리 나게 치 맛자락을 여미며 자리에 앉았다.

"사람을 물려주시게."

"개의치 마십시오. 전란 통에 시력을 잃고 대금이나 불며 연명하는 제 아래 남동생입니다."

다시 눈길을 주어 악공을 바라보자 눈가에 칼자국이 선명하고 눈꺼풀 이 눌어붙어 있었다. 개시는 소맷자락에서 두 사람의 사주를 꺼내 턱 밑 에 들이밀었다.

"복채는 걱정 말고 자식궁을 점쳐주게."

사주를 받아든 무녀는 이상하다는 듯 재차 확인하더니 힐끔 개시를 올 려보았다.

"이 사주는 나라님 내외 사주가 아니오?"

개시는 흠칫 놀랐다. 선조와 중전의 사주를 알고 있는 이 무녀는 도대 체 누구인가!

"하하, 그럴 리가 있겠는가? 누군가가 앞서 가져온 사주와 비슷한 것일 테지……."

"그럴 리가 있겠습니까? 저는 속여도 신은 속일 수가 없는 법이지요."

"역시 조선 최고의 무녀일세그려! 그나저나 누가 먼저 다녀간 겐가?"

"마마님이 어느 궁의 뉘신지 알지 못하듯 앞선 분들 역시 그러합니다."

보통내기가 아니구나.

자신의 신분을 한눈에 알아챈 무녀의 심기를 건드릴 필요까지 없다고 생각한 개시는 그녀를 회유하고자 했다.
"내가 궐에서 나온 것임을 알았으니 그 두 분의 자식궁을 말해줄 수 있겠지?"
무녀는 대답 대신 눈을 감고 무구인 칠성방울을 한참 동안 흔들어 보였다.
"내 다시 한번 확인하러 온 것이네."
개시는 애써 태연한 척 말을 던졌다.
"송구하오나 마마님! 태를 점지해주시는 신께서 심기가 번잡하다 하십니다. 게다가 한번 본 괘#는 다시 보기 싫다 하시니 그만 돌아가시지요."
흔들고 있던 칠성방울을 내려놓으며 무녀는 단호하게 돌아앉았다.

머릿속이 복잡해졌다.

누구일까? 중궁전이나 동궁전이었다면 내가 모를 리 없다. 그렇다면 후궁전일 가능성이 크다. 후궁 중에 감히 누가 중전의 태기를 점치러 올 수 있을까?

개시는 온몸에 전율이 일었다. 귀인 김씨의 얼굴이 떠올랐기 때문이다. 선조의 가장 많은 총애를 받고 있는 그녀는 새 중전이 들면서 중궁전을 내어주고 후궁전으로 밀려 앉았다. 그동안 새 중전만 생각했지 귀인 김씨의 존재를 까맣게 잊고 있었다. 그녀의 주변에서 사저로 나올 수 있는 궁녀는 엄 상궁밖에 없었다.

"궁에서 자네를 찾았던 이는 나도 잘 알고 있는 이일세. 얼굴이 가늘고 콧방울이 크고 왼쪽 입술 옆에 깨알 같은 점이 있었을 것이야."

물러섬이 없이 이미 알고 왔다는 듯 예단하는 개시의 말에 무녀는 다시 돌아앉았다. 개시가 당기고 무녀가 밀어내는 심리전이 미묘하게 감돌았다.

"백번 양보하여 이미 누군가 보았다는 그 점괘를 내게 다시 일러달라는 것 아닌가? 이 정도 복채면 알려주겠는가?"

개시는 두둑한 돈주머니를 상 위에 얹어놓았다. 그런 개시를 잠시 바라보던 무녀는 자리에서 일어나 모시는 장군 신장 앞에 향을 올렸다. 개시는 이내 또 하나의 주머니를 보탰다. 그제야 무녀는 자리로 돌아와 앉았다.

"이건 비밀로 약조하셔야 말씀드릴 수가 있습니다."

"도리어 내가 하고 싶은 말이야. 내겐 한 번이면 족하네. 이후 누군가에게 이 일이 발설된다면 자네 목숨은 살아남지 못할 것일세."

개시의 목소리는 시퍼렇게 살아 있었다.

"중전의 사주에는 공주 한 분뿐입니다. 곧 공주를 보실 것입니다."

"공주 한 분이라…… 분명하렸다."

개시의 재차 확인에 무녀는 무언가 여운이 남는 듯 머뭇거리다 재빨리 허리를 굽혔다.

"뉘 앞이라 거짓을 고하겠습니까?"

개시는 조심스럽게 품속에서 다른 사주를 꺼냈다.

"이것도 봐주게."

개시는 전보다 더 두둑해 보이는 복채 주머니를 건넸다. 무녀가 신기를 받기 위해 다시 눈을 감고 천천히 칠성방울을 흔들며 알 수 없는 말로 중얼거리자 방 안에는 애달픈 대금 소리가 울렸다. 무녀의 이맛살이 찌푸렸다 펴지기를 반복하였다. 점괘 읽어내기가 길어지고 있었다.

"이 사주는 유아독존의 존귀함으로 우뚝 설 분입니다. 젊은 시절 역경이 따르겠지만 반드시 세상을 호령하실 사주입니다."

"오늘 일이 밖으로 새어나가기라도 하면 자네 목숨은 반드시 내가 거둘 것이야."

자리를 털고 남색 치마로 바람을 일으키며 문을 나서는 개시의 뒷모습에 무녀는 혀를 찼다.

"독한 년, 많은 피바람을 몰고 다닐 년이네!"

개시는 공주 하나뿐이라는 점괘에 짐을 내려놓은 듯 가벼워진 마음으로 가마꾼들을 재촉했다. 무엇인가를 더 말하려다 눈치를 보며 멈칫거리던 무녀가 마음에 걸리긴 했지만 세상을 호령하게 된다는 광해의 사주에 들떠, 그만 되돌아가기에는 너무 멀리 와 있었다. 별일 아니겠지. 스스로를 다독이며 동궁전으로 스며들었다.

"저하, 중전의 팔자에는 계집아이 하나만 있다 합니다. 심려치 마시라 이리 한걸음에 달려왔습니다."

"그새 어디 가서 무슨 말을 물어온 게냐?"

"도성 밖에서 가장 용하다는 무녀이옵니다. 한데 저를 앞선 것들이 있었다 하여 입막음을 단단히 해놓았사옵니다."

"그게 무슨 말이냐?"

"제 생각으로는 귀인 김씨 쪽에서 움직인 것으로 보입니다. 한발 앞서 점괘를 보고 갔지 않았겠습니까? 저하! 이것이 무엇을 의미하는지 한시도 잊으시면 아니 됩니다."

왜란이 일어나기 전 선조는 귀인 김씨의 둘째 아들 신성군을 세자로 삼으려 했다가 대신들의 반대에 부딪혀 무산된 일이 있었다. 왜란 중에 신

성군이 세상을 떠났으나 귀인 김씨가 아직까지 용상에 대한 미련을 버리지 못하고 기회를 엿보고 있을 줄이야. 무덤덤하게 고개를 끄덕이던 광해를 향해 개시는 다짐을 받듯 다시 선을 그었다.

"귀인 김씨가 중전의 회임에 각별히 촉을 세우고 있는 것을 알게 된 이상 우리도 더욱 긴장해야 할 것입니다."

차지세와 산실청

"전하, 중전마마의 옥체가 하루하루 무거워지고 있사옵니다. 어명을 내리시어 산실청産室廳을 열게 하소서."

귀인 김씨가 선조께 주청하였다.

"중전을 위한 산실청이라⋯⋯."

"여러 해 전 전하께서 궐내에 호산청護産廳을 두게 하시어 소첩이 순산하는 성은을 입은 바 있사옵니다."

그랬다. 그동안 후궁들은 사가에 나가 출산하는 것이 관례였으나 선조의 배려로 궁내에 호산청이 마련되었던 일을 김 귀인이 떠올린 것이다.

예조에서는 서둘러 대교侍敎 김대덕을 영변 묘향산으로 보냈다. 혹시 모를 전란에 대비해 옮겨놓은 전주 사고 실록에서 예법의 선례를 찾기 위해서였다. 그러나 묘향산 사고에 보관된 실록에서는 산실청에 관한 그 어떤 기록을 찾을 수 없었다. 황망했다. 고민하던 예조에서는 산실청에 대한 기본 예법을 새로이 만드는 일로 분주할 수밖에 없었다.

산실청은 왕손을 수태한 중전의 건강을 면밀히 살피고 돌보는 일뿐 아니라 출산에 필요한 절차를 착오 없이 진행할 목적으로, 출산 삼 개월 전에 세워지고 출산 후 칠 일째에 해체되는 임시 기관이었다. 내의원 소속 제조의원과 의녀, 침의, 별입직 어의, 의약동참이 정해지면 산실청을 주관하게 될 권초관捲草官, 관상감, 차지내관, 무관 등이 배속되었다. 즉위한 이후로 정비에게서 왕손이 탄생하는 일은 처음인지라 기대가 클 수밖에 없었다.

어명이 내려졌다.

생명은 하늘과 땅의 조화에 의해 규범 되는 것이다. 산모의 안정을 고려하여 대조전 중전이 기거하는 방을 산실로 정한다. 중전의 사주에 금金의 기운이 성하니 토생土生의 맥을 만나야 비로소 뿌리를 내리는 형상이라 산실産室 중앙에 해산 자리를 펴야 하고, 하늘을 주관하는 신께 북극성 방향에 새로운 생명을 베풀어달라는 최생부催生符를 붙여야 하며, 붉은 햇경면주사로 쓴 부적을 동쪽 방향에다 붙인 다음 태의胎衣를 두어야 한다. 이는 액운이 끼고 부정 타는 것을 방지하기 위함이다. 산실청이 마련된 기간에는 형벌의 집행을 삼가고 전국 사찰에 공물을 보내 기도케 하라.

산실에서 가장 중요한 해산 자리의 위치가 정해지자, 이어 차지세借地稅에 대한 논란이 일었다. 차지세는 부정 타지 않게 해달라며 지신에게 바치는 노자였다.

"땅의 기운을 향수하려면 땅을 다스리는 지신地神에게 재물을 바쳐야 한다지?"

"신령님도 재물을 좋아하시는가 보구려."

"그렇고말고. 만약 지신께 올리는 돈이 적으면 땅의 기운이 눅눅해진다지 뭔가?"

"아무래도 왕손의 부친인 전하께서 지불하지 않으시겠는가?"

"세자도 계시지 않은가? 아우를 보는 일인데 세자께서도 뒷짐 지고 있지는 않겠지?"

뜻하지 않게 논란거리가 된 차지세는 대신들 사이에도 상반된 의견이 나왔다. 영의정 유영경이 이끄는 소북파가 가장 먼저 나섰다.

"이 나라 적자의 탄생일 수도 있소이다. 조정에서 녹을 받아먹는 대신으로서 가만히 있어서야 되겠는가? 우리도 차지세를 내도록 함이 어떠하신가?"

그러자 대북파 이산해가 반기를 들었다.

"왕자일지 공주일지 아무도 모르는 일이외다. 게다가 엄연히 국본인 세자 저하가 계시는데, 대신들이 나선다면 자칫 왕실을 혼란스럽게 할 수도 있소이다. 왕손의 출생은 내명부에서 간여할 일이니 지켜보는 것이 합당하오."

적자 출생 기원에 대한 당연성을 앞세우던 소북파와 왕위 세습에 대한 혼란을 방지해야 한다는 명분을 내세운 대북파가 서로 대립의 각을 세워나갔다. 차지세가 빌미였다지만, 종국에는 각 파가 정세의 우위를 선점하려는 분위기였다. 이 같은 소란에 선조는 문무 대신들을 크게 책망했다.

"딱한 일이로다. 경사스런 일에 왜 이리 소란이란 말인가. 차지세에 대해서는 왕실의 경사이니만큼 종실로 한하여 규정할 것이다. 더 이상 논하지 말라."

선조의 이 한마디는 조정을 일순 가라앉히는 위엄과 힘이 있었다.

"길한 날을 택하여 은혜로운 땅을 빌리고자 합니다. 신령스러운 지기地祇는 오늘의 주문을 흔쾌히 받아주시고 악하고 삿된 기운을 물리쳐주시옵소서."

첫째 무戊일에 맞추어 차지내원이 술을 따르고 지신을 달래는 주문을 마치자 산실청을 제안했던 귀인 김씨가 차지세를 지신단에 올리고 두 손을 모았다.

"염원하오니, 무탈하게 왕손을 출산하게 하소서."

사주와 음양오행에 맞추어 해산 자리가 정해지자 인목은 매일매일 달이 뜨는 방향으로 머리를 두며 달의 기운을 받았다. 몸과 마음이 명징해졌다. 도제조 의원과 의녀 들의 움직임이 분주해질수록 다가올 산고보다 주위의 기대가 더 두려웠다. 사가로부터 함께 입궁한 달이가 한시도 곁을 떠나지 않고 그녀를 보살폈지만, 어디까지나 출산은 자신의 몫이라는 걸 누구보다 잘 알고 있던 인목이었다.

왕비의 출산으로 산실청은 살얼음판을 걷듯 조심스럽고 분주하게 움직였다. 산통이 시작되면서 정신을 놓고 가다듬기를…… 얼마나 지났을까?

"중전마마, 감축드리옵니다. 공주 아기씨이옵니다."

아릿한 배냇냄새에 눈을 뜬 인목의 눈가로 이슬이 맺혔다.

한 궁궐 안이지만 중전의 출산에 대한 반응은 달라도 너무 달랐다.

"중전의 옥체는 어떠하더냐?"

산모와 공주의 건강을 확인한 선조는 공주의 탄생이 못내 아쉬웠다. 대군의 탄생을 반길 처지가 아니었던 세자 광해도 목이 타기는 마찬가지…… 지난 열 달이 십 년 같았다. 정작 공주가 태어났다는 소식에 가슴을 쓸어내린 것은 개시였다.

무녀의 신기가 나를 실망시키지 않는구나.

계집 하나라 하였으니, 이제 되었다.

유희서의 죽음

"내 이놈을 가만두지 않으리라."

지난해 춘양루 살인 사건에 대한 진상을 선조에게 고하며 법도에 따라 엄중히 벌해야 한다고 도승지 유희서는 강력히 주청한 바 있었다. 이를 잘 알고 있던 임해군은 '내 이놈을 가만두지 않으리라' 줄곧 마음속에서 칼을 갈고 있었다.

그러나 상대가 영의정을 지낸 유전柳墺의 아들이고 임진왜란 때 유성룡의 종사관으로 명나라와의 외교를 맡았던 인물이다. 함부로 다루다가는 도리어 큰 화를 입을 수도 있었다.

"대군 나리, 도승지가 애지중지 아끼는 첩 애생愛生이란 계집이 있사온데, 그 여색이 여간 반반한 게 아니라 합니다."

"그래?"

밤낮으로 주색잡기에 빠져 있던 임해군이 이를 그냥 넘겨들을 리 만무했다. 가뜩이나 유희서에 대한 반감이 컸고 이를 갈고 있던 터에, 여색이 반반하다는 첩 이야기에 구미가 당기지 않을 수 없었다.

"내 그년을 한번 보아야겠구나. 냉큼 데려오거라."

"비록 기녀 출신이라 하나 도승지의 첩이 아니오리까?"

"내가 보겠다는데 뭔 말이 그리 많으냐? 내가 직접 나서야 하겠느냐?"

"대군 나리……."

해가 떨어지고 유난스레 달빛도 자취를 감춘 야심한 밤, 보쌈 당하듯 끌려온 애생은 두려움에 비명도 지르지 못하고 있었다.

"나 임해가 품에 안고자 마음먹으면 넘어오지 않은 계집이 없었다. 내 오늘 너를 취해 운우지락을 제대로 맛보게 해줄 것이다."

"나리, 저는 주인이 있는 몸이옵니다. 속히 돌려보내주시옵소서."

"감히 네년이 내 수청을 거부한단 말이냐? 죽고 싶은 모양인 게로군."

임해는 사색이 되어 반항하지도 못하는 애생을 가슴에 품으며 짐승처럼 강렬하게 욕정을 채웠다. 만신창이가 된 애생은 흐느끼며 눈물만 떨구었다.

다음 날 아침, 임해군은 심복 김덕윤金德允을 불러들였다.

"나리, 찾으셨습니까?"

"도승지의 동태를 살펴보았느냐?"

"마침 도승지가 조상의 묘에 제를 지내러 경기도 포천으로 떠났다 하옵니다."

"그래? 그것 마침 잘되었구나. 내 분이 풀리지 않아 그러하니 도승지 그놈이 다시는 한양 땅을 밟지 못하게 만들어라."

"그 하명…… 이라심은?"

임해군은 대답 대신 손을 들어 목을 그어 보였다.

"결코 흔적을 남겨서도 후환을 남겨서도 아니 된다."

"명을 받잡겠사옵니다."

"그래야지. 이번 일을 잘 처리하면 그놈의 애첩 애생을 네게 주마."

임해군의 입가에 살기가 어렸다. 그가 손가락을 꺾자 마디마디 꺾이는 소리가 두둑두둑 들려왔다. 씰룩거리는 입꼬리에 묻은 술기운에서 희열이 번들거리며 흘러내렸다.

애생을 독차지할 수 있다는 욕망에 들떠 있던 김덕윤은 종 춘세春世에게 도적 설수雪守와 황복黃福을 붙여 유희서의 뒤를 쫓게 하였다. 며칠 뒤 대전에 경기 관찰사 강신의 화급한 장계가 날아들었다.

지난 이십일일, 유성군 유희서가 포천抱川 조상의 묘 인근에서 말을 탄
화적패들의 칼에 살해되었습니다. 재신宰臣이 도적에게 해를 당한 것은
근고에 없던 변고이며 매우 놀랄 일이라, 감히 치계馳啓합니다.

조정은 심하게 술렁거렸다. 조정 관리가 화적의 습격을 받고 살해되다니, 이는 결코 가볍게 넘길 일이 아니었다.

"안타깝게도 희서가 도적에게 살해당했다니, 과인의 애통함을 이루 말할 수 없구나. 오늘 조시朝市는 시행하되 경연은 멈추도록 하라."

한양과 겨우 하룻길인 포천에서 발생한 피살 사건은 전례 없던 일이었다. 선조는 비통해했다.

책임을 피해 갈 수 없던 병조판서가 목소리를 높였다.

"안동부사 황극중黃克中이 얼마 전 대흥大興에서, 이번에는 도승지 유희서가 포천에서 화적의 칼날에 죽었습니다. 조정 신료의 잇따른 비보는 불온한 무리들로 인해 민심이 패악悖惡해졌기 때문으로 사료되옵니다. 양 도兩道의 감사에게 명하여 도적들을 잡아들여 그 죄를 묻게 하고, 각 포도청으

로 하여금 지역 순찰을 강화하게 하여 도적들이 더 이상 제멋대로 횡행하지 못하게 속히 조처하겠나이다."

"이것은 필시 나라의 위계를 우습게 보는 것이다. 포도청의 인력을 풀어 범인을 추포하고 조속히 사건의 진상을 파악하도록 하라."

선조의 어명 또한 단호하고 엄중했다.

그러나 방방곡곡에 수배령이 내려진 지 한 달이 지나가도록 도적을 잡았다는 장계가 올라오지 않았다. 고심하던 선조는 영의정 이덕형을 들게 하였다.

"이번 일은 영상이 맡아주어야겠소."

선조의 간곡한 당부를 받은 이덕형은 상황이 드러날수록 난감하기만 했다.

유희서를 살해한 것으로 드러난 도적 설수와 황복을 경기도 광주에서 잡아들였지만, 국문을 하기도 전에 이들은 누군가에게 살해되었다. 또 개성부의 도적 세 명을 체포해 한양으로 압송했지만 이들 역시 전옥서에 수감되기도 전 한꺼번에 피살되었다. 이들이 먹은 주먹밥에 의심이 갔지만 단서를 찾을 길은 없었다. 옥관獄官이 누군가와 내통하지 않고는 있을 수 없는 일이었다. 하지만 누군가는 책임을 져야 하는 일이었기에 포도대장 변양걸邊良傑에게 압송된 도적들을 소홀히 단속하여 피살되도록 방조한 죄와 국문을 제때 하지 않은 죄를 물어, 곤장 구십 대와 하옥형을 내렸다.

또한 죽은 도승지 유희서의 아들 유일柳軼은 아비의 억울한 죽음 뒤에 임해군의 사주가 있었다는 사실을 밝히는 글을 사헌부에 올렸지만 오히려 왕자 무고죄로 백 대의 곤장을 맞은 후 도성 삼천리 밖으로 내쳐졌다. 참으로 어처구니없는 일이었다.

이런 상황을 하나하나 정리해가던 이덕형은 이번 사건의 중심에 임해군이 연관되어 있음을 확신했다.

화적을 불러들인 사람은 임해군의 심복인 김덕윤이었고, 유희서를 살해하고 그의 첩 애생 역시 입막음을 위해 살해한 것도 그놈의 소행이었으리라. 그렇다면 분명 사주한 자가 있을 것이고, 평소의 행실과 정황으로 보아 임해군에게 혐의를 두어야 마땅하다. 그럼에도 의금부와 사헌부에서의 수사 방향은 무고로 흘러가고 있으니, 이는 아들을 보호하기 위한 선조의 심중이 백분 반영된 것으로밖에 볼 수 없다.

이덕형은 조심스레 선조와 독대를 청했다. 선조는 평소와 다르게 심기 불편한 기색을 숨기지 않고 얼굴을 붉히며 서책을 소리 나게 닫았다.

"전하, 사람을 해한 살인사건이옵니다. 전하께서는 배후가 누구인지 이미 짐작하고 계시지 않사옵니까? 의금부에 일러 일벌백계하는 것이……."

"오늘 과인의 몸이 편안치 않다. 물러가라."

더 이상 듣지 않겠다는 듯 선조는 이덕형을 쳐다보지도 않고 말을 끊었다. 그러나 이덕형은 물러서지 않았다.

"이 나라의 엄한 법도를 지키는 일이옵니다. 들으셔야 하옵니다."

"듣기 싫다."

이대로 물러설 수는 없는 일이었다.

"비록 왕자의 신분이라 하나 마땅한 벌을 내리셔야만 이 나라의 법치가 바로 설 것입니다. 통촉하여주시옵소서."

"물러가라 하지 않았느냐?"

선조의 단호한 물리침에 이덕형은 할 말을 잃었다. 왕자의 죄를 물으려 영의정인 자신을 도구로 삼은 선조의 계산된 의중을 눈치챘다. 자식이 잘 못하면 잘 가르치지 못한 것을 자책하고 더 엄하게 꾸짖어 바로잡는 것이 반가의 법도이거늘, 하물며 왕실에서 부도덕한 혈육을 감싸고자 억울한 백성을 만들고 있으니 나라의 앞날이 막막하기만 했다. 더 이상 고집을 부린들 바뀔 것은 없었다.

집으로 돌아온 이덕형은 끼니도 거른 채 한참 동안 벽면을 응시하고 앉았다.

"아버님, 오늘 입궐하여 언짢은 일이 있으셨는지요?"

약초 달인 차를 챙겨 들어온 아들 여벽^{如璧}의 근심 섞인 목소리에 돌아앉으며 이덕형은 바삐 서탁 위 서책들을 가지런히 했다.

"너는 집안사람들 입단속 잘 시키거라. 앞날에 놀랄 일도 있을 것이니 의연해야 할 것이다."

아버지의 진중한 당부에 아들은 더는 여쭤보지 못했다.

선조는 자식에게는 눈먼 장님이었다. 며칠 지나지 않아 영의정 이덕형을 파직한다는 전교가 내려졌다. 예상대로 기다렸다는 듯 담담하게 이 상황을 받아들인 이덕형은 서둘러 낙향을 했다. 그리도 아끼던 이덕형이었기에 선조의 마음도 편하지는 않았다. 아낀 만큼 자신의 심중을 그 누구보다 헤아려주리라 믿고 맡겼던 임해군 관련 사건에 대해, 이덕형이 그리고집을 부릴 줄은 몰랐다. 그래서 더욱 화가 났던 선조는 이덕형에 대한 원망과 견제를 위해 그의 평생지기인 백사 이항복을 영의정에 제수했다.

'과연 네 벗인 백사도 너처럼 임해군을 벌하라, 주청할까?'

두고 보겠다는 심사가 새끼줄처럼 꼬여 있었다. 한음 이덕형과 백사 이항복의 우정은 조선 팔도 모르는 사람이 없었다.

아니나 다를까. 영의정 교지를 받은 이항복은 한음의 자리를 맡을 수 없다며 극구 사양했다. 그러나 어찌하겠는가? 이미 임금의 교지가 내려졌으니 상소를 올릴 수밖에…… 이항복의 상소는 연이어 거듭되었다.

"중전, 아무리 생각해도 백사 이항복의 상소문이 걸작이야."

중궁전 내실 여닫이문에 걸쳐 있던 긴 햇살이 문틈으로 비집고 들어와 찻잔 위로 꺾어지고 있었다.

"괘씸하기 짝이 없는 자들이긴 하나, 이들의 지조와 우정이 부럽기도 하다오."

"신첩이 들기로는 백사 대감이 전하의 성은을 감히 거절하는 상소를 올렸다 들었사온데 역정을 내시기는커녕 기분 좋은 웃음이시라니요?"

"내 자랑인 듯싶소만 과인 곁에 이리 결기 넘치는 이름난 신하가 많아 마음이 든든해지니 웃지 않을 수 있겠소?"

웃으며 인목을 바라보던 선조는 시를 읊듯 상소문을 읽었다.

"덕형즉이언지신(德馨卽己言之臣), 이미 덕형이 한 말은 소신의 말이요, 신즉미언지덕형(臣卽未言之德馨). 소신의 말 역시 미처 말하지 못한 덕형일 뿐이다. 죄수미창(罪雖未彰), 비록 죄가 있건 없건 간에, 하인익정(何忍匿情). 어떻게 우정을 감출 수 있겠사옵니까? 어떻소. 중전, 이 명문장가에게 벌을 내리리까?"

"하오나 전하, 이들의 우정이 아무리 돈독하다 하지만…… 전하의 지엄한 명을 거역하겠다는 것인데, 그래도 노엽지 않으시겠사옵니까?"

"이 문장을 보고 그 누가 노할 수 있겠소. 과인은 백사와 한음의 의리와 우정이 부러울 뿐이오. 백사가 임금이 내려준 벼슬을 벗을 위해 마다하는 상소문을 여덟 차례나 올렸으니, 서로에 대한 신의와 우정은 위아래 없이 추앙을 받아야 마땅하오. 이들이 과인의 마음의 짐도 이같이 포용해주면 좋으련만……."

"신첩은 전하의 하해와 같은 아량과 신하를 아끼는 성심에 감복할 뿐이
옵니다. 훗날 긴히 중용하소서."

이덕형의 관직을 박탈한 선조는 결국 두 사람 중 누구도 얻지 못했다.
게다가 차마 내색하지는 못했지만 인목의 속마음은 불안하고 암담했다.

임해군이 누구인가! 궁의 안주인으로서 첫 하례를 받던 날, 그는 기방
에서 살인을 했다. 정명공주가 세상에 태어난 지 백일도 되지 않아 도승
지가 칼에 찔려 죽는 일이 발생했다. 이런 끔찍한 사건들이 종실과 관련
된다는 사실이 무섭고 두려웠다.

더구나 살인을 저지른 것이 명백한 아들을 나무라지도 못하고 어물쩍
넘기려 충신들까지 내치는 선조의 처신이 마음에 들지 않았다.

『조선왕조실록』

정명공주를 가슴에 안고 눈을 맞추는 선조의 모습이 평온해 보였다. 자상한 아버지의 모습이었다.

"대군 아기씨를 안겨드리지 못했습니다."

"과인의 오목눈이 중전과 공주가 이리도 어여쁜데 내 무엇을 더 바라겠소."

첫 회임부터 출산의 과정을 온전히 겪어낸 인목은 세상 보는 눈이 달라졌다. 어미가 되어야 느낄 수 있는 평범함이 아니라 이 나라 국모로서 바라보는 것들이었다. 중전을 위해 꾸려진 산실청 내 제조 의원과 의녀, 궁녀들이 밤낮으로 애쓰는 모습에 크게 감동했다.

춘추관에서는 실록 복원사업이 한창 진행되고 있었다. 실록은 조선 태조부터 제13대 명종 대에 이르기까지의 국가 대소사는 물론 역사적 사건까지 상세히 기록되어 있는 산 역사서였기에 선왕의 위패만큼이나 소중하게 다루어져왔다.

왕이 붕어한 다음 실록이 정리되면 네 부를 만들어 한양 춘추관, 충주, 성주, 전주 네 곳의 사고史庫에 보관하게 하였던 것인데, 임진왜란 때 그만 전주사고 실록을 제외하고는 모두 불에 타버린 것이다. 전주사고 실록은 그 지역 참봉과 유생 들의 도움이 있어 내장산으로 옮겨진 덕분에 화마를 피해 갔다.

전란이 끝나자 혹시 모를 일에 대비하여 선조는 전주사고본을 묘향산으로 옮겨놓았다. 임진왜란 중에 소실된 『조선왕조실록』으로 인해 선조가 얼마나 안타깝고 비통해했었는지…… 스스로를 만고의 죄인이라 자책했었다.

그러나 복원 작업은 진척을 보이지 못하고 하루하루 더뎌지고만 있었다. 그 과정에 소요될 막대한 자금이 없어 곤란에 처한 것이다. 선조는 내탕금까지 풀 생각을 하였지만 이 또한 전란 끝이라 여유가 있을 리 만무했다. 이런 상황을 모를 리 없었던 인목은 선조에게 힘이 될 방도를 마련하고자 여러 날 고심했다.

"밖에 누구 있느냐?"

지밀상궁 여씨가 인목의 부름에 잰걸음했다.

"정명공주의 탄생 하례 물품 목록을 가져오너라."

"어인 일이시옵니까?"

인목은 입술을 굳게 다물었다.

무언가 하시고자 하는 일이 있음을 눈치챈 여 상궁은 내명부 물품 관할소로 궁녀를 보내 담당 관리를 들게 했다. 인목이 궁에 든 지 한 해를 조금 넘겼을 뿐이지만, 하례품은 의외로 많았다. 손으로 짚어가며 찬찬히 살펴본 인목은 대전과 동궁전 그리고 귀인 김씨가 보내온 하례품을 제외하고는 모두 따로 관리하라 명했다.

여느 날처럼 유시酉時가 지나자 어린 공주의 얼굴을 빨리 보고 싶다며 선조가 한달음에 중궁전을 찾았다.

"하루가 다르게 이목구비가 중전을 닮아가는구려."

"하오나, 궁인들은 눈매부터 하나같이 전하를 닮지 않은 곳이 없다 입을 모으옵니다."

"그럼 그렇고말고. 눈에 넣어도 아프지 않을 내 여식 아닌가? 정명아! 아바마마를 불러보아라."

짓궂은 웃음으로 생후 달포가 지나지 않은 어린 아기에게 농을 던지는 선조의 얼굴에 세상없이 환한 웃음이 가득했다.

"그건 그렇고, 중전의 몸은 어떠하오?"

공주를 유모의 품에 안기고는 중전 쪽으로 몸을 돌린 선조가 따뜻하게 손을 잡았다. 인목은 매일매일 안부를 살뜰히 챙겨주는 선조가 미덥기만 했다.

"조석으로 근심하시고 이리 안부를 물어주시니, 소첩 몸 둘 바 모르겠사옵니다. 어의들이 각별히 챙기고 있사오니 근심을 내려놓으소서."

선조는 문밖을 향해 큰 소리로 영을 내렸다.

"중전을 챙김에 있어 한 치의 소홀함도 없어야 할 것이야."

그런 선조의 갑작스러운 행동에 인목은 행복에 겨운 자잘한 웃음으로 대신했다.

"전하! 소첩 청이 있사옵니다."

"청이라…… 그게 무엇이오?"

"외람되오나 실록이 전란으로 소실되었다는 안타까운 소식을 신첩도 진즉에 들은 적이 있사옵니다. 얼마나 상심이 크셨사옵니까?"

"내 요즈음 실록을 지키지 못한 것 때문에 차마 종묘 쪽을 바라볼 면목이 없고 사직에 큰 화를 입혀 얼굴을 들 수가 없다오."

"전하 탓이 아니옵니다. 실록은 본디 사람이 만든 것이온데 부득이하게 잃었다면 복원하면 되는 일이옵니다. 다행히 전주사고 실록이 무사하다 하니, 복원하시고 새로운 사고도 지으신 후 종묘에 고하시면 될 일인 줄 아옵니다."

"그게 어디 말처럼 쉬운 일이겠소?"

"하여 정명공주 하례품과 소첩의 패물을 내놓고자 하옵니다. 부디 전하의 근심을 더는 일에 보탬이 되게 해주소서."

"아니, 그럴 수는 없소."

"그리하셔야 하옵니다. 그것이 군왕의 위상을 살피는 일이며 그 덕으로 제가 관할하는 내명부에도 본보기가 될 것이옵니다. 더구나 어린 정명에게는 큰 복이 되지 않겠사옵니까? 살펴주시옵소서."

"안으로 효를 행하고 밖으로 덕치德治를 행하려는 과인의 뜻을 나이 어린 중전이 앞서 헤아려주다니 고맙소이다. 약조하겠소. 반드시 실록을 복원해 왕실의 존엄을 세우고 중전의 덕을 치하하리라."

어린 중전의 속 깊고 기특한 마음에 감동한 선조는 인목의 얼굴을 두 손으로 보듬었다.

"과인의 작은 오목눈이가 어느새 의젓한 어미 새가 되었구려."

선조와 인목의 정 깊은 대화는 밤이 깊도록 계속되었다. 중궁전 뜨락에 떠 있는 개밥바라기별 하나가 총총 대화를 엿듣고 있었다.

이후 춘추관에서의 실록 복원 작업이 다시 활기를 띠었다. 목각 판본에 실록을 새기는 소리가 음률에 맞추듯 경쾌하게 들려왔다. 머리에 무명천을 두른 각수들 이마에 땀이 송글송글 맺혔고 끌에 파이고 깎여 부스러기가 된 나무조각들이 수북이 쌓여갔다.

"세밀하게 각을 하지 않으면 공염불이 되니 다들 정신줄 바짝 잡고 일들 하게.”

“우리가 시방 판목에 새기고 있는 글자는 나라님들의 말씀이고 행하심
이여.”

“자네들은 이야기 들었는가? 실록이 임진왜란으로 불타버린 것을 안타
까워하시던 중전마마께서 실록 복원에 공주마마 탄신 하례품과 패물을
죄다 내놓으셨다 하네.”

전국 각지에서 공출된 최고 각수들의 대화에는 실록 복원에 참여하는
것에 대한 자부심이 가득했다.

“연장 끝의 날이 무뎌지면 아무리 손끝이 매서워도 글자 획이 바르게
새겨지지 않으니, 각수들은 날 벼리는 것을 귀찮게 여기지 마라.”

각수장의 일갈은 구성지고 호탕했다.

또 다른 작업장에서는 각수들이 완성한 판본을 한지로 인출하여 원본
의 실록과 일치하는지를 확인하고 재차 검수하고 있었다. 실록을 편집하
고 수정하는 총괄책임자인 춘추관편수관^{春秋館編修官}은 세자 광해군의 처남
인 유희분이었다.

“중전, 오늘은 춘추관에 들러볼까 하오. 함께 갑시다.”

선조의 제안은 파격적이었다. 선조는 자신의 패물까지 내주며 실록 간
행에 활기를 불어넣어준 중전에 대한 고마움이 얼마나 큰 것이었는지를
표현한 것이다. 하지만 공주를 출산한 지 얼마 되지 않았고, 가고 싶어도
여인의 출입은 허락되지 않는 곳이었다.

“그리 말씀주시니 감읍할 따름이옵니다. 하나 신첩, 몸이 편안치 않아
따를 수 없나이다.”

선조는 자신의 체면도 세워주면서 아녀자의 본분을 지키겠다는 인목을
그윽하고 사랑스런 눈빛으로 바라보았다.

"그렇구려. 그럼 과인이 다녀와 이야기해주리다."

춘추관을 향하는 선조의 어깨에 흥이 가득 실려 있었다.

"글자가 일정하게 새겨지는 것이 신기에 가깝소. 참으로 아름답소."

춘추관을 찾은 선조는 각수들이 작업한 판각본을 들여다보며 연신 감탄했다. 그사이 유희분은 작업을 멈추게 하더니, 모두 들으라며 소리 높였다.

"중전마마께서 그대들의 노고를 치하하시며 다과를 내리셨소."

여기저기서 환호성과 박수 소리가 터져 나왔다. 잠시 그 모습을 지켜보며 흡족해하던 선조는 말에 힘을 실어 당부했다.

"그대들의 노고는 잊지 않겠노라. 밤낮을 가리지 않고 열과 성을 다하고 있으니 머지않아 과인이 실록의 완성을 보겠구나. 그 공을 훗날에 널리 치하할 것이니 성심을 다하라."

"황공하옵니다."

선조는 판각본 한 본과 인출지를 중궁전으로 들이게 했다.

"어찌 이것을 들게 하셨나이까?"

놀란 표정을 짓는 인목을 올려다보며 선조는 환하게 웃었다. 그 미소에는 자신감이 가득 들어 있었다.

"중전! 이것이 『조선왕조실록』 원본을 그대로 조각한 판각본이라오."

"하온데 어찌……."

"중전에게 꼭 보여주고 싶었소. 이리 하나하나 완성되어가는 모습을 기쁘게 볼 수 있는 것이 중전의 큰 덕과 국모의 마음 씀씀이 때문 아니겠소. 이 실록이 완성되는 날 과인은 정명공주를 무릎에 앉히고 함께 기쁨을 나눌 것이오."

인목은 떨리는 손끝으로 판각본에 선명하게 새겨진 글자를 조심스럽게 만져보았다.

"글자 획마다 전하의 성심이 담겨 있는 듯하옵니다. 감축드리옵니다."

인목의 축하 인사에 선조는 소리 내어 호방하게 웃었다.

"과인은 이 판각본을 보니 몽고군의 침략으로 개경이 함락되는 위기에서 나라를 구하겠다는 일념으로 만들었던 고려대장경이 생각난다오. 각수들이 한 글자 새길 때마다 세 번씩 절을 하였다 하니 그 정성이 얼마나 대단한지 아시겠소."

"신첩도 들은 바 있사옵니다."

"사내들의 땀 냄새가 진동하는 작업장에서 과인을 존경스러이 바라보던 각수들의 눈빛을 잊을 수가 없구려. 이 나라는 반드시 다시 일어날 것이오."

손수 실록 판각본을 들어 보이며 마음의 소리까지 전하는 선조의 모습은 결의와 자긍심이 가득해 보였다. 이런 지아비의 모습은 인목의 마음 한편을 든든하게 각인해주고 있었다.

왕실의 경사, 영창

늦은 밤, 도성 왈짜패 일행이 동대문 밖으로 빠르게 움직이고 있었다.

"이 썩을 년이 감히 날 속이다니."

중전이 다시 회임을 하였다. 분명 계집아이 하나라 하였는데…… 일전 말을 아끼며 멈칫거리던 무녀의 얼굴을 떠올린 개시는 이를 갈며 '이 썩을 년'을 반복해 입에 달았다. 목숨을 부지하지 못할 것이라 경고까지 하였는데…… 배후가 누구일까? 누구의 사주를 받은 것일까? 처음에는 귀인 김씨를 의심했지만 그녀 역시 자신과 별반 다를 게 없어 보였다.

머리 회전이 빠른 개시였지만 딱히 짚이는 것이 없기에 더욱 화가 치밀었다. 아무래도 의심이 가는 것은 무녀의 뒤편에 어수룩하게 앉아 있던 눈먼 악사였다. 기방도 아닌데 대금을 부는 악사가 무녀의 처소에 있었던 것이 영 눈에 거슬렸다.

그놈도 한통속이 분명하다.

사저로 잡혀온 무녀를 서슬 퍼렇게 내려다보던 개시가 입을 열었다.

"네가 여기에 왜 끌려왔는지 잘 알 터…… 네년이 나를 기만한 것이냐?"

"그럴 리가 있겠소. 어차피 세상에서 빛도 보지 못할 생명, 태어나지 않았다고 한들 매한가지일 터! 내 점괘가 틀렸다면 내 목을 치시오."

뜻하지 않은 항거에 개시는 움찔했다.

"실로 요망한 년이군."

말은 그리 했지만 개시는 자신의 속을 들킨 것 같아 주저했다. 만약 중전이 회임이라도 한다면 무슨 수를 써서라도 싹을 잘라버리겠다며 모사를 꾸미고 있었다.

"신령님께 의지해 점괘 하나로 먹고사는 년이올시다."

"내 오늘은 너를 살려 보낼 것이나 훗날 이 같은 일이 또 있을 시에는 목숨을 부지하기 어려울 것이야."

산당으로 돌아오는 밤길 내내 무녀는 주근깨 가득한 개시의 눈에 돌던 푸른 살기가 두려웠다. 시퍼렇게 갈린 비수였다. 궁에 가득한 살기를 어떻게 재워야 할까? 누그러뜨릴 방법은 없을까? 중전마마께서 위험하다. 혼란스럽고 두려운 생각을 떨치려는 듯 무녀는 머리를 세차게 흔들었다.

인목은 궁에 들어와서도 송화차^{松花茶}를 즐겨 마셨다.

꿀로 재운 송홧가루에 뜨거운 물을 부으면 빛이 노랗게 우러났다.

"마마, 빛깔이 참 곱사옵니다."

달이는 인목의 사가 앞마당 반송^{盤松} 이야기를 꺼내며 웃음 지었다.

"마마, 반송 위에 하얀 눈이 쌓이면 시루떡을 올려놓은 모양새 같다 하시고 손뼉 치며 좋아하시지 않으셨사옵니까?"

"그때가 그립구나! 솔잎을 깔고 갓 쪄낸 송편을 입으로 호호 불며 솔잎을 떼어내면서 맛보던 그 맛을 어찌 잊을 수 있겠느냐!"

"송편에 가득 배어 있던 솔향기는 어쩌시고요?"

인목은 친정 앞마당에 오롯이 서 있던 소나무를 유난히 아꼈다. 그녀가 태어나기 이전부터 마당을 지킨 키 작고 가지가 많은 소나무였다. 눈 내리는 날이면 가지 위로 소복하게 얹혀지는 눈의 무게가 더해질수록 바라보는 마음은 포근해졌었다. 분명 눈은 차가움인데 느껴지는 따듯함은 배가되었다. 바람에 쌀가루처럼 흩날리고 겨울 햇살에 스스로 두께를 줄이며 녹아내리는 장면도 신기하기는 마찬가지였다. 무엇보다 늘 푸르게 빛나는 솔잎이 좋았다.

어의 허준은 송화차를 많이 마시게 되면 심장과 폐에 열성이 생겨 태아에 좋지 못하다며 복용을 삼가라고 권했다. 그러나 소화불량과 불면을 앞세우던 인목은 습관처럼 잠자리에 들기 전 송화차 한 잔을 마시곤 했다.

그 시각 개시는 중전의 복중에서 자라고 있을 태아를 제거할 방도를 생각하느라 잠을 이루지 못하고 있었다.

내 손에 피를 묻히지 않고 쥐도 새도 모르게 처리해야 한다.

꼬박 밤을 새며 삼경이 지나길 기다린 개시는 마침내 중궁전 상궁 난이를 찾았다.

"중전의 용태는 어떠하던가?"

"별반 다를 것 없어 보이는 일상일세."

"찾아오는 사람은 없었고?"

"아직은 별다른 왕래가 없으나, 어의 허준이 다녀갔네."

"어의가?"

"어의는 다만 중전께서 즐겨 드시는 송화차를 줄이시라 여쭙더군."

"송화차라?"

순간 개시의 눈빛이 빛나며 입가에 야릇한 미소가 감돌았다.

"내가 곧 연통을 다시 넣음세. 사람 눈을 조심하게."

날이 밝자 개시는 약방궁녀 하나를 은밀하게 불렀다.

"내 요즘 입맛이 없던 차에 귀한 송화차를 세자 저하께서 내려주셨구
나. 혹여 삼가야 할 약초나 음식이 있느냐?"

"소인은 차에 대한 지식이 부족하오니 제 웃전께 여쭈어보겠습니다."

"속히 답을 가져오게. 대신 날 만났다는 것은 비밀로 하거라."

미시未時경 약방궁녀가 다시 개시를 찾아왔다.

"김 상궁마마, 송화차는 적당히 마시면 심신 안정에 도움이 될 수 있으
나, 훈제로 구운 고기와는 상극이니 절대 금하라 이르셨습니다."

"그리고?"

"메밀로 만든 음식이나 메밀차는 송화차의 기운을 상쇄하려는 궁합이
라 서로 상충하니 몸에 이롭지 못하다 하였습니다."

개시는 비로소 한숨 돌렸다.

중전은 구운 고기를 좋아한다. 고기를 더 자주 수라상에 올리게 하고, 메
밀떡이나 전병을 때때로 먹게 한다면…….

하지만 수라청은 아무나 드나들 수 있는 곳이 아니었다. 수라 상궁부터
나인들까지 모두 중전의 사람들이다. 비빌 틈이 없다.

호사다마라고 했던가. 인목이 저녁상을 물리자마자 속에서 울렁증이 일었다. 아랫배에 통증이 밀려오고 배가 뭉쳐지는 것 같았다.

"여 상궁, 어서!"

인목의 목소리는 다급했다. 어의 허준과 내의녀들이 중궁전에 도착했을 때는 이미 하혈이 시작되어 온몸에 식은땀이 흘러내리며 아랫도리에 피가 흥건했다. 비틀어 도려내는 듯한 고통이 밀려왔다.

"마마, 정신을 바짝 차리셔야 하옵니다. 정신을 잃으시면 생명이 위독하옵니다."

어의의 떨리는 목소리는 상황이 급박함을 감지하게 했다. 당황스럽고 두려움이 엄습한 인목은 이를 꽉 물었다. 이겨내야 한다.

"중전마마, 기운을 차리소서."

찢어지는 듯 엄청난 통증을 뒤로하고 혼절하였다. 유산이 된 것이었다. 개시는 손가락 하나 쓰지 않고 사람 하나 풀지 않고 바라던 결과를 얻었으니, 이보다 더 완벽할 수는 없었다. 무녀의 신기가 증명이라도 되는 것 같았다.

간신히 정신이 든 인목은 아랫배를 조심스레 만졌다.

"어찌 된 일인가?"

어의에게 묻는 목소리가 비장했다.

"마마, 소신을 죽여주시옵소서. 소신의 의술이 미천하여 아기씨를 놓쳤사옵니다."

인목의 얼굴이 백지장이 되는가 싶더니 또다시 혼절했다. 손끝에서 따듯한 온기가 느껴져 인목이 눈을 떴을 때 근심 가득한 얼굴로 선조가 내려다보고 있었다.

"중전, 몸은 좀 어떠하오? 실로 상심이 크겠으나 중전의 춘추 미령^{微齡}하니 왕손을 또다시 보는 일은 어렵지 않을 것이오. 몸을 잘 보존하시오."

선조는 나이 어린 중전이 가여워 잡은 두 손을 쉬이 내려놓지 못했다.

달빛이 어스름하더니 이내 이슥해진 밤, 중궁전 뒤란에 가득한 대나무 숲 사이로 댓잎 서걱거리는 소리가 태아의 울음소리 같아 인목은 배를 움켜잡고 속으로 울었다. 여 상궁이 다가가 말했다.

"마마, 고정하시옵소서."

"아니, 내가 조금 더 주의를 기울였어야 했어."

점심 수라를 올릴 때만 해도 여리게 느껴지는 태동에 행복했었다. 행여 잘못될까 몸을 아끼며 조심조심하였는데 유산이라니. 어디서 잘못된 것일까! 믿기지 않았다.

"일전에 사가 어머니께서 궁에 들었을 때 걱정스러운 얼굴로 당부한 일이 있었는데 내가 너무 방심을 하였구나!"

"마마, 그렇지 않아도 궁내에 뒷말이 어수선하옵니다. 아무래도 의심이 가는 부분이 있긴 하온데……."

"말해보게."

"달이가 사가에서 들은 말이라 아뢰옵건대, 대전 김 상궁이 무녀 도화를 찾아가 두 분 웃전의 자식궁을 물은 적이 있었고, 근자에는 도화를 사가로 끌고 가 엄히 문초까지 하였다 하옵니다."

"김 상궁이…… 어째서?"

"개시는 원래 동궁전의 상궁이었사옵니다. 하니 세자의 사람이옵니다. 그러니 마마의 회임이 달갑지는 않았을 것으로 생각되옵니다."

조심했어야 했어.

인목은 혼잣말을 목 안으로 삼켰다.

'이 궁이라는 곳이 그렇사옵니다. 결코 내 사람도 남의 사람도 없는 곳이지요. 스스로를 지킬 수밖에요.'

입궁한 지 얼마 되지 않았을 때 다과를 청하며 마주했던 귀인 김씨의 말이 떠올랐다. 궐 안팎에 대한 의미심장했던 그녀의 말을 허투루 듣고 웃어넘겼던 자신의 무심함을 원망할 수밖에 없었다.

증좌는 없고 심증만 있을 뿐이다.

"마마, 소인이 은밀하게 감찰 궁녀 중 우리 사람에게 증좌를 찾으라 하겠사옵니다. 반드시 김 상궁의 죄상을 찾아낼 것이니 마마께서는 몸을 보존하소서."

인목은 대답을 아꼈다.

어느덧 봄이 지나고 한여름 매미 소리가 궁 안팎을 요란스레 두드렸다. 중전에 대한 한결같은 애정으로 중전이 걱정된 나머지 선조는, 정무를 마치기가 무섭게 중궁전으로 발걸음을 옮겼다.

"요즈음 통 수라를 들지 못한다 하여 내 이리 들렀소. 어디 편찮으신 게요? 아니면 혹 내가 모르는 걱정이라도 있는 게요?"

"심려를 끼쳐 황송하옵니다. 계절이 바뀌는 탓인지 입맛을 조금 잃었을 뿐이옵니다. 심려치 마시옵소서."

인목의 대답에 궁녀 달이가 입술을 들썩였다. 이를 선조가 놓칠 리 만무했다.

"다른 이유가 있는 게로군. 네가 말해보거라."

당황한 달이의 표정이 죽을상이었다.

"전하……."

"어허…… 고하지 못할까?"

달이가 인목에게 눈길을 돌리자, 인목은 손을 가볍게 들어 그녀를 제지했다.

"다들 물러가라."

나지막하면서도 단호한 중전의 목소리에 선조는 내심 당혹스러웠다.

"전하, 신첩이 전하를 기만하고자 한 것이 결코 아니옵니다. 노여워하지 마소서."

"도대체 무슨 일인데 침착하고 영민한 중전이 이리 망설인단 말이오."

"속일 생각은 없었사오나 이미 한차례 용종龍種을 잃었던 터라 조심 또 조심하고자 하옵니다. 사실 신첩이 아기씨를 품은 듯하옵니다."

"뭐라…… 그럼 회임을 한 것이오?"

인목이 급하게 입술에 손가락을 가져다 대고 주위를 살폈다.

"무엇이 중전을 이리 불안하게 한단 말이오? 내 직접 확인해봐야겠소."

선조도 목소리를 낮추고 있었다.

"하면 지난번 둘째를 잃은 것이 어느 대역무도한 자들의 소행이었다고 보는 게요? 이럴 수가! 감히 임금의 자손을 해하려는 무리가 있다니 이것이 말이나 된단 말이오?"

"그런 것이 아니옵니다. 다만 조심해서 나쁠 것이 없을 것 같아 그러하오니, 전하께서도 제 회임을 당분간 함구해주시면 꼭 대군 아기씨를 안겨드리겠사옵니다."

선조는 어린 나이에 궁에 들어와 마음고생하고 있는 인목이 안쓰러운 듯 어깨를 감싸 안았다. 그 품이 따뜻해 인목은 한참을 기대어 앉았다.

"밖에 상선 들라."

"네, 전하!"

"상선은 내의원으로 사람을 보내 어의 허준을 들라 하라. 오늘은 그와 차를 한잔 나눠야겠다.”

갑작스레 불려온 허준은 마주할 면목이 없어 멀찍이 부복하였다.

“이리 가까이 오거라.”

선조는 이내 중궁전 궁인들이 다 듣도록 큰 소리로 허준을 반겼다.

“일전에 그대의 재빠른 처방이 아니었다면 중전께서 위험할 뻔하였다 들었다. 경황이 없어 과인이 제대로 치하를 하지 못했던 차에 오늘 차를 한잔 나누고자 함이다.”

“전하, 성은이 망극하옵니다. 곤전께서 황망한 슬픔을 겪으신 것은 모두 어의의 책임이 크다 할 수 있사옵니다. 벌하여주시옵소서.”

“하하하…… 그 문제로 더는 괘념치 말라. 그리고 과인은 우리 중전께서 과연 쾌유하신 것인지 궁금하구나. 맥을 짚어보아주겠느냐?”

“전하, 곤전마마의 진맥은 본시 내의녀 수장이 맡아 하옵기에…….”

“괜찮다.”

선조는 이어 지밀상궁 여씨에게 일렀다.

“궁인들을 다 물리치거라.”

중궁전 침소에는 선조와 인목, 허준과 여 상궁뿐이었다.

평소와는 다른 선조의 은밀한 눈짓에 중전의 맥을 짚던 허준의 눈에 떨림과 기쁨이 가득했다. 회임이 분명했다. 놀란 허준은 선조를 바라보았다. 짐작했다는 듯 선조의 얼굴에는 환한 웃음꽃이 피었다.

“전하, 감축드리옵니다.”

“어의는 명심하라. 이 회임은 아무도 몰라야 한다.”

그렇게 중전의 기쁜 소식은 비밀이 되었다. 내명부의 암투가 치열하다는 것을 익히 들어서 모르지 않았으나, 어린 중전이 이토록 함구하고 긴장하는 것에는 필히 연유가 있을 터…… 선조의 머릿속에 광해의 얼굴이 전광석화처럼 스쳤다.

허준은 이미 한 차례 유산의 경험이 있었던 중전을 위해 호박손 달인 물을 처방하고는 정성을 기울였다.

"마마, 어의께서 호박손은 태아와 산모의 안정을 돕고 피가 뭉치는 것은 막아주는 최고의 명약이라 하였사옵니다. 드소서."

여 상궁이 속삭이듯 말하며 잔을 권했다.

"이번에는 꼭 지켜낼 것이야."

인목은 몸을 웅크려 배를 감싸 안았다.

달이 차고 기울기를 반복하는 사이, 대조전 나인들조차 중전의 회임 사실을 눈치 채지 못했다. 개시가 난이를 찾았다.

"요즈음 중궁전의 동태는 어떠한가?"

"평소와 다른 것은 없어 보이고 다만 입맛이 변했는지 그 좋아하던 송화차는 들이지 않더군. 대신 약초 달인 물이 중궁전에 들고 있다네."

"무슨 약초라 하던가?"

"나인의 말로는 머리를 맑게 한다는 약초라고 들었네."

"방심하고 있다가는 큰일 치를 수 있으니 그 약초가 무엇인지 반드시 알아내게나."

"하여튼 자네의 치밀함은……."

인목은 초조한 마음으로 비밀을 지켜내고 있었다.

이 구중궁궐 안에서 자리를 보전하고 권력을 쥐려면 사람이 필요하다.

종실 사람들과 후궁들까지 하나하나 떠올려보았다. 매사 자신을 존대하고 예의를 지키는 귀인 김씨가 떠올랐지만 고개를 가로저었다.

확실하게 믿고 의지할 수 있는 사람은 오직 선조뿐이었다.

상궁 난이는 중궁전에 들어오는 약초가 무엇인지를 알기 위해 사람을 붙였다. 한여름인데도 내의녀들이 궁 밖에서 호박손을 들여온다는 것을 알아내는 데에는 그리 오래 걸리지 않았다. 난이는 서둘러 개시를 찾았다.

"중전이 조석으로 드는 약초 물은 호박손 달인 물이었네."

개시는 자신의 귀를 의심했다. 호박손 달인 물은 산모 건강에 좋고 회임했을 때 유산을 방지하기 위해 처방하는 약물이 분명하지 않은가!

"다시 말해보게. 호박손 달인 물이라 했는가?"

개시의 반문이 다급했다.

"그렇다네. 분명 호박손이라 했네."

"그렇다면 중전의 달거리가 언제 멈추었는가?"

"그것이…… 달거리는 매달 빠지지 않고 있네. 자네의 당부가 아닌가? 내 잘 챙기고 있으니 걱정 마시게."

회임 여부를 알아내는 데 달거리만큼 정확한 것이 없다. 그러나 개시는 안심할 수 없었다.

"회임의 징조가 보이면 지체 없이 알려주어야 하네."

인목은 선조에게서 미리 한 가지 약조를 받아두어야 했다.

"전하, 제조상궁과 관상감이 정해주는 합궁일에는 거르지 마시고 반드시 이 중궁전을 찾아주셔야 하옵니다. 그래야 사람들의 눈을 피해 갈 수 있사옵니다."

"약조하지요. 하다마다요."

"용종이 안정되는 다섯 달이 중요하다 하옵니다."

"혹시 모를 삿된 것을 물리치려는 중전의 뜻을 내가 왜 모르겠소. 내 중전을 위한 일이라면 무엇이든 마다하지 않겠소."

어미 새가 새끼에게 먹이를 물어다주고 똥을 물어내듯 합궁 날짜와 달거리 시기는 일곱 달이 넘도록 정확하게 지켜졌다. 달거리 시기는 달이에게 미리 맞추어 처리되고 있었다.

"마마, 오늘 어의가 다녀갔사온데 이제 복중 아기씨는 무사할 것이라 하옵니다."

"내게 이보다 더 기쁜 일이 어디 있겠는가? 하지만 만에 하나의 불행을 막기 위해 숨겨야 했던 내 결정과 행동이 과연 옳았던가 싶구나."

"시대의 잘못 아니겠사옵니까?"

"사람이 아니고……?"

인목은 불러온 배를 어루만져보았다. 소중한 생명이 손바닥 안으로 전해졌다. 입가에 미소가 가득 번졌다.

인목의 몸이 무거워지고 저고리와 당의가 맞지 않게 되자 상의원 궁녀들이 새 옷을 짓기 위해 중전의 몸 치수를 재었다. 그러면서 중전이 회임한 사실이 궐 안팎으로 퍼져 나갔다.

개시는 두 주먹을 쥐고 방바닥을 쳤다. 여러 달 전 호박손 달인 물이 중궁전에 들어간다고 들었을 때 알아차려야 했다. 중전 가까이 있던 상궁 난이조차 모를 정도로 비밀스럽게 진행되었다는 것에 분을 삭이지 못하였다. 사람들의 눈과 귀를 가려서라도 무사히 대군을 안아보려는 선조와 중전의 의도가 읽혀 화를 참지 못한 개시는 아래 궁인들에게 패악질을 했다. 그러다 문득 떠올린 것은 무녀와 눈먼 악사였다.

"두 연놈의 의도가 불온하다. 그들의 배후를 밝혀내기 전에는 함부로 칼을 휘두르지 마라. 반드시 살려서 잡아오너라."

배후를 밝혀낸 뒤 쥐도 새도 모르게 없애버리면 될 일이었다. 개시의 지시를 받은 장안 왈짜패들이 칼을 갈아 무녀의 집을 습격했지만, 예견이라도 한 듯 이들은 이미 피신한 뒤였다. 빈방을 밝히는 호롱불에는 그들이 남기고 간 서신 한 장만이 불빛에 어른거리고 있었다.

막역인륜대사(莫逆人倫大事: 인륜대사를 거스르지 마라)

중전의 회임에 대해 더 이상 알려 하지 말라는 경고였다. 인륜대사는 사람과 사람, 나아가 임금과 신하, 아버지와 아들 사이에서 자연스럽게 형성되는 질서로 한 생애의 출생과 죽음을 의미하지 않은가!

"제대로 한 방 먹었군. 이런 수모와 조롱을 당한 적이 없었는데……."

피했다는 것은 닥칠 일을 미리 알고 있었다는 것이다. 어찌 알았을까? 내부에 적이 있을 수도 있는 것이다. 반드시 잡아내고 말리라, 개시는 분한 마음에 힘을 주어 종잇장을 움켜쥐었다.

해가 떨어지기 시작하면서 숲의 전령사인 부엉이 우는 소리가 가까이 들렸다. 잠시 숨을 돌릴 겸 냇가에 이르러 바쁜 걸음을 멈춘 악사는 어스름한 눈으로 품속에서 꺼낸 동경銅鏡에 얼굴을 비춰보았다. 눈 밑으로 깊고 굵은 칼자국이 그어져 더욱 말라 보이는 얼굴을 한 소경의 모습이 비춰지자, 그는 물로 눈을 씻어냈다. 그러자 크고 선명한 두 눈이 드러나며 흉터 같던 칼자국이 사라졌다. 다시 한번 동경으로 얼굴을 확인하고는 짧은 미소를 짓던 사내는 삿갓을 눌러썼다.

그 뒤로 남장을 한 무녀가 뒤따르며 천천히 어둠 속을 헤쳐 나갔다.

"미륵댕이로 갈 걸세. 그간 입은 은혜를 조금이나마 갚을 수 있어 얼마나 다행스러운지 모르겠네."

"이제 체면은 차린 것 같소이까. 누님!"

"우리가 헛살지는 않았구나! 혹시 뒤를 밟는 자들이 있을지 모르니, 내일 새벽까지는 무악재를 벗어나 벽제역까지 가야 하네."

사내와 눈이 마주친 도화는 그 얼굴에서 자신의 어미를 떠올렸다. 전란 때 어미가 몸져누워 피난길에 오르지도 못한 채 끼니를 거르고 흙을 파먹고 살던 도화의 가족들. 이들을 발견한 김제남이 자신들의 식량을 나눠주고 아픈 어미에게 가마를 내어주었던 것이다. 그는 은인이었다.

전란이 끝나고 돌아온 도화는 장안에 이름난 무녀가 되어 있었다. 옛 은혜를 잊지 못해 찾은 김제남의 집터에서 도화는 국모의 기운을 느꼈으나, 환란이 닥치는 운세를 예견하고는 보은하기로 한 것이었다.

두 사람은 서로의 웃음을 베어 물며 길을 재촉했다. 벽제역을 지나 혜음령惠陰嶺을 넘어 파주 용미리로 갈 작정이었다. 장지산長芝山에는 커다란 바위에 조각된 마애이불磨崖二佛이 있었고 고을 사람들은 미륵댕이라 불렀다. 도화는 미륵댕이를 신령님으로 섬기고 있었다.

동전 한 닢

"마마, 왕자 아기씨이옵니다."

정릉 행궁에서 들려온 소식은 빠르게 퍼져 나갔다.

쉰네 살에 이르러서야 비로소 적자를 보았구나.

선조는 무릎을 치며 크게 웃었다. 서자로 왕위에 오른 자신에 대해 스스로 부끄러워했던 마음이 사라져, 이제야 종묘사직에 떳떳하게 잔을 올릴 수 있을 것 같았다. 기분이 좋아진 선조는 왕자 탄생에 기여한 공과를 따져 후한 상을 내렸다. 그 최고의 수혜자는 귀인 김씨였다. 산실청 마련을 주청하고 대군을 순산하도록 정성을 다한 귀인(종1품) 김씨였기에 선조는 그녀를 인빈(정1품)으로 승차시켰다.

인빈이 된 김씨는 어린 나이에 궁에 들어와 선왕인 명종의 비였던 인순황후의 눈에 들어 선조의 후궁 숙원이 되었고 이후 소용, 숙의, 귀인을 거쳐 이제 후궁 최고 자리인 인빈에 오른 것이다. 삼십이 년 동안 선조의 총애를 받으며 네 명의 왕자와 다섯 명의 옹주를 낳았다.

"중전, 고맙소."

사흘 만에 중전의 처소를 찾은 선조는 왕자를 조심스레 안아보았다.

"전하! 약속하신 태항아리 동전은……?"

"하하~ 잊을 리가 있겠소. 여기 있소."

소매에서 동전 한 닢을 꺼낸 선조는 세상을 다 가진 환한 표정으로 인목을 바라보았다. 선조는 왕자가 탄생한다면 태항아리 바닥에 넣을 동전을 직접 하사^{下賜}하겠노라 굳게 약조를 하였었다. 이는 사소한 것 같지만 대통을 이을 적자라는 암묵적 승인으로 해석될 수도 있는 다소 위험천만한 것이기도 했다.

나는 왕통을 이어갈 적자를 낳은 유일한 중전이다.

인목은 비로소 국모로서의 자신의 입지가 바로 선 것 같아 기쁨에 눈물을 흘리며 더 큰 꿈을 꾸고 있었다.

조선시대 왕자 아기씨의 탄생은 온 나라의 경사였다. 왕자의 생명을 이었던 태^胎는 까다로운 절차와 예법에 따라 귀하게 다루어졌다. 탄생 사흘째 되는 날에 깨끗한 물에 백 번 담그고 독한 술인 향온주^{香醞酒}로 씻은 다음, 백자 태항아리 바닥에 동전 한 닢을 깔고 탯줄과 태반을 담았다. 이어 기름종이와 탄생을 의미하는 남색 명주로 항아리를 덮은 뒤 붉은 끈으로 묶어 명당인 상서로운 길지에 묻었다가, 후일 보위에 오르게 되면 태실^{胎室}을 설치할 수 있도록 태항아리가 묻힌 곳에 비석을 세우게 하였다.

이는 궁 관례에 따라 처리되어온 것이었지만 선조는 전과 달리 직접 태항아리 속 바닥에 부성애를 얹어놓는 것이다. 핏줄에 대한 애정, 인목에 대한 신뢰와 사랑 그리고 적자嫡子에 대한 큰 기대가 동전 한 닢에 담겨 있었다. 연산부원군 김제남은 하루가 멀다 하고 중궁전에 들었다가 이튿날 출궁하는 일이 잦아졌다. 이를 의아해하던 상궁 난이는 고스란히 개시에게 일러바쳤다.

"닷새 전에도 연산부원군이 중궁전 별채에서 주무시고 다음 날 사시에 출궁하더군. 처음에는 약주가 과해서 그런 줄 알았는데 갈수록 의심스럽다네."

"어린 중전을 걱정한 아비의 부정이겠지."

"아닐세. 그리 생각하기엔 너무 자주 중궁전을 찾는 것 같단 말일세."

"혹시 중궁전에 하사된 진상품들을 궁 밖으로 내가고 있진 않던가?"

"설마 궁중의 재물을 탐하기야 하겠는가?"

"조심해서 나쁠 것은 없지. 행여 부원군과 함께 드나드는 사람은 없는지도 살펴봐주게."

"알겠네."

"자네의 공을 세자 저하께서도 고마워하실 걸세."

상궁 난이는 애초 의인왕후의 나인이었다. 어린 나이에 궁에 들어온 그녀는 의인왕후가 승하하자 삼년상을 마치고 궁 밖으로 나가야 했다. 그런데 선조가 의인왕후의 궁인들을 인목에게 추천한 것이었다.

난이의 시선으로 보는 계비 인목은 의인왕후와 같을 수 없었다. 인목은 나이가 어리고 궁에서의 연륜이 없어 내궁의 나인들을 단속하는 데 부족함이 많았다. 자신보다 한참 어린 인목을 중전으로 모시는 게 버거웠던 것이다. 게다가 무리에 들지 못하고 겉돌기만 하는 난이를 상궁들이 타박하며 종종 골탕 먹여도 인목은 보호막이 되어주지 않았다.

"개시야, 중궁전에서 하루하루 버티기가 힘들구나. 네가 있는 대전으로 옮기면 안 될까? 아니면 차라리 출궁하고 싶다."

"그렇잖아도 난이 네 얼굴이 수척해 보여 그 연유를 물어볼 참이었어."

난이는 속상했던 속내를 털어놓기 시작했다.

"어제는 얼마나 속상했던지. 글쎄 중전이 영창대군 순산에 수고했다며 세경을 나누어 주었는데 다른 상궁들과 나를 차별하지 뭔가?"

"그까짓 세경이 몇 푼이나 된다고 그리 사람을 차별한단 말이니?"

늘 불평불만이 많았던 난이였기에 그녀의 억울해하는 심정을 이해해주는 척하면서 새로운 정보를 얻으려 개시는 늘 촉을 세웠다.

"그건 그렇고, 나는 입궁한 후 그렇게나 호탕하게 웃는 전하의 모습을 처음 보았어. 태항아리에 넣는 동전 한 닢에 대한 중전과의 약속이니 뭐니 하면서……."

개시는 하마터면 비명을 지를 뻔했다. 동전 한 닢은 왕좌 계승을 염두에 둔 포석이라는 것을 영리한 그녀가 모를 리 없었기 때문이다.

"그날 일어난 일들을 자세히 이야기해보렴. 이 사실을 아는 사람이 너 말고 또 있는 거니?"

개시는 빠르게 진행될 상황을 머릿속으로 그려보았다.

위험하다. 세자 자리에서 밀려날 수도 있다. 결국 아픈 손가락으로 잘리거나, 아니면 스스로 떨어져나가도록 종용당할지 모른다.

"저하, 동전 한 닢의 의미를 모르지 않으실 것입니다. 주상 전하의 심중은 대군 영창입니다. 화를 당하기 전 준비하지 않으면 해를 입게 될 수도 있습니다. 이제 싸움은 시작되었습니다. 서둘러 대비하소서."

동궁전을 찾은 개시의 전언이 광해군과 세자빈 유씨의 뇌리를 떠나지 않았다. 혼란스러웠다.

밤을 꼬박 새운 다음 날 아침 늘 하던 대로 애써 태연하게 두 사람은 선조가 머무는 중궁전에 들러 문안을 드렸다. 선조는 어린 영창대군을 무릎 위에 올리고 환하게 웃고 있었다. 자신에게는 한 번도 보여준 적 없었던 따뜻한 아버지의 미소! 그것이었다. 그 모습을 바라보며 광해는 영창이 미워질 정도로 부러웠다. 평소와 다름없는 문안인사를 마치고 막 일어서려는데 선조의 하명이 몸을 얼어붙게 했다.

"세자와 세자빈은 내일부터 아침 문안을 삼가라."

"아바마마, 어인 분부이시온지요?"

연유를 알고자 광해는 다시 무릎을 꿇고 조아렸다. 그러나 선조는 영창과만 눈을 마주치며 어르고 있을 뿐 어떤 답도 주지 않았다. 그 옆에서 인목은 무심한 듯 웃고 있었다. '내 마음을 지금 네 눈으로 직접 보고 있는데 군이 말해줘야 알겠냐?'라는 의미를 담고 있었다. 개시가 전해주었던 동전 한 닢에 담긴 뜻을 제대로 확인하는 순간이었다.

아버지에 대한 서운함은 이미 강을 건너간 줄 알고 있었다. 그런데 마음 깊은 곳에서 분노가 치밀었다. 장성한 이 나라의 세자가 아직 돌도 안 지난 아우에게 질투를 한다면 '인의仁義에 어긋나지'라며 스스로 다독여도 보았다. 마른침을 삼키며 눈을 감았지만 걸레 짜듯 조여오는 압박에 온몸이 오그라들며 두 다리에 힘이 빠져나갔다. 세자빈 유씨가 이끌지 않았다면 그 자리에 주저앉았을 것이다.

세자빈 유씨의 두 눈이 붉어지며 눈물이 떨어졌다.

"저하, 오늘을 잊으시면 아니 되옵니다."

앞날에 대한 불안감이었으리라. 광해는 어금니를 꽉 물었다.

"예조에서 명나라에 세자 책봉을 다시 청한다 하니 기다려봅시다."

그러나 명나라의 세자 책봉 사정도 조선과 닮아 있었다. 명나라 황제도

서장자보다 후궁이 낳은 셋째 아들을 더 마음에 두고 있었지만, 신하들은 장자 상속 원칙을 깨지 말라며 강하게 반대하고 있었다. 이런 와중에 조선에서 서장자인 임해군을 제쳐두고 청한 광해군 세자 고명을 승인해준다면 명나라 조정 역시 황제의 명을 반대한 자신들이 명분을 스스로 거두는 꼴이었다. 거절할 명분이 분명했던 것이다.

동궁으로 돌아온 광해는 가슴속에서 치미는 울화와 분을 이기지 못하고 주먹으로 벽을 치고 또 쳤다. 피가 흘렀다. 주먹은 울분이었고 그 피는 두려움에 대한 현실이었다.

"저하, 김 상궁이 이제부터가 싸움의 시작이라지 않았습니까? 냉정해지셔야 합니다."

손등에 흐르는 피를 닦아주는 세자빈 유씨의 두 손을 힘주어 잡았다.

"그래야겠지. 빈은 내가 가장 두려워하는 것이 무엇이라 보오? 오늘의 이런 울분들이 하나하나 쌓여 응어리로 굳어져가는 것이 정말 두렵소. 그 응어리가 터질 때마다 나는 악귀의 소리를 듣게 된다오."

광해의 두 볼에 뜨거운 눈물이 타고 내렸다.

"지난 왜란 때 전쟁터를 누비며 승전고를 울릴 때마다 백성들이 '세자 저하'를 부르며 '천세'를 외치던 때가 나는 그립고 그립소."

만약 광해군이 세자에 책봉되지 않았더라면 원자가 태어났다고 온 나라가 들썩거리는 경사가 될 만도 한데, 다들 조심스러워했다. 이해관계에 따라 경사慶事냐 아니냐가 정해지는 괴이한 형세였다.

영창대군 출생으로 금이 가고 있는 당파는 크게 축을 그리며 갈라지고 있었다. 이는 정국의 편을 가르는 것이나 마찬가지로 한차례 피바람을 몰고 올 것만 같았다. 정인홍과 이산해가 이끄는 대북파는 광해군 측에, 유영경이 이끄는 소북파는 영창대군 측으로 나뉘어 서로에게 대립의 촉을 날카로이 세워나갔다.

"영창대군을 세자로 세워야만 하네."

소북파 무리를 앞에 두고 내뱉는 영의정 유영경의 어투는 단호했다.

"전하의 마음은 광해군보다 영창대군에게로 기울어 있네. 세자로 책봉되고 십 년이란 세월이 지났어도 여전히 세자를 못마땅하게 여기고 질책만 하고 계시니, 종국에는 무엇을 의미하겠는가?"

"하지만 명에서 지금이라도 세자로 윤허한다면 그때는 오히려 우리가 위험해질 수 있지 않겠습니까?"

"이 소식이 어디서 나왔는 줄 아는가? 바로 유정량(柳廷亮: 전하의 사위)에게서 나온 소식일세. 그만큼 믿을 만하다는 것이지. 차제에 대북을 몰아낼 분명한 기회가 될 수도 있을 것이야."

"대감의 뜻에 따르겠습니다."

선조의 「비망기」

정미년(선조 40년, 1607) 10월.

선조가 의식을 잃고 쓰러졌다는 다급한 전갈에 인목은 안절부절못하며 사시나무 떨듯 온몸을 떨었다. 앞날을 예측할 수 없는 불안이 엄습해왔다. 떨리는 가슴을 진정시키려 찬물을 들이키고 심호흡을 하며 애를 써보았지만, 쉬이 가라앉혀지지 않았다.

"지금 대전으로 갈 것이다. 채비하거라!"

"이미 어의가 들었다 하옵니다."

기별을 받고 놀라 중궁전으로 달려온 인빈을 거느리고 대전으로 향하는 걸음은 멀기만 했다. 어의가 탕약을 선조의 입술 사이로 조심스럽게 떠넘겨주고 있으나 그마저도 선조는 삼키지 못하고 있었다. 휘청거리는 다리를 간신히 진정시켜가며 선조의 곁에 자리한 인목의 입술은 메말라 파랗게 변해갔다. 선조의 이마를 손바닥으로 짚고서 '제발 일어나소서'라고 간절하게 되뇌고 또 되뇌었다.

"어찌 된 일이냐."

자못 침착하려 했으나 인목의 목소리는 심하게 떨리고 있었다.

"정사를 돌보느라 노심초사하신 탓에 기력이 쇠잔해지셨사옵니다. 서둘러 옥체를 보살폈사오나 미열이 가시지 않아 신들이 최선을 다하고 있사옵니다. 소신들의 미욱함을 꾸짖으소서."

"어찌 어의의 탓이겠는가? 그대들은 전하께서 속히 쾌차하도록 성심을 다해주시게."

계절이 바뀔 때마다 병상을 지키는 횟수가 늘어나면서 인목은 불안감을 떨칠 수 없었다. 그러나 이번처럼 의식을 완전히 잃은 적은 없었다. 더구나 기력이 쇠하다는 어의의 말에 앞으로 남은 시간을 가늠하지 않을 수 없었다.

"얼마나 더 버티실 듯싶으냐?"

"그것이…… 신들을 죽여주시옵소서."

고개 떨구며 벌을 자청하는 의원들에게서 가망을 찾기 힘들어 보였다. 순간 인빈의 날카로운 목소리가 대전을 울렸다.

"내의원에서는 주상께서 이 지경이 될 때까지 무얼 하고 있었단 말인가? 죽음으로 사죄해야 할 것이야."

"마마, 기맥이 잘 돌도록 급하게 사혈을 잡고 삿된 기운을 잡고자 뜸을 뜨고 있사오니 차츰 의식이 돌아오실 것이옵니다."

"인빈은 자중하시게. 전하 앞이 아닌가?"

애써 마음을 추스른 인목은 살며시 선조의 손을 잡았다.

"전하! 일어나셔야지요."

선조의 손등을 어루만지자 짧은 순간, 약하나마 힘이 느껴지더니 선조가 눈을 조금 떴다.

"전하, 정신이 드시옵니까?"

인목의 물음에 눈을 깜박여 답을 한 선조는 무슨 말을 하려는 듯 입술을 들썩였지만 소리를 내지 못하고 힘에 부친 듯 가슴을 들썩이며 겨우 숨을 내쉬었다.

　내의원 수장인 도제조의 만류로 더는 선조의 병상을 지키지 못하고 처소로 향하는 인목의 발걸음이 쉬이 떨어지지 않았다. 인빈은 인목의 처소까지 따라나섰다. 인목은 눈짓으로 아래 상궁 나인들을 물리쳤다.

　"직언을 용서하소서. 마마, 「비망기備忘記」에 대해 알고 계시옵니까?"

　"「비망기」라니요?"

　"그러실 줄 알았사옵니다. 전하께서 승지에게 은밀하게 「비망기」를 남기셨다 하옵니다. 왕이 「비망기」를 남겼다는 것은 앞날을 대비하기 위한 어명의 각인일 수 있을 것이옵니다."

　인목은 황망할 수밖에 없었다. 얼마 남지 않은 앞날을 예견한 것인지, 아니면 잦은 병환 중에 약해진 마음으로 마음속 이야기를 담은 것인지, 혹 세자 광해에게 양위를 한다는 것인지, 어떠한 내용이었든 인목은 선조가 야속하기만 하였다. 종종 선조가 벌였던 일탈 같은 전위 소동하고는 느낌부터가 달랐다. 이어지는 인빈의 어조가 더 비밀스러워졌다.

　"마마, 이러다가 전하께서 영영 일어나시지 못하시면 세자인 광해가 물 흐르듯 용상을 잇게 되는 것은 아닌지 걱정스럽사옵니다."

　"말을 삼가세요. 이미 정해진 세자가 아닙니까?"

　"하지만 광해는 믿을 만한 사람이 아니기에 걱정이 앞서는 것을 어찌하겠사옵니까?"

　인빈의 근심 어린 표정을 지켜보면서 인목은 애써 태연한 척 물었다.

　"그 「비망기」는 어디에 있답니까?"

　"제 사돈인 영상 대감이 보관하고 있다 하옵니다."

　"영상이요?"

"네, 하지만 언제까지 움켜쥐고 있을 수도 없는 노릇이옵니다. 혹여 「비망기」를 맡아 함구하고 있는 동안 광해가 대북 세력을 등에 업고 보위에 오른다면, 대군 아기씨를 지지하는 소북파는 물론 그 외 모두가 다 위험해질 수도 있사옵니다."

인빈은 영창대군이 위험하다는 말을 직설적으로 말하고 싶었지만 애써 참으며 「비망기」에 대한 함구령을 거론했다. 인빈의 막내딸 정휘옹주를 유영경의 손자에게 출가시켜 혼인으로 맺어진 사돈 관계를 두드러지게 강조하였다.

그날 밤, 퇴청을 앞둔 영의정 유영경이 인빈의 처소를 찾아왔다.

"사돈, 어서 오세요."

"마마, 전하의 의식이 오락가락하시는 지금이 절호의 기회입니다. 세자를 폐하고 정원군에게 전위한다는 교지를 받아내야만 합니다."

주위를 살피던 유영경이 바짝 서탁 앞으로 다가와 앉았다.

"막다른 길목입니다. 서둘러 선수를 쳐야 합니다."

"이미 「비망기」가 내려져 있는데…… 잘못하다간……."

"선택의 여지가 없습니다. 지금 같은 불안한 정국이 오히려 호재가 될 수 있습니다. 아직도 세자에 대한 의심이 큰 전하이십니다. 명의 고명도 받지 못하고 책봉과 교지도 없는 이름뿐인 세자 아닙니까? 전하의 병환은 위중해 언제 어떻게 될지 모릅니다. 한시라도 빨리 마지막 읍소를 드리시지요."

유영경의 재촉에 눈을 감은 인빈은 목울대가 떨려왔다.

"중전이 마음에 걸립니다."

"중전께는 영창대군이 아직 미령하니 세제世弟로 삼겠다 하시면 중전도 어쩌지 못할 것 아닙니까?"

「비망기」는 「비망기」일 뿐, 앞으로 언제 어떻게 바뀔지 모른다.

인빈은 사돈인 유영경의 묘책에 어둡게 깔렸던 고민이 사라지는 것 같았다.

선조의 병환이 파도 타기를 하듯 기복이 심하고 길어질수록 정국은 어수선하고 불안했다. 적자인 영창대군을 두었다 하나 아직 어렸고, 이렇다 할 세력도 후광도 없는 중전은 힘이 없었다. 세자 자리가 언제 바뀌게 될지도 모른다는 불안감과 더불어 부왕의 끊임없는 변덕 때문에 살얼음에 서 있는 듯 노심초사하기는 세자 광해군도 마찬가지였다.

그뿐만 아니라 명나라에서 장자 왕위 선위 원칙을 들고나왔다는 것을 모를 리 없는 선조의 큰아들 임해군도 있었다. 네 명의 왕자를 낳고 선조의 총애를 오랫동안 독차지해온 인빈 역시, 겉으로 드러내진 않았지만 보위에 대한 열망만큼은 누구보다 강했다.

영의정 유영경이 「비망기」에 대해 함구령을 내린 데다가 은밀하게 인빈을 만난 것을 알게 된 개시는, 분명 인빈이 선조의 처소를 다시 찾게 될 것이라 예견하고는 의도적으로 자리를 비웠다.

개시의 예상은 적중하였다. 밤을 기다려 인빈이 스며들듯 대전에 나타났다. 침전 문밖을 지키던 나인이 인빈의 출입을 알리려 하자 인빈이 조용히 하라는 듯 입에 손을 가져다 댔다.

"인빈마마."

대전 내관이 고개를 숙였다.

"잠시 자리를 물러주시게."

내관이 물러나며 문 닫히는 소리가 들리자 인빈은 선조의 곁에 주저앉왔다. 왜란 시 고되고 참혹했던 몽진 길을 내내 함께했던 지난 정 때문이었을까? 선조는 모처럼 얼굴에 화색이 돌았다. 투기도 없이 새 중전을 들이도록 곁에서 도왔던 후덕한 여인이었다. 그래서 더욱 믿음이 갈 수밖에 없었다.

"전하, 신첩을 알아보시겠사옵니까? 강건하기만 하셨던 전하께서 이리 기력을 잃으시다니요. 소첩의 마음 무겁고 애통하옵니다. 속히 자리를 털고 일어나셔야지요. 소첩 슬프고 또 슬퍼 밤잠을 통 이루지 못하고 있사옵니다."

선조는 수심 가득한 인빈을 위로라도 하려는 듯 힘없는 손을 내밀어 인빈이 잡도록 했다.

"전하, 외람되오나 이대로 전하께서 병을 떨치지 못하시면 소첩과 자식들은 어찌한답니까?"

눈물을 떨구며 흐느끼는 인빈이 가여워 선조는 그녀의 뺨으로 손등을 가져다 대었다.

"그래서 소첩, 오늘 죽음을 무릅쓰고 청을 하러 남몰래 밤 고양이처럼 여기 들었사옵니다."

선조는 입이 마르는지 입술을 들썩였다. 인빈은 머리맡에 놓인 물그릇에서 한 수저 물을 떠 선조의 입술을 적셔주었다.

"전하! 「비망기」를 소첩 모르지 않사옵니다. 소첩의 욕심이 과하다 생각지 마시옵고 청컨대 용상을 정원군에게 물려주셨으면 하옵니다."

선조는 잡고 있던 인빈의 손을 천천히 풀고 고개를 가로저었다.

"이는 적자이신 영창대군을 세제로 삼아 보위를 이어가고자 함이옵니다. 소첩과 중전마마 그리고 전하의 자손들을 살리고자 하는 충정이오니 감읍해주옵소서."

선조는 놀란 듯 입을 다물지 못했다.

드디어 인빈이 함정에 걸려들었다. 개시는 입꼬리를 올리며 의기양양하게 동궁전으로 향했다.

"세자 저하, 어젯밤 인빈이 대전에 들었사옵니다."

"아바마마의 안위가 걱정되지 않았겠느냐?"

"아니지요. 덫에 제 발을 스스로 밀어 넣은 것이옵니다."

"무슨 말이냐?"

"왕위에 관심 없는 척하던 인빈이 드디어 본색을 드러내며 영창대군을 세제로 삼겠다 제안했다 하옵니다."

"영창을 세제로⋯⋯?"

"영상이 세자 전위에 대한 「비망기」를 밖에 알리지 못하게 함구하게 한 것은 영창대군이 아니라 결국 정원군 때문이었습니다."

"그럴 리 없다. 인빈은 의인왕후마마 서거 후 유일하게 나를 챙겨주신 분이시다."

"참으로 순진하시옵니다. 능구렁이인 인빈의 목적은 용상에 있사온데, 제 피붙이를 놓아두고 저하께 더 마음이 가겠사옵니까?"

광해는 믿을 수 없다는 표정을 지어 보였다.

"하오나, 이제 인빈이 나섰다는 것은 분명 저하께 전위하라는 「비망기」가 남겨졌다는 것일 터, 저하께서는 감나무 아래로 떨어질 홍시를 기다리시기만 하면 될 듯하옵니다."

"이제 어찌해야 하겠느냐?"

"저하, 아직 한 수가 남아 있사옵니다."

"한 수라니?"

"인빈의 이 같은 움직임을 중전이 알게 해야지요."

"중전께서 알게 되신다 한들 우리 편을 드시겠느냐?"

"그러니까 중전과 인빈의 사이를 갈라놓아야지요. 아마 인빈은 중전에게 영창대군을 세제로 삼아 다음 보위를 잇게 하겠노라며 거래를 제안할 것이옵니다."

"그러다 정말 정원군에게 보위를 전위하라는 중전의 교지라도 내린다면 우리는 다 죽은 목숨이다."

"그러니 주상께서 붕어하시기 전에 「비망기」를 손에 넣은 다음 서둘러 공론화해야지요."

"쉽지 않을 것이다. 방도가 있겠느냐?"

"조금만 기다리세요. 용상의 다음 주인은 저하 한 분이시옵니다."

득의에 찬 개시의 주근깨 가득한 얼굴에 홍조가 두드러졌다.

맞불 상소

인빈이 야심한 시각에 대전을 찾았다는 소문이 중궁전에 전해졌다. 개시의 의도대로 궁인들이 움직인 것이다.

인빈이 굳이 그 시각에 와병 중인 주상 전하를 찾아간 이유는 무엇일까? 단순히 용태가 궁금했던 것이라면 낮에 다녀오지 않았던가?

"자네는 어찌 생각하는가?"

나지막이 지밀상궁 여씨에게 물었다.

"마마, 「비망기」 존재 여부에 대한 소문이 암암리에 파다하옵니다. 그러니 인빈께서도 마음이 조급해지지 않았겠사옵니까?"

"그러니 내가 더 궁금한 것이 아니겠는가? 인빈이 조급할 까닭이 무엇이겠는가?"

"황송하오나, 겉으로 드러나기엔 적자이신 대군 아기씨와 광해군, 두 분 중 누가 보위를 잇게 되느냐에 관심이 쏠리고 있사온데, 궐내에는 또 다른 소문이……."

여 상궁은 주저하며 말을 잇지 못했다.

"또 다른 소문이라니……."

"아뢰옵기 황공하오나 세간 사람들이 속되게도 대군 아기씨는 아직 어려 보위를 이어받기 어렵다고 생각한다면 세자 광해군 다음이 누구이겠사옵니까? 바로 정원군이옵니다."

"그럼 인빈도 용상을 마음에 두고 있었단 말인가?"

"마마, 아들을 지키고자 하는 어미의 마음이 인빈이라고 다를 바 있겠사옵니까?"

어미의 마음이란 말에 인목은 가슴이 몹시 먹먹했다.

"계속하거라."

"오래전부터 궐 안의 세자는 광해군이요, 궐 밖의 세자는 정원군이라는 말이 도성 안에 떠돌고 있었사옵니다."

권력에 욕심을 내자면 어린 영창보다는 정원군에 쏠리는 힘과 시선이 당연하지 않은가! 여 상궁의 말이 틀린 것은 아니지 싶었다.

잠시 침묵이 이어졌다. 인목은 광해의 존재가 있고 없고에 따른 경우의 수를 생각해본 적이 없었다.

"영의정 유영경이 「비망기」를 공개하지 못하게 한 것도 그와 관련이 있다 보는가?"

"그렇지 않겠사옵니까? 마치 적통이신 대군 아기씨를 위해 함구하게 한 것으로 되어 있지만, 실상은 정원군을 위한 포석이라 볼 수도 있사옵니다."

인목은 표정 변화 없이 여 상궁을 바라보았다.

"오늘 이야기한 것은 모조리 지워버리게."

한편 대전 선조의 침전을 물러나온 인빈은 꼬박 뜬눈으로 밤을 지새우

다가 아침상 물리기를 기다린 후, 서둘러 중궁전으로 향하였다.

"인빈마마, 이른 시각에 어인 일이시옵니까?"

"쉿! 조용히 아뢰거라."

빠른 음성으로 단속하는 인빈의 표정은 굳어 있었다. 중궁전 내실 마루문 열리는 소리가 미세하게 들리자, 인빈은 그 자리에서 털썩 무릎을 꿇었다.

"중전마마, 죽여주시옵소서. 큰 죄를 지었나이다."

"인빈께서 이 무슨 언행이오. 아랫것들 보기 무서우니 속히 가까이 와서 좌정하세요."

인목은 손짓으로 궁녀를 물렸다.

"따듯한 차를 내오거라."

인빈은 무릎을 꿇은 채 고개를 들지 못했다.

"인빈, 그만 좌정하시래두요. 이제 우리 둘뿐이니 이 이른 시간에 내 처소를 찾아와 이리하시는 연유나 말씀해보시지요."

"신첩이 간밤에 전하를 찾아뵈었사옵니다."

인목은 마치 처음 알았다는 듯 눈을 크게 뜨며 낮은 목소리로 인빈을 채근했다.

"소상히 말해보세요. 내 비록 큰 힘은 없으나 궐 안팎을 향한 눈과 귀가 있고 수족도 있으니 미욱하다 할 수는 없습니다. 내 말뜻이 무슨 뜻인지 안다면 인빈의 속을 내어주세요."

"마마, 제가 누워 계신 전하께 보위를 달라 하였사옵니다."

"보위를요?"

"신첩이 전하를 모신 지 수십 년이옵니다. 하여 전하의 의중을 모르는 바 없고, 내명부에서 늙은 여우라는 험담을 들을 정도로 궐내 돌아가는 분위기를 놓치지 않고 있사옵니다. 전하의 총애도 남부럽지 않게 입고 있다 자신할 수 있었사옵니다. 한데 광해라니요. 제 슬하에 왕손이 셋이옵니다. 젊은 날 제 아이 중 하나에게 보위를 잇게 하겠다는 터무니없는 욕심을 부려본 적도 있습지요. 그러나 종묘사직이 어찌 제 마음대로 된답니까? 야속하게도 왜란을 틈타 광해가 세자에 오르고 저와 제 아들들은 이제 의지할 곳 없는 신세나 다름이 없사옵니다. 마침 현숙하고 덕망 높은 새 중전께서 내명부 웃전이 되시어 저도 이제 이 내명부에서 버팀목이 되어줄 기둥을 잡은 것 같아 발 뻗고 잠을 이룰 수 있었사옵니다. 이만큼 살다보니 세상을 보는 눈도 생겼사옵니다."

영민한 인목은 인빈의 이런 고백에 실린 진정성의 무게를 가늠해보고 가볍게 고개를 끄덕였다.

"이제 정비 소생인 영창 아기씨께서 장성하고 계시는데…… 제 뒷배가 되어주시는 중전께서 계시는데…… 제가 욕심내어 무엇 하겠사옵니까? 저는 이미 아들도 하나 잃었습니다. 제 나머지 소원은 안빈낙도하며 중전마마를 모시고 일평생 사는 것뿐이옵니다. 그런데 덜컥 전하께서 몸져 누우시고 「비망기」 이야기가 떠도니 겁이 났사옵니다. 여러 날 고심 끝에 살 방도를 찾아야 하였지요. 하여 제가 주제넘게도 병중인 전하를 찾아가 보위를 달라 하였사옵니다. 마마께서 믿지 않으실 수도 있겠지만, 광해를 폐하고 정원군이 세자가 되어 보위를 이은 후 왕자 아기씨를 세제로 삼아 성년이 되면 보위를 물리겠다 읍소하였사옵니다. 저도 살고 제 아들들도 살고, 중전마마를 지키는 일은 그뿐이라 생각하였사옵니다. 부덕하고 어리석다 내치지 마시고, 신첩을 가엾은 마음으로 혜량하여주시옵소서. 마마의 처분을 달게 받겠사옵니다."

인빈의 긴 자초지종을 숨소리도 내지 않고 전해 듣던 인목은 손바닥에 땀이 흥건해졌다.

틀린 이야기는 아니다. 다만 인빈의 속내를 가늠하기까지는 내가 조금 더 현명해야 한다. 우리들 중 가장 오랫동안 주상을 가까이 모시던 인빈의 심정을 이해 못 하는 것은 아니지만 불필요한 논란에 휘둘리는 것을 막아야 한다.

"그러나 너무 위험한 행보 아니리까? 내 평소 인빈께서는 진중하고 총기 있는 분이라 생각하였는데 지난밤의 일은 너무 성급하셨습니다. 전하께서는 반드시 일어나실 것이며, 우리 아녀자들의 고충을 몰라라 하실 냉정한 분도 아니십니다. 그러니 분명 혜안으로 두루 살피실 것입니다."

찻물을 따르자 두 사람 사이에 송화차 향기가 우러났고 하얀 찻잔에 비친 은은한 연초록 빛깔이 고왔다.

인목은 누워 있는 영창의 머리칼을 손가락으로 빗어 넘겼다. 훤하게 드러난 이마에 가지런한 갈매기 눈썹이 드러났다. 선조의 모습이 겹쳐졌다.

"전하의 이마와 눈썹을 닮지 않은 왕자는 아무도 없사옵니다. 하지만 동궁전에 든 왕자는 단 한 사람이옵니다. 영창도 아니고 정원군도 아니옵니다."

인빈을 돌려보낸 인목은 먹먹해오는 심정을 달랠 수 없어 두 손을 포개어 가슴을 누르고 깊은숨을 쉬며 몸을 웅크렸다.

궐 안의 사정이 급박하다. 인빈이 스스로 위험을 감지했다면, 그녀도 나도 위험에 빠졌다는 것이다. 중궁전에 든 지 오 년이다. 참으로 많은 것을 인빈에게 의지했었다. 인빈이 앞가림을 해주지 않았다면 궁 생활이 힘들었을 것이다.

하지만 단순히 인정에 이끌려 정원군을 용상에 올리고 영창을 세제로 삼게 하는 것은 아니 된다. 더구나 정원군 슬하에는 네 명의 아들이 있다. 많은 풍파가 오리라는 것은 불을 보듯 뻔하다. 영창을 믿고 맡길 만한 곳이 마땅치 않다.

앞날이 막연하다. 어쩌하나. 어찌해야 영창과 정명, 내 아이들을 지킬 수 있을까? 전하께서 병을 떨치고 속히 일어나시는 것만이 우리를 살릴 수 있는 길이다.

마음이 다급해졌다. 인목은 서둘러 채비를 마치고 유모상궁에게 안긴 영창을 앞세워 대전으로 걸음을 재촉했다.

"중전마마 납시오."

인목의 등장에 광해가 자리에서 일어나 중전을 맞았다.

"세자께서도 와 계셨구려."

광해를 바라보는 인목의 눈길이 따듯했다. 광해는 대답 대신 영창에게 눈길을 주더니 두 팔로 안았다.

"아우님도 오셨는가? 아바마마, 영창 들었사옵니다. 눈을 뜨시고 영창에게 따듯한 품을 내어주셔야지요."

의식을 잃고 누워 있던 선조의 손끝이 미세하게 떨렸다.

내가 바라던 광경이다. 비록 배다른 형제이나 그 정이 끝까지 이어졌으면…… 하루도 거르지 않고 대전에 문안을 드리고 있는 광해의 효심은 지극했다. 병상인 침전을 지키며 선조를 보필하고 있지 않은가. 아홉 살이나 적은 나에게도 예를 거스른 적이 없었다.

인목은 광해의 품에 안겨 환히 웃는 영창의 모습에 안도했다. 광해가 미더워지기까지 했다. 인목은 선조의 「비망기」를 따르라는 언문 교지를 내렸다.

이윽고 선조의 의식이 돌아오자 더는 미룰 수 없었던 「비망기」가 만천하에 공개되었다.

세자가 이미 장성해 있으니 옛일에 따라 전위하라. 그것이 어렵다면 섭정攝政이라도 하라.

정국은 예정대로 흘러갔다. 「비망기」 공개를 미룬 영의정의 결정에 불만을 품고 있던 대북파가 반발하고 일어났다. 그사이 개시는 신이 난 듯 이이첨과 유희분(세자빈 유씨의 오라버니)을 비밀스럽게 만나 지난밤 궐내에서 일어났던 일들을 소상히 설명하였다.

"인빈과 영의정 유영경이 결탁해 정원군을 세자로 삼으려던 계략이 한순간에 날아가버렸지 뭡니까?"

"이런 걸 보면 중전이 어리긴 하지만 사리가 밝고 강단도 있구려."

유희분은 이미 곤룡포를 입은 매제 광해의 모습을 상상하고 있는 듯했다. 그런 유희분에게 개시가 날카로운 눈빛을 보냈다. 손가락으로 탁자를 두드리던 이이첨이 말문을 열었다.

"내 생각으로 난제는 이제부터일 듯하네. 주상께서 의식을 회복해가고 있지만 언제 또다시 변덕을 부리실지 모를 일이네. 지금 비록 인빈과 영상의 계략이 물거품이 되어버렸으나 오히려 영창대군을 옹위하려 나설 수도 있다는 것일세. 게다가 가장 염려스러운 것은 만에 하나 중전이 동조라도 한다면 세자 자리는 언제든 바뀔 수도 있지 않겠는가?"

옆자리에 있던 유희분이 나섰다.

"그럼 해결책을 찾아야 하지 않겠소?"

"우선 영상 유영경을 전하와 인빈으로부터 떼어놓아야 합니다."

미리 생각하고 있었다는 듯 개시가 불쑥 말을 잇자 두 사람은 그녀를 주목했다.

"맞불을 놓아야지요. 그 불이 거세지기 전에 빠르면 빠를수록 좋습니다. 다행스럽게도 영의정이 주상 전하의 「비망기」를 제멋대로 감추려 한 커다란 죄를 지었지 않습니까? 그 오만방자한 죄를 물어 낙향하게 해야합니다. 그 방법은……."

개시는 이이첨에게 눈길을 돌렸다. 이는 그가 해법의 열쇠를 이미 알고 있지 않느냐는 눈치였다.

"김 상궁 말이 맞소. 하여 소북의 영수 유영경이 나섰다면, 대북의 영수이신 정인홍 어른께서 맞불을 놓아야지요. 유영경의 죄를 역모로 몰고 가는 거친 상소를 올리는 것이 좋을 듯하오."

"거친 상소라……."

"오히려 전하를 자극할 수도 있지 않겠소?"

"전하께서 정인홍 대감을 높게 평가하고 계시니 그리 내치시지는 못할것이오. 경상도 합천에 계시는 스승님께 서찰과 함께 사람을 보내겠소."

숙소로 돌아가던 이이첨은 머릿속으로 허균을 생각하며 석루石樓 이경전李慶全에게로 발길을 돌렸다. 이경전은 영의정을 지낸 이산해의 아들이었다. 전쟁터에서 광해의 승전고가 들려올 때마다 백성들과 함께 환호성을 지르며 이 나라와 백성을 지킬 왕재는 광해군뿐이라 여겨왔던 사람이다. 호방한 성격에 세상을 보는 눈이 이이첨과 통하는 부분이 많았다. 이이첨에 의해 그간의 정황을 듣고 난 이경전의 의기가 눈빛으로 모였다.

"대감! 비로소 제가 할 수 있는 일이 생긴 게로군요?"

"우선 머리와 발 빠른 두 사람을 천거해주게."

"이성과 이담이 있습니다. 믿을 만한 자들이니 유용히 쓰소서."

"고맙네. 그리고 어른을 뵙기 위해 합천으로 가는 도중 허균도 만나보도록 하게."

이이첨은 허균과 정인홍께 보내는 두 통의 서찰을 그에게 건넸다.

이듬해 무신년(선조 41년, 1608) 1월.
정인홍이 장대한 상소를 올렸다.
두껍게 말린 두루마리를 바라보던 선조는 눈을 감았다.

정인홍이 누구인가! 오 년 전 대사헌 자리도 마다하고 낙향하여 내 속을 태우던 자 아닌가? 요즘같이 기력이 쇠한 내 곁에 있다면 의지가 되고 큰 힘이 될 텐데…… 내게는 참으로 무심했던 사람이다.

그러면서도 선조는 정인홍의 상소를 펼치기가 두려웠다.

신 정인홍 아뢰옵니다. 영의정 유영경이 전하의 「비망기」를 제멋대로 숨겨 대신들의 눈과 귀를 막고 있다가, 전하께서 쾌차하시자 비로소 「비망기」를 공개한 것은 전하께 흑심을 품지 않고는 할 수 없는 대역무도한 행동이옵니다. 이는 전하의 어명에 반하는 항명이옵고, 전하의 사람들을 제척除斥한 채 무언가를 얻고자 하는 음모이옵니다.

상소문을 소리 내어 읽는 승지의 음성만이 편전의 적막을 가르고 있던 순간 선조가 손을 들어 그를 멈추게 했다.
"영상이 비망 전교를 숨긴 이유가 무엇이냐?"
"송구하오나 함구령을 내렸다고만 알고 있사옵니다."

잠시 생각에 잠기던 선조가 고개를 끄덕이자 승지는 계속 읽어내려갔다.

중전께서 '전하의 명대로 따르라' 언문을 내리셨음에도, 영의정은 방자
하게 여러 사람의 기대 밖이라 그 명을 받들 수 없다 하였사옵니다. 이
는 전하의 어명을 거역하는 처사이며, 웃전이 없음을 방증하는 방자함
이옵니다. 나라의 주군이 유고하면 세자가 감국하는 것이 옛 법이온데,
이를 모를 리 없는 영의정이 독단과 횡포를 일삼았으니, 불안에 떨고 있
을 백성들의 민심까지 기만한 것이 아니고 무엇이겠사옵니까?

선조는 다시 손을 들었다.
어명을 어긴 것을 질책하는 정인홍의 뜻은 알겠으나, 자신이 세상을 뜬
것도 아닌 마당에 세자가 나라를 보살필 기회를 그들에게서 빼앗아 민심
을 흐리게 했다는 주장으로 여겨져 몹시 불쾌했다. 눈치를 살피던 승지는
좌불안석이었다. 선조는 서탁을 두어 번 두드렸다. 계속하라는 뜻이다.

전하의 은혜로 동궁전에 든 왕자는 광해군이옵고, 의인왕후께서도 각
별하게 아끼던 왕자도 광해군이옵니다. 왜란 시 분조를 이끌고 승전고
를 울릴 때마다 백성들의 환호성을 들으며, 광해가 내 아들이지만 올바
른 신하의 도를 지키었다며 전하께서도 치하하시지 않으셨사옵니까?
그 아드님이 세자로 책봉된 지 십 년이옵니다. 그런데 영의정이 세자를
믿지 못하고 「비망기」를 감추었을 뿐 아니라, 전하와 어진 세자를 이간
질하여 부자간의 정을 해하고 나라의 존위를 망치려 하고 있사옵니다.
신 간곡히 청하옵니다. 흉신凶臣 유영경에게 형벌을 내려 폐하고, 어진
세자가 종사를 이어갈 수 있도록 국본을 다지시길 고하옵니다.

"어진 세자로 하여금 종사를 이으라고? 정인홍…… 이런 자를, 네가…… 감히 나를……."

그가 이런 상소를 올릴 줄은 상상도 못 했다. 그와 함께 정사를 논하고자 삼정승 중 한 자리를 하사하고자 수차례 권유했지만, 정인홍은 다른 벼슬아치와 너무도 달랐다. 그것이 더 미덥고 마음이 갔던 선조는 낙향하는 정인홍을 위한 자리를 따로 마련하며 진정한 사대부라 칭송하기도 했었다. 그런데 그런 사람이 자신보다 세자 광해군을 감싸고 옹호하는 상소를 올렸으니 이보다 심한 배신감은 없었다. 분을 이기지 못해 선조는 몸을 떨었다. 그러나 진노할 기력조차 없는 건강이었다. 신음하며 몸을 비튼 선조의 얼굴은 검붉게 변해갔다.

선조를 진노하게 만든 정인홍의 상소로 조정은 시끌벅적했으나 개시를 비롯한 대북파는 쾌재를 불렀다. 자신들의 생각과 일맥상통한 문장이었던 데다 병환 후유증에 시달리는 선조를 더 혼란에 빠뜨렸으니, 이보다 더 큰 맞불은 없었다. 이 기회에 영의정을 끌어내릴 수 있다면 맞불 작전은 대성공인 것이다.

하지만 정치에 있어 선조는 역시 늙은 구렁이와 다름없었다. 선조는 영의정 유영경의 답변 상소가 올라올 것이라 예상하고 있었다. 선조의 의중을 간파한 유영경은 정인홍의 상소에는 몸을 낮춰 반응하면서 선조의 입맛에 맞는 반대 상소를 올렸다.

빈청에서 신이 좌의정 허욱, 우의정 한응인과 함께 전하의 하교를 받자옵고, 황망한 순간에도 종사를 먼저 생각하시는 높으신 뜻에 감복하였사옵니다. 신하라면 반드시 주군의 뜻을 받들어야 하오나, 전하의 환후가 갑작스런 한기로 인한 것이라는 어의의 말을 듣고 이삼 일 상간에 일어나실 것이라 믿어 의심치 않았사옵니다. 그리하여 쾌차하신 뒤 다시 하교하셔도 늦지 않겠다 여겼고, 중전마마께서 내리신 언문도 같은 맥락이기에 이삼 일만 기다리자 좌·우정승과 그리 의논하였사옵니다. 이런 충심을 두고 흑심을 품었느니 음모이니 매도하는 것은, 전하의 성심을 어지럽히고 종사 안위를 해하고자 하는 불충이옵니다.

더구나 환후에 계신 전하께서 내리신 비망 전교의 저의도 알지 못하면서 전하와 세자 저하 사이를 갈라놓고, 근거 없는 이유를 내세워 신을 벌하라는 인홍의 상소는 어처구니가 없어 답을 찾지 못할 지경이옵니다. 신 아뢰건대, 인홍의 말에는 쾌념치 마시옵소서.

영의정의 반대 상소를 읽던 선조는 흡족한 듯 갸우뚱 기울인 고개를 끄덕이며 입꼬리를 실룩거렸다. 그러나 일그러진 입꼬리에는 병색이 완연했다.

"정인홍은 유언비어를 실은 상소로 과인을 당혹스럽게 하더니, 유영경의 상소가 과인의 마음을 달래주고 있도다. 광해는 비록 세자이긴 하나 아직 천자의 고명을 받지 못하였다. 내가 전교를 내린다 해도 명에서 책봉을 내리지 않는다면 마땅한 세자라 할 수 있겠느냐? 허울뿐인 세자의 문안은 받지 않을 것이다. 앞으로 문안도 오지 않도록 하라."

다시 변죽이 도졌고 그 불똥은 광해에게 튀었다.

날이 갈수록 안정을 찾지 못하는 소란스러운 정국 속에 하루가 멀다 하고 기력이 떨어지고 정신도 혼미해진 선조를 지켜보는 인목의 마음은 조급했다. 세자 광해군에게 전교하거나 섭정하게 하라는 「비망기」를 남기더니, 이제는 허울뿐인 세자라며 문안까지 내치고도 어린 영창은 가없다 바라볼 뿐, 더 이상 어의를 내비치지 않으니 인목은 애가 탈 수밖에 없었다.

전하, 눈이 오목하게 들어간 박새처럼 눈이 어여쁘다 하여 소첩을 오목눈이라 하시지 않았습니까? 얼굴을 어루만져주시던 전하의 손길이 여전한데…… 이제 오목눈이 눈에 눈물이 마를 날 없사옵니다.

선조의 죽음

"대감께서는 지금의 형세를 어떻게 읽고 계십니까?"

개시의 말에 이이첨은 지그시 눈을 감았다. 두 사람 사이에 미묘한 침묵이 흘렀다.

"돌아가는 상황이 불안하고 급박하네. 전하의 변죽이 언제 세자 자리를 영창대군으로 바꾸려 할지 모르니……."

"저는 중전이 늘 영창대군을 품에 안고 전하를 알현하는 것도 마음에 걸립니다."

"김 상궁! 잘 보았소. 전하가 병상에 누워 지내는 일수가 늘어나고 하루가 다르게 정신이 오락가락하고 변덕을 부린다는 것은 전하의 수壽가 얼마 남지 않았다는 것이네. 사람 마음은 변덕스러워 가장 가까운 사람에게 더욱 심술을 부리는 법이지."

"그럼 전하가 저하에게 심술을 부린단 말입니까?"

"그렇다네. 사람이 나이가 들어 정신이 피폐해지고 몸이 쇠약해지면 자기 밥그릇에 애착을 보여 숟가락을 얻으려는 사람을 미워하게 되어 있지. 사람들은 이를 보고 망조가 들었다 하지."

"그제는 문안드리러 온 저하를 향해 약사발을 던졌지 뭡니까? 가슴팍에 맞아 탕제를 뒤집어쓴 저하의 모습이 말이 아니었습니다."

"그러고는 다른 말씀은 없었는가?"

"'내가 병상에서 일어난 것을 확인하러 온 것이냐? 꼴도 보기 싫으니 물러가라' 호통을 치시고는, 내관에게 세자가 문안 오는 것을 멈추게 하라 하였지요."

"노친네 변덕을 전하의 진심으로 오해하고 실행에 옮기려는 자들이 있을 것이네. 그 틈을 노려 비기^{秘記}라도 받아놓는다면 우리의 뜻은 물거품이 될 수도 있네."

"그것만이 아닙니다. 오늘 아침에는 문후조차 거부당한 저하께서 피를 토하며 쓰러지셨습니다."

"문안도 거절당하고…… 토혈까지……."

이이첨은 오른손으로 턱수염을 쓸어내렸다. 짐작보다 일이 심각하게 돌아가고 있었다. 만에 하나 '영창대군에게 왕위를 전위하노라.' 이 한 마디면 세상은 뒤바뀌게 된다. 선조도 계속 저울질할 것이고, 영창대군에 줄을 선 자들은 기회를 엿보고 있을 것이다. 다만 생각이 혀끝으로 전달되기 전에 서둘러야 한다. 이이첨은 마른 입술을 혀끝으로 적셨다.

"이제 세자 저하의 운을 하늘에 걸어야겠네."

"때를 본 것입니까?"

"김 상궁, 명심하시게. 전하의 마지막 망령에 저하가 무너져서는 안 되네. 어떠한 수모와 멸시도 견디어내야 하네."

"차마 눈뜨고 볼 수 없을 지경이니 세자 저하의 심정이 어떠실지……."

"피가 거꾸로 솟구치고 실신하더라도 전하께 문후드리는 일을 멈춰서는 아니 될 것이네. 이는 전하의 변덕을 조금이나마 늦출 수가 있고 또한 조정 신료들의 마음을 얻을 수도 있는 일이 될 것일세. 다만 김 상궁 자네가 유념할 것은 모든 일이 세자 저하 모르게 진행되어야 한다는 것이네."

다짐을 받으려는 듯 이이첨이 개시의 눈을 매섭게 응시하며 말을 잇자, 개시는 입을 다물며 고개를 끄덕였다. 그의 말 속에는 광해를 너무나 잘 알고 있는 이이첨만의 각별한 부탁이 담겨 있었다. 한 번도 부왕의 뜻을 거스른 적 없었던 광해의 효심이 자칫 일을 그르치게 할지도 모른다는 생각이 앞선 것이었다.

이러한 이이첨의 걱정스런 당부에 개시는 의기양양 자신만만한 표정을 지었지만, 이이첨은 애써 태연한 척, 독이 서려 있는 개시의 눈빛을 외면하고 말았다. 그것은 무언의 약속이며 선조의 시대를 매듭짓겠다는 행동 개시를 알리는 것이었다.

이미 수라간 궁녀를 포섭해놓은 터라 무리 없이 진행될 터이다. 하지만 전하께 올리는 수라나 탕제에 독이 들어 있는지 기미氣味를 보는 상궁을 통과하는 것이 문제였다. 개시는 여러 날을 두고 기미 상궁이 수라를 맛보는 순서와 행태를 세밀하게 관찰해나갔다. 은침과 은수저로 음식에 독이 들어 있는지 세심히 확인하는 기미의 손놀림은 재빠르고 정확했다. 음식이 잘못되면 일차적인 책임은 기미 상궁에게 있는지라, 목숨 내놓고 음모에 가담할 리 만무했다. 게다가 기미 상궁은 대전 사람이었다.

이번 일은 때를 맞추는 싸움이다. 그 때는 두 가지 조건이 맞아야 한다.

먼저 선조가 광해를 내칠 때가 아니라 자식으로, 세자로 인정하는 때여야 하고, 기미 상궁이 자리를 비울 때여야 한다.

한 가지 일을 집요하게 물고 늘어지는 개시의 집착과 빠르게 돌아가는 머리는 누구도 따를 자가 없었다. 더구나 연모의 정을 품고 있는 광해군을 보위에 앉혀야만 하는 일이었다.

이번 일만큼은 철저히 혼자 즐기며 처리하고 싶다. 세자 저하를 위한 일이다. 스스로 유희遊戲 본능을 깨우자.

개시를 만나고 난 후 이이첨은 동부승지 유희분의 집으로 향했다. 개시가 일을 수월하게 벌일 수 있도록 여건을 만들어주기 위한 발걸음이었으나 마음은 흔들리고 있었다.

승부는 시작되었다. 잘되면 내 세상을 만날 것이나 일을 그르치게 되면 피를 보게 될 것이다. 스승 정인홍을 위험에 빠뜨리고, 전란 중에 나를 발탁해 벼슬을 내려준 선조를 배반하는 일이다. 그러나 이 기회를 놓치면 한 치 앞도 장담할 수 없게 된다. 선조의 변덕이 언제 또 시작될지 모른다. 더 이상 미뤘다가는 모두가 위험해진다.

마음을 단단히 여민 그였지만 떨리는 마음은 숨겨지지 않았다. 두려움인 것이다.

"관송(觀松: 이이첨의 호), 어서 오시오."
유희분은 버선발로 대청 마당까지 뛰쳐나와 이이첨을 맞았다. 매제인 세자 저하가 피를 토했다는 소식에 화가 치밀었던 그도 이이첨을 찾아가려던 참이었다.
"버선발로 날 이리 반기는 것을 보니, 우리 마음이 통했던 모양이네. 버선에 흙물이 들면 얼룩이 지는 법이네. 어서 들어가세."

"대감께서 그깟 버선에 흙물이 든다고 걱정하십니까? 새 버선으로 갈아 신으면 될 것을……."

"그간 추위도 막아주고 발을 감싸주던 버선 아닌가?"

"얼른 흙물을 빨아내야겠습니다. 흙물로 생긴 얼룩은 최고의 염색가가 들어선다 해도 쉬이 지워지지 않는다 들었습니다."

"날이 제법 쌀쌀하네. 그럼 버선이 마를 동안 따뜻하게 데운 약주나 한잔 주시게."

개운치 않은 얼룩이라면 흔적 없이 지워내야 마땅하다. 이이첨이 이야기하는 얼룩이 무엇이기에 이리 뜸을 들이는지…… 술잔이 채워지자 김이 모락모락 묻어났다.

"대감, 술잔이 뜨겁습니다."

"뜨거운 것은 술잔이 아니라 내 손바닥일세. 이제 자네가 나서야겠네."

"……?"

"주상께서 병상에 누울 때마다 전위 소동은 끊이지 않고 있네. 중전과 인빈이 서슬 퍼렇게 지켜보고 있는 데다가 유영경이 적자론까지 왕왕 앞세우고 있네."

"유영경이 믿는 구석이 있지 않겠습니까?"

"스승님의 상소에 유영경의 맞상소로 정국이 뜨겁지. 이 술잔처럼 말일세. 하지만 술잔이 뜨겁다고 잔을 놓쳐버리면 아까운 술은 물론이고 술잔도 깨지지 않겠는가?"

"그러니 대감께서 찬물을 부어주셔야죠."

술잔을 입에 대자 향긋한 누룩 냄새가 콧속으로 들어왔다. 목을 타고 넘어가는 술기운이 몸을 덥혀주었다.

"생각해보게. 전하께서 저하를 불편하게 여겨 문후조차 내치는 것은 어쩌면 이번 상소의 배후에 저하가 있다고 여기신 것 같네."

두 사람 사이에 무거운 침묵이 흘렀다.

"세자 저하가 상소를 조장한 것으로 확신이라도 하는 날엔 폐세자 결정이 내려질지도 모르네."

"폐세자까지……."

"지금으로서는 세자께서 주상의 신임을 다시 얻는 길밖에는 방도가 없네. 자네도 내 생각을 미리 읽었겠지만, 나는 세자 저하께 우리를 내치시라 간언할 생각이네. 저하께서 주상께 그리 청해야만 저하도 살고 우리도 목숨을 부지할 수 있지 않겠나?"

"정녕 그 길밖에 없겠습니까?"

대답 대신 이이첨은 다시 술잔을 들어 유희분에게 권했다.

"오래가진 않을 것이네. 내 지금 해줄 수 있는 이야기는 이것뿐이네. 미안하이."

이이첨이 돌아간 후 유희분은 깊은 생각에 잠겼다.

사람일이란 한 치 앞도 내다볼 수 없는 것 아닌가? 어떠한 탄핵이 내려질지 모르는 상황에 무모한 결정일 수 있을 것이다. 하지만 이이첨의 야망과 혜안에 나를 걸어야 한다.

유희분은 이이첨이 대문을 나서다 말고 잠시 뒤돌아보며 했던 이야기가 떠올랐다.

"막다른 길목이네. 서둘러주게."

외길도 아니고 막다른 길목이라는 이이첨의 말은 맞는 말이었다. 세자 저하를 둘러싼 상황이 불리하게 흘러가고 있다. 서둘러달라는 이이첨의 말에 유희분의 마음은 다급해졌다.

간밤에 눈이 내린 탓인지 동궁전 처마 끝을 비추는 햇살이 유난히 따스했다. 청정한 하늘을 한번 올려다본 후 유희분은 동궁전 내실을 지키고 있는 내관에게 손을 들어 보였다.

"고하시게."

평소와 다르게 이른 아침부터 입궐한 유희분의 행색을 아래위로 한번 훑어본 광해는 허리 관대가 바짝 조여진 유희분의 모양새에 피식 웃음을 흘렸다.

"이른 시각에 어인 일이시오?"

"정랑 이이첨의 전갈을 가지고 왔사옵니다."

이이첨이란 말에 광해는 표정이 굳어졌다.

"무슨 일이오? 그에게 우환이라도 있는 것이오?"

"심려치 마소서. 관송이 직접 저하를 알현하여야 마땅하오나 상소에 연루된 몸으로 동궁을 찾게 되면 자칫 저하께서 위험에 빠질 수도 있는 일이라며 제게 부탁하였사옵니다."

"상소와 관련된 일이란 말이오?"

"짐작하신 대로이옵니다."

"어떤 전갈이었소?"

"저하, 이번 일에 목숨을 걸었다 하였사옵니다. 하니 더는 묻지 마시고 관송과 정인홍 대감을 내치시라 주상께 직접 고하셔야 한다는 것이 관송의 전언이옵니다."

"이 무슨 해괴한 말이오?"

"주상의 신임을 다시 얻는 방도라며 반드시 그리하시라 하였사옵니다. 하늘이 도우시면 저하도 관송도 우리 모두도 살길이 열릴 것이라 당부하였사옵니다."

이이첨의 말을 이해하지 못할 광해도 아니었다. 하지만 만에 하나 일이 뜻대로 풀리지 않는다면 자신의 사람들을 모두 잃게 될 것이라는 데에 생각이 미치자 광해 얼굴은 흙빛이 되었다.

"내 심사숙고할 것이니 이만 물러가시는게 좋겠소."

"시간이 없사옵니다. 저하는 갈등도 고민도 모두 버리시고 오직 믿음만 갖고 계셔야 하옵니다. 저하의 운을 믿으시옵소서. 소신들이 끝까지 함께 갈 것이옵니다. 심지를 굳게 가지셔야 하옵니다."

"미더운 사람들, 그 뜻을 갚을 날이 반드시 올 것이야."

그동안 승정원에는 각 당을 지지하는 상소가 산처럼 쌓여갔다. 정인홍이 이끄는 대북파와 유영경이 이끄는 소북파 간에 벌어진 샅바 싸움판이었다.

"가당치 않은 상소로 전하를 모함한 정인홍과 이이첨의 죄를 엄히 물으소서."

선조가 정인홍을 못마땅하게 여기는 틈을 이용해 유영경을 비롯한 소북파의 주청이 끊이질 않았다.

개시를 통해 선조의 심기를 살피던 광해는 결심을 한 듯 대전으로 향하였다. 광해의 문안 인사를 극심히 꺼리며 경계해오던 선조는 마침 기분 좋은 일이 있었던지 선뜻 광해를 맞았다.

"어인 일이냐?"

"아바마마, 세자로서가 아니라 신하로서 아뢰고자 왔사옵니다. 불초소생으로 인하여 연일 분란이 일어나고 있사오니, 아바마마께 심려를 끼친 그 죄를 감당키 어렵사옵니다. 더욱이 섭정 전교를 내리셨단 「비망기」는 종묘사직을 뒤흔드는 일이라 소자 몸 둘 바를 모르겠고 모든 대신들 또한 황망함을 주체하지 못하고 있사옵니다. 이런 와중에 정인홍과 이이첨이

설부른 판단을 앞세워 차마 입에 담기 어려운 상소로 전하의 심기와 조정을 어지럽히고 말았사옵니다. 그 죄를 엄히 다스려 그들을 벌하여주시옵소서."

"정인홍과 이이첨을 말이냐?"

광해의 차분한 말 속에는 지난 잘못을 헤아려 반성한다는 공손함이 들어 있었다. 더구나 구차한 변명보다 자신을 지지하는 세력을 내치라며 단호하게 이야기하는 광해가 크게 미덥진 않았으나, 선조는 아비를 공경하는 아들의 효라고 믿고 싶었다.

"내 정인홍을 특별히 여겨 대사헌에 앉히고자 오랫동안 자리를 비워둔 채 그를 존중하였건만 내가 잠시 병상에 누웠다고 전위하라는 상소를 올려 정국을 시끄럽게 한 것은 신의를 저버리는 것이었다. 이이첨도 그렇다. 전란 중 죽음을 무릅쓰고 열성조의 위패를 지켜낸 것을 가상히 여겨 그에 합당한 은혜를 베풀어 관직을 주고 너의 사부로 두었거늘, 그 보답을 이리한단 말이냐? 관용과 너그러움은 신하를 얻고 신의는 자리를 얻는다 했는데…… 이젠 그들에게는 하찮은 자리조차 과하다. 그들을 유배에 처해 잘못을 뉘우치게 할 것이다."

"지당하신 명으로 받잡겠사옵니다."

"너는 이 나라의 국본이다. 앞으로도 권력에 눈먼 자들이 너와 나, 부자간의 정을 이간질하려 할 것이니, 흔들리지 말거라. 오늘 세자가 내게 제 사람들을 내치라 진정 어린 충심을 고했음을 내 잊지 않으마."

광해의 고언에 선조의 노여움이 누그러진 듯했다.

촉각을 세우며 대전의 동태를 살피던 개시는 침을 삼켰다. 세자가 대전을 찾아 주상께 정인홍과 이이첨의 탄핵을 주청하였을 때 이 또한 이이첨의 계략이라는 것을 금방 눈치 챌 수 있었다. 선조가 광해를 내칠 때가 아니라 자식으로, 세자로 변함없이 인정할 때를 노리라던 첫 번째 암시였던 것이다.

　승지는 받들라. 정인홍은 영변^{寧邊}으로 이경전은 강계^{江界}로 이이첨은
　갑산^{甲山}으로 부처토록 하라.

　전위 소동과 관련된 고민을 털어버리려는 듯 선조의 결정은 의외로 신속했다. 가슴을 쓸어내리는 광해였다. 극형에 처한다 해도 꼼짝없이 당할 수밖에 없을 터였는데 유배라니 하늘이 도왔다. 유배를 명하는 선조의 미간이 밝아지는 것을 본 광해는 사실 가슴 철렁했다.
　그간 선조를 알현할 때마다 내천 자를 그리던 미간이었는데 오늘은 심신이 편안해졌다는 이야기였다. 전위 상소 건을 마무리한 선조의 흡족한 미소에 용상에 대한 집착이 그대로 드러나 있었다.

　세상에 유일하게 남아 있는 선비는 정인홍뿐이오. 이 나라의 효와 충을 겸비한 신하는 이이첨이라 칭찬을 아끼지 않던 선조였다. 그런데 이들을 유배 보내는 귀양지는 의외로 혹독했다. 상소를 주도한 이이첨의 유배지는 오지 중의 오지인 삼수갑산이었다. 감히 용상에 손을 대려 하다니…… 이 추운 겨울, 유배지까지 가기에도 험준하고 힘든 북녘땅 끝이었고, 측근으로부터 배신을 경험했을 때 더해진 미움으로 내린 결정이었다. 그나마 극형이 아닌 유배에 처한 것은 그간의 정을 감안한 선조의 자비처럼 느껴졌다.

　이이첨은 손톱으로 목덜미를 긁어 마치 열꽃이 번진 것처럼 보이게 만들었다. 그러고는 방구들을 뜨겁게 달구어놓았다.

곧 이이첨의 집으로 들이닥친 의금부 도사를 맞은 것은 의원이었다.

"보시는 바와 같이 몸이 불덩이라오. 열이 내려야 떠날 수 있지 않겠소."

이마에는 물수건이 올려져 있었고 목덜미는 벌겋게 반점을 띠며 달아올라 어깨로 힘겹게 숨을 들이쉬며 앓는 신음을 뱉는 이이첨을 가리키며 의원은 혀를 끌끌 찼다.

"전염병이오?"

"다행히 그렇지는 않소만 서너 날 자리보전해야 할 듯싶소."

"죄인은 어명을 따라야 하나 몸에 열꽃이 필 정도로 불덩이 같으니 며칠 말미를 주겠소."

의금부 도사가 도열해 있던 군졸들에게 손짓을 하자 그들은 성급히 대문으로 나갔다.

"위의 하명을 기다려보세."

이들이 대문을 나서는 것을 확인하고 나서야 자리에서 일어나 앉은 이이첨은 내심 초조해진 마음으로 궁으로부터의 전갈을 기다렸다.

대전에는 맞불 상소가 산처럼 넘쳐나고 있고, 정인홍의 유배가 결정되면서 권력의 추가 유영경 쪽으로 기운 것처럼 보이나 이것은 술수다. 개시가 제대로 움직여준다면 승부의 추는 우리 쪽으로 기울 것이다. 이제 저하도 우리도 하늘의 뜻에 맡길 수밖에 없다.

한편 점심 수라상을 물리고 몇 건의 상소를 읽으며 수결手決을 한 선조는 무료하게 앉아 있었다. 그 모습을 대전 합문을 지키고 있었던 개시가 곁눈으로 살폈다. 때마침 기미 상궁이 자리를 비우면서 다소 여유로워진 선조의 모습을 보고, 개시는 두 번 다시 없는 기회임을 직감했다.

"전하, 동궁전에서 간식을 보내왔사옵니다."

"동궁전에서……?"

선뜻 마음이 내키지 않았지만 선조는 맞상소로 골머리를 앓던 때 세자의 간언으로 이를 해결하고는 부자간을 이간질하려는 자들에게 흔들리지 말자며 정을 확인했었던 며칠 전 기억이 떠오르자 일순 기특한 생각이 들었다.

"들게 하라."

"전하, 세자빈 사가에서 귀한 귤을 대전으로 진상하였사온데, 마침 오늘 점심 수라가 미흡하셨다 하였더니 전하께서 좋아하시는 곶감 넣은 약식도 함께 보내왔사옵니다."

곶감이라는 개시의 말에 선조는 반색을 했다.

"어디 맛 좀 볼까."

다과상을 앞으로 끌어당기려는 듯 손짓하는 선조를 향해 개시가 다소 과장된 어투로 소리 높여 만류했다.

"전하, 기미 상궁을 들게 하겠사옵니다."

"아니, 됐다."

개시의 말을 무시한 선조는 다급히 약식부터 입에 넣었다.

"약선방藥膳房에 일러 감주나 내오거라."

뒷걸음질로 대전을 나가며 개시는 눈길을 다과상에 둔 채 뒷걸음질로 대전을 나가며 천천히 발걸음을 셌다.

한 보, 두 보, 세 보.

대전 문이 막 닫히려는 순간 안에서 외마디 비명이 터져 나왔다.

"전하…… 전하……."

개시가 몸을 돌리는 사이, 대전 나인이 화급히 뛰쳐나왔다.

"어의…… 어의를 불러주시오."

개시가 다시 대전에 들어섰을 때 목을 부여잡고 쓰러진 선조를 상선이 부축하고 있었다. 상선의 얼굴도 선조의 얼굴도 백지장처럼 창백했다. 혼비백산한 대전은 아수라장이 됐고 더 이상 숨을 내쉬지 못하는 선조의 몸은 이미 축 늘어져 있었다.

광해, 왕이 되다

상~위~복^{上位復} 전하 돌아오소서.
상~위~복^{上位復} 전하 돌아오소서.
상~위~복^{上位復} 전하 돌아오소서.

선조가 붕어^{崩御}했다. 그의 나이 쉰일곱이었다. 대전 지붕 위로 올라선 내관이 선조의 용포를 펄럭이며 하늘을 향해 세 번 부르짖었다. 그 외침 마디마디 귀에 들릴 때마다 인목은 절절히 통곡했다.

전하 제발 깨어나소서. 이 오목눈이를 봐서라도 제발 눈을 뜨소서.

지붕 아래로 던져진 용포를 다른 내관이 받아 선조의 시신 위에 덮었다. 당의 자락을 다 적시도록 통곡하는 인목의 애절한 모습을 애처로운 눈길로 지그시 바라보던 광해는 이내 정신을 가다듬고 하령했다.

"전하께옵서 정침^{正寢}에서 승하하셨다. 그지없이 애통하고 슬프다."

광해의 통곡을 시작으로 종친과 대신들의 곡소리가 뒤따랐다. 궐 안에는 곡성哭聲이 가득했고 나이 어린 정명공주의 울음소리는 더 가냘프고 절절했다.

"영창대군을 모셔오너라."

영창을 안고 있던 유모는 아기 왕자를 인목의 품에 안겼다.

"대군도 아바마마 가시는 길을 배웅해야 하지 않겠느냐?"

영문도 모르는 영창은 누워 있는 선조를 향해 작은 손을 뻗으며 발버둥쳤다. 그런 영창을 품에 다시 안은 인목은 원망 가득한 눈으로 선조의 모습을 바라보았다.

저세상에 가셨어도 우리 불쌍한 모자를 굽어 살펴주시옵소서.

인목의 손은 바들바들 떨리고 있었다. 그러더니 깊은 속울음을 다 내뱉지 못하고 그만 혼절했다.

다음 날 이원익, 이덕형, 이항복, 윤승훈, 유영경, 기자헌, 심희수, 허욱, 한응인 등이 중궁전으로 인목을 찾았다.

"신들이 아뢰옵니다. 선조先祖의 실록을 조사해보니, 예종대왕께서 진시辰時에 승하하였는데 미시未時에 거애擧哀하였고, 이날 신시申時에 성종대왕이 즉위하였사옵니다. 선조의 고사가 이와 같으니, 오늘 발상發喪한 뒤에 왕세자께서 의당 왕위를 물려받는 절차를 행하여야 할 줄 아옵니다. 삼가 허하소서."

인목은 부복하고 있는 대신들 한 사람 한 사람을 둘러보았다. 선조 곁에서 국사를 이끌던 원로대신과 정승들이 의견을 규합해 세자로 하여금 왕위를 이어가게 해달라 아뢰고 있으니 거절할 명분이 없었다. 유영경에게 시선이 멈췄다. 더 이상 미룰 이유도 없었다.

"마땅히 이에 의거하여 따르도록 하라."

인목의 비장한 이 한마디는 돌이킬 수 없는 것이었다. 이제 누구도 더 이상 토를 달 수 없었다.

광해는 상례복을 갖추고 선조 곁을 지키고 있었다. 대전을 다시 찾은 인목을 광해는 서둘러 일어서서 맞았다.

"국사는 한시도 멈추면 아니 되고 용상 역시 잠시도 비워둘 수 없으니 세자는 보위를 이으시오."

광해에게 왕위를 이으라 이야기하며 선조 위패로 시선을 돌렸다.

"부디 성군이 되어주시오."

치맛자락을 움켜잡고 의연하게 당부하는 인목의 손끝이 떨렸다는 것을 아무도 눈치채지 못했다. 하지만 광해는 영창에게 왕위를 물려주지 못하는 아픔을 내색하지 않고 자신을 믿어주는 인목이 고마웠다.

중궁전으로부터 광해군에게 보위를 승계토록 한다는 언문 교지가 전해졌다. 궁 안팎이 놀라움으로 술렁거렸다. 선조의 혼백이 이승에 머물고 있을 사흘간은 자중하고 침묵하다가 그 후 왕위가 정해질 것으로 보았다. 물론 광해군에게 왕위를 전위하란 선조의 명이 있었다 해도 왕실의 최고 결정권자인 인목이 선위에 대한 논의를 다시 한 후에 용상을 내어주어도 이상할 것이 없었기 때문이었다. 그런데 인목의 결정은 빨랐다.

개시는 쾌재를 불렀고 중전의 전위 하명에 광해는 적잖이 놀랐다. 개시의 움직임이 빨라졌다. 은애하는 주군의 즉위식을 명나라 황제보다 화려하고 근엄하게 치러내고 싶은 마음은 굴뚝같았다. 그러나 어쩌랴. 상중임을…… 애써 기분을 누르며 동궁전을 드나드는 개시의 어깨와 턱이 한껏 올라갔고 발걸음은 물방구리처럼 가벼웠다.

부왕을 잃은 슬픔을 뒤로한 채 즉위식을 위한 준비를 하는 동안 광해는 인목의 속뜻을 읽어내고자 생각이 많았다.

"전하, 시간이 되었사옵니다. 서청으로 걸음하셔야 할 시간이옵니다."

흰색 익선관을 광해의 머리에 얹으며 개시는 한껏 달뜬 목소리로 걸음을 재촉했다. 상중 즉위식이라 화려한 구장복과 면류관 대신 흰색 곤룡포를 걸친 광해는 최고 권력자의 풍모를 보이듯 당당했다. 그 모습이 자랑스러운 개시는 광해의 허리띠에 새겨진 용의 모습을 어루만졌다.

"전하, 천하제일 성군의 길을 가시옵소서. 그 길 위에 방해가 되는 것들은 소인이 깨끗이 치우겠사옵니다. 당당히 앞만 보고 가시옵소서."

개시의 들뜬 모습을 모를 리 없던 광해는 그녀가 어여쁘다는 듯 살포시 품에 안았다.

"너에게도 존귀함이 미칠 것이야. 조금만 기다리거라."

그 시각 예조참판은 인목의 거처로 향했다.

"고하거라."

예조참판이 도착했다는 궁녀의 전갈을 받은 인목은 망설였다.

"마마, 옥새를 정녕 이대로 내어주실 생각이옵니까?"

우려 섞인 지밀상궁 여씨의 근심에 인목은 품에 안고 있던 영창과 정명을 내려다보며 한숨을 쉬었다.

"어찌하면 좋단 말이냐?"

이 상황을 알 리 없는 영창은 옥새가 궁금한지 이리저리 만지더니 입에 갖다 댔다. 인목이 영창에게서 옥새를 거두려 하자 영창이 자지러졌다.

"너를 어찌하면 좋단 말이냐. 이 어미가 너를 지킬 수 있는 방법이 정녕 이것뿐이란 말이냐?"

"마마……."

모자의 모습을 바라보던 여 상궁이 주저앉아 울음을 터뜨렸다. 그 모습에 놀랐던지 영창의 울음소리가 더 커졌다.

"대비마마, 시간이 다 되어가고 있습니다. 어서 옥새를 내어주시지요."

처소 밖에서는 예조참판이 재촉하고 있었다.

즉위식이 열리는 서청으로 천천히 발걸음을 옮기던 광해는 지난날의 고난이 생생하게 떠올랐다. 궐과 백성을 버리고 몽진을 떠나던 선조를 배웅하던 젊은 날, 허울뿐이던 세자 자리와 목숨을 맞바꾸기로 했던 날, 끊임없이 의심과 질타와 배척 속에 살아남기 위해 숨죽이고 살아야 했던 지난 시간들, 늘 절치부심하며 언제든지 내쳐질 수 있다는 불안감과 경각에 달린 것 같은 목숨을 부지하고자 악몽을 꾸며 근근이 지내오던 지난날들이 주마등처럼 지나갔다. 두 주먹에 불끈 힘을 준 광해의 발걸음도 그만큼 단단해졌다.

조복을 입은 대신들이 머리를 조아리며 광해를 향해 부복했다.

"천세~ 천세~ 천천세~."

화려한 용포는 아니었지만 광해의 두 눈은 용의 비늘처럼 빛났다.

옥새와 계자(啓字: 임금 재가용 나무 도장)를 받아 든 광해는 옥좌에 올랐다.

"중전마마께서 어보와 계자를 전부傳付하여주시니 망극한 가운데 더더욱 망극하다."

"천세~ 천세~ 천천세~."

"경들은 들으시오. 오늘 왕위를 이어받았으니 중전은 왕대비로 높이고 세자빈은 왕비로 휘호를 올리고자 한다. 내 아바마마의 국상이 끝나는 날, 왕대비로 추존하는 휘호 책명^{冊名}을 거행할 것이며, 과인의 즉위 역시 궁상이 끝난 후에 종묘에 고할 것이다. 선왕이 가시는 길 한 치도 소홀함이 없도록 예를 다하도록 하라. 또한 과인이 오늘 이 자리에 있기까지 애쓴 경들의 노고도 잊지 않겠노라."

"천세~ 천세~ 천천세~."

쉬이 잠이 올 것 같지 않았다. 광해는 침전 가까이에 놓인 분재된 매화꽃에 눈길을 주었다.

"이것이 웬 것이냐?"

침전 수발을 들던 개시가 환하게 웃으며 대답했다.

"침전 가득 오방색 꽃으로 치장해야 마땅하오나 전하께서 상중이시라 수줍은 홍매로 하례를 올립니다."

"곱구나."

광해의 눈은 매화가 아니라 개시를 향했다.

"전하!"

"말해보거라."

"전하!"

"말해보래도."

"너무 좋아서 그럽니다. 이제는 저하가 아니라 전하 아니십니까? 소인은 지금 죽어도 여한이 없사옵니다."

"어허, 그런 말 말거라. 너에게 해줄 수 있는 것이 얼마나 많은데 그런 흉흉한 말을 하느냐?"

개시는 말을 잇지 못했다.

이제 그를 부를 때가 되었구나!

광해는 눈을 감고 옛 회상에 잠겼다.

왜란 때 몸소 싸움터를 누비며 여러 차례 죽을 고비를 넘길 때마다 죽음을 각오하고 자신을 지켜주었던 호위무사가 있었다.

"너는 누구냐?"

"소신은 단지 저하를 지키는 그림자일 뿐이옵니다."

"음영陰影이라…… 그래, 너는 이 시각 이후로 내 곁을 떠나지 말라. 너를 내 분신이라 생각하겠다. 너의 이름은 음영이다."

"그 명을 따르겠나이다."

"살았으되 죽었고, 죽었으되 살아 있는 너는 내 마음속 벗이요, 이수동체인 것을 잊지 말아라. 세상은 너를 잊을 것이다. 내 훗날 반드시 너를 부르마. 수련하고 있거라."

이후 음영을 본 사람은 아무도 없었다.

왕위에 오른 광해는 제일 먼저 음영을 불러들여 주군의 신하가 아닌 빛의 그림자로 곁에 두었다. 십여 년 만에 다시 만난 음영은 빠르기가 번개 같고 족히 수십 명을 상대하고도 남을 무술과 자신을 감출 수 있는 은폐술까지 자유자재로 구사하고 있었다. 드러날 때 그림자 같고 사라질 때도 그림자 같아 말 그대로 음영이었다.

"왔느냐?"

"네, 전하."

"한 사람을 지켜다오."

"제 소임은 저하, 아니 전하를 지키는 일이옵니다. 저를 다른 이에게 보내시려는 것이옵니까?"

"너와 내가 한 몸이듯 네가 지켜야 할 그이도 내 마음속에는 나와 같은 한 몸이다. 그를 지킴은 과인을 지키는 것이다."

"누구이옵니까?"

"인목왕후이시다."

광해의 외답이었다.

"주군! 외람되이 한 말씀만 여쭙겠사옵니다. 만일 전하와 인목왕후 중에 한 사람을 살려야 한다면 누구이옵니까?"

"그녀다."

"존명."

이 물음과 두 번에 걸친 광해의 외답은 앞으로 더 이상 묻지 말라는, 상황이 어떻게 변한다 해도 더 묻지 않아도 된다는 뜻이 담긴 약속이었다. 일생 한 번 묻고 일생 한 번 답하고 일생을 지키는 사나이들의 단심丹心이었다.

"그녀는 내 마음속 지지 않는 복사꽃이니라."

광해는 검 한 자루를 내려주었다. 칼등에는 "춘풍가절홍(春風佳絶紅: 봄바람이 고와서 빛깔은 붉고) 수절위도화(守切爲桃花: 복사꽃의 절박함을 어이 지나칠꼬)"라 새겨져 있었다.

음영은 상선을 양아버지라 부르며 내관으로 스며들었다.

제2부   악연은
음모를 부르고

음모

옥새를 내어준 인목은 도통 자리에서 일어나지 못했다. 여러 후궁들이 문안차 다녀갔지만 그중 인빈 김씨의 근심이 제일 컸다. 수라간에 일러 들깨죽을 준비한 인빈은 인목의 처소로 향했다.

"대비마마, 기운을 내셔야 하옵니다."

걱정스런 얼굴로 곁에 다가앉자 인목이 몸을 일으키려 했지만 천 근 같았다.

"외람된 말씀이오나 궁 안에 요상하고 믿지 못할 추문이 가득한데 대비께서 속히 자리를 털고 일어나시어 아랫것들 단속을 하셔야 하지 않겠사옵니까?"

"내 무슨 힘이 있어 그리한단 말입니까?"

"마마께서는 이 궐 안의 제일 웃전이시라 어느 누구도 함부로 하지 못할 것이옵니다. 더구나 지금 입에 담기 무서운 흉흉한 소문도 돌고 있사옵니다."

"흉흉한 소문이라니요?"

"승하하신 선왕께서 마지막 드신 음식이 동궁전에서 올린 음식이란 소문이 분분합니다."

"소리를 낮추세요."

주위를 잠시 살핀 인목이 다급히 물었다.

"어떤 음식이었다 합니까?"

"미시未時에 약식과 귤을 진어하였다 하옵니다."

"기미를 보는 상궁은 어디 가고⋯⋯."

"그것이 이상합니다. 뒤늦게 연통을 받은 어의 허준이 급히 침전에 들었으나 손을 쓸 수가 없었다 하옵니다. 기도가 막혀 입술은 파랗고 용안은 창백해 어떤 의술로도 전하를 구명할 수 없었다 하더이다. 이것은 전하를 시해하고자 했던 음모가 아니고서야⋯⋯ 그러하니 대비께서 아랫것들을 족쳐 밝혀내셔야지요."

"인빈께서는 말을 삼가세요. 엄연히 주상이 보위를 이어받은 지금 그런 추문이 밝혀진다 한들 우리 아녀자들 힘으로 어찌 시비를 논할 수 있겠습니까? 당부하건데 부디 몸을 보전하세요."

단호한 어투였지만 체념하라는 표정을 지으며 인빈의 말을 막았다. 가슴이 답답하고 숨이 막혀왔다.

얼마나 고통스러우셨을까요? 전하, 신첩의 불찰을 용서하소서. 지어미로서 전하를 지켜드리지 못하였사옵니다.

바늘로 가슴을 찌르는 듯한 통증이 밀려왔다. 울음을 속으로 삼키며 목구멍 가득 꾹꾹 눌러 담았다. 그 모습을 바라보는 인빈도 소리 없이 눈물만 떨구었다.

"황송하오나 마마께서 너무 성급하셨사옵니다. 선왕의 승하와 관련된 시시비비를 명확히 가리신 후에 옥새를 내어주셔도 늦지 않았음인데, 그리 쉽게 광해에게 내어주시다니요. 원흉일 수도 있지 않겠사옵니까?"

"설마 자식이 아비를 해한단 말입니까?"

"그런 게 권력을 향한 끝없는 욕망이지요."

"이제와 후회한들 돌이킬 수 있는 일이겠습니까? 피를 부를 뿐입니다. 제게는 영창과 정명이 있고 인빈께서도 세 아드님이 있지 않습니까?"

국상 중이었으나 시간은 침잠하듯 낮게 흘러갔다. 그러나 이 와중에 모두가 슬픔에 잠긴 것만은 아니었다. 저마다 살 궁리를 찾느라 부산했다. 가장 먼저 행동에 나선 이는 개시와 유희분이었다. 서둘러 대전을 찾은 유희분을 맞는 개시의 얼굴에는 웃음꽃이 가득했다. 어느새 그녀는 대전의 최고 상궁이 되어 있었다.

"전하, 동부승지 드셨사옵니다."

유희분은 희긋 분칠로 가려진 개시의 수많던 주근깨를 떠올리며 오른쪽 입꼬리를 올렸다. 오늘따라 곤룡포를 입은 매제의 모습이 더 빛나 보였다.

선조가 승하한 지 아흐레 되는 날, 정인홍의 유배를 풀라는 경상도 유생들의 상소가 올라오고 영의정 유영경의 관직 삭탈을 주청하는 상소가 이어졌다. 상소문이 대전에 쌓여가는 것을 흐뭇하게 바라보며 개시는 더 격한 상소가 올라오기를 학수고대했다. 이들의 상소로 여론을 몰아 확실한 광해의 사람들을 응집시키고 줄을 세움으로 무한한 권력을 누리게 되길 바라고 있었던 것이다.

하지만 광해는 생각이 달랐다.

이것은 당파 간의 문제다. 선왕이 승하한 지 보름도 지나지 않는데 선왕의 사람이었던 유영경에게 죄를 묻는다면 도의에 어긋나고 원로대신에 대한 새 통치자로서의 도리에 반한다. 나는 차마 그리 못 하겠다.

광해의 강한 의지 표명에도 불구하고 상소는 멈추지 않았고 종국에는 임해군을 겨냥한 상소까지 빗발치기 시작했다. 친혈육인 형을 차마 내칠 수 없었던 광해는 진심을 담은 전교를 내렸다.

> 동기 사이의 우애를 해치려 함에 참담함을 금치 못해 그저 통곡만 할 뿐
> 이다. 선왕의 유교가 아직 과인의 귀에 생생하여 이를 차마 저버릴 수
> 없으니, 당부컨대, 대신들은 임해군을 선처할 방안을 강구하여 과인이
> 형제간 우애를 보존할 수 있도록 힘써주기 바라노라.

"전하, 혈육의 정을 운운하실 때가 아니옵니다. 임해군이 품고 있는 역심만 생각하소서."

"내 하나뿐인 형님이시다."

"전하, 어심御心을 단단하게 가지시옵소서. 지금 임해군을 내치지 않으시면 언젠가 전하께서 당하실 수도 있는 일이옵니다. 세간의 동정은 여기까지만 얻으소서."

"과인더러 아바마마의 유교를 저버리는 불효자가 되란 말이냐?"

개시는 광해의 흔들림에 조바심쳤지만 너무 몰아치면 유약해지는 그의 내공을 잘 알고 있던 개시는 한발 물러났다. 임해군을 옭아맬 우회적 음모를 떠올린 개시는 실소를 참지 못하고, 끝내 미친 듯이 소리 내어 웃었다. 한 통의 밀지를 만들었다.

> 형님! 지금은 몸을 보존하는 것이 최선입니다. 우선 사저로 피하소서.

나가는 길이 쉽지 않을 터이니 나인의 복장으로 변복하시고 무사히 빠져나가시면 그다음은 이 아우가 지켜드리겠습니다. 우리 친형제의 정을 그 누가 갈라놓을 수 있겠습니까?

광해의 필체를 그대로 모사한 밀지는 환관의 손에 들려 임해군의 처소로 보내졌다. 여장을 한 임해군이라니…… 아무리 생각해도 이런 묘책을 낸 스스로가 대견했던 개시는 터져 나오는 웃음을 참느라 손아귀에 힘을 주어 치맛자락을 움켜잡았다.

늦은 밤, 병조에서 온 다급한 전갈이 대전으로 전해졌다. 아녀자 차림을 하고 병자인 척 업혀 나가던 임해군이 발각되어 그 자리에서 추포된 후 비변사에 갇혔다는 것이다.

"상중에 아녀자로 변장을 하고 도성을 탈출하려 하다니 이 무슨 해괴한 일인가? 어찌 된 일이냐?"

"사저에 있는 가병들을 움직이기 위해 여막을 벗어나려던 것으로 추정되옵니다."

보고대로라면 이는 틀림없이 역모를 도모하기 위한 탈출이었다. 광해에 대한 심한 반감을 가지고 있던 대신들까지도 민망하기 그지없는 임해군의 탈출극 소식에 경악을 금치 못했다. 이미 밤이 깊었으나 대신들은 퇴궐도 못 한 채 임해군 문제를 매듭짓고자 머리를 맞대고 있었다. 자신이 뜻한 대로 일이 급박하게 돌아가는 상황을 즐기듯 지켜보며 개시는 어서 이 밤이 지나가기를 갈구했다.

전하, 잘 넘기셔야 하옵니다. 성심을 굳건히 하소서. 전하의 보위는 이 소첩이 지켜드릴 것이옵니다.

지친이란 정 때문에 훗날 후회가 있어서는 아니 된다는 대신들의 강력한 주청은 해시^{亥時}에 이르러서야 광해가 의금부에 내린 전교로 마무리되었다.

> 증좌가 명백히 드러날 때까지 임해군을 진도에 정배^{定配}케 하라. 병조로 하여금 특별히 무장과 무사를 선발하여 압송하라.

인목은 선조의 상중이었기에 임해군이 장자로서의 도리는 다할 것으로 믿어 의심치 않았다. 그런데 여인으로 변복을 하고 탈출하여 사병을 움직이려 했다면 정녕 역모가 아닌가! 소식을 접한 인목은 아연실색했고 이유를 알 수 없는 불안감에 수라를 거른 채 대전 쪽으로 촉각을 곤두세웠다.

광해의 필체를 흉내 내어 감쪽같이 임해군을 엮었고 대역 죄인으로까지 몰아 유배까지 보낸 개시는 이제 빼도 박도 못 하는 역모로 상황을 굳히기만 하면 되었다. 이 모든 사단에 개시가 있음을 의심한 유희분은 황급히 그녀에게 달려갔다.

"자네 짓인가?"

"눈치가 없진 않으시군요. 대감?"

유희분은 이런 영악한 계집이 있나 하는 눈빛으로 혀를 찼다.

"임해군이 여장을 하고 궁을 빠져나갔다는 것만으로는 부족하지 않겠는가?"

"그러니 더 강한 명분이 필요한 것 아니겠습니까?"

"증좌는 있는가?

"임해군 사람들이 감춰둔 무기들을 찾아내고 이들의 입에서 궁궐을 습격하기 위한 훈련을 받았다는 자백을 받아내기만 하면 그만입니다. 그러니 그놈들이 모든 증좌를 없애고 잠적하기 전에 우부승지께서는 서두르셔야지요. 게다가 주청사절단이 이미 명나라로 떠난 상황이라 명에서는 분명 장자인 임해군을 들먹이고 나올 것이 뻔합니다. 한시가 급합니다."

개시의 정확한 판단과 유려한 언설에 유희분은 다시 한번 혀를 내두르며 감탄했다.

"전하의 윤허를 얻어내야 하지 않겠는가?"

유희분의 유약해지는 마음을 읽은 개시는 빈정거리며 그냥 가라는 듯 그의 어깨를 돌려세웠다.

"걱정도 팔자라는 말 아십니까? 대감의 심약함이 전하께 해가 될 수도 있다는 걸 왜 모르십니까? 전하께서 임해군의 유배지를 진도에서 강화도 교동으로 이배했을 때는 추국장을 염두에 두지 않으셨겠습니까? 이리 달려오시기 전에 진중히 생각 좀 하세요."

서둘러 입궐한 대신들은 '임해군의 역모를 밝혀내야 한다'며 목소리를 높였다. 양사의 주청이 언제 이렇게 단합된 적이 있었을까 싶을 정도로 한결같은 주청이었다. 광해는 국문을 윤허했다.

임해군과 연계된 사람들이 오랏줄에 묶여 줄줄이 끌려 들어왔고 사헌부는 이들이 감춰둔 무기를 찾아내기 위해 종횡무진으로 움직였다. 임해군 사저를 비롯해 관련자들의 거처가 쑥대밭이 되었고 군졸들의 병장기 소리와 빠른 발걸음 소리가 도성 안을 가득 채웠다.

추국장에서는 형틀에 묶인 임해군의 측근 모을노毛乙老와 경인景仁에게 낙형(烙刑: 단근질)이 가해졌다. 살을 지지자 연기가 치솟고 살 타는 냄새가 진동했다. 형신을 가하는 데 초장부터 단근질을 가하는 경우는 없었다. 가혹한 고통을 가해 역모에 가담했다는 자백을 더 빨리 받아내려는 의도가 다분해 보였다. 그러나 쉼 없이 반복된 국문에 두 사람은 피를 토하면서도 입을 열지 않았고 신음만 미세하게 흘러나올 뿐이었다.

"독한 것들…… 죄를 실토할 때까지 문초를 멈추지 마라."

의식을 잃으면 찬물을 붓고 다시 고문하기를 반복했다. 그 누구도 추국장에서 살아남는 것은 결코 보장될 수 없었다. 결국 모진 고문으로 모을노와 경인은 더 이상 깨어나지 못했다.

그러자 이번에는 임해군 사저를 드나들던 하대겸河大謙과 남서南瑞가 끌려와 형틀에 묶였다.

"지엄하신 주상 전하의 명이시다. 지은 죄를 실토하는 자는 목숨을 부지할 수 있을 것이나, 거짓을 고하는 자는 죽음을 면치 못할 것이다. 한 치의 거짓도 있어서는 아니 될 것이다. 목숨이 두려운 자는 속히 죄를 실토하라."

"우리는 대군과 술벗이었을 뿐이오. 무슨 죄를 실토한단 말이오."

"죄상이 낱낱이 드러나고 있거늘 여기가 어디라고 허튼 소리를 지껄인단 말이냐? 너희와 함께 모반을 꾀한 놈들의 이름을 대거라."

"놈들이라 했소? 그저 얼굴 반반한 기생들뿐이었소이다."

"네놈이 죽으려고 환장을 하였구나! 네놈의 주둥이를 찢어야 바른말을 하겠느냐? 여봐라! 저놈이 정신을 차릴 때까지 단근질을 가하라."

벌겋게 달아오른 인두를 남서의 허벅지에 대자 살이 타 들어가며 붉다 못해 시커먼 살점이 불인두와 같이 떨어져 나왔다. 그 파인 살점 밑으로 뼈마디가 드러나기 무섭게 피가 솟구쳤다. 울부짖는 참상은 아비규환 그대로였다.

임해군과 사소한 연이라도 있음 직한 사람들이 줄줄이 굵은 오랏줄에 묶여 추국장으로 끌려왔다. 이들은 앞서 문초를 받던 사람들의 처참한 모습에 입을 다물지 못했다. 한낱 짐승이라도 저리 대하지는 않았을 것을…… 참혹하게 널브러져 있는 사람들의 모습에 이들은 경악했다. 이금, 이득, 이철, 이효일, 이언형에게 형장刑杖이 가해졌다. 피가 튀고 살이 문드러져도 이들의 자백이 나오지 않자, 압슬형을 가하기도 했다.

광해를 대신해 추국장을 지키던 영의정 이원익은 난감했다. 나름대로 큰 물고기라 생각되는 자들로 추려 극형을 가했으나, 역모로 엮을 만한 증좌가 나오지 않았기 때문이다.

"임해군 사저의 간노幹奴 노응희魯應希를 끌어내라."

명이 떨어지기가 무섭게 하옥되어 있던 노응희가 형장에 끌려 나왔다.

"네 이놈, 너는 집안의 크고 작은 일에 대해 의당 모르는 일이 없을 것이다. 저들의 꼴을 너도 보았을 것이다. 뼈도 추리지 못하고 죽어나갈 것이냐? 실토를 하고 살아 나갈 것이냐? 네가 결정하거라."

"소인은 그저 천한 노비일 뿐입니다. 주인의 일을 천것이 어찌 알겠사오리까?"

"주리를 틀어야 네 입에서 바른말이 나올 것이냐? 임해군 처소에서 훈련된 병사들이 드나드는 것을 정녕 보지 못했다는 것이냐?"

"소인은 금시초문이오."

"네 이놈, 여기가 어디라고 감히 거짓을 고하느냐? 당장 저놈에게 장을 쳐라."

형리가 내려치는 장이 춤을 추는 듯했다.

"힘을 아끼지 말라."

찢어지는 비명과 함께 추운 전옥서에서 얼어붙었던 살점이 둔탁한 소리와 함께 떨어져 나갔다. 순간 형리의 얼굴에 피가 튀었다.

"네놈에게 다시 묻겠다. 역모를 위해 숨겨둔 무기는 어디에 있느냐?"

형을 당하는 고통에 숨넘어갈 듯 비명을 지르던 노응희는 더는 참지 못하고 소리쳤다.

"바른대로 고하면 목숨만은 살려주시겠소이까?"

"전하께서는 자애로운 분이시다."

"나리, 저는 평생 양반네 발바닥을 핥으며 목숨을 구걸했으나 옳고 그름은 알고 있는 놈입니다. 임해군은 사람으로 태어나지 말았어야 할 악귀입니다. 다른 이의 재물을 제 것인 양 빼앗고 남의 집 첩실을 훔쳐 재미 보기를 밥 먹듯 하던 난봉꾼이었습니다. 하여 소인이 무엇을 숨기오리까?"

"제법 말귀를 알아듣는 놈이구나. 하면 네놈도 역모라는 말을 들은 적이 있겠구나?"

"암만 그러서도 소인은 역적모의 같은 건 듣지도 보지도 못하였소이다."

"네놈이 아직도 정신을 못 차렸구나."

"도승지 유희서의 애첩이었던 애생이 붙들려 왔을 때, 소인은 사람들의 접근을 막으며 방 안에서 들리는 애원의 울음소리를 고스란히 듣고만 있어야 했습니다. 방문을 박차고 들어가 구해내지 못한 것이 한스럽고 끝내 무고한 목숨이 끊어지게 했습니다. 종놈으로 태어난 죄로 불의에 나서지 못하고 비겁하게 살아온 인생이 후회될 뿐입니다."

"이 추국장이 네놈의 인생사를 가만히 들어주는 호락호락한 자리인 줄 아느냐?"

"나리, 역모죄는 삼대가 멸하게 되는 죄라는 것쯤은 천한 것들도 알고 있습니다. 종놈은 종놈이고 종년은 종년일 터, 제가 숨긴다고 바뀔 것이 뭐 있어 거짓을 고하겠습니까? 다만 지나간 후회를 통해 비겁하게 살아온 삶에 대한 매질이라 여길 뿐입니다."

노응회의 절규 같은 이야기는 추국장 분위기를 잠시 숙연하게 만들었다. 영의정 이원익은 그에게 가해지는 형을 멈추고 싶었다. 임해군을 비호할 생각이 전혀 없어 보이는 간노였지만, 진정 아는 것도 없어 보였다.

국문은 밤새도록 이어졌다. 왕자들이 머무는 궁방宮房에 딸린 사내종까지 잡아들여 임해군의 밀정 역할을 하였다 추국하였으나, 밝혀진 것이 없었다. 다만 고된 형신을 견디지 못한 노비 하나가 무기를 뒷산에 파묻었다고 자백하였으나, 이 또한 거짓으로 밝혀졌다.

임해군이 이들의 뒷배였다는 진술 한 가지만 나오면 되는 일이었는데 생각보다 임해군의 사람들은 독하고 끈질겼다. 역모로 몰고 갈 만한 빌미가 전혀 보이지 않았다. 시간이 지날수록 사람들은 죽어나갔고 그렇게 목숨을 잃는 사람들이 늘어날수록 목이 타는 것은 개시와 유희분이었다.

"임해군 주변에 이렇다 할 협잡꾼 하나 없고 정녕 시정잡배 한량들뿐이었단 말이오?"

"그것이 임해군의 처세술일 수도 있지 않습니까? 살아남기 위한……."

"어허, 정말 그렇다면 난감한 일이 아닙니까? 추국은 열렸는데 증좌가 나오지 않으니 낭패 중 낭패일 수밖에요."

상황은 더욱 악화되다보니 추국을 멈출 수도 이대로 진행하기도 어려운 형편이었다. 이런 보고를 받은 광해는 적잖이 염려스러워졌다. 칼집에서 이미 칼은 뽑혔으니 피를 묻히지 않으면 더 수습하기 어려워질 것이다. 고심하던 광해는 더 이상 망설이지 않고 끝을 보고자 마음을 굳혔다.

'한 치의 의심이라도 갖게 하는 자가 있으면 모조리 잡아들여 죄를 묻고 국문을 이어가라.'

명이 내려지자 밤낮 할 것 없이 이어지는 국문에 온 궁 안은 비명이 낭자했고 사람들은 불똥이 튈세라 전전긍긍했다. 내명부도 마찬가지였다.

대비전을 밝히는 촛불도 스무 날이 넘도록 꺼지지 않았다.

역모가 밝혀지면 모두가 살아남기 힘들 것이다. 만일 임해군의 역심이 사실이라 밝혀지기라도 한다면…… 어찌 될 것인가! 선왕의 핏줄이긴 하나,

이것은 용상을 둘러싼 피바람이 아닌가! 어떻게 해야 이 지옥 같은 아비규환이 멈춰진단 말인가!

'전하, 보고 계십니까? 당신의 아들들이 피를 부르는 전쟁을 하고 있사옵니다.'

여러 날 밤을 새우던 인목은 지푸라기라도 잡는 심정으로 세상을 떠난 선조를 부르고 있었다. 인빈에게 달려가 서로 위안을 삼고 싶었다. 그러나 궁궐 안 곳곳마다 문지방에까지 남모를 귀가 달려 있으니 그러하지도 못하는 자신의 처지가 안타까웠다.

연일 국문이 열리고 사람들이 불안에 떨면서 민심은 흉흉해져갔다.

보위에 오른 지 얼마나 되었다고 벌써 손에 피를 묻히는가! 그것도 내 친혈육이 아닌가!

광해의 흔들림을 감지한 개시는 다시 유려한 언변으로 광해를 단근질했다.

"전하, 보위에 오르시고 첫 추국이옵니다. 여기서 죄를 밝혀내지 못하고 물러난다면 왕의 권위가 어찌 되겠사옵니까? 더욱이 이 일은 용상과 관련된 일이옵니다."

"내게 말하고자 함이 무엇이냐?"

"전하께서 결코 심약해지실 리 없을 것이라 사료되오나, 충심을 앞세운 몇몇 거짓된 입놀림에 자애를 베푸실까 걱정되어 올리는 진언이옵니다."

"과인은 이 용상이 두려워지지 않았으면 한다. 세자에게만은 온전한 조선을 물려주고 싶구나."

"당연히 그리하실 수 있사옵니다. 전하의 나라가 아니옵니까?"

"그래도 내 돌아가신 어머님을 생각하면 마음이 약해져 형님에 대한 원망이 누그러지는 걸 어찌하겠느냐!"

"그래서 전하 곁에 전하의 사람이 필요한 것 아니겠사옵니까? 우선 정인홍 대감을 방면하소서. 정 대감의 춘추가 벌써 일흔세 살이옵니다. 이 추운 날 유배지로 향하다 객사라도 한다면 이는 선왕의 뜻도 전하의 뜻도 아닐 것이옵니다. 전하의 사람을 되찾으소서."

광해는 뜨끔했다. 개시의 말이 틀리지 않았기 때문이다.

"정인홍 대감의 상소에는 힘이 있사옵니다. 그뿐 아니라 그에게는 분쟁을 잠재우는 논리와 명분이 있사옵니다. 하늘에 떠 있는 해가 하나이듯, 이 나라 임금도 한 분이어야 태평성대가 이루어지지 않겠습니까?"

"네 생각이 나를 본 것이냐?"

"간절하면 보이게 되어 있고 전하의 심중이 소인의 오장육부에 고스란히 담겨 있음을 모르신단 말이옵니까?"

자신만만하고 거침없는 개시를 볼 때마다 맹목적인 그녀의 사랑을 확인하는 듯해 쉬이 물리치지 못하는 자신을 보았다. 광해는 심중 깊은 곳에서 울리는 심연의 외마디 소리를 내뱉었다.

"개똥아, 너를 어이하면 좋겠느냐?"

다음 날, 정인홍을 방면하라는 어명이 내려졌다. 정인홍의 연로한 나이 탓도 있었지만 혹여 유배 중에 생길지도 모를 객사를 우려함이 연유가 되었다. 이이첨과 이경전에게도 유배를 풀라는 명이 이어졌다.

"이이첨은 속히 돌아오라."

서둘러 한양으로 돌아오던 이이첨은 외길목인 무학재 고갯마루에서 정인홍을 기다렸다. 초야에 묻혀 후학 양성에 전념하던 스승 정인홍에게 자신을 대신한 상소를 부탁해놓고 뒷배를 책임지지 못한 죄스러움이 컸기 때문이다. 자신 때문에 연로한 나이에 유배길까지 오른 스승에 대한 제자된 예의였지만, 자신의 청에 묻지도 따지지도 않고 선뜻 나서준 것에 대한 존경이기도 했다.

길 위에서 큰절을 올린 이이첨은 정인홍을 주막 안채로 안내했다.
"힘든 유배길을 잘 참아내셨습니다. 건강은 어떠하십니까?"
"염려 덕분에 아직은 무탈하구나!"
"심히 송구합니다."
"그리 말거라. 내 뜻을 용기 있게 밝혔다가 오르게 된 유배길이니 그 길은 외롭지 않았다. 이제 관송, 네가 임금을 도와 나라를 바로 세우는 모습을 볼 수 있다면 그것으로 되었느니라."
스승의 큰 사랑에 이이첨은 감읍했다. 선조가 승하하기 전 내린 단죄로 각기 유배길에 올라야 했던 절박함으로 스승과 제자의 관계는 더욱 단단해져갔다. 아직 겨울바람이 채 가시지 않아 문풍지 사이로 냉기가 스며드는 누추한 주막이었지만, 뜨끈하게 데워진 방구들에서 한잔 술로 서로를 위로하고 존중하는 사이 두 사람은 더욱 하나로 종속되어가고 있었다.

여명이 비치는 시각, 주막에 유희분이 보낸 말과 가마가 도착했다.
"두 분을 극진히 모시라는 승지 어른의 명입니다."
"우부승지가? 과연 의리를 아는 벗이야! 그래, 다른 연통은 없었느냐?"
"이것을 두 분께 전해드리라 하였습니다."
이이첨이 서찰을 펼쳤다.
절친한 벗과 스승의 옥체를 염려하는 안부 인사를 시작으로 이이첨이 한양을 비운 동안 일어났던 그간의 굵직한 사건들이 상세하게 적혀 있었다. 강화도 교동에 유배 중인 임해군의 역모를 밝혀내고자 주변 사람들을 문초하고 있으나, 마땅한 증좌가 나오지 않아 여태 곤혹스럽다는 내용이 대부분이었다. 또한 정인홍 대감이 다시 한번 임금의 눈을 가리고 있는 간교한 자들의 음모를 밝히고 진실을 알리는 상소를 올려준다면 틀림없이 국면이 전환될 수 있을 것이라는 부탁이었다.

"스승님! 이것은 전하의 어심인 듯합니다."

"나도 그리 짐작되는구나! 역모죄는 국법에 따라 엄중히 처리해야만 이 나라의 백년대계가 바로 설 수 있을 것이다. 망설일 일이 무엇이냐? 종이와 붓을 가져오너라."

궁중 암투는 용상에 대한 과욕에서 우러나는 것이며 끝을 보아야만 싸움이 끝날 것이다. 단칼에 처단하지 못하면 훗날 우환이 될 뿐이다. 인정사정이 통하지 않는다는 것은 무지한 백성도 아는 일이다. 왕통을 이어감에 있어 법도를 바로 세우고 종묘사직을 보존하는 근간이 존재함을 잊어서는 아니 된다. 단호히 내쳐야 한다. 하늘에 해가 두 개일 수는 없다.

유배에서 풀려 귀향하는 와중에 다급히 작성된 상소문이었으나 역모죄가 얼마나 무서운 죄인지 일침을 가하는 경고는 굵고 분명하였다.

정인홍이 붓을 내려놓기가 무섭게 상소는 한양 도성을 향해 달려갔다.

후궁 김개시 상궁 김개시

정인홍의 상소로 인한 파장은 컸다.

그의 상소는 역모로 야기된 분쟁을 잠재울 수 있는 논리와 명분이 충분했다. 개시는 하루빨리 정인홍을 방면해야 한다고 광해를 설득해 관철하게 했고, 유배에서 돌아오는 길이었음에도 불구하고 유희분을 앞세워 정인홍의 상소를 어렵사리 받아내지 않았던가!

역모는 반드시 단죄되어야 한다는 그의 한 마디는 광해 측근들이 품고 있는 의구심을 지워내기에 충분했고 그럴수록 임해군을 향한 화살은 쏜살같이 날아가 더 큰 죄목의 과녁에 꽂혔다. 하루빨리 역모가 밝혀져야 한다는 명분의 불길에 기름이 부어졌고, 그럴수록 광해의 사람들은 늘어갔다.

유배에서 풀려난 이이첨을 병조정랑 자리로 천거한 유희분은 사람들의 눈을 피해 야심한 밤에 그의 집을 찾았다. 그간의 겉치레 인사를 건너뛴 채 유희분은 바로 핵심을 짚었다.

"관송, 조정의 병권을 잡아주시지요. 전하 곁을 든든히 해야 합니다."

"화남(華南: 유희분의 호), 그대가 전하 곁에서 눈과 귀가 되어주어서 얼마나 다행인지 모르겠소. 함께할 마땅한 사람을 천거해주시오."

"마땅한 사람을 찾으시는 거라면?"

"그렇소. 나와 같이 병조를 끌어갈 사람 말이외다. 우리가 한배를 탔다는 것을 안팎으로 모르는 사람이 없지 않소. 그러니 이럴 때일수록 곁에 둘 인물이 청빈해야 하오. 그래야 우리가 하는 일들이 정당화될 수 있지 않겠소."

"역시 관송의 주도면밀함을 누가 당해낼 수 있겠습니까? 바람막이로 사람을 들이시는 거라면 사간원 정언 이사경李士慶이 제격일 듯합니다. 그는 유영경의 잘못을 날카롭게 비판하고 정인홍 대감과 관송께 내려진 유배령의 부당성을 지적했던 인물입니다. 한마디로 우리 편이자 곧은 사람이지요."

이사경이 누구인가! 일찍이 아버지를 여의고 외가에 의탁하여서도 식년문과式年文科에 장원 급제한 실력파로, 관직에 들어서는 일 처리가 곧고 청렴하다 하여 많은 문무백관들로부터 존경을 받아오던 인물이었다.

"하하~ 바람막이라……. 하긴 우리에게도 방패막이 필요하겠지. 의심 많고 혼란스러운 때에 그런 인물을 곁에 두고 있는 것만으로도 인정과 명분의 반을 벌고 들어가는 모양새이니, 적과의 싸움에서 반은 이겨놓고 시작하는 것과 다를 바가 무엇이겠는가? 화남이 전하께 당장 추천해주게."

새벽이 오는 줄도 모르고 두 사람은 대화의 밀도를 더해갔다.

"그런데 화남, 임해군을 역모로 옭아매고 그렇게 빨리 유배에 처해질 줄 상상도 못 했네."

"자칫 시간이 길어지면 반격의 우려도 커질 것이라는 게 김 상궁의 생각이었습니다. 다시 봐도 치밀하고 대범한 것이, 치마만 둘렀지 사내들 뺨칩니다. 때때로는 마치 악에 받친 듯도 하여 두렵게 보입니다."

광해의 필체를 모사한 밀지로 임해군을 위험에 빠뜨린 개시의 모략을 듣게 된 이이첨은 턱수염을 쓸어내렸다.

"증좌는 나왔는가?"

"그것이 문제입니다. 분위기를 몰아 유배를 보내긴 했지만 역모라 할 만한 증좌가 통 나오지를 않아 후환이 따를까 고심이 큽니다."

"조급해하지 말게. 그래서 내가 돌아왔지 않은가! 이것은 시간이 해결해줄 것일세. 목숨을 구걸하는 자가 생기지 않겠는가? 살기 위해 발버둥 치다보면 배신이라는 덫은 저절로 생겨나기 마련일세."

동이 트는 새벽 찬 공기를 불러들이려는 듯 이이첨은 방문을 힘차게 열었다.

"이보게. 화남, 술도 떨어졌으니 해장주로 한잔 더해야 하지 않겠는가?"

그는 마당을 쓸고 있던 행랑채 하인을 호탕한 소리로 불렀다.

"술상을 다시 봐 오라 이르거라."

얼마나 마셨을까? 지난 늦은 밤부터 시작한 술자리는 멈출 줄 몰랐다.

"우리가 비록 피를 나누진 않았지만 뜻을 나눈 형제 아닌가? 뜻이 하나이니 앞으로는 한 개의 술잔으로 취해보세나."

"좋고말고요. 형님!"

상대에게 건넨 술잔이 돌아오기까지의 시간은 갈수록 짧아지고 있었다. 다섯 손가락을 차례대로 꼽는 걸로 치면 세 번째 손가락을 꼽을 때까지의 시간을 넘기지 않았다.

이이첨과 이사경을 병조정랑에, 정인홍을 한성판윤에 제수한다는 교지가 내려졌다. 조정의 세력 판도는 유희분을 중심으로 짜였다. 그가 우부승지 신분으로 막강한 위세를 떨칠 수 있는 것은, 매제 광해를 등에 업었기 때문이다. 개시가 대전의 합문을 지키고 있는 데다 이이첨까지 궁에 들었으니 천하에 두려울 것이 없어 보였다. 중궁전으로 향하는 걸음걸이에 바람이 일었다.

"마마, 찾으셨습니까?"

"오라버니, 어서 오세요."

유희분을 맞는 중전 유씨의 얼굴에서 미소가 떠나지 않았다.

"원! 마마도! 그리 불러주시니 이 오라비가 쑥스럽습니다. 오늘은 어인 일로 찾으셨습니까?"

"내 오라버니의 노고를 위로도 하고, 한 가지 걱정도 있어 겸사겸사 불렀습니다."

"그 긴 세월을 잘 견디어내신 마마께서 어인 걱정이신 겝니까?"

"딱히 의논할 데도 없고 오라버니의 생각을 듣고 싶어 번거롭게 하였습니다. 다름 아니라 일전에 김 상궁이 대비마마와 인빈을 곰방쥐라며 비아냥거렸다 하여 대비께서 진노하시니 이를 어이하면 좋겠습니까?"

"마마, 걱정도 많습니다. 김 상궁이 괜스레 비아냥거렸겠습니까? 필히 그럴 만한 연유가 있었을 것이니 마마께서는 옥체나 돌보소서."

중전 유씨는 긴 한숨을 내쉬며 또 다른 고민을 털어놓았다.

"이번 명나라에 경사단을 보내면서 승습承襲의 윤허를 청하는 대비의 친서에 내 아들 이지를 왕세자로 명문화한 기막힌 계략이 개시, 그 계집의 머리에서 나왔습니다. 혀를 내두를 계집 아닙니까?"

"마마, 이번 대비의 친서에는 두 가지 의미가 있습니다. 문무백관들로 하여금 다음 왕재에 대한 논란을 일축하고, 대비 스스로 다음 대통을 넘보지 않겠다고 공표한 꼴입니다. 하오니 괘념치 마소서."

"하지만 그 계집이 밤낮으로 전하 곁을 지키고 있지 않습니까? 늘 그것이 마음에 걸립니다."

같은 여인네의 입장에서 느끼는 시기와 질투로 넘기기에는 유씨의 걱정이 커 보였다. 그러나 이들에게 개시는 여전히 필요한 존재였다.

"마마, 제가 아는 여인네 중에서 김 상궁만은 자기 꾀에도 넘어가지 않을 유일한 계집입니다. 고심하지 마시고 마마 가까이에 두시는 것도 좋을 듯합니다. 저대로 두지 마시고 차제에 후궁 자리를 내어주심이 어떠시겠습니까?"

"나더러 그 애에게 후궁 품계를 내리란 말입니까?"

"내명부에 들면 법도가 지엄하니 함부로 나대지는 못할 것 아닙니까?"

유희분의 제안에 귀가 번쩍 뜨였다. 하지만 전하가 밤낮으로 개시의 처소만 찾는다면 그 꼴을 어찌 볼 것이며, 그러다 덜컥 왕자를 생산하기라도 한다면 어찌하란 말인가! 중전은 머리를 세차게 흔들었다. 그녀의 머리 위에 무겁게 얹힌 가체를 비스듬히 받치고 있던 떨잠 하나가 바닥에 떨어졌다.

대조전 한쪽 궁녀의 처소에서 개시는 광해가 세자 시절 선물한 화장분 첩을 어루만지다 가슴에 품은 채 잠이 들곤 했다. 전하를 모실 수만 있다면 그보다 더한 꿈은 없겠다 싶자 그녀의 눈에 이슬이 맺혔다. 생전에 왕자를 낳지 못했던 의인왕후는 광해군을 친자식처럼, 나아가 세자 책봉에 큰 역할을 해주었다. 광해뿐 아니라 자신에게도 의인왕후는 살아 있는 보살이었다. 부모에게조차 버려진 자신을 살뜰히 거둬주고 광해군 전각의 나인으로 보내주었기에 가능한 만남이었다. 그러하기에 의인왕후가 맺어준 운명적인 인연으로 여겼고, 오직 광해 한 사람만 바라보고 버티며 이 자리까지 올 수 있었다. 손끝에 남아 있는 애잔한 여운이 채 가시기도 전에 중궁전으로부터 은밀한 연통이 왔다.

"김 상궁, 어서 오게."

중전 유씨는 반갑게 개시의 두 손을 맞잡았다.

"귀하디귀하신 분이 천것의 손을 이리 허물없이 잡으시다니요. 누가 볼까 두렵사옵니다."

"자네가 없었다면 내 어찌 이 중전의 자리에 앉아 있겠는가? 자네의 공을 잊지 않고 있네."

자네라는 말에 화들짝 놀라 개시는 고개를 들었다. 눈을 크게 뜨고 중전을 바라보는 표정에 다소 과장이 섞여 있었다.

중전이 내게 자네라 하다니…… 나를 자신의 수족으로 생각한다는 것인가? 내게 옆자리를 내어주겠다는 의미가 아니면 무슨 속셈인가?

이러한 개시의 의아해하는 반응에 중전 유씨는 짐짓 모른 척 더 살갑게 그녀의 손을 잡았다.

"궁녀라면 누구나 전하의 승은을 입어 후궁의 첩지를 받는 것이 염원 아니겠는가? 그러나 전하를 모시는 일은 아무나 할 수 있는 일이 아니며, 바란다고 되는 일이 아니라는 걸 자네도 잘 알 것이네. 그래서 내가 김 상궁 자네를 은밀히 불렀다네. 자네의 마음을 내게 얘기해줄 수 있겠나?"

무슨 꿍꿍이가 없이는 이럴 리 없는 중전이다. 선뜻 후궁 자리를 권하는 그녀의 속내를 의심하지 않을 수 없다.

고개를 숙이고 잠시 생각에 잠겼던 개시는 고개를 들었다. 그녀의 눈동자에 담긴 것은 중전의 얼굴이 아니었다. 궁중모란도를 뒤로하고 금침 보료가 깔려 있는 중전의 자리였다.

"중전마마, 하해와도 같은 은혜이옵니다. 소인은 비록 배운 것 없어 무식하고 천한 출신이오나, 제 분수 정도는 아는 계집이옵니다. 감히 후궁 자리라니요? 상궁의 소임이 바로 제자리이옵니다. 더는 하문하지 말아주시옵소서."

제 분수를 아는 계집이란 개시의 말에 마음이 놓이면서도 더 묻지 말아달라는 간청에 미묘한 감정이 일었다.

중전 유씨는 광해가 중궁전에 들기를 기다렸다. 김 상궁을 후궁으로 들이는 문제를 넌지시 던져볼 요량이었다. 이미 김 상궁의 입장은 확인했으나, 이참에 광해의 심중이 어떠한지 짚어보고 싶었다. 기다리다 못한 중전 유씨는 점심 수라를 중궁전에서 준비하겠다고 전갈을 넣었다. 마침 기분 좋게 조례를 마친 광해는 흔쾌히 그리하겠노라 답을 보내왔다.

"살다보니 별일이오. 중전이 과인을 다 찾다니…… 혹 과인에게 전할 말이라도 있으시오?"

"그동안 국상 중임에도 경사단을 명에 파견하시랴 역모를 밝혀내시랴 바쁘신 전하의 옥체가 염려되어, 염치 불고하고 이리 청하였습니다. 그리하지 않으면 언제 용안을 뵈올 수 있으리까!"

"내가 그리 무정한 지아비였소이까! 그러하다면 내 중전 볼 면목이 없구려."

광해는 자신의 수라상을 직접 챙기는 중전이 고마웠다.

"전하, 신첩이 청이 하나 있사오니, 내치지 마시고 혜량하여주소서."

"무슨 청인데 그리 망설인단 말이오."

"김 상궁 이야기이옵니다."

"김 상궁이라면?"

"대전 상궁 김개시 말이옵니다."

개시라는 말에 광해는 수저를 슬며시 내려놓았다.

"김 상궁이 아니었으면 세자 승습 문제를 놓칠 뻔했사옵니다. 앞날을 예견하는 재능이 있는 여인입니다. 해서 김 상궁을 후궁으로 들여 내명부의 위계를 세우고자 하옵니다. 윤허하여주소서."

광해는 얼굴이 달아올랐다. 쓸데없는 소릴 하고 있다는 뜻을 표현하듯 헛기침을 두서너 번 이어가더니, 다소 퉁명스러운 목소리로 반문했다.

"선왕께서 승하하신 지 두 달밖에 아니 되었소. 그런데 후궁이라니요. 더구나 김 상궁은 대전에서 아바마마를 모셨던 궁녀 아니오. 그녀를 후궁으로 들인다면 남들이 뭐라 하겠소. 오늘 중전이 한 말은 안 들은 걸로 하겠으니, 앞으로 김 상궁을 후궁과 연관하는 말은 삼가주시오."

광해의 단호한 말투에 중전은 더 이상 말을 이어가지 못했다. 다만 용포에 두드러지게 수놓인 두 마리 교룡의 눈을 바라볼 뿐이었다.

광해는 개시를 후궁으로 들일 수 없다는 것을 그 누구보다 잘 알고 있었다. 개시는 출신조차 알지 못하는 천민이었다. 도박판에서 빚을 진 아비가 겨우 다섯 살인 개시를 빚 대신 노비로 팔아넘겼다. 그러나 타고난 운명이 궁에 연결되었음인지, 마침 사가로 나갔던 선조의 정비 의인왕후가 울고 있는 어린 개시를 가엾게 여겨 궁으로 데려왔다. 출신 성분이야 상황에 따라 바뀌기도 하고 공에 따라 묻어갈 수 있는 것이지만, 도저히 지나칠 수 없는 것도 있었다.

몽진 길에 올랐던 선조가 수행 궁녀였던 개시에게 승은을 내렸다는 소문이 공공연한 터였다. 그런데 선왕 선조의 국상 중에 후궁으로 들이게 되면 이는 효를 중시하는 유교에서는 결코 용납될 수 없는 일이었다. 또한 양대에 걸친 희대 사건으로 불거질 수 있을뿐더러 실록에라도 남게 되면 선왕에 대한 불충이자 불효가 되는 일이었다. 자칫 왕실의 존엄조차 무너뜨릴 수 있는 곤혹스럽고 두려운 일이었다.

빛나는 바다, 광해光海라는 생각만으로도 개시는 가슴이 뛰었다. 어린 시절, 광해군이 자신을 개똥이라 놀리면, 자신은 바다를 한 번도 본 적도 없으면서 이름만 빛나는 바다라며 맞받아치던 그 시절이 그리웠다. 왕자와 궁녀가 아니라 같은 또래의 벗이었다. 그렇게 함께 뛰놀던 광해가 이제는 어엿한 주상 전하가 되었으니 드넓은 바다를 함께 바라볼 수도 있을 것이라 믿었다.

내가 후궁으로 갈 수 없는 이유보다 상궁으로 남아야 하는 이유가 더 많다. 후궁 품계를 받게 되면 내명부 법도에 구속되어 자유로울 수가 없다. 그리되면 궁 밖 출입이나 만나는 사람도 제약이 심해질 수밖에 없다. 전하의 옆에 있고자 시작한 일이 후궁의 전례에 따르다보면 전하를 알현하는 일조차 어려워질 것이다. 나는 전하를 위해 해야 할 일이 있다. 지금 이 자리가 내 뜻을 마음대로 펼칠 수 있는 자리다. 더 이상의 욕심은 과욕이다.

개시는 아랫입술을 깨물었다.

주청사절단이 명나라로 떠났지만 여러 달 뒤 사절단보다 먼저 들려온 소식은 충격적이었다. 광해군을 임금으로 인정하는 명나라 황제의 교지를 학수고대하였건만, 도착한 전갈은 기대감을 한순간에 무너뜨렸다. 장자 임해군이 엄연히 살아 있는데 차자인 광해가 왕위를 물려받았다는 데 대한 의혹과 함께, 풍을 맞아 강건치 못해 용상을 감당할 수 없다고 한 상황을 명이 걸고넘어진 것이다. 더구나 임해군이 몸이 불편하다면서도 역모를 꾀했고, 이로 인해 유배에 처해졌다는 부분에 더욱 의심의 눈초리를 보냈다. 이리하여 오히려 진상조사단을 보내 직접 확인하겠다 호언을 한 것이었다.

조정은 다급해졌다. 하얗게 질린 얼굴을 한 유희분이 사간원으로 이이첨을 찾아왔다. 이이첨은 병조정랑(정5품)으로 제수받았다가 홍문관 응교(정4품)를 거쳐 사간원 사간(종3품)으로 빠르게 승차해 있었다. 그의 승차는 두 달도 채 걸리지 않았다.

"관송, 제 목이 날아가게 생겼습니다."

"유 대감, 숨넘어가겠소이다. 명의 전갈 때문에 온 게요?"

"그렇다마다요."

"그렇지 않아도 그 일로 사간원 관리들과 논의 중이었소."

"지금 논의나 하고 있을 때가 아닙니다. 만약 명나라 조사단이 왕위 계승에 대한 정당성을 묻고자 전 영의정 유영경을 찾는다면 그 뒷감당을 어찌하겠습니까?"

"유영경은 유배 중에 있소."

"그래서 걱정 아닙니까? 진즉에 없애버렸어야 하는 것을…… 만약 그가 선왕의 심중 운운하며 다음 용상 주인은 전하도 임해군도 아니고 적자 태생인 영창이었다고 지껄인다면, 이것은 돌이킬 수 없는 재앙이 될 것입니다."

일리 있는 말이었다. 대화를 멈춘 채 가운뎃손가락으로 상만 두드리고 있는 이이첨이 답답했던지 유희분이 목소리를 높였다.

"대감, 지금의 유영경이야말로 독이 바짝 오른 쥐입니다. 어차피 죽게 된 마당에 두려울 것이 무엇이겠습니까? 이참에 재라도 뿌린다면 우리는 다 죽은 목숨입니다. 명에서 봤을 때 바로 우리가 역모가 아니고 무엇이 역모이겠습니까? 조사단이 도착하기 전에 그를 처단해야 합니다."

이이첨은 눈을 가늘게 뜨고 유희분을 바라보며 너털웃음을 지었다.

"급할수록 돌아가라 했네. 유영경은 한양에서 가장 먼 유배지 함경도 경흥에 있지 않은가? 한양에서 경흥까지 거리가 두 달은 족히 걸리는데, 명의 조사단이 그곳까지 갈 수는 없네. 그렇다고 그를 한양으로 불러올릴 수도 없는 일이네. 그러니 그 문제에 대해서는 화남이 걱정하지 않아도 될 듯싶구려. 다만 한 가지 임해군을 다루는 문제만큼은 신중하게 대처해야 하오."

임해군에 대해서는 다소 부담스러운 듯한 이이첨의 말에 유희분은 긴장했다.

"우선 임해군을 구슬려야지."

"구슬리다니요? 협박하거나 역적의 수괴로 몰고 가면 그만 아닙니까?"

"그를 역모로 옥죄는 것은 양면의 칼을 쥐고 있는 꼴이네. 역모를 도모했다는 것은 왕좌에 욕심을 부렸다는 것인데 풍에 맞아 용상을 감당할 수 없다는 말과 정면으로 상충되지 않겠는가? 그것이 마음에 걸리네."

"그럼 어찌한단 말입니까?"

"선왕의 뜻이 광해군에게 있었다는 사실로 밀고 나가야 하지 않겠나? 선왕의 밀지와 선왕의 비妃가 내린 언문교지까지 있으니 왕위 전위에는 전혀 문제가 없었다는 것을 보여주면 될 것이네. 여기에 좀 더 부연하자면 그에 불만을 품은 임해군이 역모를 꾸몄다가 발각되었지만, 형제의 예를 다하고자 하는 전하의 깊은 뜻으로 목숨을 부지하고 가벼이 유배 갔음을 그들에게 피력해야 할 것이네."

"그걸 믿겠습니까?"

"그러니까 믿게 해야지."

이이첨은 한동안 뜸을 들였다. 꾹 다문 그의 입술에서 쉽지 않은 고민이 전해졌다.

"이번 일은 내가 직접 나서야겠네."

"관송께서……."

"왕위 계승에 한 번도 문제 삼지 않던 명이 직접 나섰다면, 이는 필시 내정 간섭이 아니고 무엇이겠는가! 임해군으로 인해 전하께서 수모를 겪게 할 수는 없지 않은가?"

명의 진상조사단이 파견된다는 소식에 광해는 연상을 내려치며 화를 참지 못했다.

"그들이 이 조선을 어찌 보고 누굴 조사하겠다는 말이냐? 이런 수모를 당하며 그냥 넘어갈 수는 없다."

"전하, 임해군을 면질面質하여 진심으로 용상을 사양한 것인지 물어보겠다 하옵니다."

"어허, 이런 고얀 것들이 있나. 내가 형님의 자리를 탐해 빼앗았다 그리 보는 것이 아닌가! 또한 형님이 지금이라도 용상은 자신의 자리였다 말하면 나를 내치겠다는 의중이 아니냐!"

광해는 치를 떨며 흥분했다. 그의 머릿속에는 명나라에 대한 오랜 반감이 각인되어 있었다.

이이첨의 결심은 유희분을 통해 광해에게 전달되었다. 광해의 얼굴에 충신을 직접 대면한 듯 환한 미소가 번졌다.

"강화 교동도까지 직접 떠난다 하더냐?"

"그러하옵니다. 오가는 데 족히 열흘은 걸릴 것이옵니다. 은밀하게 처리하여야 하는 일이기에 전하를 뵙지 아니하고 병 치료차 잠시 궁을 비운 것으로 하겠다 하였사옵니다."

광해는 새삼 이이첨이 고맙고 대견했다.

"임란 때 죽음을 각오하고 세조의 위패를 지켜내더니 과인 때에 이르러

작금의 난제를 해결하겠다 몸소 강화도로 떠나는 이이첨이야말로 고결하고 지조 있는 신하다. 처남은 늘 그를 가까이하시오."

광해의 얼굴에서 수심이 순식간에 가시는 듯했다.

유희분은 또 한 번 이이첨에게 두 손을 들었다. 강화도로 떠나며 주군조차 알현하지 않고 떠나는 그의 처신은 광해를 감동시키기에 충분했다. 한 가지 일을 처리하면서 사람의 마음을 들었다 놨다 여러 번 감동시키는 재주를 가진 이는 이이첨뿐이었다.

평복을 하고 한양을 빠져나온 이이첨은 강화도 나루터에서 말을 탄 채 맞은편 교동도를 바라보았다. 물길 너머 자리한 교동도는 평온해 보였지만 굴곡진 사연이 많은 곳이었다. 아름답지만 절해고도 유배지가 아닌가! 도성이 있음 직한 방향으로 고개를 돌리며 이이첨은 독해져야 한다, 스스로를 채찍질했다. 배에 오른 지 얼마 지나지 않아 등골을 오싹하게 만든 것은 교동도에 이르는 물길의 빠른 물살이었다. 물살을 잘못 타면 아무리 능숙해도 물귀신이 된다는 뱃사공의 엄포에 이이첨은 속 좋아 보이는 웃음을 지어 보이며 배 난간을 움켜잡았다.

임해군이 위리안치된 곳은 화개산 아래에 지어진 오두막집이었다.

"임해군마마, 사간원 사간 이이첨입니다."

"아니, 네놈이 무슨 염치로 여기를 찾아왔단 말이냐?"

"전하께서 형님의 안부가 궁금해 노심초사하시다가 은밀히 저를 보내셨습니다."

"내가 네놈의 말을 믿을 성싶으냐?"

이이첨에 대한 반감이 컸던 임해군은 역정을 내면서도 평소 거리낌 없이 패악을 부리던 성질은 조금 누그러진 듯 사립문 밖을 향해 침을 뱉고

뒤돌아섰다.

"이 사람은 미우나, 아우님은 믿으셔야지요. 하나뿐인 친형님을 이리 유배 보내고 주상께서 어찌 마음 편안하시겠는지요? 하지만 어쩌시겠습니까? 하늘에 해는 하나인 것을……."

이이첨의 능청스러운 호기에 임해군은 다시 침을 '퉤' 뱉었다.

"무슨 용건인가?"

"대군마마를 역모죄에서 구해낼 방도를 가지고 왔습니다."

"역모죄라니? 내가 무슨 역모를 꾀하였단 말인가? 나는 그저 계집과 술과 벗을 좋아하는 삼혹호三酷好에 불과한 사람인데, 그 무슨 망발인가?"

"아직도 모르시겠습니까? 대군은 역모를 꾀한 죄로 유배를 오신 겝니다. 이젠 아주 정신줄까지 놓으셨습니까?"

"이노옴……. 광해를 불러오거라. 혈육을 외면하는 자가 어찌 나라를 다스릴 수 있단 말이냐? 어서 불러오거라."

임해군의 노기충천한 고함이 바람을 가르며 해안가까지 닿을 듯했다.

"영감! 이제 그만하시지요."

"이젠 아예 왕자인 나를 영감이라 하는구나. 감히 네놈이."

임해군의 악다구니에 순간 이이첨의 얼굴빛이 바뀌었다.

"내가 역모라 그렇게 말해주었거늘 아직도 정신을 못 차리고 발악을 하는구나. 정녕 혼쭐이 나야 고분고분해질 텐가? 영감!"

더 이상은 참지 못하겠다는 듯 이이첨은 임해군에게 달려들어 다짜고짜 멱살을 움켜쥐었다.

"네…… 네…… 놈이."

순식간에 숨통을 옥죄여오는 이이첨의 손아귀에 더욱 힘이 가해지자 임해군은 새파랗게 질린 얼굴로 캑캑거릴 뿐이었다.

"영감, 여기서 내 손에 목숨 줄을 놓으시겠소이까. 아니면 이곳에서 살아 나가 식솔들과 평안히 여생을 보내시겠소이까?"

"광······ 광해도 아느냐? 네놈이 나를 만나러 온 것을?"

"어찌 아시겠소. 그저 전하를 향한 충심이라 생각하시오."

살기가 어려 단호해진 이이첨의 눈빛과 음습하게 깔린 목소리에 임해군은 기가 죽었다.

"시······ 시키는 대로 하겠네."

"허튼 마음 품으면 영감뿐 아니라 식솔들 목숨도 부지하기 힘들다는 것을 유념하시오. 근래에 손주도 보셨던데 고놈 참 똘똘하더이다."

식솔들과 태어난 지 백일도 채 안 된 어린 손주의 목숨까지 쥐고 흔드는 이이첨이 그의 눈에는 악귀로 보였다.

임해군의 멱살을 한 차례 더 움켜쥐고 난 후 이이첨은 손바닥을 마주쳐 탁탁 터는 시늉을 하더니 소맷자락에서 둘둘 말려진 종잇장 꾸러미를 꺼내 펼쳤다. 거기에는 명나라에서 빌미로 삼고 있는 내용들이 질문 형식으로 빼곡히 나열되어 있었다. 진상조사단의 예상 질문에 대한 정해진 답안지였던 것이다.

"어찌 용상을 아우에게 준 것이오?"

"용상은 내 자리가 아니오. 나는 만백성이 알고 있듯이 임란 때 왜군에 포로로 잡힌 후 풀려났지만 그 후 병을 얻어 정신이 오락가락하고, 계집과 술만 보면 환장하는 병자가 되었소. 이런 사람이 어찌 임금의 자리에서 백성을 다스릴 수가 있겠소이까? 지나가던 개도 웃을 일이외다."

같은 질문을 던지고 똑같은 대답을 반복하면서도 이이첨은 만족할 수 없었다. 진상조사단이 호락호락하지 않을 것임을 잘 알고 있기 때문이었다. 심신이 불안한 듯 눈동자에 광기가 어려 연신 흔들려야 하고 말은 어눌해야 한다며, 임해군의 얼굴 표정과 말투, 행동거지까지 세세하게 지적했다. 이렇게 묻고 답한 지 벌써 사흘이 넘었다.

교동도를 떠나며 이이첨은 임해군에게 마지막 일침을 놓았다.
"혓바닥을 잘못 놀리면 삼대가 살아남지 못할 것이오."
한양으로 돌아오는 뱃길을 트며 뱃머리에 걸터앉은 이이첨은 흥얼거리
듯 시조 가락을 읊조렸다.

산 위에 달이 떠오르고 북극성이 보이므로
임이신가 하여 반가워하니 눈물이 절로 난다
저 맑은 달빛을 임 계신 궁궐에 보내고 싶다

누각 위에 걸어두고 온 세상을 비추어
깊은 산골짜기에도 대낮같이 환하게 만드소서
임 향한 일편단심이야 가실 줄이 있으랴!

임금을 그리워하는 「사미인곡」의 한 부분이었다.
광해를 위해 자신만이 할 수 있는 큰일을 해냈다는 희열이 그의 얼굴에
노을처럼 번졌다. 쾌快하게 달아오른 붉은빛이었다. 덩달아 뉘엿뉘엿 빛
을 떨구는 해가 깊은 해수면 아래로 잠겼다.

무신년(광해군 즉위년, 1608) 6월 15일.
조선의 왕위 승계 과정을 조사한다는 명목으로 만애민과 엄일괴를 앞
세운 명의 진상조사단이 한양 남별궁에 여장을 풀었다. 돌아가는 분위기
에 잔뜩 긴장한 신료들은 연회를 베풀며 이들의 비위를 맞추어나갔다. 하
지만 정작 이들은 조선이 불손한 처사로 대국을 귀찮게 했다며 툴툴거렸

다. 그럴수록 조정의 분위기는 민감해졌다.

 이튿날, 이들은 궁에 기별도 하지 않고 남별궁에서 곧장 강화도로 향했다. 먼저 임해군을 직접 면질하겠다는 것이다. 조선 조정을 믿을 수 없다는 의중이 충분히 드러나는 이들의 처사는 불경스러웠다. 조선을 얕잡아 보는 행태라며 여기저기서 불만들이 터져 나왔다. 그러나 어쩌랴!
 조정에서도 삼정승을 앞세운 의금부 관료들을 강화도로 급히 파견했다. 이이첨이 사흘 밤낮 동안 임해군을 겁박해가며 세뇌했다고는 하나, 임해군의 마음은 언제든지 변할 수 있는 일이었다.
 이를 모를 리 없었던 개시는 임해군의 아들들을 의금부에 감금해놓았다는 거짓 정보를 흘렸다. 볼모인 것이다.
 개시의 계략과 이이첨의 세뇌 효과는 컸다. 임해군은 광기 어린 말투와 행동으로 진상조사단을 당혹케 하였으나, 역모죄만큼은 데리고 있던 자들이 임의로 벌인 일이라며 발뺌을 하였다. 그 바람에 이들의 의혹에 또 하나의 빌미를 주고 말았다.
 그사이 이이첨은 주청사절단으로 떠났었던 일행의 중심인 이호민을 만나고 있었다. 진상조사단으로 온 엄일괴와 만애민의 성품을 파악하기 위한 만남에서, 그는 문제해결의 단초를 얻을 수 있었다.
 "과유불급을 모르는 후안무치한 자들이군."
 하나같이 재물 욕심이 많고 탐욕스럽다는 이야기에 이이첨은 회심의 미소를 지었다.
 "전하, 저들의 트집 이면은 임해군이 아니옵니다. 무조건 찔러서 걸리는 피라미를 빙자해 조선에 족쇄를 채우고자 함이옵니다."
 "결국 그 피라미가 임해군을 말함이 아니더냐?"
 "그러하니 피라미 대신 낚싯대를 선물해야 하지 않겠사옵니까?"

"낚싯대라?"

"재물이옵니다. 전하, 제보다는 젯밥이나 든든히 먹여 보내면 조선의 사정이야 개의치 않을 것으로 사료되옵니다."

"이런 고얀 것들을 보았나!"

"고정하소서."

화가 난 듯 연상을 내리치며 자리를 박차고 일어서는 광해의 입가에 옅은 미소가 번지는 것을 이이첨은 놓치지 않았다. 내관들이 광해를 따르자 이이첨은 부복을 풀지 않은 채 가운뎃손가락으로 바닥을 두드렸다. 대전의 상방문을 지키고 있던 개시는 대꾸하듯 낮은 소리로 재빠르게 화답했하였다.

"무언無言이오."

표면화하지 못하는 왕의 승인임을 알리는 것이었다.

질투

"대감, 명나라에 보낼 공물이 얼마나 됩니까?"

대전 뒤뜰에서 은밀히 이이첨을 만난 개시는 앞뒤 생략하고 공물에 대해 운을 뗐다.

"적지 않다네. 명에 들어갈 은 오천 냥과 홍삼 오십 근 말고도 따로 조사단을 만족시킬 뇌물이 필요하지 않겠나?"

"전하의 용상이 어떤 자립니까? 훗날 뇌물로 왕위를 이어받았다는 빌미를 잡힐 걱정은 없겠는지요."

이이첨은 개시의 얼굴을 한참 동안 바라보았다.

"제 얼굴에 뭐라도 묻었습니까?"

"아닐세. 그건 그렇고 호조에 알아봤더니 나라의 재정이 그리 넉넉지 않다네. 일단은 자금을 마련할 방도를 강구하는 것이 시급한데 그 또한 쉽지 않을 것 같소만."

"제 생각을 들어보시겠습니까?"

"무엇인가?"

"조정의 금고는 한 푼도 건드리지 말아야 구설에 휘말리지 않습니다."

"그러면?"

"현재 전하의 내탕금內帑金도 내어줄 형편이 못 되옵니다."

"그러니 더욱 큰일이 아니겠는가?"

"문무백관들의 주머니를 털어야지요."

"도적이 되란 말인가?"

"호호호, 별말씀을요. 천하의 이이첨 대감께 제가 도적이 되시라 진언하겠습니까? 조정 신료들이 자진하여 십시일반 은자를 내놓는다면 이 조선의 임금은 전하 한 분뿐이라는 것을 만천하에 천명할 수 있지 않겠습니까? 아랫것들이 주군을 위해 재물을 내어놓는 것만큼 주종관계를 확실히 매듭지을 수 있는 일이 또 어디 있겠습니까? 이번 위기를 호재로 바꾸어야 합니다."

이이첨은 자신도 모르게 양 어금니를 물면서 고개를 끄덕였다. 이런 대범함을 보았나! 조정 대신 열 명은 뺨쳐먹을 재략과 배포 아닌가! 몇 수 앞까지 내다보는 개시가 놀라울 뿐이었다.

"그리만 된다면 천군만마를 얻는 것과 같을 것이나, 그 또한 반발이 심할 것일세."

"그러니 종친들부터 모범을 보여야지요. 궁극에는……."

"궁극이라 하면 어디까지 말함인가?"

"인목과 인빈을 비롯한 내명부에서도 재물을 내어놓아야 하지 않겠습니까? 그래야만 왕위 계승에 대한 정당성을 세상에 공포할 수 있을 것입니다."

이이첨은 개시를 못 이기겠다는 듯 머리를 흔들었다. 그녀의 말이 백번 맞았다. 일전에 유희분이 왜 개시가 두렵다는 말을 했는지 이해가 되었다.

어려움을 헤쳐나갈수록 입지가 더 단단해지는 그녀야말로 전하의 장자방이 아닐 수 없구나!

호조에서 대신들 품계에 따라 공물 예상액을 감안하여 징발하는 할당액을 정하였지만, 심한 반발이 예상되어 미처 공표하지 못하고 있었다. 명이 요구하는 공물이 턱없이 많은 까닭에 조정 안팎이 걱정한다는 소식이 대비전에도 전해졌다.

"그래 대전의 분위기는 어떠하더냐?"

인목의 지시로 궁 안 분위기를 살피고 온 지밀상궁 여씨가 문지방을 넘기도 전에 인목은 답을 재촉했다.

"들리는 이야기로는 명으로 보내는 공물도 공물이지만, 진상조사단으로 온 명의 관리들을 구슬리기 위한 뇌물에 대한 고민도 크다 하옵니다. 마마, 초상만 치르지 않았지 딱 그 분위기였습니다."

"뇌물까지 안겨야 한단 말이냐?"

"저들의 트집이 어디 보통이어야지요. 전하의 노하심이 이만저만 아니라며 대전 상궁 하나가 귀띔해주었습니다."

진상조사단의 심기가 뒤틀려 임해군이 용상에 앉기라도 한다면 영창이 살아남을 수 있을까? 차라리 나이 어린 나를 대비로 깍듯이 대접하는 광해라면 영창을 보호할 수 있지 않을까?

여기에 생각이 미치자 인목은 망설일 새가 없었다. 대전으로 연통을 넣은 지 두 시진도 지나지 않아 한걸음에 광해가 대비전을 찾았다.

"대비마마, 어디 옥체 불편한 곳이라도 있으신지요."

"아닙니다. 주상! 내 전할 말이 있어 연통을 넣었는데 주상을 놀라게 한 것 같구려."

따듯하게 웃어 보이는 인목의 미소에 광해도 만면 웃음 지어 보이며 좌정했다.

"주상, 다름 아니라 내 듣자 하니 명나라에서 파견된 조사단 때문에 고심이 크다 들었습니다. 아녀자의 속되고 좁은 마음으로 이야기하는 것이니 노엽게 여기지 말고 따라주었으면 합니다. 주상의 안위가 곧 나와 우리 영창의 안위 아니겠습니까?"

영창이라는 말에 광해는 적잖이 놀랐으나 태연하게 찻잔을 응시했다.

"명나라를 대국으로 섬기고 있는 한 책봉 고명은 피해 갈 수 없는 통과의례 아니겠습니까? 더구나 용상 승계에 관한 일이기에 우선은 이들을 달래 보내야지요."

"마마, 하오나 이들이 원하는 공물을 감당하기가 어려울 듯합니다."

"얼마가 되었든…… 이번에 반드시 명의 고명을 받아야 할 것입니다. 그래서 내 패물과 대비전 내탕금 일부를 내어놓으려 하니 도움이 되었으면 합니다. 이를 계기로 내명부에서도 솔선수범하라 이를 것입니다."

대비께서 전하의 존엄에 틈을 보여서는 아니 될 것이라 이르며 은자와 패물을 내어놓았다는 소문은 빠르게 퍼져 나갔다. 눈치 보기 급급했던 대소신료들과 내명부 궁녀들까지 재물을 내어놓기 시작했다.

개시는 뒤통수를 얻어맞은 듯, 한발 뒤졌다는 쓸쓸함에 헛헛한 웃음을 토해냈다. 명에 보낼 공물을 징발하는 데 인목을 끌어들여 용상의 당위성을 확인하는 것이 자신의 계획이었는데, 오히려 인목이 앞서서 은자와 패물을 내어놓고 자금을 모으는 데 불쏘시개 역할을 하다니! 어쩌면 인목이 대비의 입지를 다져보겠다 안간힘을 쓰고 있다는 방증일 수 있었기에, 개시는 자신의 생각을 앞지른 인목이 용서되지 않았다.

명의 조사단이 한양을 벗어나기가 무섭게 때를 같이하여 이이첨의 상소가 편전 회의에 올라왔고 이어 정인홍의 상소가 도착했다. 기다렸다는 듯이 임해군을 사사하라는 거침없는 상소가 꼬리에 꼬리를 물었다.

　광해의 마음도 편할 리 없었다. 여러 날을 임해군의 거취와 관련한 고심으로 수라도 건너뛰고 대신들과의 대면도 물리쳤다.

　상현달이 환하게 대전을 밝혔다. 명치끝을 아리게 만드는 갑갑함이 엄습한 광해는 내관과 수행 상궁을 뿌리치고 홀로 뜰을 거닐었다. 하늘에는 둥글어져가는 달이 달무리를 만들며 하늘을 채우고 어디선가 치자꽃 향기가 초여름의 바람을 타고 광해의 발길을 끌고 있었다.

　얼마나 걸었을까! 광해는 대비전 청심재 앞마당에 서 있었다.

　"전하……."

　갑작스러운 광해의 등장에 대비전 상궁 나인들은 사색이 되었다.

　"쉿…… 조용히 하거라. 대비께서는 침소에 드셨느냐?"

　광해가 걸음했다는 전갈을 받은 여 상궁이 버선발로 뛰어나왔다.

　"대비께서는 잠을 이루지 못하고 계시옵니다."

　"그러하냐? 그러면 고하거라."

　성큼 청심재 댓돌 위로 발을 옮기는 광해 앞을 여 상궁이 두 팔로 가로막았다.

　"전하, 아뢰옵기 황송하오나 야심한 밤이옵니다. 세간이 알면 무어라 입방아를 찧겠는지요."

　"뭐라? 아들이 어머님을 뵙는 것도 입방아가 된단 말이냐?"

　"하오나 전하……."

　청심재 문밖이 소란스러움을 느낀 인목이 밖의 동태를 물어왔다.

　"무슨 일이냐?"

"마마, 전하께서 드셨사옵니다."

"이 늦은 시각에?"

인목은 두 손으로 쓸어 올려 머리 매무새를 만지며 침소 나인에게 낮은 소리로 물었다.

"내가 지금 어떠하냐?"

"마마, 흐트러짐이 없사옵니다."

"여 상궁, 전하를 뫼시거라."

청심재에 들어서는 광해의 어깨 뒤로 눈길을 주던 인목은 놀라 물었다.

"주상, 어인 일로 아랫사람도 없이 발걸음을 하셨답니까?"

"마음이 답답하여 뜰을 거닐다보니 발길이 이곳에 이르렀습니다."

백통 촛대 위에서 흔들리는 어스름한 불빛에 비친 광해의 얼굴은 핏기 없이 창백하고 용안의 광대뼈가 더욱 두드러져 보였다. 살이 내려서인지 미소년같이 콧대가 오뚝했다.

"지칠 줄 모르고 올라오는 상소로 주상의 용체가 많이 상한 것 같습니다. 밝은 날 이리 왔으면 내 용봉탕이라도 준비하라 일렀을 터인데 이를 어찌한답니까?"

"그리 생각해주시니 감읍할 따름입니다. 마마, 제가 도와드릴 일은 없으신지요?"

진심 어린 인목의 언사에 광해도 마음 내려놓고 살갑게 대비를 챙겼다.

광해는 일전 명나라에 승습을 청하는 과정에 대를 이을 왕세자로 이지禔를 거론하여 대비의 심기를 불편하게 했었다. 그럼에도 명에 보낼 공물로 고심하던 자신을 위해 선뜻 나서준 대비가 고마우면서도 미안했다는 말이 입안에서 맴돌았다.

인목과 광해가 단둘이 마주 대하기는 처음이었으나 어색하기보다는 차분했다. 무거운 가체를 벗고 쪽 찐 머리로 여염집 아낙처럼 단아하게 앉아 있는 인목의 모습에, 광해는 순간 어머니 공빈 김씨를 떠올렸다.

내 어머니의 모습도 저러했으리라!
기억에도 없는 어머니에 대한 그리움이 솟구쳤다.

그런 광해의 애틋한 눈빛을 의식했던지 인목은 '흠흠' 가볍게 헛기침을 했다. 왕위에 오른 지 오 개월이 지난 광해는 예전 세자 시절에 부왕에게 문안을 드리러 왔다가 종종 봉변을 당하던 나약하고 눈치 보기 급급했던 그때의 광해가 아니었다.

"마마, 말씀하소서. 사적으로는 장성한 자식이 아니옵니까?"

"이런 날 이 얘기가 모처럼 편안해 보이는 주상의 심기를 다시 불편하게 할 수 있으나 오늘이 아니면 너무 늦을 것 같아 솔직하게 이야기하겠습니다."

"무슨 말씀이온데 그리 망설이시옵니까?"

"주상이 말씀하셨듯 대비로서 당부가 아니라, 선왕의 지어미이며 주상의 어미로서 드리는 청입니다. 임해군에 대한 상소가 끊이질 않고 있다 들었습니다. 그들이 누구입니까? 남입니다. 그들은 당파의 세력 우위를 위해 형제간의 연까지도 끊어내고자 권모술수를 부끄러워하지 않는 자들입니다. 선왕께서 주상께 보위를 내리시며 동기간의 정을 이어가라 하신 것을 잊으시면 아니 됩니다."

"아바마마의 마지막 가르침을 어찌 잊었겠습니까? 너무 심려치 마시옵소서."

광해의 진심이었다. 안심한 듯 인목은 무릎걸음으로 광해에게 다가가 두 손을 가만히 잡았다.

"주상, 옥체를 잘 보존하셔야만 합니다."

인목에게서 죽은 어머니 공빈 김씨를 떠올렸던 그간의 은애가 오늘에야 온몸 구석구석으로 번지는 것 같았고, 그 따스함은 아침햇살을 맞은 영롱한 이슬처럼 손등 위로 떨어져 혈관 속으로 빨려 들어가고 있었다.

편전으로 돌아온 광해는 날이 밝기를 기다려 그치지 않는 상소에 대한 비답을 내렸다. 광해의 두 눈에 눈물이 흘러내렸다.

> 과인은 임해군과 동기간의 형제로서 일찍 자모慈母를 여의고 서로 의지하며 자랐다. 임란 때 위기에 처한 나라를 구하고자 각자의 길을 걸었으나, 전쟁 포로를 겪어 생긴 임해군의 후유증이 병으로 전이돼 광기를 보이고 주위 흉적들의 간계에 휘둘리다 섬에 갇힌 것에 불과하다.
> 선왕의 유교가 여전한데 어찌 형제간의 정을 끊으려 하는가! 애통하여 잠을 이룰 수 없다.

광해는 지난밤을 복기하며 인목이 임해군을 꺼려할 이유를 기억에서 꺼냈다. 아니, 각인되어 있는 기억을 들춰냈다는 것이 맞았다.

인목이 국혼으로 궁에 처음 들었던 다음 날 종친들과 하례를 마친 임해군이 사가로 나가자마자 살인을 저질렀던 일과 정명공주가 태어난 지 백일도 채 지나지 않아 또다시 살인을 저지른 만행은, 누가 보아도 천인공노할 일이었다. 이것이 아버지 선조에 대한 경멸인지 중전에 대한 반감인지 궁 안의 경삿날을 골라 살인을 저지른 것이다.

한배에서 태어난 형제인데도 걸어온 길은 너무 달랐다. 아우는 다음 보위를 이을 세자 저하로, 또 한 사람인 형은 안하무인이며 후안무치인 사고뭉치 그 자체였다. 겉으로 드러나는 형에 대한 애증과 속으로 담고 있는 형에 대한 애정은 차이가 컸다. 그 간극은 살아가면서 좁혀질 수도 있고 더 벌어질 수도 있는 일이다. 하지만 광해는 생각과는 다르게 점점 더 멀어져가는 것이 늘 마음 아팠다. 형은 아픈 손가락이면서도 왕권에 위협이 되는 존재였기에, 한 혈육이지만 남보다도 못한 경계 대상일 수밖에 없었다.

이어지는 상소에 대해 "선왕의 유교를 거스를 수 없고 형제간의 정을 어찌 끊으려 하느냐"며 일일이 불윤不允하는 광해를 개시는 의심하지 않을 수 없었다.

분명 광해는 임해군을 부담스러워한다. 지금 당장 사약을 내린다 해도 누구 하나 반대 상소를 올릴 사람이 없다.

다만 거듭 강경하게 올라오는 정인홍의 상소에만 존경을 담은 비답을 내리고, 오히려 대사헌, 우찬성, 좌찬성 벼슬까지 내리며, 경은 이제 산림에서 돌아와 과인을 돕도록 하라며 어르고 있는 광해의 속내는 무엇이란 말인가?

"전하, 사약賜藥과 사약死藥은 다르옵니다. 사약死藥은 사람을 죽이는 약일 뿐이오나 사약賜藥은 왕족이나 사대부가 죽을죄를 범하였을 때 임금이 내리는 독약으로, 죽음으로써도 역모죄는 결코 용서될 수 없다는 만고의 질서를 표명하는 일이옵니다. 이 나라 주군은 전하 혼자이시옵니다. 정녕 모르시겠사옵니까?"

"내 친혈육이다."

"제게는 그리 비치지 않사옵니다. 필시 전하께 다른 연유가 있음이라 사료됩니다. 미천한 것의 생각이 틀리다면 죽여주시옵소서."

평소와 다르게 강경한 어조와 질타로 추궁하는 개시의 주근깨가 오늘

따라 더 선명하게 보였다. 그녀의 까만 주근깨는 화가 많이 났고 마음이 불편하다는 감출 수 없는 감정의 표현이었다. 정곡을 찌르는 듯한 개시의 언설에 광해는 우두망찰 손아귀를 쥐었다 풀었다만 반복했다. 그 모습이 어린 날 부왕에게 문후를 하러 갈 때마다 망설이며 긴장하던 어린 광해를 본 듯해 개시는 자리를 물러났다.

대전을 물러나온 개시는 야심한 밤에 광해가 청심재를 찾았던 이레 전 일을 되짚어보며 은밀히 대비전에 심어두었던 나인을 불러들여 물었다.

"그 밤 청심재에 드셨던 전하의 행색이 어떠하시더냐?"

"수행하는 이 없이 홀로 불쑥 발걸음을 하셔서 청심재 사람들이 혼비백산하였지만 전하의 용태는 평온하셨습니다."

"그리고?"

"여 상궁이 전하를 막아섰으나 잠시 머뭇거리시던 대비께서 안으로 드시라 허하셨습니다."

"얼마나 머무셨느냐?"

"찻물을 다시 덥혀 오라 이르실 정도로 화목한 분위기를 보이셨으나, 그리 오래지는 않으셨던 걸로 생각됩니다."

"그래, 무슨 담소를 나누시더냐?"

"전하께서 만남을 청하시며 어머니와 자식 간이니 문제 될 것이 없다 하셨고, 이에 대비께서 살갑게 대하시며 부왕의 유교를 받들어 형제간의 정을 도타이 하시라 당부하셨다 하옵니다. 소인은 그 이상은 알지 못하옵니다."

인목과 광해가 다정히 찻잔을 마주하고 앉아 웃으며 정담을 나누는 모습을 상상하며 편집하는 개시의 눈빛이 시기와 질투심으로 불타올랐다.

광해가 유독 인목한테 건네는 말은 따뜻하고 후했다. 게다가 광해 본인의 아들인 이지보다 배다른 동생인 정명공주를 끔찍이 아끼곤 했다. 다소 경계하시라, 여러 번 읍소하였는데도 그때마다 광해는 사람 좋은 웃음만 지을 뿐이었다. 나의 촉이 맞다면 끊임없이 올라오는 상소를 내친 이유도 이것이었구나! 호소력이 짙은 정인홍의 상소에 흔들리지 않고 벼슬까지 내리며 정인홍을 타이르던 요점이 인목이었구나!

어리석게도 인목을 연적이라 생각해본 적이 한순간도 없었다. 어미와 자식으로 이어진 끈의 끝이 허울뿐일 수도 있다는 걸 내가 간과하고 있었구나!

개시는 자신보다 한참 나이 어린 함박꽃 같은 인목의 희고 뽀얀 얼굴을 떠올렸다. 서서히 가슴을 조여오더니 통증이 강하게 밀려왔다. 독 오른 질투였다. 설마…… 하는 의구심을 떨궈내려 머리를 세차게 흔들어보지만 그럴수록 눈가에 서린 독기는 더 꿈틀거렸다.

광해가 중전 유씨를 대하는 다정함을 보며 느꼈던 질투하고는 하늘과 땅 차이였다. 시샘에서 솟아나는 물은 쓰기도 하고 달콤하기도 하다지만 분을 삭이질 못한 개시는 광해가 선물한 화장분첩을 경대 밑에 깊숙이 밀어 넣었다. 개시의 눈두덩이가 꿈틀거리고 손끝이 떨려왔다.

임해군의 피살

"근래 김 상궁을 만난 적이 있으십니까?"

편전에 들었다가 마주친 이이첨에게 유희분이 고개를 갸웃거리며 물었다.

"그러지 않아도 나 역시 궁금한 참이었네."

"혹시 병이라도……."

"글쎄, 며칠 전 퇴궐하면서 잠깐 김 상궁을 마주치긴 했지만 어쩐지 평소와 다르게 말수가 없고 얼굴이 어두워 보이긴 했었네. 이 중요한 때에 편전에서 김 상궁을 볼 수 없는 게 그다지 좋은 일은 아닐 듯싶어…… 무슨 일인지 넌지시 대전 상궁에게 언질을 해두었다네."

이이첨은 유희분을 바라보며 혹 자신들이 모르는 일이 있었던 것은 아닌지 걱정스럽다는 듯 얼굴에 그림자를 드리웠다.

개시는 병을 핑계로 말미를 얻어 궁 밖 사가에 피접해 있었다. 이 상황을 전해 들은 이이첨과 유희분은 날을 맞춰 대사동大寺洞 개시의 사가를 찾았다. 여인네의 사가라 하여 소박한 가옥을 생각하고 찾았던 두 사람은 눈이 휘둥그레질 정도로 놀라 발을 떼지 못했다. 솟을대문을 두 칸이나 넘어서야 모습을 보이는 안채 대청마루에 광해가 직접 내린 휘호 편액이 의기양양하게 두 사람을 맞았다. 유희분이 놀라 입을 다물지 못하고 이이첨의 옆구리를 툭툭 건드렸다.

"이거야 원…… 중궁전을 옮겨다놓은 것 같습니다그려!"

"말조심하게."

"내 누이인 중전께서 아실까 걱정입니다."

이이첨은 혀를 끌끌 찼다.

"이 대감과 승지께서 오셨습니다."

덩치 큰 집사가 안채를 향해 소리치자 문이 열리며 의녀가 방 밖으로 나섰다. 이불을 뒤집어쓰고 누워 있는 개시 옆에는 방금 달여 온 듯 김이 모락모락 솟아오르는 탕약이 놓여 있었다.

두 사람이 방에 들었다는 집사의 전언에도 개시는 미동도 하지 않았다.

"이보게. 김 상궁, 우리가 왔네. 지금 궁에 있어야 할 사람이 이 어인 행보인가?"

두 사람이 자리에 앉자, 개시는 신경질적으로 이불을 걷어내며 몸을 일으켰다. 흰 무명 띠가 개시의 머리에 질끈 동여져 있었으나 왠지 어색해 보였다.

"전하 곁에 있어야 할 사람이 사가라니, 이게 가당키나 한 일인가?"

이이첨이 그녀의 심기를 달래려는 듯 미소를 지어 보였다.

"바쁘신 두 대감께서 어인 일로 쉰네의 누추한 사가까지 드셨습니까? 한유하신 겝니까? 아니면 이 쉰네의 몰골이 궁금해서 오신 겝니까?"

개시의 도발적인 언사에 두 사람은 영문을 모르겠다는 듯 서로 얼굴을 마주 보았다.

"어허! 자네의 피접 소식에 한걸음에 달려왔건만 어인 타박이신가?"

유희분이 이이첨을 슬쩍 쳐다보며 개시에게 유들유들 말을 붙였다.

"많이 불편한 겐가?"

유희분은 이이첨 쪽으로 고개를 돌렸다. 지원을 요청하는 듯했다. 그러나 이이첨은 말을 얹지도 미동도 하지 않았다. 잠시 방 안에 감도는 침묵은 개시가 어떤 말을 꺼낼지 순서를 정하고 기다리는 것 같았다.

"지금 전하의 성심이 어디에 가 있는지 두 대감께서는 알기라도 하신 겝니까?"

개시의 말투는 두 사람을 질타하듯 거침이 없고 카랑카랑했다.

"거참, 무슨 일로 그리 날카롭게 손톱을 세우는 게요?"

유희분의 말이 끝나기도 전에 개시가 옷소매로 눈물을 찍어냈다. 이를 지켜보던 이이첨이 말을 건넸다.

"김 상궁, 속병이구려. 혼자 앓지 말고 무엇이 잘못되었는지 속 시원히 털어놓으시구려."

역시 이이첨의 촉은 빨랐다.

"그동안 자네 김 상궁 없었다면 전하가 어찌 보위에 오르고 우리 세상을 펼칠 수 있었겠는가? 언감생심 가당키나 했겠는가 말일세. 화남! 아니 그렇소?"

이번에는 이이첨이 유희분의 옆구리를 툭 쳤다.

"그렇다마다요. 백번 지당하신 말씀입니다."

비위를 맞추느라 애씀이 역력한 두 사람의 언사에, 개시는 마음이 누그러진 듯 말을 꺼냈다.

"아직 싸움이 끝나지 않았습니다. 역모라는 코뚜레를 꿰어 임해군을 유배까지 보냈으나 전하께서 이에 손 놓고 계신 연유가 무엇인지 알는 보셨습니까?"

"형제간의 정을 쉽게 끊지 못하는 전하의 성정 때문 아니겠는가?"

"상소가 빗발치고 있으니 어심을 굳힐 날이 그리 머지않을 것일세."

"흥!"

개시는 두 사람이 한심하다는 듯 콧방귀를 뀌었다.

"저기 저 탕약이 아무리 명약이라도 마시지 않으면 아무 소용이 없습니다. 상소가 산을 이루고 십수 년이 흐른다 해도 이번 일은 저 탕약과 다를 바 없습니다. 제가 두 대감께 전하가 무엇 때문에 결정을 미루고 계시는가 물었습니다."

개시는 식은 약사발을 들어 한숨에 들이켰다.

"오늘 쉰네가 마신 것은 탕약이나, 훗날 사약이 되어 돌아올 수도 있음입니다. 그 사약을 내릴 분이 누구이시겠습니까?"

놀란 유희분은 빠르게 말을 받았다.

"누가 자네에게 사약을 내린단 말인가?"

"김 상궁, 무슨 일이 있었던 겐가? 전하이신가?"

이이첨의 말에 개시는 한숨을 길게 내쉬었다. 체념이 담긴 긴 한숨 소리였다. 연이어 올라오는 상소마다 불윤하는 것도, 정인홍의 상소에 제대로 된 답을 내리지 않고 예만 갖춘 어정쩡한 답을 내려 그를 안심시키며 예봉을 피해 가는 것도, 인목과의 원만한 관계를 유지하기 위한 광해의 마음이 숨겨져 있었다는 것을 눈치챈 자신만의 비밀이었기에, 그간의 속내를 이들에게 다 털어놓을 수는 없었다. 광해가 청심재에 들어 인목과 정담을 나누었다는 사실을 인정할 수 없었던 개시는, 차마 자신의 입으로 두 사람에게 이를 전할 수는 없는 일이었다. 여자의 자존심이었다.

눈치 없이 유희분이 툭하고 농을 건넸다.

"전하께서 다른 여인네라도 보셨는가?"

개시의 눈꺼풀이 파르르 떨리는 것을 이이첨은 놓치지 않았다.

"이보게. 화남, 농은 그만하시고 우리가 오늘 김 상궁을 찾은 이유를 이야기해봄세."

이이첨이 대화의 분위기를 바꿨다.

"그나저나 어인 일이십니까?"

자세를 고쳐 앉은 개시가 진지하게 물었다.

"임해군 때문이 아니겠는가?"

자신의 농이 미안했던지 유희분이 대화에 끼어들었다.

"임해군이 억울하다고 하지만, 전하에게나 우리에게나 없어져줘야 하는 존재일 뿐이네. 명으로부터 전하의 책봉 고명을 받은 후에는 그에게 사약을 내리도록 해야 하지 않겠는가?"

"대감, 만약 그때 가서도 사사하라는 어명이 떨어지지 않는다면 어찌하렵니까? 방책을 미리 세워두어야 하지 않겠습니까?"

"내가 누구인가! 강화 교동도에서 사흘 밤낮을 지새우며 임해군의 입을 틀어막은 것은 바로 나일세. 혹여 사약이 미루어진다면 그 뒤처리 또한 내 몫일세. 그러니 날 보아서라도 툭툭 털고 일어나시게. 우린 도반이 아닌가?"

이이첨의 도반이라는 말 한 마디에 개시는 가슴에 얹힌 돌덩이 하나가 뚝 떨어지는 소리를 들었다. 마음이 명징해졌다.

"대감들, 아직은 갈 길이 멀기에 우리 손끝에 섣부르게 피를 묻혀서는 아니 됩니다."

"그럴 수 있기를 나도 바란다네."

이렇게 심중을 드러내며 심도 깊은 이야기를 나누기 위해 피접을 핑계로 김 상궁이 우리를 사가로 불러냈구나! 김 상궁과 내가 적이 아닌 것이 참으로 다행스럽구나!

이이첨은 물끄러미 개시를 바라보았다.

　두어 달포가 지나도 사약은 내려지지 않았다. 승정원에 쌓여가는 상소만큼 임해군에게 내려질 사약도 더 진하게 달여지고 있을 것이라 믿는 것 같았다. 일각에선 때를 놓치면 실권자들의 눈 밖에 날까 고민한 상소도 늘어났다. 그사이 이이첨은 동부승지(정3품)로 유희분은 호조참판(종2품)으로 한 자리씩 승차해 있었다.
　"관송, 임해군을 처단하지 않는 한 상소는 끊임없이 반복될 것입니다. 더구나 임해군으로 인해 명나라의 책봉 고명마저 늦어질까 염려도 됩니다."
　"화남, 이제는 결단을 내릴 때인 것 같소."
　"저도 같은 생각입니다."
　"승정원에 알아보니 임해군을 사사하라는 상소를 올리지 않은 곳이 사사^{四司}를 통틀어 어느 한 곳도 없다더군. 게다가 주모자인 하대겸과 그 잔당들 백여 명이 벌써 죽어나갔고 그 아랫것들까지 모두 형을 받았으니, 이미 판은 커져버렸네. 그뿐인가? 왕실 종친들까지 연명 상소를 보태고 있으니 대의는 넘치고도 남을 정도이네. 그러니 이 여세를 몰아 끝을 보아야지."
　"하면, 대감! 전하의 그늘이 얼마나 된다 보십니까?"
　개시가 의미심장한 어투로 거들었다.
　"전하의 그늘이라…… 후사를 도모하고도 안전할 수 있는 그늘을 말하는 것이라면 넓디넓어야 하지 않겠는가?"
　"제 그늘도 비워드리지요. 대감!"
　"뜨거운 태양 빛을 막아주는 그늘은 클수록 시원한 법! 한여름을 견뎌내게 하는 생명수와도 같은 것일세. 그러니 조선의 백성으로 살아가는 우리에게 전하의 그늘만큼 시원하고 안전한 곳이 어디 있겠는가? 그 그늘의 가장 큰 은혜를 받는 김 상궁이 자신의 그늘도 내어준다니 든든하구려. 내게 마음 놓고 후사를 벌이라 판을 깔아주는 게요?"

"그렇다마다요."

두 사람의 대화에 유희분이 무릎을 치며 파안대소했다.

"허허, 고맙네. 그럼 딱 한 매듭…… 엮고 오겠네."

얼굴은 웃고 있지만 눈매는 비장해진 이이첨이 결심을 굳힌 듯 자리에서 일어났다.

여러 날 뒤 이이첨은 집안의 흉사를 핑계로 한양을 떠나 강화도로 말머리를 돌렸다. 강화현감 이현영과는 인척 간이기에 일이 순조롭게 풀릴 것만 같았다.

"역적의 괴수일세. 뒤는 내가 보아줄 터이니 화근을 없애주게."

"대감, 잘못이 있으면 국법에 따라 처리하면 될 것을 어명도 없이 사사로이 찾아와 왕자의 생사를 거론하시다니, 이게 말이 됩니까? 저는 결코 따를 수 없습니다."

강화현감 이현영은 성난 낯빛으로 이이첨의 거래 제안을 일언지하에 거절했다. 이런 낭패는 전혀 예상치 못한 일이었다. 이이첨은 고지식하기만 한 강화현감이 안쓰러우면서도 답답했다. 친인척일지언정 모사에 협력하지 않는 이현영을 그냥 둘 수는 없었다.

궁에 돌아온 이이첨은 지체할 새 없이 유희분에게 마무리를 당부했다. 이이첨의 강화도 행보 이후 이현영에게 죄인을 잘못 다룬 죄를 물어 파직한 후 옥에 가두고는, 이직이란 자를 부임시켰다.

이직은 눈치 빠른 자였다.

"임해군을 어찌 처리해야 하올는지요?"

"역모죄인은 능지처참되는 것이 마땅하나 조정의 사정으로 차일피일 미뤄지기만 하니, 자네가 그 죄를 대신 물어주었으면 하네. 뒷일은 걱정 말게."

기유년(광해군 1년, 1609) 4월 29일,
강화현감 이직으로부터 임해군이 죽기로 결심하여 곡기를 끊었고 약도 받아들이지 않아 스스로 목숨을 끊었다는 장계가 올라왔다.

'끊임없는 상소로 인해 고초를 겪는 친동생 광해에게 짐이 될 수는 없다' 하며 자진自盡했다는 뒷소식은 사람들로 하여금 가슴 저리고 슬픈 이야기를 보태어 만들어내기에 충분했다. 친혈육 간의 정과 의리로 포장이 더해진 임해군의 죽음은 그를 몹시 의롭게 했다.
광해는 괴로웠다.

형님의 자리일 수도 있는 이 자리를 지키려고 역모죄로 몰아세우고······ 결국 목숨을 끊게 하다니······ 죄스럽고 죄스럽도다!

광해는 왕의 권위도 뒤로하고 두 발을 뻗고 서럽게 꺼이꺼이 울었다. 그 모습에 대전을 지키던 이들도 함께 눈물을 훔쳤다. 얼마나 울었을까! 마음을 추스른 광해는 상선에게 일렀다.
"동부승지 이이첨과 호조참판 유희분을 들라 이르라."
가장 믿고 있는 두 사람을 불러 사실을 확인하고 싶었다.
"형님이 자진하다니······ 내 눈으로 확인하기 전에는 믿기 어렵다. 이 무슨 황망한 일이란 말이냐?"
"심려가 얼마나 크시옵니까? 상하신 전하의 용안에 눈물이 앞을 가려 가슴이 먹먹할 뿐이옵니다."

용상에 몸을 의지한 채 눈을 감은 광해는 두 손바닥으로 얼굴을 감싸고는 또다시 속울음을 터뜨렸다. 광해의 진심 어린 슬픔을 이해하는 개시의 눈에서도 눈물이 떨어졌다. 마음 같아서는 편전으로 뛰어 들어가 광해를 안아 위로해주고 싶었지만 사람들 앞이라 차마 그럴 수 없어 마음이 저려왔다. 임해군의 죽음에 대한 광해의 반응을 예상하지 못한 건 아니었지만 저리 서럽게 슬퍼할 줄은 미처 몰랐다.

"지난 세월 동안 과인이 형님을 미워하고 원망한 적이 많았소. 하지만 명의 진상조사단이 왔을 때 광기 섞인 연기로 이 아우의 용상을 지켜준 사람 아니오! 이대로 형님의 죽음을 묻어둘 수는 없소. 호조참판과 동부승지는 각각 강화도로 사람을 보내, 형님이 어떻게 돌아가셨는지 전말을 세세히 알아보도록 하라."

부복하고 있던 이이첨은 관복 소매 끝을 오른손으로 단단히 여몄다. 지난밤 은밀하게 전달된 밀지가 이이첨의 왼쪽 관복 소매 속에 보관되어 있었던 것이다.

위리안치된 오두막 거처에서 방 안으로 통하는 문을 밖에서 걸어 잠가두고 작은 구멍으로 음식물을 넣어줄 때, 수장守將이정표李廷彪가 강제로 독을 마시게 하였습니다. 하오나 임해군이 따르지 않기에, 직접 새끼줄로 목을 졸라 교살하였습니다.

보는 즉시 태워버리소서.

임해군 살해 과정을 보고받은 이이첨은 지난밤 밀지를 태우지 못하고 소맷단에 급히 넣어둔 것이 생각나 잔뜩 긴장했다. 딱 한 매듭 엮고 오겠다 했던 자신의 호언장담에 스스로 취해 밀지를 간과했던 것이다.

대전을 물러나오며 두 사람은 편전 안쪽 문을 지키고 있던 개시에게 눈짓을 보냈다. 개시는 대답 대신 헛기침을 했다.

"대감, 큰일을 해주셨소."

"전하를 옥죄고 있는 난제 중의 난제를 해결하셨습니다."

"하지만…… 전하가 임해군의 죽음에 대해 의심하고 있습니다. 조심하셔야 합니다."

"어명도 있고 하니, 각기 강화도로 사람을 보내 살피고 오도록 해야 할 것이네. 하지만 결과는 하나여야만 하네. 전하를 믿게 해야 하지 않겠는가? 이 고비만 잘 넘겨보세."

"대감! 후환을 확실히 없애려면 동참했던 자들도 모두 제거하셔야 합니다."

"그리 번거롭게 할 필요는 없네. 내게 내려주시는 전하의 그늘이 얼마나 큰지 한번 가늠해볼 기회로 삼아야겠네. 일전 갑산으로 유배를 떠나본 적 있으니 그 매보다 세기야 하겠는가?"

이이첨의 말투에 자신감이 묻어 있었다. 그도 그럴 것이 일 년 만에 정5품에서 정3품 당상관직으로 승차되어 있었기 때문이다.

세 사람의 의기투합은 못 이룰 것 없어 보이는 자신감이었고 최고 권력의 정점을 찍는 방점이었다.

한양 도성에는 이이첨의 사주에 의해 임해군이 독살되었다는 소문이 장안 가득 퍼져 나가고 있었다. 강화현감이 새로 부임하자마자 일어난 사달이기에 민심이 분분할 수밖에 없었다.

궁궐을 제집처럼 드나들던 김제남이 대비전에 들었다.

"아버님, 어서 오세요."

"마마, 임해군이 독살되었다 합니다."

"자진이 아니라 독살이라니요?"

자진한 것으로 전해 들었던 인목은 충격이 아닐 수 없었다.

"동부승지 이이첨이란 자가 전직 현감을 옥에 보낸 뒤 새로 부임한 현감에게 사주하였다 합니다."

"이이첨이?"

"이리 오기 전 인빈의 처소에 잠시 들렀습니다. 전하의 눈과 귀를 가리는 자들이 저리 가까이 있어 인빈의 걱정도 이만저만이 아니었습니다. 특히 상궁 김개시와 동부승지 이이첨을 더욱 경계해야 한다며 영창대군의 안위를 걱정하셨습니다."

"내 주상께 임해군을 지켜달라, 그리 당부하였건만……."

인목의 낮은 목소리는 떨리고 있었다.

궁궐 안팎으로 임해군의 죽음에 대한 진상을 파헤치느라 시끄러웠다.

나흘 후, 이이첨이 편전에 들자 광해는 손짓으로 내관과 상궁을 물리쳤다. 둘만의 독대에 긴장한 이이첨의 침 넘기는 소리가 대전을 울렸다.

"자네 짓인가?"

낮았지만 음울한 광해의 한마디에 이이첨은 온몸이 굳어지면서 심장만 뛰었다. 하지만 이미 광해의 그늘이 얼마나 큰지 확인하기로 마음을 정한 터였기에 애써 태연한 척 긴 숨을 들이켰다.

"전하, 신 동부승지 이이첨은 전하의 충신이고자 함을 한시도 잊은 적이 없사옵니다. 승정원에는 임해군을 사사하라는 상소가 산처럼 쌓여가고 게다가 종친이신 순녕군順寧君도 수십 명의 사림과 연서한 합소를 올린 지 오래되었사옵니다. 이것이 무엇을 의미하는지 진정 모르시옵니까? 전하, 임해군의 죽음을 헛되이 하지 마소서!"

"내 형님의 목숨이 그놈들의 상소보다 못하단 말이냐?"

"대군께서 세상을 떠난 것은 비통한 일이오나, 아우이신 전하께서 겪는 고초를 덜어주기 위해 스스로 목숨을 끊은 것은 의로운 행동이옵니다. 아픈 설움을 참으시고 의로운 죽음을 받아들이시어 종사를 바로잡으소서. 이것이 이 나라 백성들의 간절한 바람 아니겠사옵니까?"

이이첨의 목소리에는 충심이 가득 묻어났다.

임해군의 죽음이 독살이었든 자진이었든 간에 의로운 죽음으로 받아들여 종사를 이끌어나가는 일을 헛되이 하면 안 된다는 이이첨의 거침없는 변설에, 광해는 아랫입술을 지그시 깨물며 안도의 숨을 천천히 쉬었다. 만약 이 자리에서 그가 자신의 사주였다 실토를 하였다면 그를 살려둘 수는 없었다.

이이첨과 독대한 후 임해군의 죽음이 그의 사주였다 확신한 광해는 그를 평안도 의주부윤義州府尹에 제수하는 교지를 내렸다.

"의주부윤에게 전하라. 평안도 국경에는 누르하치가 세운 후금의 세력이 명에 맞서며 호시탐탐 조선에 위협을 가하고 있다. 비록 오랑캐라 부르고 있지만 결코 이들을 무시할 수는 없다. 머지않아 명나라와 맞설 수 있는 만만치 않은 나라로 일어설 것이 분명하다. 이들의 동태를 살피고 평안도 국경을 튼튼히 방비하도록 하라."

"전하, 명을 받잡겠사옵니다."

이이첨을 의주부윤으로 보내는 것은 여러 가지 의미가 있었다.

우선 임해군 죽음의 배후로 의심받는 당사자를 한양에서 가장 먼 평안도로 보내 의혹의 불씨를 잠재워 내 사람을 지키는 것이오. 둘째는 이이첨에게 후금 세력의 판도가 어디까지 미치는지 변방의 동태를 면밀히 파악하게 하고, 명나라가 조선을 정벌하여 군현을 설치하고 직할령으로 삼고자 도발하려는 낌새를 파악해내는 것이었다. 믿을 만한 사람이 필요했던 광해였다.

의주로 떠나기 전 하직 인사 온 이이첨을 광해는 매몰차게 내쳤다.

"물러가라."

광해의 차갑고 매서운 외마디가 대전을 쩌렁쩌렁 울렸다.

아무리 종사를 위해 벌인 일이지만 형님의 죽음을 사주한 자와 마주하고 싶지 않다는 무언의 언성이었고, 친형제를 지키지 못한 자책에 대한 분노가 담긴 광해의 본심이었다. 그러면서도 이이첨에게 관직을 주어 외직으로 물리친 것은 그간의 공과를 인정한 묵시이기도 했다.

책봉

둥~둥~둥~ 세 번의 북소리가 울리고 취타대 소리가 뒤를 이었다.

"이혼을 조선의 국왕으로 책봉하노라."

명나라 황제의 국왕 책봉 고명 소리가 울려 퍼져 나가고 명에서 내려준 관복을 걸치는 광해의 표정에 만감이 교차하였다.

너무나 먼 길을 돌아왔다. 이제야 비로소 온전한 왕이 되었구나!

책봉식을 마친 광해는 관례대로 중전과 함께 대비전을 찾았다. 종친의 최고 어른에 대한 경의였다.

"대비마마, 조선의 왕 이혼의 하례를 받으소서."

"주상, 경하드립니다. 이제 그간의 걱정과 시름을 다 털어버리시고 성군이 되어주세요."

"마마께서 직접 옥새를 내어주시던 그날에도 성군을 당부하셨습니다. 반드시 그리될 것이오니 만수무강하시어 든든한 뒷배가 되어주소서."

하례를 받으며 인목은 광해의 대례복 흉배에 새겨진 용의 두 눈과 마주쳤다. 자신을 바라보는 듯한 그 눈빛 아래 용틀임 사이로 드러난 용의 날카로운 네 발가락이 무엇인가를 움켜잡으려는 듯 단단하게 힘을 모으고 있었다. 인목은 왠지 모를 불안감에 눈길을 찻잔으로 옮겼다.

"마마, 영창 아기씨 드십니다."

지밀상궁과 유모상궁을 뒤로하고 열린 문 사이로 다섯 살 영창대군이 인목을 향해 발걸음 빠르게 걸어 들어왔다.

"아우도 이 형의 책봉을 축하해주기 위해 오셨는가?"

갑작스러운 영창의 등장에 인목은 당황했지만, 의외로 광해는 반갑게 웃으며 두 팔 벌려 영창을 맞았다. 중전이 곁을 내어주며 영창의 손을 잡아끌었다. 아직 어미 품에서 재롱을 부리고 떨어질 줄 모르는 어린아이에 불과한 영창을 광해와 마주치게 하는 것이 다소 불안하고 긴장되었다. 이에 인목은 '왜 영창을 데리고 왔느냐'라고 책망하듯, 유모상궁을 날카로운 눈빛으로 쏘아본 후 이내 표정을 바꾸었다.

"주상 전하이시다. 영창도 하례를 올리거라."

어린 영창이 광해에게 넙죽 절을 했다.

"하하하…… 아우의 축하를 받다니 기분이 좋구나! 우리 영창 아우는 이 형님이 보고 싶지는 않더냐? 가끔 편전에 들어 나와 다과라도 나누자꾸나!"

광해는 자신의 아들 이지의 어릴 적 모습을 떠올리며 아버지 같은 따뜻한 미소를 보내주었다. 그 미소에 영창은 주저 없이 광해에게 다가가 무릎 위에 앉으며 수를 늘어뜨린 면류관에 손을 가져다 댔다. 그 모습을 지켜보던 인목이 놀라 서둘러 말을 이었다.

"유모상궁은 무엇 하는 게냐? 어서 대군을 처소로 모시거라."

다급한 인목의 목소리에 놀란 상궁이 종종걸음으로 다가와 영창을 안으려 하자, 광해가 팔로 가로막았다.

"마마, 어이 그러십니까? 아우 영창을 소자가 안아보는 것이 그리 놀라실 일인지요?"

영창을 앉힌 무릎에 힘을 주며 어르던 광해는 경쾌히 웃었다.

"괜찮아요. 아우님! 괜찮아."

인목과 광해를 번갈아 바라보며 어찌할 줄 몰라 하던 영창은 작은 발을 움직여 인목의 품에 안겼다.

대비전인 청심재를 물러나며 광해는 한 번 더 영창에게 눈길을 주었다. 온화하고 자상한 듯 보였으나 그 눈의 초점이 흔들리고 있다는 것을 인목은 감지했다. 걸음을 옮길 때마다 금빛으로 화려하게 움직이는 광해의 곤룡포 뒷모습이 인목의 목덜미를 잡아당기는 듯했다.

명나라 책봉사 접대관리 이상의李尙毅의 종사관이었던 허균이 형조참의(정3품)로 중용되어 유희분의 처소를 찾았다.

"이번 인사에 대감의 힘이 컸다 들었습니다."

유희분은 허균보다 다섯 살이나 위였다.

"교산! 변방만 돌지 말고, 이제 우리 힘을 합쳐보세. 마침 이이첨 대감이 의주로 떠나기 전, 자네를 곁에 두라는 특별한 당부도 있었다네."

오랜만에 허균과 만난 유희분은 화색이 돌며 엄지를 세워 허균과 오른손을 굳게 맞잡았다. 두 사람의 손아귀에 힘이 들어갔다.

"두 대감께 보은을 해야 하지 않겠습니까?"

"보은이랄 것까진 없네. 다만 전하의 자리가 다시는 흔들리지 않도록 든든하게 만드는 것이 급선무일세. 자네의 비상한 머리로 힘이 되어드려야 하지 않겠나?"

"그러기 위해서는 전하께서 새 세상을 여는 군주가 되셔야 하옵니다."

"전하의 집권이 새로운 세상 아니고 무엇인가?"

"그것만으로는 부족하지요. 그 무엇도 건드릴 수 없는 탄탄한 근본을 만들어가야 합니다. 뿌리와도 같은 것 말입니다."

"뿌리라 함은 또 무엇인가?"

"적자와 서자 간 차별 없는 평등사회 말입니다. 그 경계부터 허물어야만 전하께서도 바로 서실 수 있을 것입니다."

적자와 서자 간의 차별 없음을 거리낌 없이 얘기하는 허균의 강단과 배포에 유희분은 혀를 끌끌 찼다. 게다가 조선의 주인이신 전하를 그 예로 든다는 것은 보통 배짱이 아니고는 불가능한 일이었다.

"솔직히 말씀드리자면 전하가 바라시는 국가의 근본을 바로 세우는 데 가장 힘든 부분이 무어라 보십니까? 선왕께서도 마찬가지로 괴로워하셨던 것이기도 합니다."

"적자가 아닌 서자의 설움을 말함인가?"

"그렇습니다. 그러니 전하께서 적자와 서자의 벽을 직접 허물어 차별 없는 세상을 만드셔야지요. 아니 그렇습니까? 대감!"

"이 사람아! 자네와 내가 지켜야 할 것은 군주이신 전하의 천하일세."

유희분의 다소 높아진 언성에 허균은 말을 더 이상 잇지 않았다. 다만 속으로 세상을 함께 논할 위인이 아님을 곱씹을 뿐이었다.

이때 문이 열리며 주안상이 들어왔다. 허균은 먼저랄 것도 없이 한 사발의 술을 넘치게 따라 걸걸하게 들이켰다. 허균의 불같은 성격을 잘 알고 있는 유희분은 허균의 잔을 다시 채웠다.

"대감! 이 교산이 꿈꾸는 세상은 무지렁이 백성의 뼛속까지 스며든 평등입니다. 그러지 못하시겠다면 차라리 전하를 적자로 만드시구려!"

허균은 한 순배 더 들이켰다. 목울대를 따라 술 넘어가는 소리가 시원하게 들리는가 싶더니 허균은 벌떡 일어나 문을 박차고 나갔다. 유희분은 그런 허균이 싫지 않았다. 옳은 소리를 입 밖으로 뱉을 줄 아는 그 배포를 인정하기 때문이었다.

허균이 떠나간 자리에 문고리 흔들리는 소리가 났다. 유희분은 자작하듯 술 한 잔을 따라 잔을 기울이자, 허균이 남긴 목소리가 머릿속을 후려쳤다.

차라리 전하를 적자로 만드시구려.

유희분은 자신의 무릎을 탁 쳤다.

바로 이거다. 여기 해법이 있었구나! 돌아가신 전하의 모후인 공빈 김씨를 왕후로 추존하게 되면, 전하는 자연스럽게 적자로 바뀌게 된다.

유희분은 뒷짐을 지고 거들먹거리는 발걸음으로 방 안을 연신 서성이며 날이 밝기를 기다렸다. 매제 광해를 위해 제대로 한 건 할 수 있겠구나 하면서도, 광해의 반응이 궁금했다. 더는 지체할 수 없던 유희분은 중궁전을 찾았다.
"마마, 드디어 비책을 찾았습니다."
"오라버니, 갑자기 비책이라니요."
"전하의 모후인 공빈 김씨를 왕후로 추숭하게 되면 전하는 후궁의 소생이 아니라 왕비 소생이 됩니다. 그러면 서자가 아닌 적자로서 왕위를 이어받았다는 정통성을 이어갈 수 있지 않겠습니까?"
중전 유씨는 귀가 번쩍 뜨였다.
"아니, 그런 수를 어찌 생각해냈단 말입니까? 오라버니의 비상한 머리는 과연 알아줄 만합니다."

유희분은 허균이 내뱉은 말이라는 사실을 숨겼다.

그가 이런 비책을 들고 대전이 아닌 중궁전으로 향한 것은 맘이 몹시 가라앉아 있는 누이 중전 유씨를 떠올렸기 때문이다. 근래 들어 소원해 보이는 광해와 중전을 묶어줄 좋은 기회가 될 수도 있을 것이라 여겼다.

아니나 다를까. 중전으로부터 어머니 공빈 김씨의 왕후 추숭에 대한 권유를 받게 되자, 광해는 감정이 북받쳐 오르며 심장이 널뛰듯 뛰었다.

"공빈 김씨를 왕후로 추숭하게 하는 일을 서둘라."

마음이 급해진 광해는 대전에 들기가 무섭게 홍문관을 불러들여 비밀스럽게 일렀다.

그러나 이 일은 비밀리에 추진될 일이 아니었다. 사료를 조사한 예조에서 왕후는 임금의 정비가 죽은 후에 추시된 존칭이며, 후궁에서 바로 왕후로 격상 추존된 선례가 없다며 고해오자, 광해는 불같이 화를 냈다. 비록 왕의 정비는 아니었으나, 왕을 낳은 어미로서 살아생전 왕비로 추존되지 못하였다면 사후 왕후가 됨에 부족함이 없다는 것이 광해의 생각이었다. 후궁 서자로 인한 자신의 과거에 대한 설움을 마땅히 보상받을 수 있다 여기며 신료들이 반길 줄 알았는데, 그런 기대가 한순간에 무너지는 것 같았다.

"물러가라. 과인이 처리할 문제이다."

광해는 마치 배신을 당한 듯한 분노가 일었다.

대전을 박차고 나가는 광해의 모습을 바라보며 침묵하고 있던 개시가 옷깃을 바로 세우며 고개를 들었다. 자신이 나서야 할 때를 알리는 자기최면이었다.

홀로 후원을 거닐며 분을 삭이는 광해를 저 멀리 앞에 두고 개시가 뒤따랐다. 걷는 길에 작은 돌멩이라도 발끝에 차이면 광해는 분풀이하듯 어김없이 감정을 실어 걷어찼다. 그런데 마음과는 달리 헛발질이 반이었다. 개시는 그만 웃음이 빵 터지고 말았다. 웃음소리에 놀란 광해가 개시를 알아보고는 큰기침을 했다.

"길 위의 널린 하찮은 돌멩이가 전하를 위로할 줄은 몰랐사옵니다. 그러나 조심하셔야지요. 그러다 뿌리박힌 돌부리를 걷어차실 수도 있사옵니다."

"무엄하다. 내 뒤를 밟은 게냐?"

"그럴 리가 있겠사옵니까? 이 천것이 가는 길에 전하가 앞섰을 뿐이옵니다. 노여움을 푸소서! 그 하찮은 돌멩이들이야 아랫것들이 청소하면 그만이옵니다. 제게 하명하소서! 전하께서 가시는 길 평탄 대로가 되도록 깨끗이 정리할 것이옵니다. 그런데 전하, 헛발질이 반이시라니요?"

"왜 보기가 흉하더냐?"

여러 차례 헛발질로 체면이 구겨진 광해가 겸연쩍게 웃어 보였다.

"이 강산의 작은 돌멩이 하나도 다 전하의 것이옵니다. 귀하신 분 발끝을 오만방자하게 건드리는 일은 용서될 수 없는 일이옵니다. 하여 전하께서 몸소 죄를 묻는다 하여 흉 될 것은 아무것도 없사옵니다. 뜻대로 처리하소서! 이 나라 주군의 심중은 나라를 이끌어가는 뚝심이옵니다. 여기서 물러나지 마시고 왕후로 추존하라 다시 예조에 명하시고, 종묘에 부묘^{祔廟}를 상의하라 이르소서! 그리하오면 전하의 뜻대로 어머님의 능호^{陵號}가 정해지고 묘^墓는 능^陵으로 격상될 것이옵니다."

"뚝심이라…… 과인의 말이 천명이라 믿게 하란 말이구나!"

다시 대전으로 향하는 광해의 발걸음이 빨라졌다. 활기를 되찾은 광해의 눈에는 이미 돌멩이는 안중에도 없었다. 광해의 불같은 분노에 미처 퇴궐하지 못하고 우왕좌왕하던 신료들은, 추상 같은 광해의 결정이 내려지자 고개를 조아릴 뿐이었다. 개시의 말대로 공빈 김씨의 왕후 추숭은 일사천리로 진행되어갔다.

공빈 김씨의 왕후 추숭 소식을 접한 인목은 광해에 대한 서운함과 분을 참지 못하고 사가로 쫓겨난 인빈 김씨에게 연통을 넣었다.

"공성 왕후랍니다. 세상에 이런 법이 어디 있습니까? 후궁에게 왕후라는 존호를 부여한 것도 모자라 이 대비에게 한 마디 상의도 없이 그리 처리할 수 있단 말입니까?"

사가로 나간 까닭에 오랜만에 얼굴을 마주한 인빈에게, 인목은 안부를 물을 새도 없이 한탄을 쏟아냈다.

"모친을 왕후로 만들면 자신이 적자가 된다는 것을 노린 게 아니겠사옵니까?"

인빈은 마치 예견한 듯 의외로 담담했다.

"그렇다고 즉위까지 한 마당에 후궁 소생의 약점을 감추려 이런 일을 벌인다는 게 말이나 됩니까? 천륜을 어기는 것이지요."

"대비마마, 제 눈에는 지난 설움을 보상받으려는 주상의 안간힘으로 보여 안쓰럽기까지 하옵니다. 우매한 제 생각으로는 여기에서 그칠 사달이 아닐 듯하옵니다. 그래서 더 대비마마 걱정이 앞서옵니다."

인빈이 이어서 말했다.

"대비마마, 공빈이 왕후로 추존되어 왕실의 사당에 부묘라도 된다면 마마는 어찌 된답니까? 광해의 모친인 공빈이 공성 왕후가 되는 것이니, 광해는 현 대비인 마마의 아들이 아니라 선왕의 정비인 공성 왕후의 아들이 되는 것이옵니다. 그러면 대비마마를 홀대하지나 않을는지요? 이러다……."

"무슨 말을 하려다 멈추시는 겁니까? 우리 사이에 더는 감출 일이 무엇이라고요."

"아뢰옵기 황송하오나, 이러다 '대비마마는 내 어미가 아니다'라 공론화하려든다면 사면초가에 몰리게 되는 것 아닐는지요?"

눈물을 글썽이며 진심으로 인목을 동정하는 인빈의 마음이 저려왔다. 그 모습에 인목은 그만 눈물을 떨궜다. 두 사람은 앞날에 대한 불안감으로 동병상련의 정을 나누고 있었다.

"그런들 내가 어쩌겠습니까? 먼저 가신 선왕이나 원망할밖에요."

"게다가 궁 밖에는 광해의 아들 이지가 명으로부터 왕세자로 책봉된다는 소문이 파다하옵니다. 영창대군 또한 위험하지 않겠사옵니까?"

"인빈, 말씀이 지나치십니다. 영창은 광해와는 형제로, 이지에게 삼촌입니다."

"대비마마, 제발 제 말을 허투루 듣지 마소서! 언제 다시 뵈올지 기약할수 없어 한 말씀 더 드리겠사옵니다. 명의 왕세자 책봉은 영창대군의 존재를 변화하게 하옵니다. 책봉 전에는 다음 왕이 될 수 있는 경쟁 상대가되지만, 책봉 후에는 다음 왕좌를 뺏을 수도 있는 적대자이자 후환으로남을 수 있음을 잊지 마소서!"

"우리 영창은 왕위에 아무런 관심도 없거니와 나 역시 원치 않습니다. 그저 우리 모자 몸 편히 지낼 수 있기를 바랄 뿐이지요."

"그것은 어디까지나 대비마마의 생각일 뿐이옵니다. 저들은 결코 그 말을 믿지 않을 것이옵니다."

"인빈의 말씀은 우리 모자도 언젠가 진퇴양난에 처할 수도 있다는 경고이군요. 그렇다고 어찌할 수 없는 이 몸은 가슴을 칠 수밖에요."

그랬다. 인목을 지켜줄 수 있는 고명대신들은 앞다투어 사직서를 올렸고 낙향을 서둘렀다. 안에서 보지 못하는 일이 밖에서는 더 잘 보이는 법이다. 인빈은 궁 밖에 나가 살면서 궁 안에서 터득한 삶의 방식에서보다 더 많은 것들을 얻고 들었다. 청심재를 물러나오며 인빈은 이이첨과 김개시 일당까지 경계하라는 말을 차마 꺼내지 못하고 입속에만 담았다. 설령 이야기한들 인목이 무엇을 할 수 있단 말인가! 그저 무탈하기를 기원하며 청심재를 한 번 더 뒤돌아볼 뿐이었다.

인빈이 떠나간 후 인목은 이지의 세자 책봉으로 영창이야말로 후환이 될 수도 있다는 말이 귓가에서 떠나지 않았다.

저들에게 영창이 뒷날의 근심이라니! 그럼 지금 내가 믿고 의지할 사람이 누구란 말이냐?

소문대로였다. 명나라 세자 책봉사가 도성에 들고 길일이 잡혀지자 예조로부터 영창대군을 왕세자 책봉에 증인으로 참석시키라는 전갈이 전해졌다.

"뭐라, 이제 여섯 살인 어린 영창이 무엇을 안다고 책봉례에 참석하란 말이냐? 어찌 된 일인지 알아보라."

인목은 당혹스러웠다.

"대비마마, 전하의 형제들을 다 증인으로 참석시키라는 어명이 있었다 하옵니다. 영창대군도 왕세자의 삼촌이라 그리했다 하옵니다."

"주상이……."

국가 대사에 참석하기에는 아직 어리다는 핑계를 대고 거부할 수도 없는 일이었다. 왕실 서열로 삼촌이 되는 영창이 조카의 왕세자 책봉례에 참석하지 않는다면 자칫 흑심을 품고 있다 비쳐질 수도 있기 때문이었다.

더군다나 이번 일은 어린 영창대군을 끌어들여 많은 사람에게 이 나라 국본과 대군의 상하관계를 제대로 내어 보임으로써 권위의 본보기로 삼으려는 개시와 유희분의 술수였다.

경술년(광해군 2년, 1610) 5월 11일.
서청에서 세자의 책봉례가 행해졌다.
광해가 면복冕服 차림으로 서청으로 나아가자 북소리와 취타 소리가 뒤를 따랐다. 그가 교명敎命을 선포하게 되면 이 나라 왕세자는 이지로 정해지는 것이었다. 엄숙하고 근엄한 궁궐 예법이 그대로 보이는 순간이었다.

이지가 광해와 종친들 앞에서 허리를 세 번 조아리자 예조판서의 눈길을 읽은 집사가 교명이 담긴 함을 들고 이지 쪽으로 발걸음을 옮겼다. 그런데 다소 긴장한 집사가 발을 헛디디며 함을 석돌 위에 떨어뜨리고 말았다. 그 진동하는 소리가 정적을 깨며 장내를 울렸고, 놀란 시선들이 떨어진 함에 집중되었다. 중전 유씨는 자리에서 벌떡 일어나 소리를 질렀다.
"네놈이 정녕 죽고 싶은 게냐?"
비명에 가깝게 울리는 날카로운 목소리는 당혹스러움과 섞여 통곡 같았다. 광해의 충격도 그와 못지않았지만 차마 내색할 수 없었다. 명의 책봉사가 이를 지켜보고 있는 자리이니 태연한 척할 수밖에 없었다.

"이지를 왕세자로 책봉하노라."
애써 맘을 가다듬은 광해의 기운찬 목소리가 서청 앞마당을 가로지르며 퍼져 나갔다. 영창대군은 정원군을 비롯한 일곱 명의 형제와 나란히 윗단에 앉아 있었다. 여섯 살 나이에 비해 제법 의젓하고 이마와 콧날이 선왕 선조의 모습을 닮아가고 있는 영창이었다. 대소 신료들은 왕세자와 영창대군에게 번갈아 시선을 주며, 더러는 안타까운 듯 더러는 선왕을 떠올린 시선으로 교차하듯 바라보았다. 이들의 모습을 예리하게 감지한 것은 개시였다.

　책봉례가 거행되고 있던 그 시각, 초대받지 못하고 안절부절못하며 청심재를 서성이던 인목의 신경은 온통 서청으로 향했다. 북과 취타 소리가 담장 너머 내궁까지 미세하게 들렸다. 영창은 어찌하고 있을지…… 물론 의연하게 자리하고 있을 거라 믿고 믿었지만 위험한 곳에 내보낸 어미의 심정처럼 서청 앞을 가득 메운 사람들 중 그 누구도 미덥지 않았다. 지그시 눈을 감은 인목의 눈에 왕세자로 우뚝 서 있는 영창의 모습으로 겹쳐졌다. 그러나 그도 잠시 인목은 이내 고개를 흔들며 무사히 돌아오기만을 빌었다.

　이지의 왕세자 책봉에 대해 가장 감회가 깊었던 사람은 광해와 중전 유씨였다. 지난 17년 동안 책봉도 받지 못한 허울뿐인 세자였던 고통스럽고 절망스러웠던 세월을 몸소 겪었던 자신들이 아닌가! 그 한이 한순간에 풀어지는 듯했다.

　"이제 비로소 국본인 세자의 위계가 세워졌다는 것은 종사가 바로 섰다 할 수 있다. 오늘 과인은 세자의 학문을 힘써 가르친 사부師傅들과 더불어 한잔 술로 기쁨을 나누고자 하니 시강원에 이르라. 두 번에 걸쳐 사부의 자리에 있었던 병조판서 정창연鄭昌衍을 이 연회 자리에 참여케 하라. 오늘 만큼은 경들과 대취하고 싶구나!"

　광해는 이 경사를 마음 열고 즐기고자 했다.

　그러나 사람들의 마음이 모두 같을 수는 없는 일이었다. 앞으로 불행을 몰고 오지나 않을까 하는 속내를 조심스럽게 풀어가는 무리들이 있었다.

　"세자 책봉례에 교명 함이 바닥에 떨어진 것이 예사롭지 않네. 그냥 넘어가기엔 어딘가 꺼림칙하네."

"그 소리가 얼마나 크던지 나는 까마귀 소리인 줄 알았다네."

"저는 그 순간 영창대군과 눈이 딱 마주쳤지 뭡니까? 소란스러움에 놀라실 줄 알았는데 어찌 그리 의젓하게 앉아 계시던지요."

"저는 어린 대군 아기씨에게서 선왕의 모습을 보았지 뭡니까?"

"쉿, 이 사람들, 말조심하시게."

"사실 우리끼리 이야기이지만, 세간에서는 이 나라의 다음 대통을 세제 영창대군이 이어가야 한다는 말들도 나오고 있습니다."

"어허, 큰일 날 소리!"

"왕세자와 영창대군의 나이 차이가 겨우 여덟 살입니다."

"영창대군이야말로 적자이시니 이상할 것도 없지 않습니까?"

"선왕이 살아 계셨으면 어떻게 달라졌을지 아무도 모를 일입니다."

"그런 이목 때문에 왕실 최고 어른이신 대비께서 책봉례에 참석하지 못하신 것 아니겠습니까?"

"이 사람들, 말을 삼가시래도! 지금 이 이야기 자체가 역심이 될 수 있다는 것을 잊었는가? 목은 하나라는 걸 알아야지."

영창대군을 책봉례에 증인으로 내세워 인목의 목을 옥죄려 했던 개시의 의도가 오히려 영창대군을 부각시킨 꼴이 되어버렸다. 대소 신료들이 저마다 수군거리는 이야기들을 짐작 못 할 리 없었던 개시와 유희분은 불쾌한 마음을 감출 수 없었다.

"이럴 때 관송이라도 있었으면……."

유희분이 이이첨의 존재를 아쉬워하며 말을 내뱉었지만 개시는 침묵을 지켰다.

무엇이 문제였던가? 문제는 한 가지였다. 영창을 어리다고 간과했던 나 자신이 너무 어리숙했다. 영창을 왕세자 책봉례에 굳이 끌어들인 이유가 인목에게 자신들의 처지를 똑바로 알고 처신하라는 무언의 압박이었지만 세상에는 변수라는 것이 있었다. 교명 함을 떨어뜨린 집사는 죄를 물어 벌을 내리면 그만이다. 그러나 영창을 바라보는 대신들의 시선만큼은 도저히 묵과하고 지나칠 수 없다. 영창이란 존재는 후환임이 분명해졌고 재삼 확인하게 된 발등의 불을 그냥 놔둘 수는 없다. 이이첨을 하루빨리 불러들여야 한다.

세자빈 간택

　조선 팔도로 세자빈 간택을 위한 금혼령이 내려졌다. 명으로부터 세자 책봉 고명을 받은 이지는 언젠가 용상에 오를 것이고 그 배필은 중전이 된다. 이이첨은 출가한 딸의 어린 여식인 열세 살 외손녀를 떠올리며 입꼬리를 올렸다.

　그 아이를 반드시 세자빈으로 만들어야 한다. 외손녀가 왕손을 낳는다면 세도가의 권세를 다시 찾을 수 있을 것이고, 장차 왕비의 외가로서 앞길이 그야말로 탄탄대로가 된다. 하늘이 내게 준 다시없는 기회다.

　세자빈 자리에 오른 외손녀를 상상하던 이이첨은 변방인 의주에 마냥 머물러 있을 수는 없었다. 도성으로 말을 몰아 사돈 박승종을 찾았다.
　"대감께서 기별도 없이 어인 일이시오?"
　"사돈, 세자빈 간택령이 내려졌으니 사주단자를 올려야 되지 않겠소."
　"우리 아이를 말이오?"
　"올해 열셋이니 딱 적당하지 않겠소."

"사돈, 나는 그리하지 않으리다."

"사주단자를 올리지 않겠다는 말씀이오?"

"우리 아이는 그저 여염집 아낙으로 살며 무탈하게 기복 없이 살기를 바랄 뿐이오."

"간택에서 뒤처질까 걱정하시는 겝니까?"

탐탁지 않게 여기는 박승종의 태도에 답답해진 이이첨은 다그치듯 물었다.

"세자빈이 된들 무엇하고 훗날 왕비가 된다 한들 무엇하겠소? 행여 운이 좋아 간택을 받는다 하여도 삼간택에 이르는 일이 어디 쉽겠소이까? 만일 삼간택에서 떨어지면…… 귀한 내 손녀 평생 수절하며 살게 할 수는 없소이다."

박승종의 단호한 어투에 이이첨은 혀를 끌끌 찼다.

"내 귀한 외손녀를 그리되도록 내버려두겠소? 사돈께서 뜻을 세우기만 하시면 밀양 박씨 가문과 우리 광주 이씨 가문에서 왕비가 나시는 일이외다. 뒷일은 내가 책임질 것이니 사돈께서는 시일을 놓치지 말고 사주단자를 올려주시오."

호언장담하면서 이이첨은 유희분과 개시를 떠올렸다.

"의주부윤께서 무엇을 생각하는지 내 미루어 짐작할 수 있소만, 궁에는 대비께서 계시지 않소?"

"그것은 걱정할 필요가 없을 듯하오. 결국 세자빈의 최종 간택은 중전께서 하실 일이오."

이이첨의 자신에 찬 단언에 박승종은 내심 불안하면서도 간택 이후 손녀가 가져다줄 권력과 명망을 머릿속에 그려보았다.

사돈 박승종에게 이렇다 할 대답을 듣지는 못했지만 이이첨은 서둘러 사람들의 눈을 피해 유희분의 사저에 스며들었다. 어찌 알았는지 개시가 먼저 발걸음해 있었다. 이이첨과 마주친 개시는 기다렸다는 듯 이를 드러내고 웃었다.

"오늘쯤에는 오실 줄 알았습니다."

"역시 김 상궁의 예지력은 당할 수가 없군. 그렇다면 내가 왜 이 밤에 도성에 들어 유 대감의 집에 은밀히 찾아온지도 알겠구려."

"알다마다요. 대감댁에서 장차 왕비를 내셔야 하지 않겠습니까?"

개시의 왕비라는 말에 유희분이 화들짝 놀라며 말을 막았다.

"이 사람 김 상궁, 말을 삼가게. 왕비라니?"

"제가 틀린 말 했습니까? 중전마마의 고명 아드님이 왕세자가 되고 훗날 용상에 오르면 왕비가 아니고 무엇이겠습니까? 유 대감께서는 다 좋은데 가끔 새가슴이 되십니다그려!"

말을 돌려 책망하는 개시의 놀림에 유희분은 '흠흠' 헛기침을 해 보일 뿐이었다. 두 사람의 모습에 이이첨은 쾌재를 불렀다. 그러나 유희분은 이이첨의 인물됨을 잘 아는 터라 다소 걱정이 앞서면서도 딱히 마다할 이유도 없었다.

"김 상궁, 임해군의 죽음으로 전하의 심기가 아직도 불편하신가?"

일 년여 전 임해군의 죽음을 사주했다 여긴 이이첨에게 '물러가라' 소리 높이고 돌아서던 광해의 뒷모습이 떠올랐다.

"그럴 리가요. 요즘만 같으면 얼마나 좋겠습니까? 세자 책봉례도 올렸고 이제 세자빈 간택령도 내렸으니, 궁 안팎이 경사가 아니겠습니까?"

개시의 말에 이이첨에게서는 미소가 떠나지 않았다.

"다행일세."

"요즘 들어 전하께서 '해동의 육룡이 나르샤 일마다 천복이시어 고성동부古聖同符하시다. 뿌리 깊은 나무는 바람에 움직이지 아니하므로 꽃 좋고 열매가 많으며, 샘 깊은 물은 가뭄에 그치지 아니하므로 내가 이루어져 바다로 가느니……'를 궁 뜰을 거닐며 암송하고 계십니다."

"전하께서 「용비어천가龍飛御天歌」를……."

"그렇습니다. 조선 창업의 위대함과 선왕들의 업적을 칭송하시며 「용비어천가」 재편찬을 직접 주관하고 계십니다. 그뿐인 줄 아십니까? 백성들이 살아갈 영토를 기록한 『신증동국여지승람新增東國輿地勝覽』도 재편찬하라 명하셨지요."

개시의 말에 유희분이 맞장구를 쳤다.

"성군이 아니신가?"

다소 들뜬 유희분의 말에 개시가 미간을 좁히며 목소리를 낮췄다.

"그런데…… 대감, 마냥 태평성대는 심심하지 않겠습니까?"

뜬금없이 화제를 바꾸는 개시의 표정에서 이이첨은 악의를 읽었다.

"김 상궁, 자네 짓궂네만."

"너무 태평하면 재미가 없어서요."

"하긴 그렇지. 세상은 말일세. 가끔은 비틀어줘야 살맛이 나는 법이지."

"어찌 그리도 저와 생각을 같이한단 말씀입니까? 이래서 우리는 떨어질 수가 없습니다. 제가 나서서 전하께 주청드려 대감의 소명(召命: 신하를 부르는 왕의 명령)부터 앞당겨야겠습니다."

"이왕 제대로 비틀려면 두 사람이 양쪽 끝을 잡고 서로 반대 방향으로 돌려야만 하지 않겠나? 김 상궁, 자네만 믿겠네."

세자빈 간택에서 내명부 최고 웃전인 대비의 선택이 중요했지만, 애초부터 정략적인 간택이었음을 눈치채고 있던 인목은 말을 아껴가며 최고 어른으로서의 무게만 지켰다. 중전 유씨는 세자빈으로 밀양 박씨 박승종의 손녀딸을 낙점하고는 인목의 눈치를 보았다. 사실 눈치 보기는 형식이었고 중전의 선택에 대한 무언의 압박이기도 했다. 인목은 가볍게 고개를 끄덕이는 것으로 대답을 대신했다.

해가 바뀌자 세자빈의 조부 박승종에게는 숭정대부(崇政大夫, 종1품)와 외조부 이이첨에게는 가선대부(嘉善大夫, 종2품)라는 품계가 내려졌지만, 이내 또다시 이이첨은 대사헌(大司憲, 종2품)으로 승차하였다.

대사헌이 어떤 자리인가! 시정을 논하여 바르게 이끌고, 백관을 규찰하며, 풍속을 바로잡는 사헌부의 수장이다.

청심재에서 인목을 만나고 온 후 불안한 마음을 감추지 못하던 연흥부원군 김제남은 인빈의 셋째 아들인 정원군의 집을 찾았다. 그곳에 인빈 김씨가 기거하고 있었다.

"대감! 이이첨은 사갈(蛇蝎: 전갈)이라 불리는 자입니다. 뱀과 지네 같은 자가 궐에 다시 들었으니 대비께서는 조심 또 조심하셔야 할 텐데……."

"이를 말입니까?"

"대비께서는 영창을 대군이 아닌 범부로 살게 하고 싶어하십니다. 이번 기회에 대군 아기씨를 사가로 빼내오면 어떻겠습니까?"

"그럴 수만 있다면 얼마나 좋겠습니까? 저들은 그것을 또 다른 빌미로 삼아 올가미를 만들지도 모를 일입니다. 아무리 깊숙이 숨었다 한들 저들의 손아귀에서 벗어날 수는 없을 것입니다. 조금이라도 빈틈을 보인다면 쥐도 새도 모르게 죽을 수도 있습니다."

"그러면 이대로 당하고만 있어야 한답니까?"

"대감, 제 말을 서운하게 듣지 마셨으면 합니다. 이미 저들은 대감의 뒤를 밟고 있을지도 모릅니다. 그러니 이곳도 자유로운 곳이 못 되오니 앞으로는 출입을 삼가십시오. 조그마한 빌미나 꼬투리도 제공해서는 아니 됩니다. 고깝게 생각하지 않으셨으면 합니다."

인빈의 말은 부드럽고 조심스러웠으나 앞으로 왕래를 하지 말자는 못 질과도 같았다. 그러나 궁에서 수십 년을 산전수전 다 겪었던 인빈의 촉은 정확했다.

이이첨과 개시는 치밀할 정도로 꼼꼼하게 광해의 심중을 읽어나갔다. 이미 공빈 김씨의 공성 왕후 책보冊寶를 올렸고, 전殿을 봉자전奉慈殿으로, 묘를 성릉成陵으로 격상했다. 종묘에 부묘까지 마쳤으니, 이제 명으로부터 왕후 책봉을 받는 일만 남아 있었다.

"김 상궁, 이제 때가 온 것 같네. 훗날 왕위 다툼의 불씨는 미리미리 꺼뜨려야 하지 않겠나?"

"잘 생각하셨습니다. 죽은 임해군은 제1 왕자이자 전하의 친형님이었으니 전하의 상심이 크셨겠지만, 영창은 배다른 동생이지요. 게다가 왕세자 저하의 앞날을 보아서라도 서두르는 것이 마땅하옵지요."

"영창이 열 살에 이르면 대비의 수렴청정을 전제로 보위에 오를 수 있는 여건이 될 수 있네. 물론 당사자들은 용상에 욕심이 없다 해도 주변에서 그냥 두지는 않을 것이네. 이들이 역모를 도모할 빌미를 남겨둘 수는 없지 않은가?"

"옳으신 말씀입니다. 지금 영창 나이 일곱 살이니 금방 나이를 먹습니다. 빠르면 빠를수록 좋은 법이지요."

"그래서 이미 김제남 뒤로 사람을 붙여놓았다네."

"그렇지만 대감, 김제남은 천성이 소심해서 빌미를 만들 사람이 못 됩니다. 궁에 들어서도 딸 걱정으로 궐에서 밤을 보내기 일쑤라 합니다. 그런 자는 빌미는커녕 스스로 구덩이를 파는 일도 결코 없을 것입니다."

"대범한 사람보다 소심한 사람을 엮는 것이 훨씬 쉽지 않겠나? 제거되어야만 하는 이유가 분명하려면 역모만큼 적당한 것이 없지. 그리고 이미 전하의 모친께서 공성 왕후로 추숭되어 전하가 적자가 되셨으니, 따지고 보면 이 나라 적자 역시 한 분이면 족하지 않겠는가?"

"그나저나 근래 들어 자숙하고 있는 정원군이 이상하지 않습니까?"

"걱정 마시게. 이미 정원군 집에도 정탐꾼을 붙여놓았으니, 때를 기다려봄세."

"기회는 우연치 않은 곳에서 튀어나오게 되어 있습니다."

"역모로 엮을 수 있는 확실한 한 방이면 된다네."

이이첨과 개시가 하는 이야기를 듣다보면 마른하늘에 먹구름을 불러들여 벼락이라도 내리칠 기세였다.

칠서의 옥

임자년(광해군 4년, 1612) 2월 13일.

반역 사건을 고하는 황해병사 유공량^{柳公亮}의 장계가 조정에 급하게 날아들었다.

> 도적 김제세^{金濟世}를 잡아들여 문초하던 중, 김직재^{金直哉}의 역모가 드러났습니다. 이들 무리가 반역을 도모하여 팔도에 대장과 별장의 품계까지 미리 정해두고 무리가 한데 모이기를 기다렸다가 불시에 한양을 범하려 한다 하옵니다.
>
> 이는 지극히 극악무도한 내용이기에 급하게 장계를 보냅니다.

반역이란 말에 광해는 날카롭고 민감하게 반응했다. 좌의정 이항복과 우의정 이덕형의 보고를 다 듣기도 전에 분노에 찬 억양으로 앞선 대책들을 쏟아냈다.

"거명된 죄인들을 팔도에서 모두 추포하라. 반역이라니, 이는 결단코 용서할 수 없다. 과인이 직접 친국할 것이다. 만일에 대비하여 대궐의 숙위^{宿衛}를 강화하라."

대사헌 이이첨은 촉수를 세웠다. 역모가 이루어지려면 반드시 옹립^{擁立}할 왕자가 있어야 한다. 누구일까? 김직재는 황해도 사람일 뿐이다. 황해도에서 이루어진 역모라면 영창대군일 가능성은 희박하다. 더구나 영창대군은 겨우 일곱 살이고 황해도까지 선을 놓았을 리 만무다.

정원군 또한 무리하게 나설 인물이 아니다. 왕자들을 하나하나 떠올려 보아도 마땅한 인물로 연결되지 않았다. 역성^{易姓}을 꿈꾸는 자들의 소행인가? 도저히 감이 잡히지 않았다.

김직재와 팔도 대장으로 거론된 인물들이 속속 한양으로 압송되었다. 궁 안에는 친국청이 열렸다.

"여러 말 필요 없다. 바로 이실직고하면 죽음을 면하게 해줄 것이나, 실토치 않으면 멸문지화를 당할 것이다. 누구를 옹립하려 하였느냐?"

직접 국문장을 지휘하는 광해의 눈빛이 광기로 번뜩였다. 국문이 길어질수록 곤장에서 압슬로, 압슬에서 낙형으로 이어졌다. 피가 튀고 살이 타는 냄새가 매운 겨울바람 속에서도 궁 밖을 넘나들었다. 정말 죄를 지었다면 그 매를 비장하게 견뎌내다 죽음에 이르러도 억울하지 않다. 하지만 무고에 휩쓸려 맞는 매는 참을 수 없이 아리고 고통스럽다. 억울하게 개죽음을 당할 수 없으니 우선 살고 봐야 하는 것이 인지상정인지라 죄인으로 끌려온 사람들은 매를 못 이겨 다른 사람을 물고 들어왔다. '황혁^{黃赫}이 주동되어 진릉군^{晉陵君}을 옹립하려 했다'는 거짓 실토가 형장을 이겨내지 못한 사람들 입을 통해 만들어졌다. 진릉군은 순화군의 양자였고 황혁은 순화군의 장인이었다.

졸지에 주모자로 지목된 진릉군과 황혁이 친국장에 잡혀왔다.

"감히 네가 이 용상을 탐했더냐? 아비가 무뢰배였음에 자중하며 살 것이지, 탐욕을 버리지 못하고 장인을 앞세워 역심을 품었느냐?"

광해는 배신감과 분노로 악에 받친 듯 고함을 질렀다.

"전하, 억울하옵니다. 저는 조그만 역심도 품은 적이 없사옵고, 김직재는 단 한 번도 만난 적이 없는 인물이옵니다. 무고이옵니다. 제발 믿어주시옵소서."

"네가 죽고 싶어 환장을 한 게로구나! 무엇들 하느냐. 매우 쳐라."

터진 살 위에 또다시 얹혀지는 매질은 모질고 독했으나 진릉군은 역모를 끝내 부인하고 혼절하기를 반복하였다.

이이첨은 옥사의 진행을 지켜보면서 이번 역모는 무고라는 것을 단박에 알 수 있었다. 매 몇 대에 다른 사람을 죄인으로 끌어들이는 역모는 있을 수 없다. 삼족을 멸하는 역모를 도모했다는 사람들에게 그만한 간절함이 없다는 것은 무고가 분명하다.

아니나 다를까. 오래전 명나라에 종사관으로 가 있는 인물이 뜬금없이 죄인으로 거론되는 웃지 못할 무고도 이어졌다. 칠 개월에 걸쳐 이루어진 국문과 옥사에 삼백 명이 넘는 사람이 고문을 당하며 장독에 죽어나가고서야 이 사달은 마무리되었다. 참으로 어처구니없는 옥사였다. 사람들은 이를 봉산옥사라 불렀다.

봉산옥사의 후유증은 컸다. 자의든 타의든 역모를 꾀하는 무리들에 의해 이름이 거론됐다는 것만으로도 처벌을 피해 갈 수 없었다. 국문 후 절도로 위리안치되었던 진릉군은 어명에 의해 사사되었다. 진릉군의 장인인 황혁은 장독을 이겨내지 못해 세상을 떠났다.

역모에 휘말리면 진위를 떠나 반드시 죽음으로 마무리되는 정황을 지켜본 인목은 가슴을 쓸어내렸다. 다행히도 진릉군을 옹립하려 했다는 거짓 실토는 천운이었다. 만약 영창이 입에 오르기라도 했다면 낭패 중의 낭패였을 것이기 때문에, 역모란 말만 들어도 가슴이 두근거리고 손이 떨려왔다. 바닥이 훤히 들여다보이는 얼음판 위에 서 있는 자신의 모습이 투영되었다.

역모에 휘말리면 죽음이다. 광해가 온몸으로 보여준 것이다.

이이첨에게 봉산옥사는 또 다른 계략을 향한 호재였다. 이 옥사를 지켜보면서 머릿속을 스치고 지나가는 사건들이 있었다. 조선 팔도에서 벌어졌던 살인강도 사건들이 해결되지 못하고 지금껏 미제로 남아 있음에 주목했고, 수년째 황해도, 경기도, 충청도, 경상도에 걸쳐 살인강도 사건이 줄이어 발생하였으나 신출귀몰하여 범인들을 잡아들이지 못하고 있었다.
이이첨은 각인된 습관처럼 오른손 가운뎃손가락을 두드리며 각 도에서 올라와 있는 장계를 하나하나 읽어가며 사건을 추적해나가기 시작했다. 그 어느 누구의 손도 빌리지 않고 여러 날 장계 속에 파묻혀 시간을 보내던 이이첨의 입꼬리가 드디어 올라갔다.

도적의 패거리는 갓을 쓰고 도포를 걸쳤다고 전해진다. 많게는 일곱 명, 적게는 서너 명으로 날쌔기 그지없이 신출귀몰한 이들이 매번 인상착의도 비슷했다는 것으로 보아 동일 인물들이 분명하였다. 유일한 단서는 도적들의 행색으로 미루어 짐작할 때 사대부에 속한 사람들이 분명하다는 정도였다.

여러 해 동안 반복되어온 것을 보면 놈들은 두려움을 모르는 놈들일 것이다. 필시 행인이 많아지고 상단이 활발히 움직일 때면 이들은 다시 나타날 것이다. 꼬리가 길면 반드시 잡히는 법이다. 내 반드시 봄을 넘기지 않을 것이다.

이이첨의 촉이 날카로워질수록 자신감은 하늘을 찔렀다. 촉과 자신감은 비례했다.

촉각을 곤두세운 이이첨은 이번에도 유희분을 끌어들였다. 중전의 오라버니인 유희분과 세자빈의 외조부로 정1품 부원군의 작위를 받은 이이첨은 어깨를 서로 견주고 있었다.

"유 대감, 각 도에서 일어났었던 살인강도 사건이 아무래도 심상치 않아 보이네. 내 짐작으로는 양반가 자제들이 벌인 일이 아닌가 싶네만, 금품을 긁어들이는 걸 보니 아무래도 그냥 간과할 일은 아닌 듯하네. 혹 그 무뢰배들이 자칫 뒷일을 도모하고자 하는 것이라면……."

유희분이 놀라 말을 받았다.

"뒷일이라 하면 또 역모란 말입니까?"

"유 대감도 알다시피 내 촉은 틀린 적이 없질 않은가? 분명 그리 의심된다네."

"양반가 자제들이 무엇이 부족해서 그런 해괴망측한 도적질을 한단 말입니까?"

"그러니 역모라는 것 아닌가? 그래서 이번 일은 유 대감이 좀 나서주셔야겠네. 이번 기회에 공을 세워 중전마마의 입지를 더 확고히 해드려야 하지 않겠나? 또 우리 계획대로 된다면 우리의 근심이 일타에 사라질 수도 있을 것이네."

근심이라는 말에 유희분은 고개를 갸웃했지만 천성이 깊게 생각하지 못하는 성격이라 공을 세울 수 있다는 말에만 신경을 집중했다.

"내가 무엇을 하면 되겠습니까?"

"포도대장 한희길에게 그 도적들의 움직임이 보이면 즉각 보고하라 일러놓았으니, 유 대감은 하루속히 범인들을 추포하라 한 번 더 독촉하면서 포도대장을 우리 쪽 사람으로 끌어들여주게. 나는 범인 중에 무른 놈을 물색해 추국장에서 김제남의 이름이 나오게 할 것이네."

"고변하는 순간 명문 가문이 역적 가문으로 바뀌고 구족이 멸할 수도 있는 일이온데 게다가 대비의 집안 아닙니까? 그게 어디 쉬운 일이겠습니까?"

"그만한 미끼로 물게 하여야지. 그러니 유 대감이 먼저 서둘러주시게. 이제는 승부를 내야 할 때가 온 것일세."

이미 이이첨의 제안 속에 들어 있는 칼끝은 인목대비와 영창대군을 향하고 있다는 것을 눈치챈 유희분은, 호응하듯 천천히 고개를 끄덕였다.

이번 공에 내가 빠진다는 것이 말이 되는가! 일은 이이첨이 벌이고 나는 누이 중전을 위한 일이니 잘만 하면 꿩도 먹고 알도 거저 먹을 수 있다.

계축년(광해군 5년, 1613) 춘3월.

문경새재에서 또다시 살인강도 사건이 발생했다. 하지만 이번에는 미리 대비해둔 덕에 도적들은 신속히 추포되어 한양 포도청으로 압송되고 있었다. 죄인이 압송되고 있다는 기별을 받은 이이첨의 머릿속은 빠르게 회전했다. 기회가 온 것이다.

"그들의 행색이 어떠하더냐?"

"갓을 쓰고 양반 의관을 한 사대부가의 서자 출신들이라 하옵니다."

"서자?"

"그러하옵니다. 한 놈은 용케 도망쳤고, 여덟 놈을 잡았사옵니다…….

그런데 이상한 점이 한두 가지가 아니라 하옵니다."

서자 출신이란 말에 이이첨은 앞뒤 가릴 것 없이 허균을 떠올렸다.

"설마 그가?"

서탁을 빠르게 두드리던 가운뎃손가락이 멈춰지고 혀로 윗입술을 적신 이이첨이 걸음을 재촉해 포도청으로 향했다. 그의 행동은 똬리를 틀고 있던 독사가 미세한 바람에 실려오는 피비린내를 감지하고 기지개를 켜는 듯했다. 감겼던 두 눈의 눈꺼풀이 서서히 들리듯 피 냄새가 불어오는 방향을 향해 혓바닥을 날름거리며 몸을 움직이는 독사 같았다. 이이첨이나 독사나 먹잇감을 포착하고 움직이는 민첩하고 은밀함은 서로 닮아 있었다. 사람이나 짐승이나 독을 품으면 눈에 푸른빛이 돈다. 푸른 눈을 가진 것은 독사였지만 눈에서 푸른빛을 발하며 독을 품은 이는 이이첨이었다.

"도적들이 강탈한 금품은 어찌 되었느냐?"

"자그마치 은괴 팔백 냥이옵니다."

"그놈들의 동태를 미루어 짐작할 때 그동안 용케도 붙잡히지 않았던 도적들이 분명하다. 강탈해 숨겨둔 금품이 더 있을 터이니, 무슨 수를 써서라도 찾아내거라. 그리고 반드시 배후를 밝혀내야 할 것이다."

포도대장은 세자빈의 외조부이자 대사헌을 지낸 실세인 이이첨의 명을 받들 수밖에 없었다. 그의 눈 밖에 날 이유도 없거니와, 잘만 하면 연을 쌓을 수 있는 절호의 기회이기도 했다.

이이첨이 바빠졌다. 친국이든 추국이든 문초에 들어가기 전에 해야 할 일들이 있었다. 이미 유희분에게 언질했듯, 잡혀온 일곱 놈 중 가장 겁이 많고 무른 놈부터 골라내기로 했다. 그리고 놈을 족쳐 연흥부원군 김제남을 배후 주동자로 지목하게 해야 했다. 게다가 그의 입을 통해 역모라는 말 한 마디만 끌어낼 수 있다면 모든 게 끝나는 일이었다.

1613년 4월 25일.

끌려온 도적들의 신상을 찬찬히 살펴보던 이이첨은 혀를 끌끌 찼다. 명문가 서자들과 이들을 따르는 노비였기 때문이다. 하늘도 이이첨의 손을 들어주었던지 맑았던 하늘에 검은 그림자가 몇 차례 드리우는가 싶더니 마른번개가 쳤다. 방문 밖으로 흰빛 가득한 매화가 총총한 풍경을 멀찍이 바라보며 기대앉은 서탁 위를 가운뎃손가락을 두드려 꽃망울 터지는 장단에 맞추던 이이첨에게 기다리던 소식이 날아들었다. 도적 무리들 중 노비 덕남德男이 형장을 가하기도 전에 낱낱이 자백하였다는 전갈이었다.

황당하게도 이들은 전국을 유랑하듯 떠돌며 도적질과 화적질을 일삼았고 스스로를 칠서七庶라 부르고 있었다. 이들 가운데 서양갑徐羊甲은 목사 서익徐益의 첩 소생이었고, 심우영沈友英은 감사 심전沈銓의 첩 소생이었으며, 박응서朴應犀는 영의정 박순朴淳의 첩 소생으로 모두 명문가 출신이었다. 그런고로 이들은 글은 꽤나 잘 알지만 과거에 적용되던 적서 차별로 인해 벼슬길에 나가지 못하고 각기 장사치로 지내고 있었다. 그러다 사년 전부터 여주 강변으로 거처를 옮긴 뒤 공동체 생활을 하며 재물을 공동으로 모으는 일에 힘써왔다는 것이었다.

이들이 추포되어 형장을 기다리는 포도청으로 걸음한 이이첨은 나무로 만든 형구인 가枷를 쓰고 고통스러워하는 서자들의 얼굴을 찬찬히 뜯어보았다. 하나같이 눈이 작고 양 눈썹 사이가 좁으며 입술이 얇은 것이 반항기가 충만하고 고집스러워 보였다. 마땅한 자를 고르지 못해 난감해하고 있을 때, 때마침 적괴賊魁로 지목된 박응서가 추포되어 들어왔다. 그와 얼굴이 마주친 이이첨은 자신도 모르게 무릎을 쳤다. 바로 그가 찾던 무르고 겁이 많은 관상을 타고난 인물이었던 것이다.

"모두들 하나같이 네놈을 도적의 우두머리라 지목을 하니 살아서 나가기는 틀린 것 같구나."

"대감, 우두머리라니요. 천부당만부당한 말씀입니다. 저는 그저 시키는 대로 따르는 수하일 뿐입니다."

억울하다며 죽을상을 하는 박응서의 항변에 이이첨은 불쌍하다는 듯 혀를 끌끌 찼다.

"내가 보기에 네놈은 아닌 것 같구나. 그런데 이를 어쩌누! 모든 정황이 너를 지목하고 있음이니…… 네 아비인 박 정승과 연이 좀 닿아 있었기에 망정이지, 하마터면 너의 집안이 아작 날 판 아니었느냐?"

목소리는 부드러웠으나 그 이면에는 가히 위협이 서려 있었다.

"제발 살려주십시오. 대감!"

"너희들 죄가 어디 한두 가지여야 말이지."

이이첨이 몇 년 동안 황해도, 경기도, 충청도, 경상도 등지에서 일어났던 살인강도 사건들을 발생한 날짜순으로 정확한 장소와 강탈당한 금품까지 줄줄이 외워나가자, 사시나무 떨듯 몸을 떨던 박응서는 머리를 바닥에 찧으며 울부짖었다.

"대감, 살려만 주신다면 시키는 대로 하겠습니다."

얼마나 듣고 싶었던 대답이었는가! 하지만 이이첨은 결코 서두르지 않았다. 한참을 박응서의 엎드린 귀밑머리를 응시하는가 싶던 이이첨이 무겁게 그러나 낮게 입을 열었다.

"역모가 있었다 고변하게."

그의 말에 박응서는 그대로 바닥에 주저앉아버렸다.

"그리할 수는 없습니다. 우리는 도적질을 한 것뿐입니다. 만약 역모라

고변하면 삼족이 멸하게 되는 것인데…… 어찌 그런 일을 도모했다 거짓
으로 이를 수 있겠습니까?"

"이놈! 정녕 살고 싶지 않은 겐가?"

자지러지듯 놀란 박응서는 앉았던 자리에 흥건히 오줌을 지렸다.

"내가 네놈을 살려줄 수 있는 방도를 일러줄 터이니 정신 차리고 듣거
라. 옥중 상소를 전하게 올린다면 내 살아날 방법을 찾아줄 것이다. 오늘
을 넘겨 행여 다른 놈이 먼저 역모를 고하게 되면, 네놈 목숨은 파리 목숨
이 될 것이다. 생각하고 뭐고 할 시간이 없다는 얘기야."

이이첨의 단호한 언변에 그가 시키는 대로 하면 살 수도 있겠다고 생각
을 굳힌 박응서는 바로 옥중 상소를 올렸다.

우리들은 미천한 도적들이 아니오.

은자를 모은 다음 무장들과 결탁하여 임금을 바꾸려 하였소.

영의정 이덕형이 박응서의 옥중 상소문을 읽자 광해는 기가 막히고 숨
이 막힌 듯 분노를 참지 못하고 용상 옆의 화병을 집어 던졌다.

"그놈들이 단순한 도적이 아니라 역적의 패거리란 말인가? 이미 이렇
게 많은 역당들이 규합을 할 동안 대신들은 무얼 하고 있었단 말이냐?"

이덕형을 비롯한 입시한 신료들은 머리만 조아릴 뿐이었다.

"이런 미련퉁이들을 조정에 두고 있는 과인이 어리석었구나!"

광해는 신료들을 향해 분노 섞인 울분을 토해냈다.

"삼가 아룁니다. 죄 없는 행상인들을 살해한 것만으로도 사형이 마땅하
나, 수인囚人 박응서의 상소가 심상치 않사옵니다. 철저히 그 진위를 밝혀
내기 위해 친히 국문하시는 것이 마땅할 줄 아뢰옵니다."

"그놈들이 용상의 주인을 바꾸려 했다는 것을 그대들 모두 들었을 터,

이런 쳐 죽일 대역 죄인들을 내 직접 처단할 것이다."

친국장이 차려지기가 무섭게 좌정한 광해의 분노는 하늘을 찔렀다.
"무장 삼백여 명을 규합한 후 한밤중에 궁궐을 습격하여 대전을 범하고 동궁을 치려는 계획이었사옵니다."
"그리고?"
"그러고 나서 국보國寶를 가지고 대비전에 나아가 대비께서 수렴청정하도록 청하는 한편, 성문을 굳게 닫아걸고 백관을 새로이 바꿔치기하려 하였사옵니다."
"뭐라, 대비전에 나아가 수렴청정을 청한다 하였느냐?"
대비전의 수렴청정이라면 이는 필시 영창대군을 용상에 앉히고자 한 역모라는 것이었다. 광해는 인목대비를 끌어들인 박응서의 고변에 눈꼬리가 파르르 떨렸다. 죄인의 믿지 못할 고변에 광해를 수행했던 이들의 심장 뛰는 소리가 친국장을 미세하게 흔들었다. 분위기가 심상치 않음을 느낀 광해는 서둘러 친국을 마무리하고 편전으로 돌아왔다.
"추국은 내일 다시 열 것이다."

다음 날 김비, 박치인, 심우영과 그의 딸까지 추포되어 형장에 끌려 나왔다. 그런데 심우영은 살인강도에 앞장선 박응서가 저만 살겠다고 동료들을 팔아넘기고 감히 역모를 끄집어내어 불측한 지경에 이르렀다며 억울해했다. 그는 박응서의 말은 말도 안 되는 일이며, 만약 의심할 만한 단서가 하나라도 나온다면 그 뒤에 달가운 형을 받겠노라 버텼다. 심우영의 항변에 오만방자함을 느낀 광해는 참지 못하고 물고를 내라 소리 높였다. 하지만 자백은커녕 심우영은 박응서와의 대질을 요구했다.
"박응서를 끌어내라."

결국 두 사람의 대질 신문이 진행되었으나 박응서의 말은 상소문과 달리 모두 어긋날 뿐 아니라, 스스로도 변론하지 못하고 횡설수설하기만 했다. 누구의 말이 진실인지 진위를 가늠하는 저마다의 소리로 친국장은 혼란스러웠다.

마침내 주범이었던 서양갑과 김경인이 뒤늦게 추포되어 왔다.

"앞서 잡혀온 박응서가 자신의 아비를 죽인 반노叛奴를 찾아냈으니, 자네들이 원수를 갚아달라 하소연하기에 문경새재에서 그놈을 처단한 것뿐이옵니다. 그런데 역모라니요? 당치 않소이다. 이는 함께 일을 도모한 허홍인 등이 알고 있는 일이오. 그런데 살인을 부탁한 박응서가 도리어 우리가 반역했다 거짓을 말하고 우리들을 함정에 빠뜨리려는 것은 자신의 죄를 면하려 하는 술책을 부리는 것이외다."

"저놈이 매를 벌고 있구나. 무엇들 하느냐. 바른말을 고할 때까지 매우 쳐라."

수십 차례의 형장이 떨어지면서 비명이 허공을 가르고 피가 튀었지만 서양갑은 결코 자백하지 않았다. 이어 압슬형을 당하던 심우영 역시 이를 악물며 고통을 인내할 뿐, 그 또한 역모를 시인하지 않았다.

날이 밝고 있었다. 성문 밖에서는 수탉의 홰치는 소리가 인정人定 소리에 맞춰 새벽녘 정적을 깼다. 이른 새벽 성문이 열리기 무섭게 허홍인의 처와 박치의의 처에 대한 국문이 시작되었다.

"남편 홍인이 서양갑 등과 해온 일이 매우 수상쩍었는데 그것이 역모와 관련한 일이었을 것으로 보이옵니다."

기가 약한 허홍인의 처는 모진 형장을 견디지 못하여 기절하다 깨어나기를 반복하다 인사불성이 된 채 사실을 털어놓았다.

이러한 상황들이 혼란스러운 것은 광해였다. 주범으로 지목된 서양갑, 심우영, 김경인, 허홍인은 압슬형을 가해도 실토를 하지 않았고, 박응서와 대질신문을 할 때마다 오히려 박응서의 말에 오류가 많았다.

"모든 죄인에게 공초를 받을 때에는 군더더기 말은 빼버리고, 역모에 동참한 곡절만 묻도록 하라."

광해는 서둘러 역모를 밝혀내 끝장을 내버리고 싶었다. 하지만 국문이 길어질수록 답답함은 쌓여만 갔다.

1613년 5월 1일.

고신은 갈수록 혹독해졌다. 여러 날의 고신으로 인해 장독이 살갗 위로 치솟은 심우영에게 의원까지 붙여 치료하면서 낙형을 가했다. 그럼에도 그가 승복하지 않자 이실직고만 하면 형을 느슨하게 해주겠다 회유하는 웃지 못할 일들도 벌어졌다.

"독한 놈이로다. 실토할 때까지 사정을 봐주지 말고 불로 지져라."

광해는 그의 처절한 비명이 커져갈수록 역모였다란 말을 들을 수 있을까 촉각을 곤두세웠지만, 심우영은 쉬이 승복하지 않았다. 그러자 보다 못한 박승종이 나섰다.

"서양갑과 심우영이 자복하지 않으니, 이들의 어미와 처첩뿐만 아니라 자녀들을 잡아들여 국문을 한 후 빌미를 만들고 나서 다시 그자에게 형을 가한다면, 더는 버티지 못해 자복하게 될 것이옵니다."

"하지만 전하, 그리한다면 이것은 거짓 공초라는 비난을 피할 수가 없게 되옵니다. 사리도 모르는 연소한 아녀자들과 노복들까지 국문하여 단서를 만드는 것은 자칫 전하께 오명이 될 수 있으며, 있을 수도 없는 일이옵니다."

박승종의 제안에 이덕형이 제동을 걸었다.

그러나 형장은 아비규환이었다. 박승종의 제언에 광해는 마음이 급해진 탓인지 그의 손을 들어주었고 형장에 끌려 나온 서양갑과 그의 어미가 형틀에 묶여 마주 앉았다.

　"괴수 서양갑은 들으라. 아무리 고신을 높여도 네가 자백하려 하지 않으니 네 마음속에 품은 의도가 더욱 불순하다. 네 눈앞에서 어미의 주리를 틀 터이니 두 눈 뜨고 똑바로 보거라."

　광해가 한 손을 치켜들자, 형리는 서양갑과 마주 앉은 어미의 주리를 틀었다 멈췄다를 반복했다. 사정을 보지 않고 가해지는 형리의 매서운 팔뚝 힘에 견디지 못한 그녀의 몸이 이내 축 늘어졌지만, 심문관은 찬물을 끼얹어 그녀를 다시 깨어나도록 만드는 잔혹함을 보였다.

　"네가 바른대로만 공초한다면 네 어미는 죽지 않을 것이다."

　"이놈들아! 너희들은 천륜도 모르는 놈들이구나. 어찌 부모와 자식을 한 형장에서 문초를 가한단 말이냐? 내 어머니는 아무것도 모른다."

　서양갑은 터진 입속에서 붉은 피멍울을 토해내며 울부짖었다.

　"그러기에 바른 실토를 하란 말이다."

　"이 짐승만도 못한 놈들아! 하늘이 무섭지 않더냐?"

　서양갑의 울부짖음에 잠시 정신을 차린 그의 어미가 울음 섞인 목소리를 토해냈다.

　"양갑아! 애야, 이 어미 좀 살려다오. 네가 자백만 하면 어미가 살 수 있다는데 어찌하여 바른대로 고하지 않는단 말이냐? 너는 죽어가는 이 어미가 보이지 않는단 말이냐?"

　"어머니! 하지도 않은 일을 어떻게 실토할 수 있습니까? 저들도 사람이면 제게 죄가 없다는 것을 알 것이고, 죄가 있다 한들 자식 앞에서 어미를 고신하는 일은 동서고금에 없던 일입니다. 어머니! 분명 우리 모자를 죽이고자 하는 의도가 아니고 무엇이겠습니까?"

피눈물을 흘리며 어미를 부르는 서양갑의 몰골에 어미는 또다시 혼절하였다. 이미 피범벅이 된 서양갑은 눈을 부릅뜨고 광해를 노려보았다.

혼절한 어미는 개가 끌려가듯 형틀에서 내려져 어디론가 끌려갔다. 축 늘어진 작은 몸이 이미 기력을 다해 목숨줄을 놓아버린 듯했다.

그러나 이것이 끝이 아니었다. 연이어 서양갑의 누이가 속곳 바람으로 두 손이 묶인 채 친국장으로 끌려 나왔다. 누이는 전 승지였던 윤양의 첩이었다.

"고관의 첩으로 들어가 적처(嫡妻: 정식으로 예를 갖춘 아내)와 같은 집에 사는 관계로, 단 한 번도 친혈육들을 맞아들여 만나보지도 또 찾아가보지도 못하고 살았사옵니다. 그런 첩실이 본가 사람들 동태를 어떻게 알 수 있었겠사옵니까?" 억울하다 항변을 거듭하여도 소용없는 일이었다.

이미 친국장은 역모가 있었다는 서양갑의 고변만을 기다릴 뿐이었다. 서양갑의 누이에게도 어미와 같은 주리와 형장이 가해졌지만 서양갑은 끝끝내 승복하지 않았다. 이런 처참한 사태들을 차마 눈뜨고 지켜볼 수 없었던 이덕형이 참지 못하고 나섰다.

"누이와 어미의 처지는 분명 다르옵니다. 출가외인은 연좌율^{緣坐律}을 적용받지 않음은 이 자리의 누구나 다 알고 있사옵니다. 그런데 이런 고신을 가하신다면 세간의 부끄러움은 전하의 몫이 될 수도 있음이니, 부디 성은을 내려주옵소서. 또한 서양갑은 흉악스러운 자라서 그 어미가 고신을 당하는 것을 직접 보고도 저리 버티고 있는데, 하물며 누이의 경우야 말해 무엇하겠사옵니까? 전하께서는 부디 현명하신 처사를 몸소 행하여 주소서."

간곡한 이덕형의 간언이었지만 광해는 이도 무시했다.

"추국을 계속하라."

그러자 뜻밖에도 박승종이 나섰다.

"이덕형 대감의 말대로 고신의 문제는 다시 의논하여 하는 것이 마땅할 듯하옵니다."

"그렇지 않다. 진즉 서양갑의 자복이 있었다면 누이까지 고신하는 일은 없었을 것이다. 그러나 시종일관 은폐하려드니 누이뿐 아니라 이놈의 일가를 모조리 잡아들여 엄한 국문을 가해야 할 것이다. 뭣들 하느냐? 멈추지 마라."

광해는 이미 미친 듯이 광분해 있었다.

친국장에서 편전으로 돌아온 광해는 몸도 마음도 지쳐 있었다.

길고 가느다란 탄식이 광해의 혀끝에 머물다 폐 속으로 파고들었다. 몸을 뉘자 서양갑의 어미가 떠올랐다. 다시 몸을 일으킨 광해는 해가 서산에 기울도록 턱을 괴고 움직이질 않았다. 식음을 건너뛰었으나 국문장에서 전해오는 자복 소식은 없었다.

다음 날 사간원이 부원군 김제남에 대해 대전에 아뢰었다.

"국구國舅 연흥부원군이 이번 일을 모사한 것이라 밝혀졌사옵니다. 또한 역적의 입에서 영창대군의 이름이 흘러나왔다고 하옵니다. 이 시국에 석고대죄를 청하여야 마땅하온데 태연하게 평상시처럼 집에 있다 하오니, 그 뻔뻔하고 철면피를 쓴 죄인은 죽어 마땅합니다. 서둘러 관직을 삭탈하소서."

정작 죄인의 입에서 원하는 실토가 나오자 광해는 혼란스러웠다. 인목이 마음에 걸렸기 때문이다.

"개시야!"

광해군의 부름에 개시는 무릎걸음으로 다가와 앉았다.

"너도 다 들었을 테지? 부원군 김제남을 어찌해야 마땅하겠느냐?"

어찌 된 일인지 이번 옥사에 방관하듯 침묵하고 있던 개시였다.

"전하, 진즉에 정리되었어야 할 일이었사옵니다. 이 천것의 의견을 들어주시겠사옵니까?"

"말해보거라."

"김제남은 때를 기다리고 있었습니다. 우선은 영창대군을 옹호하려는 힘이 응축되기를, 영창대군이 열 살이 되기를 기다렸던 것이옵니다. 부원군이 인빈의 처소인 정원군 저택과 대비전을 들락거리며 무엇을 노리고 있었겠사옵니까? 친국이 열리는 와중에도 정원군 쪽에 사람을 보내 여러 차례 대책을 논의했다 하옵니다. 김제남은 소심한 척 사람들의 시선을 비껴가면서 전하의 용상을 노리는 아주 위험한 자이옵니다. 그런 자는 서둘러 내쳐야 합니다. 다만 전하께서도 조금 더 기다리셔야 할 일이 있사옵니다."

"그것이 무엇이냐?"

"영창대군이옵니다. 영창의 처리는 주범 서양갑의 실토가 있은 연후에 손을 보셔야 할 것이옵니다."

"이미 부원군의 역모가 밝혀졌음에도?"

"그러하옵니다. 부원군은 단지 왕실의 사돈이오나, 영창대군은 왕실 사람이옵니다. 종친이자 전하의 형제란 말이옵니다."

"그렇구나!"

"네, 전하! 만고萬古의 이상스런 역모로 남겨져 후사에 뒷말이 있어서야 되겠사옵니까?"

"너의 뜻이 충심이냐? 완벽이냐?"

"충심을 따르는 자는 한 사람만 보고 가는 길이라 거칠 것이 없사오나, 완벽함을 보는 자는 허물이 먼저 보이는 법이지요. 전하가 가는 길에 허물이 있어서야 되겠사옵니까?"

개시의 충심이 담긴 언설에 광해는 더 기다릴 것 없이 부원군 김제남을 파직하라 명하였다.

그러나 이것은 시작에 불과했다. 대전에 든 신료들은 하나같이 역모에 연루된 영창대군을 법대로 처리해야 한다며 목소리를 높였다.

"영창대군을 왕으로 옹립하려 했다는 자백을 한 역적이 한두 명이 아니옵니다. 의가 어려서 아무것도 모른다 할지라도, 종친으로서 역적들의 입에 오르내렸다는 사실 한 가지만이라도 용서받기 어려운 엄청난 죄명을 지닌 것이옵니다. 이를 관대히 처리하신다면 어떻게 한순간이라도 평안히 궁중에 있을 수 있겠사옵니까? 국법이 지엄함을 다시 환기시키도록 법대로 처리하게 하소서!"

서양갑의 어미와 맏형이 장독을 견뎌내지 못하고 세상을 떠났다. 생죽음이었다. 침묵하고 있던 서양갑의 입에서 터져 나온 신음은 통곡으로, 포효하는 짐승의 울음소리로 바뀌고 있었다.

서자로 태어난 것이 죄란 말인가? 너무나도 억울하고 억울해서 버틴 것이 내 일가족들을 죽게 해버렸구나! 더 이상은 희망이 보이질 않는구나!

서양갑이 그 모질고 잔인한 압슬과 낙형까지 이를 악물고 무던히 버틸 수 있었던 것은 가슴 깊이 자리해 있던 실낱같은 희망의 불씨 때문이었다. 그 불씨는 다름 아닌 허균이었다.

오 년 전 공주목사인 허균을 처음 만났다. 그를 통해 차별 없는 세상을 알았고 평등이란 의미를 배웠다. 빌어먹을 세상의 신분제도로 인해 과거조차 볼 수 없는 처지로 전락한 이 나라 서자 출신들이 수차례 적서 차별 철폐를 해달라 읍소하는 상소를 조정에 올렸지만 일언지하 거절당하기만 하였었다. 참다못한 이들은 무리를 만들어 양반들만을 상대로 살인강도를 행하며 만행을 저질러온 것이었다. 불공정한 세상에 대한 이들의 반기였다.

내가 마지막으로 할 수 있는 것이 무엇인가! 민중 속에 희망의 불씨를 살려두어야 한다. 혹여 동지들 중에서 누군가가 '우리의 스승은 교산 허균이다'라고 입에 올리기라도 한다면 그 또한 살아남지 못할 것이다.

광해의 입맛에는 맞춰주어야 한다. 그가 노리는 표적이라면…… 영창대군이다. 이 국청장의 핵심에 영창대군을 끌어들일 수 있다면 허균은 피해 갈 수도 있을 것이다.

그러나 내 어미와 형이 모진 고문에 억울하게 죽어나갔다. 내가 이대로 혼자 죽을 수는 없다. 이 더러운 세상, 어미와 형의 원수를 갚기 위해서는 세상에 손볼 사람들을 불어 온 나라를 뒤흔들어놓아야 한다.

그리고 우리를 역모로 몰고 가 숱한 동지를 죽음에 이르게 한 박응서를 응당 저승으로 데려가야 하지 않겠는가!

결심을 굳힌 서양갑은 더 이상 견디지 못하고 자백하는 척 거짓을 말하기로 했다.

"자복하겠소. 하지만 박응서와 대질하게 해주시오."

서양갑의 요구에 옥사에 있던 박응서도 형장으로 끌려 나왔다. 고신의 과정에서 서양갑은 낙형을 받는 등 온몸 구석구석 참혹하기 그지없는 반면, 박응서의 몰골은 비교적 온전했다.

"말하라."

"박응서, 저기 저자는 부원군 집에 숨겨두었던 은화를 찾은 후 방을 걸어 반역의 계책을 꾸몄사온데, 먼저 봉산옥사가 일어나는 바람에 거사가 미뤄지게 된 것이옵니다. 결국 부원군이 힘깨나 쓰는 장사들을 많이 모아 동작정銅雀亭을 훈련도감으로 삼고 야간 훈련을 핑계로 거사하여 대궐을 범하려 하였던 것이옵니다."

"서양갑 저자가 제게 이르기를, 영창대군을 옹립하여 부원군 김제남을 좌상으로 삼고 자기가 영상이 되려 한다 하였사옵니다. 은상銀商을 털어 무장을 모집하는 등의 계책은 모두 저놈이 꾸민 것이옵니다."

"네 이놈, 응서야! 이제 거짓말만 늘었구나! 김제남을 추대하여 장수로 삼아야겠다 말한 놈은 네놈이 아니었더냐?"

배신에 치를 떠는 듯한 눈으로 박응서를 노려보며 울부짖는 서양갑의 쇳소리 나는 목소리는 듣는 이들을 소름 돋게 했다. 이에 질세라 박응서는 입에서 침이 튀도록 절박한 음성으로 대꾸했다.

"저 서양갑이 말하길, 조선 팔도에 서얼을 모두 모은다면 어찌 삼백 명만 되겠는가! 십만 명도 넘을 것이다 하며 거사를 부추겼습니다. 저놈이야말로 역적 중의 역적이옵니다."

두 사람의 밀고 당기는 고변에 머리가 아픈지 광해는 머리를 감싸며 두 엄지로 관자놀이를 힘줘 눌렀다. 그러고는 더는 듣지 않겠다는 듯 진중한 목소리로 포효하듯 하명했다.

"대역죄인 김제남을 당장 추포하라. 그리고 성문을 굳게 걸고 조두刁斗를 두드리며 혹시 모를 공격에 방비하게 하라."

그 소리가 얼마나 컸던지 마른하늘에 번개가 치는 듯 쩌렁쩌렁하게 들렸다. 추국장 안 사람들은 하늘과 광해를 번갈아 바라보았다. 광해의 눈빛은 가위에 눌린 듯 광기가 가득 서려 있었다.

인목의 눈물

"이번 역모의 괴수 서양갑의 목을 처 환형(轘刑: 두 발을 각각 다른 수레에 묶고 수레를 끌어서 죄인을 찢어 죽이던 형벌)하라."

끌려 나가는 서양갑의 얼굴에 비릿한 웃음이 그려졌다.

"대비마마, 대비마마, 큰일 났사옵니다."

지밀상궁 여씨가 신발도 벗지 못한 채 다급하게 청심재 내실까지 뛰어 들어왔다. 지난밤 하늘에 먹구름이 달을 갉아먹자, 하늘의 별들이 뚝뚝 떨어지는 예사롭지 않은 꿈을 꾸었던 인목은 불길한 예감에 사색이 된 채 여 상궁을 바라보았다. 숨도 고르지 못한 여 상궁은 새파랗게 질린 얼굴로 말을 잇지 못했다. 더욱 불안해진 인목은 허청이는 상체를 간신히 지탱하고 있었지만 말을 듣기도 전에 눈물이 볼을 타고 흘러내렸다.

"부원군께서 역모에 연루되어 지금 국청장에서 국문을 기다리고 있다 하옵니다."

"뭐라, 아버님이?"

국청장에 신경을 곤추세우고 있던 인목은 사정없이 떨리는 두 손을 간신히 움켜잡고 침착해지려 애를 썼다.

"마마, 아무래도 일이 심상치 않게 돌아가고 있사옵니다. 국청장 관리를 하나 매수했사온데, 저들의 의중이 대군마마로 향하고 있는 듯하옵니다. 이대로라면 대군 아기씨가 위험합니다. 마마……."

간신히 정신줄을 부여잡고 있던 인목은 아들 영창의 이야기가 나오자 그만 혼절했다. 얼마나 지났을까? 상궁 나인들의 걱정 어린 두런거림에 정신이 든 인목은 황급히 자리를 털고 일어났다.

"내 이럴 때가 아니다."

인목은 복색도 갖추지 못한 채 황망히 문밖으로 달려 나갔다. 뒷머리를 가로질렀던 비녀가 땅에 떨어지며 올림머리가 풀어져 인목의 발걸음을 따르고 있었다.

"마마, 대비마마……."

뒤를 따르며 인목을 쫓는 상궁 나인들의 다급한 발걸음 소리가 청심재를 울렸다. 인목은 신발이 벗겨지는 줄도 모르고 서청으로 달렸다. 머리는 흐트러지고 치맛자락은 밟혀 찢어졌는지 밑단이 너풀거리는 치맛단 사이로 인목의 버선발이 드러난 모습에 대전 상궁들은 기겁하는 소리를 토했다.

"대비마마, 이 어쩐 일이시옵니까?"

말릴 사이도 없이 인목은 광해를 부르며 대전으로 뛰어들었다.

"주상! 주상!"

침전 앞을 지키고 서 있던 개시가 두 팔을 벌려 막아섰다.

"비키거라."

어디서 힘이 생겼는지 만신창이가 된 인목은 개시를 완강히 뿌리치며 대전의 장지문을 활짝 열어젖혔다. 인목의 예상치 못한 돌발 방문에 놀란 것은 광해도 마찬가지였다.

"주상, 살려주시오. 내 무지한 아버님이 일을 도모하였다니, 이는 말도 안 되는 소리요."

엉거주춤 한쪽 무릎을 세우고 일어서려던 광해가 다시 주저앉았다.

"그 말씀이라면 듣고 싶지 않습니다. 밖에 무엇들 하느냐? 대비를 청심재로 모시거라."

"주상, 이럴 수는 없습니다. 차라리 나를 핍박하세요. 제발 내 아버님과 우리 영창은 건들지 마십시오!"

영창이라는 말에 광해는 버럭 성을 냈다.

"영창이라구요? 문무백관들이 하나같이 부원군의 죄를 물으며 영창이 관여되었다 목소리를 높이고 있습니다. 과인은 대비마마를 생각하여 영창을 비호하고 있거늘, 그리 함부로 대비께서 망발하실 줄 몰랐습니다."

"궁 안 사람들 모두가 우리 영창을 겨냥하고 있기에 드리는 말씀입니다. 주상께서 약조하지 않으셨습니까? 아우를 지켜주세요."

인목은 처절했다. 영창을 지켜내는 일에 사력을 다하고 있었다.

"물러가시래두요."

광해가 연상을 강하게 내리치자 연상 위의 벼루가 떨어져 두 동강이 났다. 갈라진 벼루에서 분리된 용의 머리가 입을 벌린 채 인목을 향해 포효하는 것 같았다. 그 소리에 인목은 다리가 풀려 주저앉고 말았다.

뒤따라 쫓아온 여 상궁에 의해 인목은 업혀서 대전을 나왔다. 축 늘어진 그 모습에 광해는 가슴이 아렸다. 늘 흐트러짐 없이 곱디고운 그녀가 소리 내 웃으면 한겨울에도 복사꽃이 꽃망울을 터뜨리는 소리가 들리는 듯했었다. 궁에 시집와 십여 년 만에 처음 접하는 그녀의 흐트러진 모습에 광해는 자신의 어머니를 떠올렸다. 내가 위험에 처했더라면 내 어머니도 저리 간절하셨을까? 마음을 다잡으려는 듯 고개를 흔들던 광해는 밖에서 들으라는 듯 큰 소리로 말했다.

"김 상궁은 어의에게 일러 대비전을 돌보라 이르라."

세상은 비틀어야 제맛이 난다며 이이첨과 개시가 희희낙락했던 일을 서양갑과 박응서가 대신해준 꼴이었다. 하지만 생각보다 흐름이 더딘 분위기에 애가 타고 부아가 치민 것은 이이첨이었다.

여기까지 오기 위해 얼마나 공을 들였던가! 변수는 시간이다. 시간을 끌면 끌수록 상황은 뜻밖의 결과를 낳을 수도 있을 것이다. 만에 하나 회유해두었던 박응서가 자신이 살아남지 못할 것이라는 것을 알아차리고 모든 일은 이이첨의 사주였다고 고변이라도 한다면 큰 낭패이다. 역모를 뒤집을 끄나풀은 빨리 잘라버리는 것이 최우선이다. 오늘 서양갑이 죽어나가게 되면 김제남도 무사하지는 못할 것이다. 적당한 때를 보아 박응서마저 제거해 흔적을 깨끗이 없애버려야 한다.

정2품 이상 대신들이 대전에 모였다. 이들은 마치 입을 맞춘 듯 화근을 단절하라 주청했지만, 광해는 조용히 타이르듯 물리쳤다.
"과인이 덕이 없어 큰 변고를 겪고 있다. 흉악한 역도들이야 스스로 부귀영화를 꾀했다 하지만, 어린 영창이 어떻게 그런 모의를 알았겠는가? 이 나라의 법 적용에는 정상이 참작되어야 하고 인정과 의리도 조화롭게 반영되어야 하는 것이니, 더 이상 번거롭게 논하지 말라."

한편 식음을 전폐하고 어의의 탕제도 거부한 채 죽기를 각오한 듯 자리보전한 인목은 답답함에 가슴을 치며 대신들의 얼굴을 하나하나 떠올려보았다. 선왕 선조가 영창대군을 보호하라 당부하는 글을 내렸던 일곱 명의 신하였다. 그러나 이들에게 기별조차 넣을 수 있는 상황이 아니었고 대비의 편에 서줄 만한 인물도 딱히 없었다. 다만 왕실 종친들이나 사리 분명한 영의정 이덕형이 나서주기를 기다리는 수밖에 없었다.

인목의 간절함 탓이었을까! 종실이 나섰다는 소문에 인목은 가슴을 쓸어내리며 비로소 안도의 숨을 내쉬었다. 그러나 서른을 갓 넘긴 여인네의 삶에 대한 경험은 무지했다. 시대의 흐름은 그녀의 손을 들어주지 않고 오히려 역행하고 있었다.

"영창대군 이의義의 이름이 역적의 입에서 거론되었사온데 어린아이라는 이유만으로 궁에 둘 수는 없습니다. 성상께서 인애仁愛하는 마음으로 차마 처리하지 못하고 계시니, 이는 조정의 공론인 대의에 어긋난 처사이옵니다. 혈연에 대한 애정 때문에 대의를 덮어버린다면 왕실의 근간이 흔들릴 것이옵니다. 청하건대 성상께서는 흔쾌히 공론을 따르소서!"

종친들의 간언은 영창대군을 보호하라는 것이 아니라 처벌하라 독촉하는 것이었다. 소식을 전해 들은 인목은 또 한 번 무너져내렸다.
"여 상궁, 이 일을 어이하면 좋단 말인가?"
인목의 눈빛은 이미 초점을 잃었다.
"이럴 때일수록 마마께서 강건히 버티셔야 하옵니다."
여 상궁은 종실뿐만 아니라 삼사까지 연대하여 영창대군을 처벌하고 부원군을 처단하라 하였다는 전갈만은 인목에게 알리지 못하고 있었다.

1613년 5월 20일.
이미 역적이 된 김제남의 죄를 확인한다는 이유로 그의 아들 김규(金珪, 진사로 나이 열여덟 살이며 김제남의 둘째 아들)와 김선(金瑄, 나이 열다섯 살로 셋째 아들)을 불러내어 아비의 죄를 확인하기 위해 공초하였다.

"신의 아비가 1품 지위까지 올랐으나 옹졸하기 그지없고 겁도 많은 필부와 같사온데, 무슨 욕심이 있어서 감히 그와 같은 생각을 했겠습니까?"

열다섯 살짜리 아들 김선마저 아버지를 옹졸한 사람이라 비하하면서 어이없는 무고라 항변하였지만, 광해는 믿으려 하지 않았다. 오히려 이에 만족하지 못하고 김제남 집안의 여종들까지 모조리 잡아들여 국문했다. 사노비 애옥愛玉에 이어 춘합春合, 율음세粟音世, 유명有名이 차례로 끌려 나와 국문을 받았으나, 이들에게서 얻을 수 있는 것은 아무것도 없었다.

"노비를 형신하여 국문하는 목적은 단서를 얻기 위함이옵니다. 이미 김제남이 역모를 꾀한 정황이 드러났으니, 더 이상 노비를 국문하는 일을 멈추소서. 이는 자칫 국문에 대한 정통성을 잃게 될 뿐이옵니다."

영의정 이덕형과 이항복, 박승종이 나서 노비에 대한 국문의 부당함을 아뢰었지만, 광해는 이 또한 들으려 하지 않았다. 이들의 입에서도 부원군 김제남이 역모를 꾀했다는 자복이 나오기를 기다리며 병자처럼 집착하고 있었다.

역모 자백에 끝을 보려는 광해였다. 이를 눈치챈 이이첨은 유생 어몽렴을 부추겨 상소를 올리게 하였다.

영창대군은 화를 일으키는 근본이옵니다. 하루라도 빨리 그 근본을 제거하셔야 할 줄 아옵니다. 삼가 전하께서는 종묘사직의 막중함과 아랫사람의 충심을 헤아려 김제남과 대군 영창을 사사하여 화근을 단절하소서.

"전하, 이는 조선 팔도 각처 유생들 뜻이옵니다. 가벼이 보시면 아니 되옵니다."

"이는 시작에 불과할 뿐, 앞으로도 계속해서 빗발칠 상소를 어찌 감당하시겠사옵니까?"

영창을 법대로 처단하라는 의견을 유희분과 박승종이 주도해나가자 어느 누구도 이견을 제기하지 못했다.

이런 와중에 이이첨은 한발 빠르게 움직여 인목의 폐모론을 흘리면서, 심복인 진사 이위경에게 상소를 올리게 하였다.

> 역적 이의가 비록 어린아이라 하지만 그를 옹립하기로 했다는 고변이
> 적도의 공초에 낭자하게 나왔으니, 이런 대역의 이름을 지니게 된 이상
> 천지 사이에 용납되기 어렵사옵니다. 그런데도 전하께서는 지친이라는
> 연고와 우애하는 정 때문에 시일을 끌며 차마 법을 적용하지 못하고 계
> 시옵니다.
> 그러나 전하! 이른바 법이라는 것은 천하의 공公에 속한 것이요, 정이라
> 는 것은 한 개인의 사私에 속한 것이니, 전하께서 어떻게 한 개인의 사私
> 때문에 만사의 공公을 없앨 수 있겠사옵니까?

여기까지 읽던 광해는 상소문을 조용히 용무늬 탁자 위에 내려놓고 작은 서랍을 열었다. 그 속에는 금실 나비수 향낭이 오롯이 놓여 있었다. 한참을 손바닥 위에 올려놓고 내려다보던 광해는, 깊은 한숨과 함께 그것을 어루만졌다. 그러고는 아랫입술을 지그시 깨물었다. 갈수록 깊어지는 연모의 정과 미안함 때문이었을까!

1613년 5월 29일.

광해는 상소와 대전에 입시한 대신들의 주청을 마지못해 따르는 듯 무겁게 입을 뗐다.

"차마 형신으로 국문하고 법대로 처리하지 못하겠다. 하나 조정의 논의가 중하고 지엄하니, 김제남은 절도에 위리안치하고 영창을 폐하여 서인으로 만들라."

하루하루가 벼랑 끝에 서 있는 듯했다. 시간은 숨 가쁘게 역사를 만들어가고 있었고 사람들은 그 시류 속에서 어느 한 부류로 역류하지 못한 채 쓸려가고 있었다. 또다시 하루 만에 어명이 내려졌다.

"역적 김제남에게 결안에 수결하게 한 뒤 사사賜死하라."

위리안치되었던 김제남이 포박당한 채 서소문 밖으로 끌려 나왔다. 지아비가 직면해 있는 죽음 앞에 이성을 잃고 어찌할 바 모르던 노씨 부인은 맨발로 궁으로 달려갔다. 수문 병사들이 제지하자 대비가 거처하는 청심재가 보이는 담장 밖에서 처절하게 울부짖었다.

"대비마마, 연흥부원군이 죽습니다. 아비가 죽습니다. 살려주세요. 대비마마! 친정이 몰살당하고 있습니다. 제 목소리가 들리십니까? 마마!"

목이 쉬도록 인목을 향해 울부짖었다. 궁 안 청심재에서 아무런 인기척도 들리지 않았다. 다급해진 노씨 부인은 인목의 어릴 적 이름을 부르며 애원하기 시작하였다.

"휘정아, 저놈들이 네 아비를 죽이려 한다. 아비가 죽는단 말이다. 휘정아, 네 아비를 구해다오!"

담장 너머 들려오는 어머니의 애타는 목소리는 인목의 가슴을 후벼 팠다. 두 손으로 귀를 막았지만, 두 볼에는 뜨거운 눈물이 흘러내렸다.

"어머니, 이 딸년을 용서하지 마세요. 아버지…… 통곡의 눈물로 이 불효를……."

먹먹하고 가슴을 쥐어짜는 통증에 숨도 내쉬지 못하던 인목을 여 상궁이 급하게 옷고름을 풀어 헤치고 찬물을 떠넘겨주며 진정시켰다.

"정명공주와 영창은 어디 있느냐? 어서 이리로 데려오너라."

김제남은 서소문 밖에서 사약을 받았다. 역모죄였다. 그의 세 아들과 사위는 곤장을 맞으며 죽어나갔고 어린 손자들도 역모죄의 칼날을 피해 나갈 수 없었다. 김제남의 형제들과 조카들도 낱낱이 추포되어 각기 외딴 섬으로 귀양 보내졌다. 하루 만에 이루어진 멸문이었다.

흉사는 연이어 찾아온다고 했던가. 이르게 찾아온 유월 무더위 속에서도 끈끈한 습기를 가득 머금은 먹구름은 용마루가 마를 새 없이 빗줄기를 몰고 왔다. 김제남이 사사된 다음 날, 이른 새벽 숨도 돌릴 새 없이 영창을 돌보았던 상궁 덕복德福이 의금부로 끌려 들어갔다. 친정 아비를 잃은 대비의 상중에도 공초를 계속하겠다는 의미였다. 이미 칼끝의 검은 그림자가 영창을 향해 다가오고 있었다.

"영창을 보위에 올리겠다는 김제남의 말을 들은 적이 있느냐? 사실대로 고하라."

"쇤네는 왜란 시 의인왕후를 잘 보살핀 공로로 상을 받아 감궁監宮이 되었습지요. 계비께서 대군을 잉태하셨을 때 보모상궁이 되었으나, 몸이 허하여 장기간 피접소避接所에서 생활하였사옵니다. 흉측한 모의에 대해서는 아는 것이 전혀 없사옵니다."

"안 되겠다. 저년이 바른말을 고할 때까지 멈추지 말고 주리를 틀라."

너무도 억울하고 분노에 찬 덕복의 눈에 피눈물이 맺혔다.

그녀에게서도 듣고자 하는 답을 얻지 못하자, 이내 대상을 바꿔 나인 애향愛香과 춘합春合에게 압슬형을 가했다. 이어 심부름으로 궁 밖 출입을 하던 상궁과 나인 그리고 내관들까지 줄줄이 잡아 들여 고신은 하루 종일 계속되었다. 나이 어린 세답방 나인 명덕命德의 주리까지 틀었다. 그러나 영창대군을 용상에 올리려 했다는 말을 듣거나 전달하였다고 자백하는 궁인은 한 사람도 나오지 않았다. 고신을 이기지 못한 나인들이 하나둘 죽어 실려 나갔다.

1613년 6월 4일.

인목의 바깥출입은 금지되었다. 병조에서 군졸들을 풀어 청심재 주변을 에워싸고 철저히 감시하고 있었던 것이다. 부원군의 죽음은 사흘 뒤에야 대비전에 전해졌다. 사람이 살고 있나 싶도록 쥐 죽은 듯 조용하던 청심재에 날카로운 비명과 함께 통곡 소리가 터져 나왔다.

남동생들과 어린 조카들도 죽음을 피해 가지 못하고 집안이 풍비박산 났다는 소식에 인목은 미친 듯이 가슴을 쥐어뜯었다. 울다가 웃다가를 반복하며 반미치광이가 되어 있던 인목은, 더 이상 소리 내어 울 힘도 없고 자리에 눕지도 앉지도 못한 채 허청거리다 쓰러지기를 반복했다. 영문을 알지 못하는 정명공주와 영창대군의 놀란 울음소리가 인목의 슬픔을 대신하고 있었다.

"길을 내거라. 내 대전으로 갈 것이다."

여 상궁과 달이가 막아섰다.

"저리 비키거라."

"대군을 지키기 위해서라도 지금은 냉정해지셔야 하옵니다."

청심재에서 울리는 통곡 소리가 야음을 타고 궁 안으로 퍼져 나갔다. 그 소리는 길고도 아렸다. 인목은 이를 갈았다. 몇 해 전 국상 중에 선위 문제를 두고 간절히 청하던 인빈의 눈물이 떠올랐다. 뒤늦은 후회가 몰려왔으나 할 수 있는 것은 아무것도 없었다. 무엇보다 그녀는 영창을 보호해야 했다.

앞을 내다보는 혜안을 가지지 못한 내 어리석음으로 인해 모든 것이 망가졌다. 다 내가 자처한 일이다. 이대로 살아서 무엇하랴!
그러나 광해 이놈은 결코 용서하지 않으리라.

한편 예조에서는 또 한바탕 소란이 일었다. 인목대비의 상복喪服과 관련되어 의견이 나뉘었다. 이미 김제남이 대역죄인으로 처형을 당했으니 인목에게 부고와 상복이 주어져서는 안 된다는 입장과, 부모와 자식 간의 천륜 관계는 끊을 수 없으므로 대비에게 상례에 준해 상복을 내려야 한다는 입장으로 나뉘었다. 슬픔에 차 있을 인목이 걱정된 광해는 측은지심을 내세워 궁중 상례에 준해 부고와 상복을 내리게 명하였다.

상주도 없이 차려진 제단 위의 위패 앞에 무릎을 꿇은 인목은 비통함을 애써 누르며 이를 악물었다. 눈물도 더 이상 나오지 않았다. 오른손으로 가슴을 치며 숨이 막힌 듯 헉헉대는 인목의 얼굴은 청잣빛이었다. 그 모습을 지켜보며 인목이 혼절이라도 하지 않을까, 눈을 떼지 못하는 지밀상궁 여씨와 달이의 눈물만이 방 안을 채울 뿐이었다.

하현달이 떴다. 그 곁에서 작은 별이 숨을 죽이며 몸을 감추고 있었다. 밤하늘을 올려보던 광해는 태양성이 들었다고 전한 관상감의 이야기가 생각나, 눈을 가늘게 뜨고 북극성을 찾아보았다. 풀벌레 소리가 미미하게 들려왔으나 사람의 인기척에 울음소리가 멈추었다. 귀를 세우던 광해가 밤하늘에서 눈을 떼지 않고 말을 이었다.

"오늘따라 달그림자가 옅구나. 그림자냐?"

"네, 전하, 음영이옵니다."

"어떠하시더냐?"

"잘 견디시는가 싶었지만 숨을 고르지 못하고 혼절하셨사옵니다. 다행히 어의가 다녀간 뒤 깨어나셨사옵니다."

음영은 광해의 나지막한 한숨 소리를 들었다.

"곁을 지키거라."

"존명."

인목의 주변에 심어두었던 호위무사 음영을 통해 그녀의 안위를 확인한 광해는, 편전에 쉬이 들지 못하고 한동안 뜰을 서성였다. 눈을 감으면 인목의 애통한 통곡 소리가 귀에 들리는 듯싶었고 슬픈 눈으로 자신을 바라보던 그녀의 눈망울이 떠올라 자리를 뜰 수 없었다.

날이 밝기 무섭게 광해는 자리끼도 물리치고 급하게 대전을 나섰다.

"내 대비전으로 갈 것이다."

"전하, 대역죄인의 여식이옵니다. 문후라도 여쭈실 생각이시옵니까? 아니 되옵니다."

기겁을 한 개시가 막아섰지만 광해는 벌써 합문을 나서고 있었다.

언제 기별을 받았는지 대전 앞 뜨락에 연이 대기하고 있었다. 그 모습을 본 개시가 상선에게 인상을 썼다. 상선은 애써 개시의 눈길을 외면하며 광해에게 머리를 조아렸다.

"과인은 역모를 꾀한 자를 문상하는 것이 아니다. 종실의 최고 어른이신 대비께서 친정 아비를 잃은 상심에 빠져 계시니 어른에 대한 상례를 드리려 한다. 과인의 이러한 행보가 종사에 위배되는 것이냐?"

"이는 중전께 맡기실 일이옵니다. 그래도 심려되신다면 아침 수라상을 물리신 후 움직이셔도 늦지 않사옵니다.”

개시의 만류조차 듣기 싫다는 듯 광해는 길을 재촉했다. 광해의 용포 왼 소맷자락에서 금실 나비수 향낭이 잠깐 모습을 비쳤다. 개시는 종종걸음으로 뒤를 따를 뿐이었다.

위패가 모셔져 있는 청심재에서는 밤낮을 가리지 않고 낮은 곡소리가 흘러나왔다.

“고하거라.”

갑작스러운 광해의 방문에 주위가 소란스러워졌다.

“주상 전하 드셨사옵니다.”

인목은 자리에서 일어나지 않았다. 광해는 위패를 향해 앉아 들먹이는 인목의 어깨를 바라보았다.

“친정의 멸문지화를 막지 못하고 눈물로 사죄하고 있는 제 꼴을 비웃으려 오셨소이까? 명색이 대비인데 내 집안이 풍비박산되다니 내 죽어 무슨 낯으로 조상의 얼굴을 뵈오리까? 차라리 나를 죽이세요.”

이미 각오를 하고 온 광해였지만 등진 채 쏟아내는 인목의 서슬 퍼런 역성에 자신의 발등만 내려다보았다.

“선왕께서 승하하셨을 때, 주위의 만류도 있었지만 나는 주상을 용상에 올렸습니다. 주상을 믿었기 때문입니다. 그런데 내 목을 조르다니요. 이것이 사람으로서 할 일입니까?”

인목이 악에 받쳐 모진 말을 쏟아낼수록 광해는 그녀가 가여웠다. 작디작은 여린 새가 모진 비바람 속에 살아나고자 안간힘을 다해 날개를 퍼덕이는 간절함으로 비쳐지는 것이었다. 그녀를 안아주고 싶었다. 가슴에 얼굴을 감싸 안고 저 가냘픈 어깨를 다독이며 괜찮다 괜찮아질 것이다. 위로를 보내고 싶었다. 광해의 눈가에 눈물이 맺혔다.

이를 알 리 없는 인목은 분을 이기지 못하고 몸을 일으켜 광해의 저고리 앞섶을 쥐어뜯으며 말을 이었다.

"국구이신 내 아버님을 사사한 것은 장차 영창에게까지 해를 입히려는 뜻 아닙니까? 주상의 검은 속을 내 모를 줄 아시오. 나와의 약조를 벌써 잊다니 주상은 하늘을 우러러 부끄럽지도 않단 말이오."

인목의 분노에 찬 몸부림에 그만 흰 당위 위의 옷고름이 떨어져 나갔다. 얇아 속이 내비치는 속저고리가 드러났다. 민망해진 광해는 얼굴을 돌렸다.

"마마, 약조는 지켜질 것이옵니다. 진노하신 마마의 심정을 어찌 모르겠습니까? 다만……."

악다구니 같은 대신들의 상소와 주청에 지쳐 있던 광해는 어쩔 수 없었다는 변명을 하려다 용포를 벗어 인목의 어깨를 감쌌다. 그때 금실 나비수 향낭이 바닥에 떨어졌다. 두 사람의 눈길이 마주쳤다. 인목의 두 눈에는 시퍼런 서슬과 너무나도 낯익은 금실 나비수 향낭에 대한 놀라움이 가득했다. 그러나 광해는 그 서슬을 받아내며 안쓰러움을 더할 뿐이었다. 이런 상황이 어이없고 기가 막혔던 건 뒤따라온 개시였다.

개시는 불편한 심정으로 두 사람의 대화를 엿듣다가 광해의 약속이라는 말에 더는 참지 못하고 문을 열고 그 광경을 목격한 것이다.

"전하, 용포를 거두세요. 여 상궁은 뭐 하는 겝니까? 대비마마를 살피지 않고요."

다급함에 사기 깨지듯 날카로운 소리로 개시는 상궁들을 닦달했다. 광해의 절대적인 총애를 받는 거만스러움이 여 상궁은 물론 궁인들을 압도하고 있는 개시였다.

1613년 6월 21일.

> 대신과 백관들이 맡은 직무를 전폐하고 역모 처리에 논쟁을 거듭하고
> 있으니 밤낮으로 걱정되고 두렵도다. 이미 폐서인 된 영창을 도성 안 여
> 염집으로 내보내 공론에 답하고자 한다.

역적으로 몰린 영창을 궁 안에 두는 것은 온당치 않았다. 그렇지만 폐
서인이 되었다고는 하나 대비의 소생 아닌가! 그나마 도성 안 여염집으로
내쳐진 것은 이덕형의 간곡한 충언 때문이었다.

의금부 낭청인 권진이 대비전에 왕의 어명을 가져왔다.
"이의는 어명을 받들라. 오늘 안으로 궐을 떠나 성안에 마련된 여염집
으로 거처를 옮기도록 하라."
이런 청천벽력 같은 상황에 맞닥뜨린 영창은 인목의 품에 안기며 울음
을 터뜨렸다. 영창의 나이 이제 겨우 여덟 살이었다.
"어마마마……."
인목은 영창을 놓칠세라 가슴에 껴안았다.
"이놈들아, 아니 될 일이다. 절대로 영창을 내어줄 수 없다."
영창을 끌어내리려는 의금부 나졸들과 청심재 내관들이 몸으로 부딪쳤
다. 상궁 나인들은 인목과 영창을 온몸으로 에워쌌다.
"네 이놈들, 물러가라. 감히 예가 어느 안전이라고 무엄하다. 주상을 부
르거라."
인목의 완강한 저항에 당황하던 의금부는 밤이 깊어지기를 기다려 대
령 상궁을 앞세운 스무여 명의 나인을 청심재로 보냈다. 또다시 대비전
궁인들이 그들을 막아보려 했지만 억센 손아귀에 의해 인목의 품에서 빼

내어진 영창은 마구잡이로 끌려 나갔다. 그 소동에 인목은 넘어져 발목을 접질렸다.

"이것들이 대비인 나까지 무시하는 게냐? 내 필히 죽음으로 죄를 물을 것이다."

"대비마마, 소인들은 단지 어명을 따를 뿐이옵니다. 부디 통촉하여주시옵소서."

"아니 된다. 그리할 수는 없다. 어서 영창을 돌려다오."

눈물로 범벅이 된 영창은 어마마마를 부르며 발버둥 쳤지만 소용없었다. 영창은 순식간에 시야에서 사라졌다. 체력이 고갈될 대로 고갈되었으면서도 쓰러지지 않는 것이 신기할 정도로 영창을 보호하는 일에 혼신을 다하던 인목은, 현기증을 이기지 못하고 그 자리에 주저앉았다. 자식을 빼앗긴 어미의 찢어지는 가슴은 그녀로 하여금 생사를 넘나들게 했다.

정신을 잃고 혼수상태에 빠진 인목은 비몽사몽 간에 푸른 하늘과 복사꽃 가득한 무릉도원을 보았다. 그리고 열아홉 봄날 지는 붉은 해를 등지고 섰던 젊은 선비의 금실 나비수 향낭이 대전을 향해 날더니 또 다른 나비를 만나, 낙조 속으로 훨훨 사라지는 환상을 보았다.

대비에게서 영창을 떼어냈다는 보고에 광해는 일어나 뒷짐을 지고 편전을 거닐었다. 또다시 눈물로 이 밤을 지새울 인목의 모습이 아리게 다가왔다. 그녀를 위해 해줄 일이 없을까!

"오늘은 이미 밤이 깊었으니 폐서인 영창을 내일 출궁시키도록 하라."

어디서부터 잘못된 걸까? 영창이 어디에 있을까? 세상이 무섭다. 애를 태우며 마른 침을 삼키는 인목의 이마에 진땀이 흘렀다.

"어마마마……."

영창이 부르는 소리에 꿈인 듯 벌떡 자리에서 일어나 인목은 문을 열어젖혔다. 끌려갔던 영창이 다시 인목에게로 달려왔다.

영창을 부둥켜안은 인목은 뜨거운 눈물을 흘리며 아들의 볼을 쓰다듬고 쓰다듬었다. 어디 다친 곳은 없는지, 저녁은 먹었는지, 아픈 곳은 없는지, 영창의 머리를 짚어보고 이리저리 몸을 돌려세워보던 인목은, 너무나도 소중한 아들 영창의 무사를 확인하고는 또다시 뜨거운 눈물을 흘렸다. 청심재 사람들 모두가 눈이 붓도록 눈시울을 붉혔다.

인목은 영창을 품에서 떼어놓지 못하고 밤을 지새우며 침착하고 냉정해지려고 애를 썼다. 호랑이에게 물려가도 정신만 차리면 된다. 우리 모자를 종묘에 계신 선대왕들께서도 가엽게 여기시어 이리 생이별하게 하지는 않으실 테지⋯⋯ 애써 자조하며 생각을 정리하고자 호흡을 가다듬었다. 뻣뻣해진 목구멍으로 통증이 치밀어 올라왔다.

이 어린것을 어이하란 말인가? 어미가 너를 대신하여 죽을지언정 너를 어이 사지로 떠나보낸단 말이냐? 내가 죽어 너를 살릴 수 있다면 염라지옥이라도 뛰어들 텐데⋯⋯ 아가! 내 아가야, 어찌하면 좋단 말이냐?

떨어져야 할 시간이 다가오고 있었다. 기약 없는 이별이 될 수도 있다. 그 안에 해결할 방도를 찾아야만 한다. 나인들에게 밖의 동정을 살피게 하였지만 밤새 무장과 포살수와 의금부의 금군이 청심재를 둘러싸고 있었다. 달리 방법이 없었다. 눈물로 밤을 지샌 탓에 인목의 눈동자는 실핏줄이 터져 붉게 달아올라 있었다.

품에서 떨어지지 않으려 악을 쓰고 우는 영창을 데리고 액문(掖門: 겨드랑이 출입문)까지 나왔지만 아들의 손을 놓지 못하고 울부짖는 인목은 이미 제정신이 아니었다. 궁인들도 함께 꿇어 엎드린 채 일어나지 못하고 함께 따라 울었다.

제3부 　 서궁에 핀
눈물꽃

강화도에 떨어진 여린 꽃

영창이 끌려간 곳이 어디인지…… 모진 핍박을 당하고 있지나 않은 지…… 도무지 알 수가 없었다. 옴짝달싹할 수 없는 막막한 처지 역시 마땅히 토로할 곳도 없었다. 넓디넓은 궁에 홀로 떨어진 외톨이가 자신인 것 같아 인목의 한숨은 길어지고 눈물만 깊어졌다. 강해져야 한다고 수없이 자신을 단속하였지만, 나뭇가지를 가볍게 스치는 바람 소리에도 맥없이 억장이 무너지곤 했다.

중전 유씨는 청심재에 관한 일만은 광해에게 묻지 않았다. 영창과 인목에 대한 이야기에 유독 날카로워지고 언성을 높이는 광해였다. 답답한 것은 중전 유씨도 인목과 다르지 않았다.

"아뢰옵기 황송하오나 듣기 민망한 소문이 바람을 타고 있사옵니다."

"민망한 소문이라니…… 내가 모르는 일이 무엇인지 말해보게."

얼마 전 상궁 나인들 사이에 떠돌던 풍문을 지밀상궁이 귀띔한 적이 있었다.

"마마! 주상 전하의 심중에 다른 여인이 있다 하옵니다."

"다른 여인이라면…… 이번엔 어느 전각의 궁녀이더냐?"

"그것이……."

"말해보래도."

"죽여주시옵소서. 그것이 대비전과 관련 있는지라……."

"대비전 나인이냐?"

"그것이 아니옵고, 일전에 대비마마 친정 혈육의 상중에 전하께서 청심재를 찾으셨다 하온데……."

"그런데?"

"대비께서 화를 참지 못하시다 옷고름이 뜯어지는 민망한 일이 있었다 하옵고, 전하께서 선뜻 용포를 벗어서 대비마마의 어깨에 두르셨다 하옵니다."

"대비께서 아랫사람들에게 흉잡힐까, 전하께서 아들 된 도리를 다하신 모양인데 그것이 왜 입방아에 오른단 말이냐?"

"그 자리에 김개시…… 김 상궁이 있었다 하옵니다."

"김 상궁이?"

중전 유씨는 실소를 금치 못했다.

"그래서?"

"김 상궁이 새파랗게 질려 청심재 궁인들에게 고래고래 소리를 질렀다 하옵니다."

"그런 일을 왜 이제야 내게 고하는가?"

"궁 아이들이 개시가 질투에 몸부림쳤다 전하기에 굳이 마마의 심중을 어지럽히지 않으려……."

"그만 되었다. 물러가게."

중전은 대범한 척 지밀상궁을 물렸지만 그녀가 전해준 상황에 그만 웃음보가 터졌다. 개시가 단단히 골이 났겠구나 싶어 고소해하던 중전 유씨는 옷고름이 뜯어지고 대비의 어깨에 걸쳐져 있었을 용포를 떠올렸다.

지밀상궁 말이 분명 전하께서 마음에 둔 여인이라 하였다. 그러면 혹시?

강한 의구심으로 한동안 심란했던 마음을 가라앉히던 중전 유씨는 서둘러 개시를 불러들였다. 때마침 연잎을 따기 위해 몇몇 내관들을 앞세워 문을 나서던 개시가 중궁전의 기별에 선뜻 발걸음을 돌렸다. 좋은 차가 있어 나누고자 했다는 중전의 변명에 개시는, 기다렸다는 듯 말을 흘렸다.

"궁금하신 일이 있으신지요?"

"내 김 상궁이 먼저 그리 말하니 몇 가지 알고자 하네. 달포 전 정조와 윤인의 상소가 올라왔다지? 이미 모자간의 정이 끊어졌으니 전하와 한 궁궐 안에서 대비를 지내게 할 수는 없다는 상소였다 알고 있네."

"그렇사옵니다. 하오나 전하의 답이 뜻밖이었습지요."

개시는 잠시 숨을 고르며 말을 이었다.

"상소가 심히 놀랍다. 내가 덕이 없는 몸으로 용상에 올라 자리를 더럽히면서 신민에게 죄를 지었구나. 임금 노릇이 버겁고 낯 뜨거워 땅속에라도 들어가고 싶다. 스스로 애통해할 따름이다. 그리 말씀하셨습니다."

"전하께서 정말 그리 말씀하셨단 말인가? 용상을 후회하고 계신다 그리 들리네."

"심약해지신 게지요. 숱한 국문을 몸소 행하시고 형제들을 내치는 일이 계속되니, 전하께서 아무리 강단이 있다 하셔도 버거운 일이시옵니다."

"이를 어찌하면 좋겠느냐?"

"마마! 유약해지는 전하를 다시금 강하게 세우고 세자 저하로 용상을 이어가기 위해서라도, 대비를 내칠 준비를 하셔야만 합니다. 종사의 안위를 위한 길은 그것뿐이옵니다."

인목대비를 내쳐야 한다는 개시의 다부지고 유려한 언설에 중전은 숨을 깊이 들이키며 입술을 굳게 다물었다. 무언의 동조였다.

한편 편전회의에서는 역적인 영창대군을 도성 안에 두고 왜 처벌하지 않느냐는 볼멘 불만의 소리가 터져 나왔다. 대신들이 나서면 양사가 다시 나서고 홍문관이 재계와 삼계하기를 반복했다. 정2품 이상 종실들까지 가세하였지만, 광해는 쉬이 윤허하려 하지 않았다. 영창을 처리하는 데 더 기다릴 이유가 없다고 생각한 사람들은 광해의 속내를 이해하지 못하겠다는 듯 의견이 분분했다.

사헌부와 사간원에서는 종묘사직을 지킨다는 명분을 내세우며 영창대군의 처단을 서두르라 종용하자 광해는 대사헌과 대사간을 갈아치우는 강수까지 두었다. 그러나 사직 상소는 멈출 줄 몰랐고 그 틈을 보고 있던 이이첨이 독대를 자청했다.

"전하, 역도 서양갑의 잔당들이 팔도 어디에선가 다시 힘을 규합하고 칼을 갈고 있을지도 모르옵니다. 비록 도성 안이라 하나 방심할 수 없으니, 죄인 영창의 유배처 주변 경계를 강화하소서."

영창을 궐 밖으로 내친 후 내심 좌불안석이던 광해의 심기를 건드려보려는 심사였다.

"아직 어린것이오. 그 아이에겐 세자와 대적할 배경과 힘이 없소."

"하오나 전하, 영창은 세자 저하와 겨우 여덟 살 차이이옵니다. 신의 생각으로는 영창이 장성할수록 민심이 어찌 변할지 아무도 모를 일이옵니다. 또다시 적서嫡庶를 나누어 영창을 옹립하려는 무리들이 생겨나지 않는다 단언할 수 있겠사옵니까? 원래 역모라는 것은 당사자의 의지가 중요치 않사옵니다. 그런 것이 반정인 것이지요. 하오니 부디 그 씨앗을 제거하소서."

"무엄하다. 영창은 과인을 형님으로 따르는 내 아우일 뿐이다."

"그렇지 않사옵니다. 민심이라는 것은 가볍고 얇아 흔들림이 심한 것이옵니다. 작은 생채기에도 고름이 되고 썩어 들어갈 수 있는 것이 우매한 민심이옵니다. 전하! 왜란으로 전장을 누비셨던 전하께서 백성들 마음속에 있던 불씨를 모르신다 하지는 못하실 것이옵니다. 그 불씨 때문에 선왕의 미움을 얼마나 사셨던지 잊으셨는지요? 그 당시 민심은 전하께 쏠려 있었사옵니다. 그런데 선왕께서 계비를 통해 왕자를 보게 되자 궁 안팎으로 영창대군에 대한 관심과 기대가 쏠렸던 것도 잊지 않으셨지요? 심지어 대군 아기씨가 선왕의 용모와 판박이라 말하는 무엄한 작자들이 있었던 것을 소신은 똑똑히 기억하옵니다."

잠시 잊고 있었다. 영창의 탄생으로 적서의 갈림이라는 칼날이 광해 자신을 옭아매었던 그 불안했던 시간들을……

지난 기억들이 에워싸는 정적을 깨뜨린 것은 이이첨이었다.

"전하, 세자 저하 걸림돌은 그래서 영창이라 말하는 것이옵니다. 그 걸림돌이 저절로 치워지겠사옵니까? 일찍이 세종께서 탄탄한 성덕을 펼칠 수 있었던 것은 심온(沈溫: 소헌왕후의 아버지)이 종사의 안위를 위해 기꺼이 제거되었기 때문이옵니다. 통촉하여주시옵소서."

이이첨의 말 한 마디 한 마디는 틀린 것이 없었다. 광해는 미간을 좁히며 머리로 양손을 올려 양쪽 관자놀이를 눌렀다. 세자의 얼굴과 영창의 얼굴이 교차되어 지나갔다. 이것은 옳고 그름의 차이가 아니었다.

광해의 감정의 추가 미묘하게 흔들리는 것을 감지한 이이첨은 이 정도에서 편전을 물러났다. 이설異說로 무장된 이이첨의 계산된 걸음이었고, 이제 나머지 완성은 광해가 맞춰나가야 할 놀이로 남겨둔 것이었다. 이이첨이 물러간 자리에 그가 남긴 말들이 돌무더기처럼 쌓여 남아 있었다.

합문을 나서는 이이첨과 개시의 눈이 마주쳤다. 이이첨이 눈짓을 보내자, 개시가 알았다는 듯 종종걸음으로 편전에 들었다.

"전하, 개시이옵니다. 이 대감께서 종사의 안정을 꾀할 방도를 전하께서 이미 알고 계신다 했습니다."

"네 생각도 그러하냐?"

"쇤네는 더 큰 일을 감당하셔야 할 전하가 걱정될 뿐이옵니다."

더 큰 일이라는 개시의 말에 광해는 또 무슨 일이 남았는가 싶어 관자놀이를 누르던 손가락을 멈추고 일그러진 눈으로 그녀를 바라보았다.

"지금 양사에서 시작된 상소가 육조로 번져나갈 기미를 보이고 있사온데, 그리되면 영창에서 끝나지 않을 것이옵니다. 자칫 청심재 대비에게로 화가 미치오면…… 이를 어찌 다 감당하실지……."

"말을 삼가라. 이 나라 대비이시다."

이이첨이 남겨준 이설을 개시가 이어가고 있는 것이었다. 게다가 개시는 의도적으로 인목을 끌어들이며 광해의 심중을 살폈다. 영창을 택할 것인지 인목을 택할 것인지, 자신의 물음에 대한 답을 광해에게 강요하며 때를 기다리는 개시의 눈가에 악의 섞인 장난기가 흘렀다.

"이이첨의 말대로 영창을 위리안치하고 나면 그다음에는 역적을 그냥 둘 수 없다 사사하라는 주청과 상소가 이어질 것이다. 아우까지 죽여야 하는 패덕이 나는 두렵다."

"그리해서라도 대비를 지켜드려야 하지 않겠사옵니까? 영창을 도성 밖으로 내치지 않으면 필시 대비께서도 다치게 될 것이옵니다."

대비의 안위가 위험할지도 모른다는 개시의 엄포는 또 한 번 광해의 마음에 비수를 꽂는 격이었다. 심기가 상했던지 광해의 오른쪽 눈꼬리가 심하게 위로 치켜 올라갔다. 그 모습을 지켜본 개시가 재빨리 그를 다독이는 이야기를 건넸다.

"전하께서 조정을 안정시키고 난 훗날, 영창을 다시 불러들여 대비와 함께 살게 하면 되지 않겠사옵니까?"

계속 고집을 부리다보면 조정은 마비될 것이고 만약 유생들까지 일어난다면 내 의지대로 처리할 수 있는 것이 아무것도 없다. 결국 인목을 위한 길은 영창을 도성 밖으로 내치는 길밖에 없는 것인가!

이이첨과 개시가 쥐락펴락 광해의 마음을 흔들고 있는 모양새였다.

1613년 7월 24일.
광해의 전교가 내려졌다.

> 역적 이의를 강화도로 위리안치하라. 또한 주위에 불온한 무리들이 들이닥칠지 모르니, 이의의 배소^{配所}에 담을 높이 쌓고 인근 강나루를 삼엄하게 지키게 하라. 의금부에서는 헤아려 생각할 줄 아는 장수를 당직 사령으로 정하여 한 치의 흐트러짐 없이 경계토록 하라.

영창대군이 강화도 교동으로 유배를 떠났다는 소식을 접한 인목은 명치끝이 아려오는 고통에 가슴을 부여잡고 곧 쓰러질 듯 허청거렸다.
"어마마마…… 어마마마……."
정명공주는 울음을 터뜨리며 어찌할 바 모르고 발을 동동 굴렀다.
"마마…… 대비마마…… 어서 어의를 모셔 오거라."
다급하게 소리치는 여 상궁의 말은 비명에 가까웠다.
"영창아…… 우리 영창이 강화도라니 이게……."
인목의 피 토하는 소리가 뻣뻣해진 목울대를 빠져나오지 못하고 머물러 격격 나뭇가지 부러지는 소리를 냈다. 간신히 몸을 일으킨 인목의 눈에 핏발이 가득했다.

"광해…… 이놈 광해야! 네놈이 진정 사람이더냐?"

어의가 청심재에 들었다는 전갈에 광해는 애써 태연한 척 턱수염을 쓰다듬었다. 그러나 그 손은 미세하게 떨리고 있었다.

영창이 유배된 곳도 임해군이 머물던 강화도 교동이었다. 집을 감싸며 빽빽하게 심긴 가시나무 담장은 서슬 퍼런 위협이었고, 팔월의 물빛 고운 하늘이 안을 들여다볼 틈새조차 차단됐다. 밖의 감시는 삼엄했다.

며칠 후, 강화 교동도로 향하는 뱃머리에는 바닷바람에 도포 자락을 휘날리는 한 사내가 서 있었다. 한눈에 보아도 풍채는 비정함이 서려 단단했으며, 날카로움이 뱀과 같은 눈매와 그가 입꼬리로 흘리는 음흉함은 소금기 머금은 바닷바람에 절여져 짙은 비린내를 풍기고 있었다. 오 년 전 임해군을 새끼줄로 목 졸라 교살했던 장본인, 이정표라는 자였다.

일찍이 임해가 강화도 교동에 위리안치되었을 당시 그곳의 수장이었고, 임해군을 살해하고는 병으로 죽었다고 거짓 보고했던 흉악하고 잔혹한 인물, 그런 그가 어찌 된 일인지 특별히 차송^{借送}되어 또다시 강화도 유배지의 수장으로 명받은 것이었다.

이정표가 도성을 떠나기 전 이이첨은 그에게 제법 두둑한 은냥을 건넸었다. 영창을 살해할 의도로 한양을 떠나 교동도에 도착한 그는 제일 먼저 그곳 관리인 홍유의를 회유하고자 했지만 확고한 그의 의지에 성공하지 못했다. 게다가 강화부사인 기협은 영창이 굶주리지 않고 살아갈 수 있게 때때로 음식을 보내주며 보살피고 있던 상황이었다.

그 가을은 비가 잦았다.

추적추적 내리는 가을비에 가시나무의 자잘한 잎새들이 노랗게 물들어 갈 즈음, 한양 청심재로부터 영창에게 물건이 전해졌다. 하지만 이정표가 먼저 물건을 가로채고는 단단히 동여매진 보자기를 거칠게 뜯어냈다. 순식간에 그 속에 들었던 겨울 내의와 저고리 그리고 털신이 바닥에 나뒹굴었다. 곧 한겨울 매서운 바람이 불어올 것을 염려한 어미의 정성이었다.

"필요도 없을 옷가지를 보내서 사람을 귀찮게 하는구나. 수의나 보낼 일이지…… 에잇……."

불만이 가득 찬 이정표의 목소리에 주눅이 든 영창은 얼굴이 백지장이 되었다. 저고리를 집어 들고 여기저기 살피던 이정표는 짜증을 섞어 영창에게 집어 던졌다.

"옛다. 실컷 입거라."

어린 영창은 화급히 저고리를 가슴에 품었다. 목화솜을 촘촘히 넣어 정성스럽게 누비 바느질을 한 어머니의 손길을 느끼며 어깨에 걸치자 포근한 온기가 몸을 감쌌다. 절절한 사랑과 애달픈 그리움에 눈물지었을 어머니의 냄새가 그대로 배어 나왔다. 인목의 눈물이었다. 영창은 흐르는 눈물을 의젓하게 소매 깃으로 훔쳤다.

어마마마…… 소자가 울면 어머니는 더 슬퍼하실 듯하여 이 영창은 울지 않사옵니다. 걱정하지 마소서! 호랑이에게 물려가도 정신만 차리면 살아날 수 있다 들었사옵니다. 반드시 어머님 곁으로 살아 돌아갈 것이옵니다.

자잘한 누비 바느질 땀을 따라 저고리를 매만지던 영창은 안단에 헝겊으로 고이 말아 접어 숨긴 채 바느질된 부분을 찾아냈다. 그 속에 감춰진 것을 꺼내기 위해 앞뒤를 살피던 영창은 무언가 만져지자 본능처럼 몸을 말았다. 어머니 글씨다.

> 의야! 이 저고리를 입은 너의 의젓한 모습을 보지 못하다니…… 이 어미
> 는 애통하고 애통하다. 만나지 못한 사이에 얼마나 자랐느냐? 예전 어
> 미 품속에 있던 기억을 더듬어 품을 좀 더 늘려서 네 누이와 함께 의관
> 을 지어 보낸다. 강건하거라.

 울지 않겠다 다짐하고 또 다짐했건만 영창은 아직 여덟 살이었다. 소리
내어 울지도 못하니 여린 가슴에 피멍이 맺혔다. 영창은 지워도 지워지지
않는 눈물 자국으로 작은 얼굴을 저고리에 파묻고는 잠이 들었다.

 장지문을 열어보니 구름 한 점 없이 푸르고 청청한 하늘에 꽃과 나비들
이 하늘을 날아다니고 있었다. 그 향기에 이끌려 어머니가 만들어준 저고
리로 갈아입고서 꽃나비를 따라 문밖으로 막 나서려는데 무엇인가가 강
하게 잡아당겼다. 뒤를 돌아보니 새빨간 눈을 가진 커다란 초록 뱀이 저
고리 소매 끝을 물고 놔주지 않는 것이었다. 놀라 자빠지듯 허우적거리며
문밖을 나가려 아무리 용을 써도 몸이 말을 듣지 않았다. 어머니를 눈물
로 부르며 몸을 바둥거렸지만 점점 무게가 실리더니 땅속 깊이 가라앉기
만 했다. 숨도 미처 쉬지 못하고 연신 어머니를 부르지만 입 밖으로 새어
나오지 않았다. 이를 어째…… 이를 어째……. 어린 영창은 발만 동동 굴
렀다.
 그 순간 꽃과 나비가 에워싸 안더니 하늘로 올라갔다. 저 멀리서 아버
지인 선조가 두 팔 벌려 영창을 불렀다. 꿈이었다.
 잠에서 깨어난 영창은 너무도 생생했던 기억에 초록 뱀이 똬리를 틀고
자신을 물었던 곳을 돌아보았으나 아무것도 없었다. 흠뻑 젖은 등줄기에

서늘한 기운이 돌고 이마에는 비 오듯 땀이 흘러내렸다.

하루가 지나고 또 하루가 지나 가을을 넘어 추운 겨울이 다가오고 있었
다. 눈물 마를 날이 없는 인목은 영창이 입을 옷을 만드는 낙이 삶의 전부
였다. 정명공주와 함께 한 땀 한 땀 누비는 바느질 중에 서로 눈이라도 마
주치게 되면 인목은 속내를 내색하지 않는 공허한 웃음을 지어 보였다.
그런 어미의 심정을 아는 정명공주의 눈에 눈물이 고이면 소맷자락으로
눈물을 닦아주며 부둥켜안고 한참을 울었다.

"얘야, 지금쯤 영창이 솜저고리를 걸치고 의젓하게 앉아 있겠지? 아마
바지가 오기를 기다리고 있을지도 모르겠구나. 날이 더 추워지기 전에 서
둘러야 할 텐데…… 왜 손길이 이리 더딘지 모르겠구나."

"어마마마, 소녀가 열심히 거들고 있으니 금방 완성된 바지를 볼 것이
옵니다. 그러니 어마마마께서는 이번에는 어떤 글귀를 숨겨 우리 영창을
기쁘게 해줄지 생각하소서."

"어미가 박복하니 어린 우리 정명까지 고생을 시키는구나!"

"그리 말씀 마옵소서. 이 겨울이 지나면 아우님의 키가 훌쩍 자라 있을
테지요? 이참에 봄옷을 지으면 직접 영창을 만나러 간다 하시면 어떻겠
사옵니까?"

"그래, 그래. 그러자꾸나……."

애써 참고 참았지만 눈물이 앞을 가렸다.

아가야! 진달래꽃이 피면 널 보러 가마.

인목은 한 줄의 글을 적은 서신을 말아 바지 허릿단에 끼우고 바느질로
봉하면서 또다시 복받쳐 오르는 눈물로 통곡했다. 시간이 흐르면서 인목

의 수발을 들던 청심재 궁인들은 반의반으로 줄어들었다.

갑인년(광해군 6년, 1614) 1월 13일.

해가 바뀌었다. 겨울바람이 살갗을 에이고 지나가며 쩡쩡 얼음장을 울렸다. 강화도 부사로 정항鄭沆이 부임했다. 그도 여러 해 전 이이첨의 사주를 받고 임해군 살해에 앞장섰던 공범이었다. 그 정항이 다시 강화도에 나타나자 불길한 기운이 섬 전체를 음습하게 싸고돌았다. 도착하기 무섭게 영창대군이 위리안치된 곳을 먼저 찾은 정항은 영창에게 제공되는 밥의 양을 줄이도록 했다. 그의 기분에 따라 영창은 끼니를 건너뛰어야 하는 날들이 더 많아졌다.

"역적이라도 목숨은 부지해야 하니 밥은 주겠지만 찬까지 주는 것은 호사 아닌가!"

매번 온갖 행패를 부리던 정항은 심지어 밥 위에 흙을 뿌리고는 나박김치라 하고, 재를 뿌리고는 깨소금이라 하며 밥과 함께 섞어 디밀곤 하였다. 도저히 목으로 넘길 수 없는 것이었다.

"몹시 배가 고프오. 제발 내게 맨밥이라도 좀 주시오."

영창의 목소리에 기운이라곤 찾을 수 없었고 얼굴은 핏기를 잃어가다 못해 누렇게 떴다. 이런 영창을 불쌍하게 여긴 수직守直 병사가 보다 못해 주먹밥을 들여보내주었다가 들켜 곤장을 맞고는 쫓겨났다. 살벌하고 험악한 분위기는 어느 누구도 영창을 보호하지 못하게 했다.

1614년 2월 10일.

잿빛 하늘이던 교동도 산골짜기에 눈발이 날리기 시작하였다.

무슨 일인지 정항의 움직임이 분주해지는가 싶더니 영창이 거처하는 방 아궁이에 불이 지펴졌다. 평소에는 냉기만 간신히 면할 정도로 군불을 지폈었지만 오늘따라 아궁이 옆에는 나무 장작이 수북하게 쌓였다. 여러 날 전부터 정항의 심술로 인해 곡기라고는 입에 대지도 못했던 영창은 인목이 보내주었던 저고리를 껴입은 채 읽고 또 읽어서 꼬질꼬질하게 해진 서신을 손에 쥐고 쓰러져 있었다. 눈물 자국과 콧물 자국으로 그을린 얼굴은 땟물로 얼룩이 져 있었고 입술은 부르터 고름이 맺히면서 생긴 쓰라림은 이루 말할 수 없을 지경이었다. 곱디고왔던 여린 손등은 얼고 갈라져 꺼칠했다.

불을 지피는 이정표의 옆을 지키고 서서 툭툭 발길질하듯 아궁이에 장작을 들이밀던 정항은 청심재에서 인편으로 영창에게 보낸 작은 함이 도착하자마자 억센 손으로 풀어헤쳤다. 그 속에서 곱게 수까지 놓아 잘 누빈 옷가지와 버선이 나오자 그는 귀찮다는 듯 대충 여미더니 장작더미 옆에 던져두었다. 영창이 있는 방구들은 이미 뜨거워질 대로 뜨거워져 공기가 방 안 가득 채워지고 있었다. 영창은 불덩이가 된 방바닥에 몸을 대지 못하고 윗목에서 아랫목으로 아랫목에서 윗목으로 연신 발을 굴렀다. 피할 곳을 찾아 이리저리 방 안을 헤집고 다녔지만 열기를 피할 곳은 어디에도 없었다. 숨조차 쉴 수 없을 정도로 공기가 매캐하고 눈알이 따끔거리자 영창은 애원했다.

"아무도 없소? 방이 뜨겁소. 문을 열어주시오. 제발 문 좀 열어주시오."

영창은 절박하게 방문을 두드렸지만 아무런 대답이 없었다. 이정표가 이미 방문을 나무로 막고 대못을 쳐놓아 안에서 아무리 밀어도 꿈쩍이지 않았다. 영창은 저고리를 벗어 바닥에 깔고 그 위에 올라서서는 자신의 머리보다 높은 창틀을 붙들고 간신히 버텼다.

"숨이 막혀 죽을 것만 같소. 밖에 아무도 없소. 살려주시오. 나 좀 살려주시오."

시간이 지날수록 방은 불이 붙은 것처럼 열기를 더했지만 문은 열리지 않았다. 더는 버틸 힘이 없었던 영창은 축 늘어진 채 모든 걸 포기한 듯 불덩이 같은 방바닥에 쓰러졌다.

"어마마마…… 의를 좀 살려주세요."

이따금 정신이 들 때면 간신히 몸을 뒤척이는가 싶더니 손톱으로 벽과 방바닥을 긁어대는 소리가 장작 태우는 소리에 묻혀 타닥타닥 불씨를 세고 있을 뿐이었다. 영창은 마지막인 듯 사력을 다해 문고리를 잡아당겼다. 장작불로 달궈진 바닥에 살이 익어가는 냄새가 진동했다.

"뭣들 하느냐? 장작을 더 집어넣지 않고……."

미친 듯이 수직 병사들을 닦달하는 정항의 각진 얼굴에 살기가 돌았다. 그의 입술은 웃고 있었다. 정항이 청심재에서 보낸 바지저고리와 버선마저 아궁이 속으로 집어 던지자 불길은 더 거세게 치솟았다.

얼마나 지났을까! 방 안에서는 어떠한 인기척도 들리지 않았다. 화염은 그렇게 어린 영창의 가엾은 영혼까지 모두 태우면서 긴긴밤이 지나갔다. 영창의 나이 겨우 아홉 살이었다.

두 개의 태양

청심재 추녀 끝에 보초를 서듯 고드름이 길게 늘어섰다. 한낮 겨울 햇살을 받아 고드름은 보석처럼 영롱했고 고드름 끝마다 물방울이 맺혀 한 방울 두 방울…… 천천히 떨어지고, 그 아래 봉긋하게 솟은 고드름똥은 각기 떨어지는 물방울들을 받아내느라 투명한 소리를 내고 있었다. 이전에는 어린 궁인들이 고드름을 입에 물고 빠느라 그 끝이 뾰족할 새가 없었는데 지금은 옛말이 되었다. 자의든 타의든 하나둘 청심재를 빠져나간 궁인들의 수가 반이 넘었으니 뜰 안은 쥐 죽은 듯 조용하고 한갓졌다. 그렇게 청심재의 겨울은 지나가고 있었다.

영창이 죽었다는 장계가 올라왔다. 광해는 이이첨부터 찾았다.
"어찌 된 일이더냐?"
"천명에 따라 수를 다한 것이옵니다."
"천명이라고? 과인이 그 말을 그대로 믿을 정도로 어리석게 보이더냐?"
정항을 강화부사로 이정표를 그곳 수장으로 임명할 때 이미 영창의 죽음은 예견되어 있었다. 언젠가는 알게 될 일이다 싶었던 이이첨은 교동도에서의 일을 사실대로 전했다. 숨기거나 보탤 일도 아니었다.

　친형인 임해군을 목 졸라 죽이고 아우 영창은 뜨거운 열에 쪄 죽게 하다니…… 이런 걸 바란 것은 아니었어…… 죽음 자체가 너무 참혹하다.

　영창의 최후를 전해 들은 광해는 난감하고 당혹스러웠다. 비참하고 참혹한 죽음은 그가 원하던 모습이 아니었다. 가장 먼저 인목의 눈빛이 떠올랐다. 앞으로 어찌 마주해야 할지…….
　"이번 일은 함구하라. 절대로 대비전에 알려져서는 안 된다."
　"하오나 전하, 소문은 발보다 빠른 법이옵니다."
　이이첨은 터져 나오는 실소를 애써 목 안으로 삼켰다. 지금이라도 당장 대비전으로 달려가 이 사실을 알려주고 싶었기 때문이다.

　세월의 흐름을 막을 수 없듯 소문은 바람을 타듯 궁궐 안 구석구석 퍼져 나갔다. 조정은 또다시 시끄러워졌다. 지평 김몽호, 정언 이용진, 대사간 윤선, 헌납 손척은 영창의 죽음을 놓고 잣대를 들이댔다. 역적임에도 형신 한 번 가하지 않고 저리 죽게 둔 것은 당대의 웃음거리이자 후세의 비판을 받게 될 일이라며 분하고 원통해서 스스로 머리를 깨부수어 자살하고 싶다는 극단적인 상소를 올리며 연이어 사직을 청해왔다.

　무서운 자들이다. 왕인 나와 역적을 낳은 대비가 한 궁궐 안에서 지낼 수는 없는 일이라며 양사가 나서서 사직 상소를 올려대더니, 이제는 국문을 생략하고 유배를 보냈던 영창의 죽음이 당대의 웃음거리가 된다며 죽고 싶다 사직 상소를 올리다니…… 이는 과인을 책망하고 위협하는 일이 아니고 무엇인가! 어쩌다 조정이 이 지경이 되었단 말인가! 끝을 모르는 자들이다.

입을 맞춘 듯 달려드는 저들의 무모하고 뻔뻔한 행태에 그만 광해는 좌절했다. 무거운 곤룡포를 훌훌 벗어던지고 싶었다. 광해가 그리 입단속을 시켰는데도 비보는 청심재에까지 전해졌다. 비밀스럽게 영창의 겨울 의복을 전달하러 강화도로 보냈던 늙은 내관에 의해서였다.

아궁이에 밤새 장작불을 놓아 숨이 막히도록 불덩이가 된 뜨거운 구들방에서 홀로 고통스럽게 죽어간 영창의 소식에 인목은 들고 있던 약사발을 떨어뜨려 깨진 것도 모른 채 넋을 잃었다.

"내 아이가…… 내 자식이 불에 데어 죽다니 이럴 수는 없다. 정녕 이럴 수는 없다. 거짓말이야. 다 거짓말인 게야."

사람을 쪄 죽이는 증살蒸殺이었다. 조선 역사상 한 번도 들어보지 못한 형벌이었고 불구대천 염라지옥도에서나 들을 법한 끔찍한 비보였다.

"얼마나 뜨거웠느냐? 얼마나 무서웠느냐? 얼마나 고통스러웠느냐? 아가야…… 이 어미가 너를 지키지 못하였구나!"

너무도 기가 막힌 비보에 눈물도 흘리지 못한 채 인목은 피 토하듯 절규하기를 반복했다.

"어느 놈이냐? 어떤 대역무도한 놈이 영창을 그리 하였단 말이냐?"

잠시 정신이 드는가 싶었던 인목은 서슬 퍼런 눈매로 내관을 독촉했다. 정신줄을 놓아버리지 않으려 입술을 깨물며 스스로를 깨우는 인목이었지만 아랫니와 윗니가 부딪혀 심하게 떨려오는 것을 막을 수는 없었다.

"강화부사 정항이란 자이옵니다."

내관은 인목을 차마 바라볼 수 없다는 듯 이마를 땅에 대고 낮은 소리로 전했다.

"그놈이 대군 아기씨 계신 방 앞에 장작을 허리 높이까지 쌓아놓고는 아랫것들에게 더 집어넣으라 닦달을 하였사온데……."

"우리 영창은…… 그 아이는 그 방에서 나오지 않고 무얼 한 게냐?"

"그것이…… 대군 아기씨 거처 방문을 밖에서 모조리 못을 쳐놓은지라 빠져나오지 못하시고 그만…….'

"이럴 수가…… 어찌 사람으로서 그렇게 잔인한 짓을 할 수 있단 말이냐? 우리 영창…… 그 아이의 목소리는 듣지 못했느냐?"

"어마마마를 부르며 울부짖는 소리를 더는 들을 수 없어 뛰어들고자 했으나 그자들이 제 팔다리를 놓아주지 않아…… 마마…… 죽을죄를 지었사옵니다."

인목은 더 이상 듣지 못하고 혼절하고 말았다.

시간이 얼마나 흘렀을까! 어마마마를 부르는 소리에 간신히 눈을 뜬 인목 옆에 정명공주가 눈물을 떨구고 있었다.

"우리 영창에게 입히려고 어머니와 제가 밤을 지새우며 만들었던 의관이 영창과 마지막을 함께했다 합니다."

"이건 또 무슨 소리냐?"

인목은 곁을 지키는 나인을 바라보며 물었다.

"마마께서 혼절해 계시는 동안 노 내관께서 방바닥에 머리를 찧으시며 자신의 팔다리를 잘라버리고 싶다 하였습니다. 대군께 전하려던 의복이 대군마마의 손에 닿기도 전에 아궁이에 던져졌는데 그것이 불길을 보태어 대군 아기씨께 해를 가하는 데 일조했다시며……."

"허…… 헉…… 허……."

인목은 입을 다물지 못하고 헛웃음만 뱉어냈다. 어미라는 사람이 아들의 죽음에 일조했다니…… 아들의 수의를 만든 꼴이라니…… 비틀비틀거리며 간신히 몸을 일으킨 인목은 들창문을 활짝 열어젖혔다. 그러고는 한참을 멍하니 하늘을 바라보다 주저앉아 다리를 뻗고 엉엉 울었다.

그 이후 인목은 방바닥이 조금이라도 뜨거우면 영창이 죽는다고 속옷 차림인 것도 잊은 채 물을 길어와 방바닥 위에 뿌렸다. 한밤중에 맨발로 청심재 뜰을 헤매다가 나무 기둥을 붙들고 영창을 살려달라고 애원하는 인목을 목격했다는 궁인들이 하나둘 늘어났다. 매일 밤 인목의 다리에 피멍이 비치고 버선도 신지 않은 맨발바닥에는 흙이 짓이겨져 있었지만 인목은 그대로 침소에 쓰러지기 일쑤였다.

대비가 실성했다. 이 해괴한 소문은 대전과 중궁전에도 전해졌다.

그림자처럼 인목을 지근에서 지키고 있는 음영을 통해 이미 그녀의 근황을 알고 있던 광해였지만 달리 손을 쓸 수 있는 것이 없었다. 내색할 수 없는 안쓰러움만이 청심재 하늘 위로 자꾸만 눈길을 더했다.

그녀만이라도 보호할 수 있는 방법이 없을까? 줄이어 올라오는 사직 상소와 끊임없는 주청을 피하고 인목에게로 향하는 칼날을 무디게 할 수 있는 일은 무엇일까? 그녀를 버리면 되는 것일까?

경운궁에 그녀를 남겨두고 내가 창덕궁으로 이어한다면 어떨까? 겉으론 모질어 보이나 그 안은 그녀가 숨을 쉴 수 있는 유일한 공간이 될 수도 있지 않을까! 배신감에 치를 떨고 있을 인목을 더 답답하고 더 조급하게 할 수는 있으나 그녀에게 더 이상의 화가 미치지는 않을 것이다.

어쩌면 이것이 그녀를 보호할 수 있는 최선의 방책일지도 모른다.

그녀를 보호할 수 있을지도 모른다는 바늘구멍만 한 계책에 확신이 든 광해는 입을 굳게 다물며 쓸쓸한 웃음을 지었다.

1614년 4월 2일.

"듣거라. 과인은 창덕궁 인정전으로 이어할 것이다. 하나 대비는 이 경운궁에 남겨둘 것이다. 앞으로 이곳 경운궁을 서궁西宮이라 부르고 경계를 강화하여 외부인의 출입을 전면 금하도록 하라."

대비를 서궁 깊숙이 유폐하겠다는 광해의 이 한마디에 사직 상소는 사라졌고 더 이상 이의를 제기하는 사람도 없었다. 그러나 인목을 내쳐 보호하려는 광해의 생각을 읽은 단 한 사람은 개시였다. 때를 읽은 듯 개시의 움직임이 빨라졌다.

실성한 인목이 서궁에 유폐된 지금이야말로 그녀를 없앨 수 있는 절호의 기회다.

개시는 이이첨에게 짧은 글을 보냈다.

지금입니다. 그믐에 행하소서.

광해의 속내를 읽었다며 의기양양해진 개시는 너무 자만했다. 상선을 통해 개시의 음모를 광해가 알게 되리라고는 꿈에도 생각하지 못했다.

"음영이냐?"

"그림자이옵니다."

"돌아오는 그믐날이다. 살수들이 청심재로 움직일 것이니 서두르거라."

편전 기둥에 기대어 밤하늘을 올려보던 광해는 혼잣말처럼 나지막이 중얼거렸다.

"존명."

어디선가 낮은 메아리처럼 들리는 음성과 함께 방 그림자 사이로 검은 바람이 스쳐 지나갔다.

불빛이 없다면 가까이 있는 사람 얼굴조차 구분할 수 없는 칠흑 같은 밤이었다. 광해는 중궁전이나 후궁 처소에도 가지 않은 채 일찍 잠자리에 들었다. 그 시각, 개시는 나인에게 목욕물을 덥히라 일렀다가 이내 마음을 바꿔 자신의 처소로 술상을 봐오게 하였다. 아침이면 피를 흘리며 죽어나간 인목의 소식을 듣게 될 것이라는 기대감이 감출 수 없는 웃음과 홍조 띤 얼굴에 그대로 드러났다.

전하! 연모하셨사옵니까? 절대 아니 될 일이지요. 세상이 웃을 일이옵니다. 그리고 전하 곁에 이 개시를 두고 딴 계집을 바라보는 일은 용납될 수 없는 일임을 이번에 확실히 깨닫게 될 것이옵니다. 이 조선은 전하와 제 것이니까요.

복면을 한 자객들이 야음을 틈타 서궁으로 빠르게 접근해가고 있었다. 초이틀 삼경쯤 자란 엄지손톱 같은 그믐달이 구름 속에서 흔들렸다. 이들은 빠르게 인목이 잠들어 있는 침실 앞에서 칼을 뽑아 들었다. 소리 없이 침실 문이 열리려는 순간 어디선가 갑자기 단도가 날아와 자객 중 한 놈의 정강이에 꽂혔다. 한쪽 무릎을 꿇으며 주위를 살필 새도 없이 또 한 놈의 어깻죽지를 칼날이 스쳐 지나갔다. 피가 위로 솟구쳤다.

서궁의 아침은 비명으로 시작되었다. 흰 창호지며 문이며 마룻바닥에 피가 홍건했던 것이다. 서궁에 자객이 들었다는 전갈은 이내 창덕궁에도 전해졌다. 음영을 통해 밤새 서궁에서 일어난 소동을 이미 알고 있었던 광해는 여느 날보다 더 느긋하게 편전을 나와 일부러 개시부터 찾았다.

"무슨 일이더냐?"

"전하, 서궁 대비의 침실에 자객이 들었다 하옵니다."

"자객이…… 대비는 어찌 되었다 하더냐? 속히 의금 부사를 들게 하라. 어느 놈의 소행인지 내 철저히 조사할 것이다."

목소리는 당황한 듯하나 얼굴 표정은 침착하기만 한 광해의 용안에 개시는 화가 났다.

이미 알고 있었던 것인가?

개시는 자신이 배후였다는 속내를 들킨 것 같아 분하면서도 실패로 돌아간 것을 믿을 수 없었다. 대전을 물러 나온 개시는 생각에 잠겼다.

어찌 된 일인가? 갑자기 어디선가 나타난 자로 인해 자객들은 치명상을 입고 도주했다. 이이첨이 분명 이들은 조선 최고의 살수들이라 하지 않았는가? 그렇다면 자객이 들 것이라는 것을 이미 알고 있었다는 것이다. 이이첨과 나만이 알고 있는 일인데…… 도대체 어디서부터 무엇이 잘못된 걸까?

지난밤 자객이 침입한 일에 인목은 치를 떨었다. 자신의 숨통을 향한 칼날이었기 때문이다. 차라리 그 칼끝에 목숨을 내어놓았다면 외롭게 구천을 떠돌고 있을 어린 영창을 만날 수도 있었을 것이란 생각에 망연자실했다. 구천에서 외로움과 두려움에 눈물로 얼룩져 있을 영창의 고통스러운 얼굴이 떠올랐다. 얼마나 서럽고 무서웠을까? 이 모진 세월 염치도 없이 어미는 목숨을 부지하고 있구나! 친정 가문을 풍비박산 나게 하고 대를 이을 자손 하나 건지지 못하게 만든 이 불효를 어찌 갚는단 말인가! 살아야 할 이유가 없어졌다. 비록 죄 없이 죄인이 되고 말았으나 죽음으로

써 죄를 씻어야 할 것만 같았다.

차라리 훌훌 털고 가자.

의녀가 잠시 자리를 비운 틈을 타 인목은 자리에서 일어났다. 한쪽 벽면
에 걸려 있는 금박을 입힌 소고의溯考衣를 잠시 매만지던 인목은 옆에 있는
문갑장을 열었다. 그리고 선조의 국장 중에 입었던 상례복 치마를 찾아낸
인목은 옷단을 송곳니 사이에 끼어 물고 손으로 찢어내 여러 가닥을 만들
었다. 옷감 찢어지는 소리가 정적을 가를까 염려되어 소리를 낮추다보니
가닥을 만드는 일은 더뎠다. 더군다나 눈물 콧물로 적셔진 천은 더 질겨
져 쉽게 찢어지지 않았다. 그렇게 찢어낸 천 가닥을 이은 다음 목을 매달
기 위해 방 안을 이리저리 헤매던 인목은 열려 있는 경대 거울에 비친 자
신의 얼굴과 마주쳤다. 그 속에 비친 눈빛은 열아홉 꽃다운 나이에 설레는
마음으로 궁을 들어서던 어린 왕비의 총총하던 눈빛이 아니었다.

의야…… 어미가 곧 가마.

궁 밖으로 끌려가는 영창의 모습과 부르짖던 소리가 생생했다. 그 환청
을 따라 들보에 목을 매달려는 순간 날카로운 비명이 서궁을 울렸다. 정
명공주였다.
"어마마마…… 아니 되옵니다. 어마마마, 소녀도 데려가세요."
정명의 다급한 비명과 함께 두 뺨을 타고 쉴 새 없이 흐르는 그렁그렁
한 눈물이 인목을 붙잡았다. 정명의 뺨을 비비는 인목의 두 눈에 끊임없
이 눈물이 솟았다. 내 살붙이…… 내 희망…… 정명을 잠시 잊었더랬다.
인목은 양쪽 어금니를 깨물었다.

내가 여기서 목을 맨다면 이 어린 공주는 어찌 될꼬…… 의야…… 네 누이를 어쩌라! 살아야 한다. 살아서 공주만이라도 지켜주어야 한다. 이대로 있다가는 공주도 죽은 목숨이나 마찬가지다. 지금 흘리는 눈물은 생명의 불씨여야 한다.

절망에서 알불이 살아나듯 인목은 마음을 다잡았다. 정작 자리보전하고 누운 것은 개시였다. 인목을 없애려던 계획이 무산된 분함도 컸지만 다 알고 있는 듯한 광해의 눈빛을 마주하기 두려웠던 탓도 있었다. 광해도 서너 날 말미를 얻어 쉬고 있는 개시를 찾지 않았다. 얼마 지나지 않아 이 소원해진 침묵을 깨뜨려준 것은 중전이었다.

"찾으셨습니까? 중전마마!"

"어서 오시게. 김 상궁! 몸은 좀 어떠한가?"

눈으로는 웃고 있는 중전이지만 마치 자신을 떠보는 듯한 기분에 개시는 속이 편치 않았다.

중전도 내가 벌인 일을 알고 있는 게 아닐까?

"전하께서 창덕궁으로 이어하신 후 그 어느 때보다 정사를 돌봄에 성심을 다하시니 이런 것을 태평성대라 하는가보네."

중전 유씨의 반색에 대답 대신 개시는 고개를 흔들었다.

"그 옹골차기만 하던 여인네 김 상궁이 왜 이리 의기소침해져 있는 겐가? 몸이 아직 성치 않은 게야?"

내가 한 짓인 줄 정말 몰라서 물으신 겁니까? 전하의 마음을 훔치고 있는 인목이 밉고 질투가 나 죽여버리려 했다 이 말입니다.

전에 없던 중전의 자상한 속내를 읽은 개시는 소리치고 싶었지만 서둘러 감정의 문을 닫아걸었다. 중전이 내민 찻물을 뜨거운 줄도 모르고 목 안으로 털어 넣었다.

을묘년(광해군 7년, 1615) 2월 11일.

영창이 죽은 지 일 년이 지나고 있었다.

지방에서 해괴한 내용의 장계가 올라오기 전까지 영창과 관련된 이야기는 수면 아래로 가라앉는 듯했다. 하지만 어느 날 위원渭原 고을에서 올라온 '개가 새끼를 낳았으나 머리는 하나에 몸통과 꼬리가 둘에 발은 여섯이다'라는 장계 내용은 모두를 기겁하게 했다. 이런 괴상망측한 일은 여기서 그치지 않았다.

그로부터 한 달 후 강릉 경포대 앞 호수의 바위가 저절로 이십 보쯤 자리를 옮겨 갔다는 믿지 못할 이야기와, 남원南原에서는 몸 하나에 머리가 둘인 송아지가 태어났다는 괴이한 소식이 조정에 전해진 것이다. 사람들은 영창의 억울한 죽음이 불러온 상서롭지 못한 징조라 여겼다.

광해는 악몽에 시달리고 있었다. 눈을 감으면 서거한 부왕 선조가 나타나 머리채를 끄잡았다. 영창과 선조가 똑같은 얼굴로 자신을 내려다보기 일쑤였다. 입을 벌리고 웃어 보이는 영창의 입안으로 옥새가 빨려 들어가고 있었다. 그 옥새를 잡으려 발버둥 치다 꿈에서 깰 때면 광해는 점점 미쳐가는 듯 광기를 토해냈다.

그러고 나면 광해의 관심 초점은 언제나 서궁으로 향했다. 서궁을 지키는 병사들을 갈아치우고 겹겹이 자물쇠를 채워놓는가 하면 병조 당상관을 직접 서궁으로 보내 검찰하게 하였다. 그것도 부족했던지 사헌부의 관원으로 하여금 밤낮 번갈아 번을 서게 하는 일들이 이어졌다.

세월은 사람들의 이야기 속에서 두세 걸음 걷다 쉬었다를 반복하며 느릿느릿 흘러갔다. 그렇게 계절이 바뀌면서 열 걸음 스무 걸음으로 너끈히 담을 넘으며 지난 시간의 자취를 지워갔다. 변함없이 창덕궁 안에서 푸르름을 뽐내고 서 있는 아름드리 느티나무만 세월의 흔적을 품고 있는 것 같았다. 윤달이 든 팔월은 덥고 지루했으며 매미 소리가 요란했다. 찌는 무더위에 너도나도 손바람을 일으키며 더위를 쫓고 있었지만 개시는 귀하디귀한 얼음을 볼에 비비며 날씨가 무덥다 짜증을 부렸다.

올해는 윤팔월이라 한가위가 두 번 찾아오니 이참에 점괘나 볼까!

무료함이나 달래볼 심사로 젊은 호위 내관 둘을 앞세운 개시는 서소문 밖 늙은 당골 무녀를 찾았다. 인목 암살 실패 이후 개시는 전에 없던 불안감에 이이첨에게 부탁해 무술하는 호위 내관을 대동하고 다녔다.

"마마님, 점괘가 예사롭지 않사옵니다."

"무슨 소린가?"

"분명 하늘에 태양은 하나이어야 하온데 어찌 된 일인지 태양 뒤에 또 다른 태양 하나가 빛을 숨기고 있습니다."

"두 개의 태양?"

"분명 왕의 기운이온데……."

"주상 전하와 세자 저하, 두 분의 왕기일 것이다. 다시 보거라."

개시는 당연하다는 듯 혀를 찼다.

이년도 신기가 다했나보군.

개시의 속마음을 읽었던지 무녀는 조금 과장되게 언성을 높였다.

"창덕궁 서쪽에서 빛이 보입니다."

"서쪽? 서쪽이라면 이미 죽은 영창의 외가가 있었던 곳인데? 영창이 죽지 않고 살아 있다는 것이냐?"

"분명 살아 움직이는 기운이기는 하오나⋯⋯ 그는 아닌 듯하옵고⋯⋯."

순간 전광석화처럼 개시의 머리를 스치고 지나는 것이 있었다. 그동안 잊고 있었던 인빈의 아들 정원군이었다. 그가 머무는 새문동塞門洞은 정확히 창덕궁 서쪽에 있었다. 그렇다면 정원군 사가에 왕기를 가진 자가 있단 말인가! 인빈 김씨는 일 년 전 가을에 세상을 떴다.

서둘러 자리를 털고 일어난 개시는 용하다는 또 다른 점쟁이를 수소문했다. 그러나 점괘는 역시 마찬가지였다.

"사람을 풀어 사대문 밖에 제법 신기가 있을 법한 점쟁이들을 모조리 찾아내서 이들로 하여금 창덕궁 서쪽에 왕기가 있다는 소문을 퍼뜨리게 하라. 궁인 신분은 철저히 감추어야 할 것이다."

개시는 손아래 궁녀들에게 은낭을 건네주며 행동에 옮기도록 했다.

개시의 움직임을 늘상 주시하고 있던 이이첨은 콧수염에서 턱수염으로, 턱수염에서 콧수염으로 손길을 옮기며 다가오게 될 피바람을 예상하고 있었다.

비틀어야 제맛이라며 함께 장단을 맞추던 세상을, 이제는 저 혼자 비틀고 있다니 그년⋯⋯ 많이 컸구나!

악은 악의 기운을 부른다 했던가! 진사에 합격하여 성균관에서 수학 중인 소명국蘇鳴國이란 자가 있었다. 학문은 뒷전이고 남을 험담하고 곤경에 빠뜨리는 즐거움에 빠져 밤낮으로 간사한 일을 꾸미는 그는 자신을 위한 일이라면 가리지 않았다. 음흉한 꾀를 부려 이익을 취하고 그게 여의치 않으면 상소까지 올려 반드시 해코지를 하곤 했다. 성균관 유생들은 그의 소행에 넌더리를 내며 기피했고 참다못한 동향^{同鄉} 익산^{益山} 선비들이 연명하여 그의 죄를 물어줄 것을 청할 정도였다. 보다 못한 사간원에서 그의 죄상을 광해에게 고하자 광해는 소명국을 의금부에 하옥하고 문초하게 했다.

"세상에 이런 법이 어디 있단 말이오? 나는 억울하오. 무슨 죄로 죽이려 하는지 알고나 죽읍시다. 내 입을 막아야 할 일이라도 있단 말이오?"

"네놈이 정녕 간땡이가 부었구나! 네놈 소행이 얼마나 치졸하고 악의에 찼던지 만인이 몸서리치며 하소연하는데 너는 아직도 그 죄를 모른단 말이냐?"

아무리 죄가 없다 발버둥 쳐도 의금부에서 빠져나갈 방도가 없어 보였던 소명국은 특유의 간악함으로 제 살길을 찾고자 했다.

"내가 역모를 고변한다면 나를 살려주시겠소이까?"

역모라는 말을 불쑥 뱉어놓고 그는 스스로에게 감탄했다.

창덕궁 서쪽에 왕기가 있다는 소문은 남대문 밖까지 전해져 저잣거리마다 삼삼오오 모이면 쉬쉬 그 얘기뿐이니 그 소문에 역모만 가져다 붙인다면 죽다 살아난 영웅이 되는 길은 한순간일 것 같았다.

"역모라고……? 음흉하기로 소문난 네깟 놈의 수작을 모를 줄 알았더냐? 형장이 춤을 춰야 정신을 차리겠구나!"

"수안 군수 신경희, 장령 윤길, 정언 양시진이 반역을 꾀하려 하고 있소이다. 내가 그 역모를 눈치채자 나를 죽이려 모함하는 것이오."

"무어라? 한 치의 거짓이 없어야 할 것이다. 그놈들이 누구를 앞세운 것이냐?"

"능창군 이전^佺이오."

죽기를 각오하지 않으면 실명을 거론하지 못하는 법이다. 아무리 음흉하다 하나 역모는 쉽게 거론할 수 있는 것이 아니었기에 사람들은 그가 실성했거나 또는 살기 위해 진실을 이야기한 것이라 생각했다. 이 소식은 의금부를 통해 대전에 고해졌다. 그러나 광해는 소명국이란 자에 대해 반감이 컸던 터라 그의 고변을 믿지 않고 물리쳤다. 역모라 운을 뗐음에도 아무런 반응이 없자 마음이 급해진 소명국은 박응서의 옥중 상소를 떠올리며 상소를 올렸다.

> 신경희가 신에게 이르기를 '새문동에 서려 있는 왕기를 능창군이 고스란히 받고 있다. 선왕과 빼닮아서 범접할 수 없는 대왕의 풍모에 출중한 문무까지 겸비한 능창군이야말로 이 혼란스러운 나라를 구할 진정한 군왕이다'라며 윤길, 양시진과 함께 서궁에 유폐된 인목대비를 빼낸 후 능창군을 새 국왕으로 옹립하려 하였사옵니다.

광해의 감정을 미세하게 긁어댄 상소는 적중했다. 무엇보다 인목대비를 뒷배로 하여 모반을 꾸민다는 상소의 내용이 그의 심중을 요동치게 했다.

"이런 처 죽일 것들! 당장 능창과 그 일당들을 모두 잡아들여라."

추상같은 어명이 대전을 갈랐다. 서릿발 같은 음성의 광해는 얼마나 분개했던지 용상에 앉지도 못하고 발을 굴렀다.

곧 굿판이 벌어지겠구나! 그렇다면 나는 구경이나 하며 떡이나 먹자.

생각지도 않았던 또 한 번의 기회에 개시는 쾌재를 부르며 얼굴도 모르는 소명국에게 감사해했다. 형신을 참지 못한 신경희는 능창군을 옹립하여 모반을 꾀하려 했다고 거짓 토설을 하며 관련자로 새로운 인물들을 줄 줄이 엮어내면서 옥사는 생각보다 점점 커져갔다.

생각할수록 울화가 치민 광해는 국문장에 직접 나아가 능창군을 친국 하였다.

"신경희와 한통속이 되어 역적모의를 하면서 비천한 것들로 하여금 과 인의 관상과 사주를 점치게 한 적이 있더냐?"

"전하, 이 조카는 전혀 모르는 일이옵니다. 간사하고 음흉한 자가 꾸며 낸 무고임을 현군이신 전하께서 모르실 리 없지 않사옵니까? 억울하옵니 다. 통촉하여주시옵소서."

"네놈에게 내가 혈육이기는 한 게냐? 네놈이 왕이 되면 사십 년 동안 치 평治平할 임금이란 소문을 만들며 역모를 부추긴 것을 과인이 모를 줄 알 았더냐? 괘씸한 놈! 과인이 네 할미와 네 혈육들을 그리 보살폈건만 은혜 도 모르는 짐승 같은 놈!"

광해는 분을 참지 못하고 고래고래 소리쳤다.

"그런 적이 없사옵니다. 할머님(인빈 김씨)께서는 늘상 주상께서는 현군 이시니 종친으로서 사직에 누가 되어서는 절대 안 된다 누누이 당부하셨 기에 자손 된 도리로 가슴 깊이 새기며 몸을 낮춰 살고 있사옵니다. 그런 데 역모라니요? 망측한 말씀 거두소서."

"듣기 싫다. 역모의 낌새를 미리 알아챈 소명국의 입을 막으려 한 것을 과인이 다 들어 알고 있으니 더 의심할 여지가 없다. 네놈을 용서치 않을 것이야."

장독을 이기지 못한 신경희, 양시진, 윤길 등이 차례대로 죽어나갔다. 형신은 광해의 분노를 그대로 담은 것처럼 가혹하고 끔찍했다. 그러나 능 창군이 역모에 연루되었다는 증좌가 뚜렷하지 않으니 무작정 죄를 주어서는 안 된다며 나서는 대신들이 하나둘 늘어갔다.

　셋째 아들 능창군을 구하기 위해 동분서주하는 정원군의 부성애는 눈물 없이 볼 수 없을 정도로 애절했다. 큰아들 능양군(훗날 인조)과 둘째 능원군을 앞세워 능창군을 구하고자 식음도 전폐하고 뛰어다녔다. 억울한 무고임을 밝히며 조정의 실세들을 찾아다녔지만 이들의 반응은 차갑고 냉정했다. 문창부원군 박승종에게 무릎까지 꿇고 매달렸지만 박승종은 다시는 찾아오지 말라며 의절을 선언했다. 그 하루가 일 년 같았고 아비규환 지옥문 앞에서 헤매는 듯한 나날들이 지나가고 있었다.

　겨울로 접어든 스산하고 차디찬 바람이 코끝을 스치는 십일월 십일, 광해는 능창군을 강화도 교동도에 위리안치하라 명하였다.

　교동도에 부는 찬바람은 차라리 서글프도록 매서웠다. 하루에 하루를 더할수록 그 바람 끝에 실리는 살기가 능창의 몸과 마음에 엄습해왔다. 영창대군이 증살되었던 냉기 서린 방 한가운데 능창이 드러누웠다. 등골은 서늘하고 영창의 절박하고 처절했던 비명이 들리는 듯해 눈물을 멈출 수가 없었다.

　이곳에서 임해군이 죽었다. 어린 아홉 살 영창대군도 잔인하게 죽임을 당했다. 언제쯤 이 방구들이 뜨겁게 달궈질까! 나 또한 죽음을 면하지 못할 것이다.

　석회수石灰水로 지은 밥에 모래와 흙이 섞여 끼니로 나왔다. 도저히 먹을 수가 없는 밥이었다. 곁을 지키는 관동官僮인 수생壽生이 자신이 먹던 밥을 몰래 나누어 주었지만 곧 들키고 말았다. 이 사실을 알게 된 수장은 수생을 가시 문밖으로 내쫓아 가까이에서 밥을 먹지 못하게 하였다.

"나리, 방 안에 옷을 펼쳐놓으시고 방문을 열어두시면 소인이 왔다 갔다 하는 척하면서 주먹밥을 슬쩍 던질 것이니 그것으로라도 요기를 하십시오."

"나 때문에 네가 굶어서야 되겠느냐? 너까지 그럴 필요는 없다."

"아닙니다. 우선 살아남으셔야 합니다. 소인 걱정은 하지 마십시오."

능창은 그런 수생의 마음이 너무 고마워 울컥했으나 남에게 들킬세라 이내 침을 삼켰다.

수생이 가까스로 던져준 밥 한 덩어리를 허겁지겁 입안에 욱여넣었다. 초라해진 자신의 모습과 억울한 설움이 복받쳐 올라왔다. 배고픔 때문이 아니었다. 친형을 새끼줄로 목 졸라 죽이고 동생을 뜨거운 구들방에 쪄 죽이고 조카인 자기를 해치려 하는 광해군의 잔혹함에 항거하지 못하고 그대로 당해야만 하는 억울함이었다. 왕족이란 굴레에서 벗어나지 못하고 권력에 미친 임금의 광기로 인해 겁에 질려 목숨을 구걸하는 자신에 대한 비애였다. 이 세상이 미웠다. 이 조선 땅이 싫었다.

"이 개 같은 세상, 이 개 같은 세상…… 허울뿐인 왕족이라는 이름도 필요 없고 썩어 문드러진 권력과 부와 명예도 필요 없다. 그저 사람 냄새 나는 세상에 살고 싶다."

능창은 목이 터져라 고래고래 소리를 지르다 쓰러졌다. 훤칠한 키에 귀티가 다분한 맑은 얼굴의 귀공자였던 능창은 끼니를 거르게 되는 날이 많아지자 광대뼈가 솟고 양 볼이 움푹 파인 몰골이 되었고 핏발이 선 눈은 퉁퉁 부어 있었다.

능창의 아침은 소리 없이 두 무릎으로 방문까지 기어가 살짝 방문을 흔들어보는 것으로 시작하곤 했다. 못질로 방문이 열리지 않는 것을 상상해

본 적이 한두 번이 아니었다. 아궁이 곁에 장작더미라도 쌓이면 차마 보지 못하고 방 안으로 뛰어 들어가 이불이며 옷가지를 있는 대로 방바닥에 쏟아 펼치곤 했다. 영창대군이 떠올랐던 것이다.

나도 미쳐가나보다.

홀로 헛웃음을 지으며 이불 속에 머리를 묻었다. 마음을 굳게 먹자 다짐할수록 몸은 사시나무 떨듯 떨려왔다. 어쩔 수 없는 한계였다.

영창대군은 아홉 살이고 나는 열일곱 살이다. 여기서 살아 나가지는 못한다. 내가 죽지 않으면 역적을 낳았다는 이유를 내세워 나의 부모 형제 조카들도 몰살될 것이다. 이들에게 손이 닿기 전에 내가 먼저 하직을 고하자.

달빛이 유난히 밝은 늦은 저녁.
마른 나뭇가지 서걱이는 소리가 마치 '전아……' 하고 자신의 이름을 부르던 할머니 인빈 김씨의 목소리 같았다. 그 밤에 능창은 피눈물로 부모와 결별을 고하는 서신을 썼다. 붓을 내려놓고 서쪽 한양 땅을 향해 능창은 큰절을 올렸다. 평소와 다른 능창의 행동에 눈물 찍어내며 안절부절 못하는 수생에게 서신 전달을 부탁하며 쓴웃음을 지었다.

너의 따뜻한 마음이 마지막까지 날 웃게 하는구나! 고맙다.

방문을 안에서 걸어 잠근 능창은 무슨 생각인지 한동안 작은 방 안을 서성이며 사방 벽에 손을 가져다 대고는 영창을 불렀다.
'제가 갑니다. 삼촌…… 반겨주세요.'

목을 매는 능창의 꽉 다문 입매에 어머니의 어머니(인빈 김씨)가 달렸다.

교동도에 위리안치된 지 일주일 만에 능창군이 병으로 세상을 떴다는 장계가 올라왔다. 광해의 입꼬리가 잠깐 꿈틀거렸으나 어떤 말도 하지 않았다. 그렇게 열흘이 지난 후에야 전교가 내려졌다.

병약한 능창군을 보살피지 못한 별장 이응성과 교동현감 황정렬을 한양으로 압송 후 국문하라. 경기감사 노직은 능창군을 살리지 못했으니 추고하여 죄를 정하라. 새로운 강화 교동현감을 내려보내 특별히 후하게 왕실 종친의 예를 다한 상을 치르도록 하라.

인목, 정신줄을 내려놓다

능창군이 자결했다는 뒤늦은 소식을 접한 정원군은 모든 것을 잃어버린 허탈감과 자괴감에 부들부들 치를 떨었다. 세 아들 중 가장 영민한 아이였다. 총명한 만큼 자신을 낮출 줄도 알았고 위아랫사람 공경과 덕 행함을 몸소 실천하던 눈에 넣어도 아프지 않을 아들이었다. 어머니 인빈 김씨가 세상을 떠나고 나서 비극이 이렇게 빨리 찾아올 줄은 몰랐다. 떨군 눈물은 자식을 잃은 슬픔이오, 삼킨 눈물은 집안으로 뻗치게 될 명운을 생각하는 가장의 냉정함이었다. '정원군 집에 왕기가 서려 있다.' 사람들이 그리 수군거렸고, 소문은 소문일 뿐이라 일축하던 자신의 미온적 태만 때문에 이제는 나머지 아들들마저 억울한 죽임을 당할지도 모른다는 생각에 그는 마음이 급해졌다. 쏟아지는 아픔을 애써 삼켰다.

"이 집을 내주어야만 할 것 같구나."

황당하다는 듯 아우인 의창군이 놀라 물었다.

"이곳을 내어주다니요. 이 집은 선왕께서 형님의 가례에 몸소 하사하신 곳입니다. 잊으셨습니까? 형님?"

"우리 집안이 살아남으려면 어쩔 수 없구나. 너도 들어 알고 있겠지만 왕기가 서린 곳이라는 소문이 퍼질 대로 퍼져 있어 광해가 그냥 지나칠 리 만무하다. 그런데 이 집을 계속 지키고 있으려 한다면 그 끝이 어찌 될지는 뻔한 일 아니겠느냐? 나는 이미 아들 하나를 잃었다. 소문이란 것은 끝을 보기 전까지는 더욱 커지는 법이다. 왕기를 뿜어내는 샘물을 마시면 제2의 능창, 제3의 능창이 나오지 말라는 법이 있냐며 음해하는 소리들이 무섭구나. 너희들만이라도 살아야 하지 않겠느냐?”

정원군 사가의 뒷마당은 인왕산 서기가 뻗친 듯 집채보다 열 배나 되는 거대한 바위를 품고 있었다. 더구나 이 바위는 가로로 세 줄이 나 있었고 그 한가운데의 틈에서 샘물이 솟아났다. 멀리서 바라보면 임금 왕 자를 닮은 바위 배꼽에서 샘물이 솟아나는 꼴이라 소문의 신빙성을 더했고 야심한 밤에 샘을 채우는 물소리는 왕을 부르는 소리처럼 들렸다.

“광해의 칼끝이 임해군에서 영창대군으로 이어졌다면 다음은 누가 되겠느냐? 주위 시선을 끄는 행동은 삼가고 나대지 말고 숨죽이며 어리숙하게 처신해야만 살 수 있다 하셨던 어머님 말씀이 백번 옳았다.”

“형님, 이게 다 서궁에 있는 대비의 우유부단하고 어리석은 결정에서 시작된 것 아닙니까? 그 사람이 어머님의 의중을 조금만 더 깊이 헤아렸더라면 오늘날 이 같은 피바람은 당하지 않았을 것을…… 원망스럽기 그지없습니다.”

원망의 화살을 인목에게 돌리는 동생 의창군의 말에 정원군도 부인하지 않고 한숨을 내쉬었다. 곁에 있던 첫째 아들 이종(倧)이 근심 가득한 표정으로 말을 거들었다.

“아버님! 할머니이신 인빈마마를 모신 묘(廟)도 후세 임금을 점지할 명당이란 말이 돌고 있다 합니다.”

“그러기에 하루라도 빨리 선수를 치려는 것이다.”

"그러면 우리는 이제 어디로 가야 합니까?"

"아비가 너희들 볼 면목이 없구나. 하지만 가문을 지키는 일이다. 인내하며 지내자꾸나. 그러다보면 언젠가 반드시 기회는 올 것이다."

이제 서궁이라 불리게 된 청심재에서 자신의 침전 방바닥이 행여 뜨거워질까 손으로 바닥을 짚어 일일이 확인하느라 뜬눈으로 밤을 지새우기 일쑤인 인목의 얼굴은 수척하고 피폐해졌다. 보다 못한 지밀상궁 여씨가 아랫것들이 밤새 아궁이를 지키고 있다 전해도 소용이 없었다. 불덩이가 된 방에서 고통스럽게 죽어간 아들 영창에 대한 마음의 상처는 두 해 겨울이 지나가도 아물지 않았다.

인목이 잠드는 침전 윗목에는 항상 물이 가득 담긴 대야가 놓였다. 방에 온기가 있는 걸 질색하는 인목 탓에 청심재는 늘 냉골이었다. 한겨울이면 나인들은 서로 병을 빙자해 인목의 침전 수발들기를 꺼렸다. 솜버선으로도 냉기를 참아내기가 힘들었기 때문이다. 대한이나 소한 때면 방 안 대야에는 살얼음이 겹겹 얼어붙었다.

어느 날 이른 새벽에 눈을 뜬 인목은 대야 위 얼음으로 눈길을 주는가 싶더니 이내 자신의 앞으로 끌어당겨 투명한 살얼음을 손바닥으로 꾹 눌렀다. 힘이 가해지자 얼음이 깨지며 순식간에 물이 튀어 올라 앞섶을 적셔도 개의치 않았다. 대야 속에서 만져지는 얼음의 촉감은 매끈하면서도 아렸다. 그 얼음을 손에 움켜쥐고 힘을 주자 날카로운 흉기가 되어 조각이 났다. 아련한 통증이 밀려와 자신도 모르게 외마디 비명이 튀어 올랐지만 이내 얼굴을 찌푸리는 것으로 비명을 막았다. 강화도 교동도에 저물던 붉은 노을처럼 대야 속의 물도 붉게 물들어갔다. 인목의 입가에는 웃음이 번졌다.

이 아련한 고통이 날 위로해주는구나. 이 붉은빛이 날 평온하게 해줄 줄이야…….

"대비마마, 아니 되옵니다."

달이의 날카로운 외침에 침방 궁녀들이 뛰어 들어와 살얼음에 깊게 베여 붉은 피를 쏟는 인목의 손바닥을 지혈하기 위해 급히 하얀 이불 홑청을 뜯었다. 그 소리에 지밀상궁 여씨는 가슴을 두드리며 통곡을 했다.

"걱정하지 마라. 내 이대로 목숨을 끊는 일은 없을 것이야. 철천지원수인 광해의 목이 떨어지는 것을 보기 전에 내가 죽는 일은 없을 것이다. 내가 흘리는 이 붉디붉은 피는 복수를 향한 내 의지를 더 강하게 해주고 있음이야."

"마마……."

누가 먼저랄 것 없이 서궁의 궁인들은 서로를 부둥켜안고 울음을 터뜨렸다. 곡소리 같은 그 울음소리가 커질수록 인목은 더 단단히 마음을 동여매었다.

영창대군이 위리안치되었던 교동도 초가에서 능창군이 자결하였다는 소식은 해를 넘긴 정초에야 서궁에 전해졌다. 초췌해질 대로 초췌해져 상처도 쉬이 낫지 않는 기력 때문에 여러 달 누워 지내던 인목은 지하에서 애통해할 인빈 김씨의 얼굴을 떠올렸다. 지난 섣달 살얼음에 베인 상처가 덧나 좋아하는 시를 짓지도, 붓을 들지도 못해 인빈의 자손들에게 위로의 서신 한 통 보낼 수 없음이 한탄스러웠다.

무슨 악령이 씌었기에 또 하나의 혈육이 무참히도 죽었단 말인가! 광해의 목이 땅에 떨어져야만 이 미치광이 같은 살생이 멈춰질 수 있는 것인가?

이이첨은 느긋했다. 왼쪽 손바닥으로 턱수염을 어루만지며 상아로 만들어진 자신의 호패를 들여다보고는 스스로 대견스러워했다. 어느새 예조판서에 이르는 동안 두려움 없이 조정을 좌로 우로 마음먹은 대로 흔들며 실권을 과시해왔다. 허울뿐인 정승 자리의 구신^{舊臣}들은 신경 쓸 필요도 없었지만 자신과 삼각 구도를 이루고 있는 유희분과 박승종과는 보이지 않는 힘겨루기 중이었다. 늘 이들보다 우위에 있어야 직성이 풀리는 욕심은 끝이 없었다.

병진년(광해군 8년, 1616) 12월 21일.

진사 윤선도의 상소가 날아들었다. 처음 듣는 이름이라 고개를 갸우뚱하며 장문의 상소를 읽던 이이첨은 분을 이기지 못하고 연상을 내리쳤다.

"윤선도, 네 이놈을……."

마치 자신의 속을 들여다본 것처럼 통렬하게 비리를 후벼 파며 일침을 가하고 있었다. 자신의 목을 옥죄는 상소였던 것이다. 분기충천한 이이첨은 삼사를 압박한 후 임금을 능멸하고 조정의 대신을 무고했다는 죄명을 씌워 그를 경원 땅으로 부처하고 그의 아버지 윤유기는 삭탈관직하여 고향으로 보내며 가슴을 쓸어내렸다.

해가 바뀌자 종친인 귀천군^{龜川君}과 금산군^{錦山君} 그리고 원해군^{遠海君}과 금계군^{錦溪君} 등 열아홉 명이 나라의 안위가 흔들리는 꼴을 소가 닭 쳐다보듯 그냥 앉아서 볼 수 없다며 연명 상소를 올렸다.

예조판서 이이첨은 간사하고 악독하며 교활하여 충신들을 모두 내쫓고 국권을 농락할 뿐만 아니라 위세가 날로 성해 위아래를 모르고 날뛰며 자신을 반대하는 자는 아무리 학문이 높고 덕행이 뛰어나도 배척하는 만행을 저지르고 있사옵니다. 초야에 묻혀 있던 윤선도가 의롭지 못한 그의 행태를 듣고 개탄하는 상소를 올렸지만 오히려 죄인이 되어 유배를 떠났사옵니다. 이 일만 해도 이 조선의 삼사가 전하의 삼사인지 이이첨의 삼사인지 모를 지경이옵니다. 간신의 이 같은 횡포를 멈추게 하지 않는다면 뒷날의 화를 피해 가기 어려울 것이옵니다. 엎드려 청하옵건대 전하께서는 굽어살피소서.

느긋해 있던 이이첨에게는 실로 낭패스러운 일이 아닐 수 없었다. 그러나 종친들의 간언이었기에 이를 피하기보다는 정면 돌파하는 수가 필요해 보였다. 오히려 해명하려 나섰다가는 뜻밖의 변수가 생길 수도 있다는 것을 이이첨은 잘 알고 있었다. 잠을 이루지 못하고 설친 이이첨이 다음 날 편전에 들었다.

"예조판서 이이첨, 전하께 아룁니다. 혈육을 잃은 슬픔에 어찌할 바 모르시다 이제 겨우 조섭調攝하고 있는 이때에 종실들이 나서 전하의 성심을 흔들고 번거롭게 만드는 것은 누군가의 사주가 분명하옵니다. 결단컨대 조정의 정사는 종척들이 간여할 일이 아니옵니다."

"과인의 부덕을 탓하는 것이니 그대는 걱정하지 말라."

"소신의 뼛속에는 전하의 왕실을 튼튼하게 바로 세우고자 하는 충정이 가득하온데 종친들의 탄핵이 저와 같으니, 소신 크나큰 상심에 빠져 이가 빠지고 뼈가 흔들릴 지경이옵니다."

"과인이 어찌해주면 예판의 마음이 편하겠는가? 말해보라."

광해의 신뢰를 담은 위로에 이이첨의 눈가가 붉어졌다.

이틀 후, 광해는 금산군과 귀천군을 중도中道에 부처하라는 전교를 내려 이이첨의 손을 들어주었다. 퇴궐하던 이이첨은 사인교를 허균의 집으로 돌렸다. 일전에 천추사로 중국에 다녀오면서 가지고 온 서책들을 방 안 가득 늘어놓고는 거풍擧風시키느라 발끝으로 걸으며 흐뭇해하던 허균은 이이첨의 방문에도 서두름 없이 그를 대청마루로 이끌었다.

"이 사람 교산! 또 서책들과 환담을 나누는 겐가? 자네의 서책들만 보면 나는 왠지 주눅이 든다네."

"예판께서 농을 다 하십니다그려! 이 서책들을 강릉 고을로 보내기에 앞서 잠시 이별의 정을 나누고 있을 뿐입니다."

"나도 들었네. 강릉에 장서각을 지어놓았다지…… 호서장서각이라 하였던가?"

"그러합니다. 좋은 책은 나누어 보아야 하지 않겠습니까? 그나저나 어인 발걸음이십니까?"

"내 자네와 도모할 일이 있어 이리 왔다네."

"도모라시면……."

"대비를 저대로 둘 수 없지 않은가?"

이이첨의 말은 유순했으나 억양은 날이 잔뜩 서 있었다. 대비라는 말에 허균은 마른침을 삼켰다. 목울대를 넘는 침 삼키는 소리가 너무 큰 것 같아 허균은 귀밑까지 얼굴이 달아올랐다.

무엇이 예판을 뒤흔들고 있는 것인가!

허균은 이이첨의 의도를 눈치챘지만 그 연유를 짐작하려 애를 썼다.

천하의 이이첨도 상소는 두려웠다. 아직까지는 광해가 자신을 지켜주고 있으나 언제 또다시 자신을 겨냥한 탄핵 상소가 올라올지 모르는 일이기에 세상의 이목과 여론을 돌리기 위한 방책이 필요했다. 그리고 이제남은 것은 대비였다. 그녀를 폐모한 후 사가로 내치고 쥐도 새도 모르게 없앤다면 종실은 힘을 잃게 되고 후환도 사라지게 될 것이라 이이첨은 생각한 것이다.

"대비는 이미 서궁에 유폐되어 있지 않습니까?"

"그것만으로는 아니 되네. 서궁이지만 그래도 대비가 묵는 전각 아닌가? 대비가 살아 있다는 것은 또 다른 역모의 구심점 역할이 가능하다는 말인 것을 똑똑한 교산 자네가 모른다 하면 누가 믿겠는가?"

"대비의 손발을 다 자르자는 말씀으로 들립니다."

"그렇지! 방안을 내어보시게."

"그래도 주상께서 대비를 보호하고 계신다는 소문이 있는지라……."

"허튼소리! 전하께서 그 대비의 아들을 죽이셨다는 걸 잊었는가? 그 아비와 친정 식구들은……."

"예판……!"

"교산은 칠서의 변을 한시도 잊지 마시게. 누구 덕에 목숨 부지했는가를 기억하란 말이네."

협박이 따로 없었다. 허균과 교우하던 서자들이 역모로 몰려 죽어나갈 때 허균은 자신 역시 연루될까 노심초사하던 그때를 떠올렸다.

"알겠습니다. 격문檄文을 쓰지요. 그 격문을 화살에 매달아 서궁으로 날리겠습니다. 제게 맡겨주시지요."

"종실을 한 방에 제압하면서 인목의 폐출에 불씨를 지펴주는 것이라야 하네."

허균은 이이첨이 보란 듯 한지를 넓게 펼치고는 지필묵을 당겨 붓을 들었다.

광해군은 옹졸하게도 세자로서의 자리보전에 급급하더니 아비를 죽이고 서자의 몸으로 외람되이 왕위에 올랐으며 형제들을 살상하였다.

너도나도 짐작은 하고 있었으나 입 밖으로 차마 내뱉지 못하던 광해의 허물을 망설임 없이 일필휘지로 내리 적는 것을 지켜보던 이이첨은 너무 흡족해 입을 다물지 못했다. '서자로 외람되이 왕위에 올라' 이 글귀에 시선이 꽂혔다.

평소에도 허균이 위험한 인물인 줄은 알고 있었으나 형조판서 자리에 있었던 자가 대놓고 왕의 심장에 비수 같은 글을 갈기다니…….

그 표정을 놓칠 리 없는 허균은 이왕 내친 붓끝에 자신의 속내를 다 털어냈다. 잠시 숨을 고른 다음 허균은 '山川已矣 遠海將成(산천이의 원해장성)'이란 글자를 쓰고 큰 동그라미를 그렸다.

"종묘사직을 바로 세우는 데 일등공신인 대감을 종실에서 탄핵하는 상소를 올린다는 것이 말이 됩니까? 이 문장은 대감을 위해 만들어보았습니다. 산川은 금산군, 천川은 귀천군, 원해遠海는 원해군을 뜻합니다. 산천은 이미 끝이 났고 원해가 장차 이루어질 것이다. 이 문장이 전하의 심기를 어떻게 흔들어놓을지 기대하셔도 좋습니다."

"교산, 자네는 누가 뭐래도 틀림없는 이무기일세. 자네의 심중을 이리 적나라하게 드러낸 것을 보아하니 내게 바라는 것이 있을 듯하구먼."

"그러시다면 관송 대감!"

짧으면서 굵은 목소리로 정색을 한 허균은 이이첨의 호를 불렀다.

"적서 차별이 없는 새로운 세상을 펼쳐나가는 데 힘이 되어주시겠다고 약조해주시겠습니까?"

허균의 눈과 이이첨의 눈이 마주쳤다. 허균의 눈빛에는 세상의 풍조나 권위를 좇지 않겠다는 저항이 날카롭게 벼려져 있었고, 이이첨은 허균의 손을 두 손으로 맞잡아주는 것으로 대답을 대신했다. 이는 일을 벌여도 좋다는 무언의 약속이었다.

"이보게, 교산! 이왕 자네와 내가 손을 맞잡았으니 이번 기회에 영의정도 함께 엮어주게나."

이이첨이 허균의 호를 불러줄 때는 항상 자신의 단단하게 정리된 심중을 알아달라는 강요이기도 했다.

"영의정이라면 기자헌 대감이 아닙니까?"

이이첨은 대답 대신 미소를 지어 보였다.

"꼭 그래야만 하겠습니까?"

허균과 기자헌은 폐모 문제로 서로 대립각을 세우고 있는 처지였지만 기자헌은 아들 기준격의 학문을 허균에게 맡길 정도로 그를 신뢰하고 인정해주며 오랜 인연을 유지해왔었다.

"폐모를 행하는 일은 패륜이라 강경하게 주장하는 영상이 자칫 우리의 걸림돌이 될 것 같아서 말이네. 딱 이번 한 번일세. 이참에 불필요한 가지를 쳐내야 하지 않겠는가? 기자헌이 이십팔일을 거삿날로 잡았노라 써주게나."

격문에 그의 이름을 거명한다는 것은 완벽한 모함이었다. 게다가 거삿날까지 지정한다면 빼도 박도 못하는 역모가 된다는 것을 모를 리 없는 허균이었다. 난감해하던 허균은 이이첨의 눈을 한 번 더 들여다보았다.

저 눈빛에는 온갖 사악함이 다 들어 있구나!

허균은 자신에게 서서히 다가오는 어둠의 빛을 예감하고 아랫입술을 깨물었다.

정사년(광해군 9년, 1617) 1월 20일.

아스라이 여명이 스쳐 갈 때 장전(長箭: 긴 화살) 한 발이 서궁 내약방 동쪽으로 날아와 마당에 꽂혔다. 강도 높게 볏 깃머리를 흔드는 화살 허리에는 글이 적힌 종이가 매여 있었다. 격문이었다.

정교한 필치로 쓰인 격문을 검토하던 삼사는 소란스러웠다. 광해가 가장 민감하게 여기는 왕권의 전위를 직설적으로 거론하면서 얼마 전 올라온 종친들의 상소를 은어로 비꼬아 비난한 것으로 보아 일반 백성의 소행이 아닌 흉격(凶檄)임이 틀림없었고 하필 그런 격문이 인목이 유폐된 서궁 마당에 날아들었다는 것을 간과할 수 없었기 때문이다.

허균이 격문을 완성할 때 주의 기울여 지켜보았던 이이첨은 그의 필체를 확실히 기억하고 있었다. 또한 허균이 이이첨이 보는 앞에서 썼던 문장인지라 내용까지 머릿속에 꿰고 있었기에 그 격문은 틀림없이 허균의 것이라 믿어 의심치 않았다. 이것도 훗날 허균의 약점으로 써먹겠다 생각했던 이이첨은 허균을 완전하게 자신의 수하에 둘 수 있는 절호의 기회라 여기며 한쪽 입꼬리가 올라간 채 사간원을 찾았다.

"그 격문을 가져오게."

자신만만하게 격문을 펼치던 이이첨의 낯빛이 갑자기 어두워졌다. '이럴 수가······.' 내용은 그가 알고 있던 것과 같았으나 허균의 필체가 아니었던 것이다. 그에게 한 방 먹었다는 자괴감보다 상대를 너무 가볍게 보았다는 자신의 실수를 탓하는 듯 이이첨은 헛헛한 웃음을 뱉어냈다.

개시는 서궁에서 벌인 자작극이라며 광해를 부추겼다. 하지만 사용(司勇) 민인길(閔仁佶)이 이번 격문을 지은 사람은 교산 허균이라는 상소를 올리고, 활인서 별제 이사성은 민인길의 상소는 근거가 없음을 주장하는 상소로 맞섰다. 그런데도 어인 일인지 광해는 미동도 하지 않았다. 다만 격문에 거론된 거짓날인 이십팔일이 다가오자 창덕궁과 서궁을 철통같이 지키라는 명을 내렸다. 서궁에 날아든 격문이었고 그 속에는 대비를 동정하는 글귀가 포함되어 있기에 자칫 경솔하게 대처하면 불온한 격문과 관련한 불똥이 인목에게 튈 수도 있을 것이라는 혼자만의 심려 때문이었다.

이이첨 또한 광해의 눈치를 살피고 있었다. 왕의 권위에 도전하는 격문의 배후가 누구인지 밝혀내라는 불호령을 기다렸으나 아무리 생각해도 불발 같았다.

"이번 격문은 과인을 의도적으로 욕보이면서 화를 돋우려는 불충한 의도가 있는 흉격이다. 게다가 폐모 논쟁에 불을 붙이려는 극악한 의도라는 것을 과인이 모를 리 있겠느냐? 이번 사건은 유야무야 처리하라. 더 이상 과인의 심기를 흐리게 하지 말라."

생각보다 격문은 흐지부지 처리되었지만 이이첨은 자신을 향하던 비난 상소의 여파가 가라앉을 시간만은 벌었다고 생각했다. 그래서 작게나마 만족했다.

1617년 6월 11일.

정원군의 터가 왕기를 타고난 곳이라는 풍문에서 더 나아가 왕을 부르는 터라는 소문으로 부풀려졌다. 소문은 또 다른 소문을 부르고 그 끝에는 죽음이 있다는 것을 조선 백성이면 모를 리 없었다. 그래서인지 사가를 왕에게 바친다는 정원군의 전언을 받은 광해는 고민할 것이 없었다.

"창덕궁의 터는 예로부터 이롭지 못하다. 경운궁을 이미 서궁으로 전락시켰으니 세자를 위한 새로운 궁을 지어야겠다. 정원군이 살던 옛집을 허물고 그 자리에 세자궁을 지어 경덕궁慶德宮이라 하라. 또한 그 터가 다소 비좁으니 궁의 체모를 갖추기 위해서는 더 넓은 터가 필요하다. 과인이 이르노니, 땅을 내어놓는 자에게 관직을 주어 그 뜻을 잇겠노라."

"전하, 영건營建 도감 아룁니다. 창덕궁, 창경궁, 경운궁의 궁궐이 있사온데 또 새로운 궁을 짓게 되면 한 도성 안에 궁이 지나치게 많사옵고 궁을 짓기 위해 여러 해 부역에 동원될 수많은 백성의 원성과 땅과 집을 잃게 될 무고한 백성의 고충은 감당키 어렵사옵니다. 민심을 헤아리소서."

"그대가 아뢴 뜻은 참으로 옳다. 그러나 세 곳의 궁은 왕기가 막혀 경들이 알다시피 우환이 끊이질 않고 있다. 왕실이 평온해야 백성들도 잘살수 있을 것이니 태평성대를 위한 작은 희생이라 여기고 눈감아도 좋다. 또한 진산군의 저택은 얼마 전 상喪을 당하여 불길하니 궁궐 담장 안으로 들이지 말라. 과인의 뜻을 잘 살펴서 속히 지으라."

광해의 의지는 확고했다. 인근에 살던 유대일이란 자가 칠백여 칸의 집을 지을 수 있는 터를 헌납하고 통정대부(정3품) 이상의 관직을 제수받았고 이중기란 자는 사백여 칸 집터를 헌납하고 당상관으로 승차됐다. 그러자 경덕궁 주위의 땅을 희사하여 관직을 받으려는 사람들이 늘어났다.

후궁들의 불임

때를 거슬러 올라가 광해가 왕위에 오른 이듬해(1609).

인빈 김씨는 처세의 달인답게 내명부의 수장인 인목대비와 중전 유씨를 설득해 친언니의 딸을 광해의 후궁으로 들이밀었다. 수려한 외모에 말수가 적고 문장이 뛰어났던 그녀는 인빈의 조카라는 후광으로 광해의 각별한 보살핌을 받아왔다. 이후 인빈이 세상을 뜨자(1613) 이모를 잃은 슬픔을 위로한다는 핑계를 내세운 광해는 하루가 멀다 하고 후궁 신씨의 처소를 찾았다. 유일하게 후궁 자리를 지켜오던 신씨를 통해 인빈 김씨에 대한 오랜 빚을 갚으려는 것 같았다. 이를 지켜보는 개시의 눈초리가 매서웠지만 광해의 발걸음에는 망설임이 없었다.

전에 없던 광해의 행보에 속을 끓이던 개시는 자신이 데리고 있는 궁녀 애영愛玲을 떠올렸다. 어린 나이에 생각시로 궁에 들어와 개시의 수족 노릇을 하던 그녀는 열여섯 살이었다. 동백꽃 몽우리처럼 한창 물이 오른 애영은 단아한 용모에 사근사근한 음성과 미색을 갖추고 있었다. 맞불을 지피듯 때를 기다리던 개시는 애영을 광해의 침전 나인으로 차 시중을 들게 했다. 개시의 계획이 주효했던지 그녀의 가볍게 통통거리는 발걸음이 광해의 눈길을 사로잡았다.

"김 상궁마마께서 명나라의 귀한 차라 하시며 식기 전에 전하께 올리라 하셨나이다."

광해는 귀엽다는 듯 그녀에게 환한 미소를 비쳤다.

개시는 애영을 후궁으로 들이밀 생각이었다. 후궁전에 자기 사람을 심는 일은 때로는 위험을 감수해야 하는 모험이었다. 왕의 총애를 빌미로 마음만 먹으면 언제든 자신의 뒤통수를 치는 역습도 가능한 자리였기 때문이다.

"전하, 애영을 거두시옵소서."

개시의 말은 짧고 간결했다.

계면쩍은 듯 오른손으로 턱수염을 매만지며 개시를 바라보는 눈빛에는 '괜찮겠느냐?'는 물음이 담겨 있었다.

서늘한 늦가을 밤하늘이 휘영청 달무리로 파문이 일듯 점차 영역을 넓혀가는 저녁에 광해는 애영을 품었다. 달진 속살 너머 따스한 품속은 시름을 비껴가게 했고 그간의 혼란을 밀어냈다. 광해는 오랜만에 깊은 잠에 빠져들었다.

이튿날, 궁녀 애영이 승은을 입었다는 소문은 바람을 타며 발 빠르게 퍼져 나갔다. 밤새 애영을 탐했던 광해는 개시의 눈길을 피하려 애쓰면서도 한편으론 질투 섞인 개시의 반응을 은근히 기대했지만 의외로 개시는 덤덤했다. 간간이 미묘한 미소만 지을 뿐이었다.

내·외명부를 들썩이게 했던 애영의 승은 소동이 얼마 지나지 않아 궁녀 애영에게 소용(昭容: 정3품) 첩지를 허하라는 광해의 전언이 중궁전에 전해지자 중전 유씨는 황당해했다. 승은 상궁으로 나름 대접을 해주었건만 한발 더 나아가 후손을 생산한 후궁에게나 내릴 첩지를 내리라니 심기가 편할 리 없었던 것이다.

때맞춰 개시는 패물이 든 보석함을 들고 중궁전으로 향했다. 남달리 불심이 깊었던 중전은 동기간의 정을 죽음으로 끊은 죄업은 반드시 그 자손에게 과보로 돌아온다는 믿음이 강했기에 틈이 날 때마다 업장 소멸을 기원하는 불공을 드리고 있었다. 그런데 이번에는 후궁이라니…… 그것도 생각시 출신의 허드레 궁녀라니 광해의 행동이 기막힐 수밖에 없었다. 이렇게 후궁을 하나둘 들이면서 그녀들이 왕의 용종을 잉태하고 자손들이 태어난다면 훗날 그 죄업과 후환을 감당할 일이 버겁고 두려웠다.

"자네는 어찌 내게 상의도 없이 일을 이 지경까지 만들었는가? 자네 처소 아이였다지?"

중전의 말투에 노기와 걱정이 섞여 있었다.

"감히 말씀 아뢰오면 용상의 무게를 견뎌내시는 임금을 위해 후궁을 들이는 것은 대명률이라 알고 있사옵니다. 하지만 전하께서 차 심부름하는 아이를 눈여겨보실 줄은 몰랐사옵고 설령 알고 있었다 한들 막아서기가 어려운 일 아니겠사옵니까! 어찌 되었건 일이 이 지경에 이른 것은 모두 소인의 불찰이옵니다. 노여움을 그만 거두시옵소서."

"그것뿐이면 내 이리까지 하지는 않을 것이네. 애영의 소용 첩지는 내 김 상궁 자네를 보아서라도 내어줄 수 있지만 오늘 또다시 예조에 후궁을 들이라 어명이 내려졌다 하지 않는가?"

개시는 대답 대신 자세를 낮춰 머리를 조아리며 준비해간 패물 상자를 내놓았다.

"기도 사찰에 불전으로 써주옵소서."

불심 깊은 중전의 마음을 이용할 줄 아는 개시였다.

"이렇게까지…… 왕실을 위한 자네의 성의이니 고맙게 받겠네."

"하옵고 마마, 어차피 후궁 간택령이 내려진 이참에 한 사람 더 천거하고자 하옵니다."

"자네는 내 간 떨어질 소리만 골라서 하는군."

흠칫 놀라는 중전에게 개시는 무릎걸음으로 더 가까이 다가갔다.

"문신 정사룡의 아들 정상헌과 기생 사이에서 얻은 딸이온데 어릴 적 궁에 들어왔사옵니다. 의인왕후의 침방 궁녀였던 상궁 난이에게 의탁하고 있는 은지銀芝라는 아이입지요."

"은지?"

"그러하옵니다. 그 아이는 자색이 곱고 문장력이 제법 출중해 전하께 힘이 되어드릴 수 있을 것이옵니다."

개시는 자신의 손과 발이 되어 편전에 드나드는 행정 문서를 관리할 적임자로 궁녀 은지를 염두에 두고 있었던 것이다.

"어쩌자고 한꺼번에 그리 많은 후궁을 들이려는가?"

"마마를 보필해 뜻을 살피며 후궁의 질서도 바로잡기 위함이옵니다."

"김 상궁…… 자네는 후궁의 수를 늘려서 위계질서를 바로잡을 수 있다는 것이 말이 되는 소리라고 보는가?"

중전의 목소리는 격앙되었다. 그러나 중전의 걱정과 속내를 이미 꿰뚫어보고 있던 개시였다.

"세자 저하를 걱정하시는 것이라면 심려치 마십시오. 저하께 해가 될 일이라면 이 개시가 목숨 걸고 막겠사옵니다."

조선 팔도에 후궁 숙의(淑儀: 종2품)를 뽑는 간택령이 내려지면서 의금부도사 허경의 딸이 숙의로 정식 간택되었고 애영과 은지도 첩지를 받았다. 애영은 소용 임씨, 은지는 소용 정씨로 내명부 품계를 내리며 같은 날 세 명의 후궁을 들이게 된 것이다.

앞서 입궁했던 소원(昭媛: 정4품) 신씨를 포함해 대전 후궁이 네 명으로 늘자 내심 불안해진 것은 세자빈 박씨였다. 하루가 다르게 불러오는 배를 자랑하며 희희낙락하는 후궁들의 환영이 겹치면서 잠을 이루지 못하는 날이 많아졌다. 세손을 여태 낳지 못한 자책이었다. 고민하던 그녀는 외할아버지 이이첨을 찾았다.

"빈궁께서 어인 근심이라도 있으신 겝니까?"

이이첨은 안색이 어둡고 핼쑥해진 외손녀의 얼굴을 보자 걱정스러운 눈길을 보냈다.

"할아버님, 요즘 제가 좌불안석입니다."

"그래서야 쓰겠습니까? 우리 빈궁마마께서는 좋은 것만 보시고 기쁜 일만 생각하시며 태평성세를 누리셔야지요."

이이첨은 외손녀가 사랑스럽고 어여뻐 너털웃음을 터뜨렸다.

"내명부가 어수선한데 제가 마음 편할 수가 있겠습니까? 할아버님도 아시다시피 후궁전에 노류장화 같은 천한 꽃들로 가득합니다."

"저런저런…… 빈궁께서는 그만한 일쯤은 눈감아주셔야 하지 않겠습니까? 하물며 주상 전하의 후궁들인데요."

"그래서 걱정이라는 것이 아닙니까? 요즘 전하의 동태가 이상합니다."

"그럴 리가요? 주상께서는 그 어느 때보다 기력이 장대하실 텐데요."

"아이참! 그것이 아니라 세자 저하와 아바마마의 사이가 서먹해서 드리는 말씀입니다."

"그리 생각하시는 연유라도…….."

"이전에는 하루라도 문안 인사를 거르면 동궁에 변고라도 있는 것은 아닌지 내관을 보내 꼭 전갈을 주시던 전하셨는데…… 근래 들어 저하께서 겨울 고뿔이 들어 문후를 사흘 건너뛰어도 아무 반응이 없사옵니다. 이것이 다 갑자기 늘어난 후궁들 탓 아니겠습니까?"

세자빈의 말에 일리가 있어 보였다. 이이첨은 잠시 말문을 닫았다. 그 모습이 답답했던지 세자빈이 속내를 털어놓았다.

"제가 아직 왕가의 대를 이를 세손을 보지 못했습니다. 이런 차에 후궁들이 먼저 왕자라도 생산한다면 세자 저하의 자리가 흔들리지 않을까, 그것이 근심입니다."

"그런 일은 절대 일어나지 않을 것입니다. 이 할아비가 있지 않습니까?"

"하나 주상 전하의 세자 시절을 돌아보세요. 후궁전 소생 대군들 사이에서 죽을힘을 다해 여기까지 오지 않았습니까? 저는 그것이 반복되지나 않을까 늘 두렵고 두렵습니다."

세자빈의 말은 틀리지 않았다. 그 누구보다 광해의 곁에서 생사고락을 함께했던 자신이 아니었던가! 결심한 듯 이이첨의 눈빛에 서늘함이 더해져 매섭게 빛났다.

"이 할아비 생각이 짧았습니다. 마마! 근심을 접으소서. 마마께서는 하루속히 세손 생산에나 정성을 기울이소서."

언제 보아도 자그마한 체구이지만 오늘따라 각진 눈썹이 꿈틀거렸다.

이이첨은 선왕 선조의 서자인 임해군, 순화군, 정원군 등이 부렸던 온갖 행패와 거들먹거리는 왈패짓거리에 진저리치던 옛일을 떠올리며 골칫거리가 반복되는 상황은 미리 막아야겠다고 생각했다. 자신의 외손녀가 훗날 중전의 자리에 오르고 대비가 되었을 때 원한과 후환이 될 싹을 미리 제거해주는 것이 집안 어른의 역할이라 여기며 주먹 쥔 두 손에 힘을 더했다.

궁을 나서던 이이첨은 교자 위에서 몸을 돌려 궐의 누각을 바라보았다. 개시가 마지막 걸림돌이 될 것이라는 생각에 머릿속이 복잡해졌다.

개시가 애영과 은지를 후궁으로 들인 이상 이들에게서 분명 왕자를 보려 할 것이다. 그리고 그 왕자들을 중심에 두고 꾸밀 모사는 세상을 두렵게 할 것이 분명하다. 이번 일은 개시도 그 누구도 전혀 눈치채지 못하도록 은밀하게 진행해야 한다.

이이첨은 인척 중에 자신이 내의원 주부(主簿: 정6품)직에 밀어 넣어둔 자를 남몰래 불렀다.

"탕약으로 회임을 조절할 수 있다 들었네."

"빈궁마마 걱정이시라면 저뿐 아니라 내의원에서 열과 성을 다하고 있으니 곧 좋은 소식을 듣게 되실 것입니다."

"나는 자네를 믿네. 그리만 된다면 자네의 승차와 부귀영화는 내가 보장함세."

다소 사람이 가벼워 보이는 내의원 봉사는 머리를 조아려 읍소하며 기뻐했다.

"그런데 내가 오늘 자네를 이리 보자 한 연유는 다른 데 있네."

이이첨은 얼른 입술에 검지를 가져다 대고는 주위를 둘러보다가 목소리를 낮추는 시늉을 하였다. 후궁들의 불임을 위한 계략이 새어나가기라도 한다면 그 죄는 역모와 버금가는 형벌을 피해 갈 수 없는 일이었다.

"영감, 물론 탕약만으로도 불임을 조절할 수 있습니다. 웅황 분을 넣어 달인 탕약을 마시면 인체 중에 하초下焦의 기능이 저하되는데 이는 하복부를 차게 하고 회임을 주관하는 간 경락의 기운을 막아 생식 기능을 허약하게 합니다. 곧 불임에 이르게 된다는 말이지요."

이이첨의 의도를 기가 막히게 알아챈 내의원 주부는 속삭이는 목소리로 이이첨에 다가갔다.

"어찌하면 후궁들에게 그 탕약을 마시게 할 수 있겠는가?"

"그 일은 제게 맡겨주시지요. 후궁 간택을 받게 되면 내의원 관례대로 마마들의 몸을 보하기 위한 탕약을 여러 날 올리고 있습니다. 그 탕약을 달일 때 미세하게 가루로 낸 웅황 분을 소량씩 함께 넣어 달이면 감쪽같이 처리할 수 있사오니 심려치 마십시오."

"자네의 일족들에게 내 후한 상을 내리겠네. 자네의 두 아들도 이제 조정의 녹을 먹어야 하지 않겠나?"

내의원 주부의 답에 흡족해진 이이첨은 그의 어깨를 두드리며 깊은 신뢰를 보였다.

"만약 후궁 중에서 회임이라도 하게 된다면 제 숨통을 끊어도 원망치 않겠습니다. 제 아들들만이라도 지켜주십시오."

그의 아들들의 출세와 목숨을 놓고 회유와 압박이라는 줄다리기를 하고서야 이이첨은 마음이 놓였다.

죽음의 그림자

성큼 다가온 이른 봄바람에 햇살이 실려와 윤슬처럼 빛났다. 창경궁 후원 한편에서 망울을 터뜨리는 홍매의 속살이 사월의 복사꽃 같아서 보일 듯 말 듯 미소 짓는 광해의 얼굴이 편안해 보였다.

십여 년 전 복사꽃 만개한 필운대에서 우연히 마주쳤던 인목의 고운 자태와 종종걸음이 독특했던 그녀의 뒷모습을 떠올렸을 때, 자신도 모르게 파안대소를 하다가 스스로의 웃음소리에 놀라 멋쩍어진 광해는 얼굴이 화끈 달아올랐다. 예기치 못했던 가슴 뛰는 첫 만남 후 신의 저주처럼 엉뚱한 곳에서 새어머니와 의붓아들이라는 운명의 장난으로 재회하게 됐지만 늘 가슴 한쪽 아련한 통증으로 남아 있었다. 왕위에 오른 후에는 자신의 의지와는 반대로 인목에게 수많은 고통과 상처를 비수처럼 꽂으면서도 시대를 탓하는 치기 어린 변명으로 자신을 비호해왔지만 자신 역시 그 칼날에 찔려 눈이 멀었다.

왕으로서 눈앞에 놓인 거대한 강은 두 줄기였다. 하나는 버텨야 하는 거친 강이었고 또 하나는 유유히 들판을 가로지를 수 있도록 지켜야 할 강이었다. 하지만 계축옥사란 거친 강을 버텨내었을 때 이미 그녀는 깊은 늪 속에 빠져 있었고 발버둥 칠수록 더욱 가라앉는 풍전등화 같았다. 그녀 주변의 모든 것을 희생하더라도 그녀가 버텨주기만 한다면 반드시 지켜줄 수 있을 것이라 여겼던 자신의 생각은 아무리 곱씹어봐도 무모하고 미련했다. 미안함이 가슴을 조이며 저려왔다.

후궁이 된 애영과 은지는 개시와 한 몸처럼 움직였다. 빼어난 용모와 애교로 애영은 광해의 눈을 달콤하게 사로잡았고, 유려한 문장 솜씨를 갖춘 은지는 광해가 검토해야 할 상소들의 경중을 잘 따져 분별하는 능력으로 광해의 총애를 받았다. 게다가 그녀들의 뒤를 보아주며 조정하는 개시까지 입속의 혀처럼 비위를 맞추자 광해의 총기는 점차 흐려졌다. 성군이 되겠노라 스스로에게 다짐했던 서약은 방향을 잃어가고 있었다. 후궁들의 웃음소리가 높아질수록 불안해지는 것은 이이첨도 여느 대신들과 다르지 않았다.

퇴궐을 위해 궁을 나선 내의원 판관^{判官}은 쌍리문동^{雙里門洞} 이이첨의 사가로 바삐 걸음을 옮겼다. 이이첨의 사주로 탕약에 웅황 분을 넣어 후궁들의 회임을 막는 일에 앞장섰던 그는 그 덕분이었던지 주부에서 판관으로 승차해 있었다.

"대감, 소용 임씨와 정씨의 처소에 호박손 달인 물이 들고 있다 합니다."

"호박손 달인 물이라니? 무슨 말인가?"

"태기가 있을 때 유산을 예방하는 효과가 있는 약제입니다."

"그렇다면 그들에게 이미 태기가 있단 말인가?"

"그럴 리가 없습니다. 이미 웅황 분으로 간 경락을 막아놓은 상태라 회임은 불가할 것입니다. 그들을 진맥했던 내의녀의 말을 들어보면 아직 태기의 기미는 없었다 하였습니다."

그렇다면 개시가 나선 게로군.

일찍이 인목이 영창대군을 회임한 후 무사히 해산하는 데 호박손 달인 물의 효험을 보았던 일을 기억해낸 개시가 내의원에 당부해 두 후궁에게 먹이고 있던 차였다.

이번에는 김 상궁 자네가 한발 늦었네.

이이첨은 스스로가 대견스러웠던지 호방하게 웃었다. 제 손으로 광해에게 여인을 바치고 그 여인네들을 앞세워 광해의 마음을 흔들고자 하는 개시가 한편으로 위험해 보이면서도 권력을 여인네와 나누는 것이 용납되지 않았던 이이첨은 또 다른 칼날을 갈고 있었다.

내 직접 김 상궁 자네가 벌여놓은 판에서 기꺼이 같이 놀아줌세.

이이첨은 주문을 외듯 반복하며 가운뎃손가락을 두드리기 시작했다.

큰불을 끄려면 맞불을 놓아야 한다. 그 맞불의 불쏘시개로 무엇이 좋을까! 그렇지. 전하가 정신을 못 차릴 정도의 주지육림은 어떨까? 후궁전을 꽃들로 채우는 것도 좋은 비책일 수도 있겠어.

사 년 전 숙의 허씨를 정식 간택하면서 애영과 은지가 소용의 첩지를 받아 함께 후궁에 든 선례까지 있으니 이이첨의 이러한 계략은 문제 될 것도 없었다.

이이첨은 광해가 후궁들의 치마폭에서 잠시 벗어날 때를 기다렸다. 마침 경덕궁 주변에 집과 땅을 헌납하고 관직을 구하려는 사람들이 줄을 잇는다는 상선의 보고에 광해는 오랜만에 편전에 들었다. 이때를 놓칠 리 없던 이이첨은 광해의 안부를 핑계로 대면을 청했다. 마침 승지로부터 헌납자들의 명단을 받아들고 있던 광해는 환하게 웃으며 이이첨을 맞았다.

"어서 오시오. 예판."

"전하! 용안이 편안해 보이심에 소신, 기쁨이 한량없사옵니다."

"그러한가? 하하하……."

"성군이신 전하의 치세에 나라가 태평하니 감읍할 따름이옵니다."

"하하하…… 오늘 예판의 언사가 후한 것을 보니 주청할 것이 있는 듯하오?"

"전하, 아뢰옵기 황공하오나 명나라 패왕의 권위는 후궁의 수가 많을수록 그에 비례한다 하옵니다. 대명률에 따르면 후궁전에 숙의를 세 명까지 둘 수 있사온데 지금 내명부에는 허씨 한 명뿐이옵니다. 예조에서 다시금 간택령을 내려 후궁을 천거하도록 허락하옵소서."

예조의 수장인 이이첨이 아닌가! 후궁의 수에 따라 임금의 권위가 정해진다는 그의 말은 제법 간곡했다. 광해는 꺼리는 기색 없이 무심하게 답했다.

"내명부와 협의하라."

이 정도면 반승낙이었다. 대명률을 앞세운 예조의 주청과 광해의 거절 없는 침묵에 중전 유씨와 개시도 어쩔 도리가 없었다.

1617년 8월 8일.

일사천리로 진행된 간택 절차에 따라 고양군수 홍매洪邁의 딸이 숙의(淑儀: 종2품)로 최종 결정되었다. 그러나 이이첨은 한발 더 나아가 삼간택에 올랐던 사대부가 여식들을 평생 처녀로 늙어가게 할 수는 없는 일이라며 광해의 어진 혜량을 주청했다. 최종 간택에서 떨어진 처자들은 반궁인으로 취급되어 다른 혼처를 찾지 못하고 수절해야 하는 관례를 파고든 것이었다.

"삼간택에 올랐던 이들에게 과인이 혼인을 허락하면 되질 않겠느냐?"

"아뢰옵기 황송하오나 그 처자들도 전하께서 거두신다면 이 또한 전하의 덕이 아니고 무엇이겠사옵니까?"

조목조목 듣기 좋은 말로 비위를 맞추는 이이첨으로 인해 광해는 스스로 그 경계를 허물고 말았다. 삼간처녀三揀處女들의 혼인을 허락하는 전교를 내리면서 예조를 통해 삼간택 후보로 올라왔던 생원 윤홍업尹弘業의 딸과 무신 원수신의 딸 역시 후궁으로 들여 내명부 숙의 품계를 받게 하였다. 내명부와 합의도 없이 광해 독단으로 결정해버린 것이다. 개시를 견제하기 위한 이이첨의 맞불 계략이 맞아떨어진 것이었다.

새로이 세 명의 후궁을 한꺼번에 궁에 들이고 호시절을 누리며 이들을 위한 전각을 짓기 위해 경덕궁과 인경궁 공사에 몰두하던 광해와 달리, 서궁 유폐 이후 고립무원의 삶을 강요받고 비웃음과 천대로 하루하루를 버텨왔던 인목은 분을 삭이지 못해 머리가 하얗게 변해갔다. 서른 나이에 반백으로 들어선 인목의 처지가 안쓰러웠던지 서궁을 지키는 군졸들의 감시의 눈초리와 경계심이 조금은 누그러진 듯했다.

덕분에 이들로부터 서궁 밖 소식을 간간이 전해 들을 수 있었다. 정원군의 집을 빼앗은 임금이 경덕궁이라는 새 궁을 짓고 있는데, 공사 진행이 더디다 질책하며 직접 현장을 찾아 채근하고 밀어붙인다는 소문에 인목은 이이없다는 듯 미간을 좁혔다.

"네놈이 패덕悖德을 하루도 거르지 않고 저지르면서 새 궁의 이름을 경덕慶德이라 짓다니 지나가던 개도 웃을 일이다. 천벌을 받을 놈!"

시간이 흐를수록 분노와 악에 받친 인목의 원한은 깊어지고 절치부심하며 광해에게 원수 갚을 날만 학수고대하고 있었다. 그러나 어쩌랴. 손과 발이 될 인재들을 모두 잃고 왕의 적자였던 아들 영창까지 앞세운 인목의 위치는 미미할 뿐이었다.

하지만 이런 인목이 개시에게는 언제 떠올려도 눈엣가시였고 진즉 없어졌어야 할 존재였다. 인목을 폐모하여 왕실에서 배제한 후 서인 신분으로 강등된 그녀를 없애버릴 계획이었다. 하지만 이러한 계획들이 자꾸만 해만 넘기고 있는 것이 마뜩잖았던 개시의 관심은 온통 서궁으로 향해 있었다.

"김 상궁, 요즘 들어 얼굴이 활짝 피었소이다."

"그리 보이십니까? 하긴 요즘 제가 너무 지나친 전하의 총애 때문에 내궁의 온갖 질투를 한 몸에 받고 있으니 행복해 죽을 지경인 것을요."

개시는 광해의 총애를 은근히 자랑했다.

"하하하~ 호사다마라는 말은 김 상궁에게는 통하지 않는 듯싶소."

"제가 누굽니까? 전하와 함께 천하를 쥐락펴락하는 것이 제 꿈인 것을 대감께서 잊으신 건 아니겠지요?"

개시 얼굴에 가득한 주근깨가 그녀의 오만함을 비웃듯 더 자잘해 보여, 이이첨은 순간 터져 나오려는 웃음을 참느라 애를 썼다.

"그런데 대감, 아무리 그래도 그렇지 삼간택에 오른 처자들을 한꺼번에 후궁으로 들이밀다니요. 심하셨습니다."

"하하, 옥사가 진행 중인 계축년에 숙의 허씨를 후궁으로 간택하면서 애영과 은지를 후궁에 앉히는 모범을 자네가 먼저 보여주지 않았는가?"

이이첨은 그 틈새를 파고들었고 개시는 자신이 앞장선 전례가 있어 이의를 달지 못했다.

"아무리 많은 후궁일지라도 김 상궁에게는 수족에 불과할 터이니 전하의 총기가 흐트러지지 않게 잘 보살피시게."

"어쩐지 총기를 흐리게 해달라 그리 들립니다."

이이첨의 헛헛한 웃음 뒤로 개시의 농염한 웃음소리가 터져 나왔다. 서로의 속내를 너무나 잘 알고 있다는 과장된 표현 같았다.

"그나저나 오늘은 어찌 기별한 게요?"

"예판대감! 벌써 두 해가 지났습니다."

"두 해라니?"

"서궁 말입니다. 어찌하실 생각이십니까?"

"그 문제라면 내게도 좋은 방도가 있소이다."

"방도가 있으시면 제게도 귀띔해주셔야지요? 이년이 답답해서 속 터지는 꼴을 보고 싶으신 겝니까?"

"어허, 그 벼락 같은 성미는 예나 지금이나 하나도 변하지 않았구려."

"말을 돌리지 마시래두요!"

"유생들을 불러 모아 소군疏軍을 만든 다음에 하루도 거르지 않고 돌아가며 상소를 올리게 할 생각이오."

"소군이라면 소를 올리는 집단을 말씀하시는 겝니까? 그것도 방도가 될 수 있겠군요. 하나 이번엔 전하께서 그냥 넘어가지 못하도록 단단히 준비하셔야 할 것입니다."

"심려 붙들어 매시게나."

가을이 깊어가자 바람에 흔들리는 마른 나뭇가지들 부러지는 소리가 장작불 타오르는 소리 같았다. 서궁으로 눈길을 주던 광해는 어서 봄이 오기를 염원했다. 개시나 이이첨의 관심을 서궁 밖으로 돌리기 위해 후궁들을 한꺼번에 들이고자 하는 청을 허락하고 세자의 궁을 짓는다는 명목으로 밖으로 나돌았지만 늘 마음 한편은 빈 들판 같았다. 아직도 인목은 냉방에서 끼니 거르기를 밥 먹듯 하며 울화병을 앓고 있다 들었다. 사람들 눈을 피해 가며 음영을 통해서 간간이 식량이며 약재를 서궁으로 보냈지만 허약해질 대로 허약해진 인목은 마치 산 나무에 붙은 죽은 삭정이 같다는 소식만 전해질 뿐이었다.

봄이 오면 복사꽃 피듯 곱디고운 자태를 찾게 되지는 않을까! 홀로 고심하며 따뜻한 온기를 지닌 햇빛이라도 그녀에게 전해줄 날이 빨리 다가왔으면 좋겠다는 생각이 간절했다.

그 무렵 이이첨이 만든 소군의 일원인 유생 한보길韓輔吉, 박몽준朴夢俊, 설구인薛求仁 등이 대비의 폐출을 속히 행하라는 상소를 올렸다. 이어 유생 윤유겸의 상소가 올라왔다. 이 상소 또한 대비를 겨냥한 상소일 것이라 예견한 광해는 상소를 펼치지 못하고 자리에서 일어나 섬돌을 내려서며 서궁 쪽 하늘을 올려다보았다.

저 하늘 아래가 그녀가 유폐되어 있는 곳이다. 유생들이 계속 상소를 이어가고자 작정한다면 그 불은 쉬이 꺼지지 않을 것이다. 이들은 벼슬에 연연하지 않고 학문을 우선으로 여기는 자유의 몸인 까닭에 생각을 글로 실행하는 일에 거침이 없으니, 앞으로도 대비를 폐하라는 논쟁을 멈추지 않을 것이다. 그녀를 궁 밖으로 내친다면 무사할 수 있을까! 그녀가 궐 밖으로 나가는 순간 그녀는 죽음에 노출되는 것이다. 무엇보다 한 지붕은 아니지만 궐 안에 그녀가 호흡하는 바람의 숨결이 내게로 전해지는 그 안도와 그리움을 나는 차마 포기할 수가 없다. 마음에 굳은살이 박이겠지. 이번에도 반드시 버텨내야만 한다.

그러나 유생들 중에 특히 윤유겸의 상소는 예리했다.

구구한 정에 연연하여 화란의 싹을 제거하지 못하고 망설이는 임금을 통렬하게 탓하면서 대비의 존호를 낮추고 호위하는 군사를 물려야 할 뿐 아니라 정명공주의 칭호도 삭탈하여 서인으로서 출가시켜야 한다 주장했다. 또한 대비의 어미이자 김제남의 처를 노비로 삼아 역적의 말로가 비참함을 본보기로 보여줘야 한다는 고언으로 광해를 압박했다.

이처럼 유생들의 상소는 날마다 빠짐없이 이어졌다. 하지만 광해는 이렇다 할 비답을 내리지 않은 채 경덕궁 건축이 더 중요하다며 어깃장을 놓았다.

"세자궁 침전의 칭호를 속히 정하도록 대제학에 이르라."

편전 가득히 쌓여가는 대비 폐출 주청 상소는 광해의 마음에 무거운 돌덩이처럼 내려앉았다.

유생들까지 나서 대비를 겨냥한 폐모 상소가 줄을 잇는다는 소식이 궁인들의 입을 통해 서궁에도 전해졌다. 강한 바람을 동반한 비가 내리고 천둥 번개가 내리치면서 개암만 한 우박도 쏟아졌다. 불순한 날씨가 이틀 동안 이어지자 가뜩이나 마음을 가누지 못하고 있던 인목에게는 더 큰 충격일 수밖에 없었다. 수년 동안 마음이 베인 상처는 세월의 무게만큼 더해져 쓰리고 아팠다. 동짓달에는 눈이 내려야 정상이지만 시간을 거스르듯 몰아치는 비바람과 천둥 번개는 변고를 불러오기라도 할 것처럼 섬뜩해 불길함이 더해졌고, 앞으로 닥쳐올 일들에 대한 예견 또한 더욱 막막했다.

방문을 열었다 닫았다를 반복하는 인목은 계속되는 불안감에 헛것이 보일 지경이었다. 그런 그녀의 유일한 위안은 정명이었다. 공주를 보듬고 앉아 머리를 빗기는 인목의 모습은 일상의 모녀와 다르지 않았다.

"어느새 네 나이 열둘이 되었구나."

정명의 볼을 쓰다듬는 손길에 애잔함이 묻어났다. 눈물 마를 새 없어 이미 한소끔 눈물을 쏟아냈는데도 눈가는 어느새 밀려오는 파도처럼 또 물기가 어렸다.

"세상이 바르면 소란스럽지 않으나 안타깝게도 이 조선은 그렇지 못하구나. 우리 모녀에게 어떤 일이 벌어질지 이 어미는 짐작할 수도 없다. 어쩌면 영창처럼 너를 지켜주지 못할지도 모르겠구나. 미안하다. 정명아."

"어마마마, 울지 마시어요."

"아가야! 정명아! 어쩌면 말이다. 너와 내가 폐서인 되어 궐 밖으로 나가게 될지도 모른다. 차라리 그리되면 우리 모녀 심신이나마 편해질까? 마음 놓고 우리 영창과 내 아버님, 내 혈육들의 명복을 빌 수 있으려나?"

정명을 안은 팔에 힘이 더해졌다. 인목은 정명에게 어느 집안의 종으로 내쳐질 수도 있다는 말은 차마 하지 못했다.

전국 각지에서 대비를 폐하라는 유생들의 상소가 끊이지 않았지만 쌓아두기만 한 채 광해의 수수방관은 계속되었다. 그러나 유생들은 인목의 폐모 문제를 간과하지 말라 하며 더욱 심하게 받아쳤고 이들의 아우성은 날이 갈수록 과격하게 전이되고 있었다. 보다 못한 오성부원군 이항복이 차자(箚子:신하가 임금에게 올리던 간단한 서식의 상소문)를 올려 폐모를 거론하는 것은 당치도 않은 일이라며 강하게 반대하고 나섰다.

스무 날이 흐르는 동안 침묵하던 광해는 늦은 저녁 자리끼를 들이는 개시에게 물었다.

"유생들은 대비를 폐모하라 벌 떼처럼 일어나 들끓고 오성부원군은 말도 안 된다며 강력하게 반대하였다. 과인이 어찌하면 좋겠느냐?"

개시는 교태 가득한 미소를 지어 보이며 귀밑머리를 쓸어 넘겼다.

"제가 뭘 알겠습니까마는 한 가지는 알 듯하옵니다."

보료 위에 비스듬히 앉아 그녀의 윤기 나는 머리카락을 바라보며 광해는 대답 대신 손목을 밖으로 흔들어 보였다. 말을 해보라는 손짓이었다.

"전하께서 이대로 상소를 쌓아만 두시면 조정은 곧 마비되고 말 것이옵니다. 만일 성균관 유생들이 집단으로 공관空館을 하는 일이 생긴다면 그 뒷일을 어찌 감당하시려 하시는지 그것이 심려되옵니다. 하여……."

말을 멈추며 광해의 표정을 흘깃 살피는 개시를 놓칠 리 없던 광해는 몸을 일으켰다.

"네 말도 틀리지 않다. 말하거라."

"문무백관들이 허심탄회하게 토론을 이어가게 한다면 전하의 용단에 대한 부담을 덜어낼 수 있지 않을는지요? 백관의 뜻에 따라 어쩔 수 없이 결심을 내릴 수밖에 없었다는 명분을 전하께서는 얻게 되옵니다. 문무백관을 한자리에 모으는 위엄이야말로 전하의 건재함을 보여주시는 일이시며 그들은 모두 전하의 신하 아니옵니까?"

1617년 11월 25일.

이른 아침부터 하나둘 모습을 나타낸 문무백관들로 조정은 오랜만에 활기를 띠었다. 그러나 백관회의의 사안이 무거운 만큼 서로의 눈치를 살피며 자중하는 표정들이 역력했다. 이들은 대비를 폐했던 전례가 조선 창건 이래 한 차례도 없었던 일이기에 너도나도 변란이라 이르며 귓속말을 주고받는가 싶더니 패가 갈리듯 자리를 잡고 섰다. 이렇게 많은 백관이 한자리에 모인 적이 없었던 터라 인정전 앞마당은 발 디딜 틈이 없어 보였다. 영의정 기자헌, 우의정 한효순, 좌찬성 박승종, 예조판서 이이첨, 병조판서 유희분, 이조참의 유희발…… 삼사 백관은 물론 종실과 사옹원, 내의원, 내수사內需司, 혜민서, 내시부에 이르기까지 무려 천여 명이 넘게 집결을 했다. 미관말직으로 쫓겨났던 허균 역시 백관들 무리 속 말미에

섞여 있었다.

소군을 만들어 하루도 빠짐없이 상소를 올리게 했던 이이첨은 문무백관 회의장을 바라보며 자신의 사람들과 일일이 눈인사를 나눴다. 그들의 눈빛에 존경이 묻어나는 것을 확인한 이이첨은 어깨가 올라가며 턱수염을 쓰다듬는 횟수가 잦아졌다.

오늘 조정 대신들의 논의 결과가 전하의 심중을 결정하게 될 것이다. 어림짐작하건대 오늘 웃는 자는 내가 될 것이다.

그는 백관의 무리 속 어딘가에 있을 허균을 눈으로 찾았다.

회의를 이끄는 좌장은 영의정 기자헌이었다. 그는 앞서 오성부원군 이항복이 낸 차자와 합천에 있는 좌의정 정인홍이 보낸 상소를 공표한 다음 백관들의 의견을 모으는 자리임을 재차 확인시켰다. 그러고는 하급 관리부터 자신의 직함과 이름을 댄 후 가지고 있는 생각들을 소신 있게 말해달라 당부했지만, 대부분은 막중한 일을 감히 논할 수 없다며 삼사에서 정하는 대로 따르겠다는 의견을 내놓았다.

이때 병조판서 유희분이 나섰다.
"좌의정 정인홍 대감으로 말할 것 같으면 덕망 있고 인품이 높아 대소 신료들의 존경과 신망을 얻고 있을 뿐 아니라 일을 처리하는 데 매사 공명정대하고 의롭사옵니다. 그러니 그로 하여금 이 변고에 대처하고 처리하도록 하여야만 국론을 조속히 확정하고 종묘사직을 안정시킬 수 있사옵니다."
자신의 의견 대신 교묘하게 참석하지 않은 정인홍에게 미루는 듯한 유희분의 잔꾀가 못마땅했던 사람들의 표정이 일그러졌다.

이 기회를 놓칠세라 한 발 앞으로 나선 예조판서 이이첨은 비교적 여유가 느껴졌다. 그는 문무백관들을 좌우로 둘러보며 천천히 입을 열었다.

"신들에게는 대의大義가 있고 전하께서는 사정私情이 있으니 이를 정하는 것은 오직 묘당廟堂에 달려 있사옵니다."

신하의 대의와 임금의 사사로운 정이라는 이이첨의 묘한 설정에 회의 장소인 인정전 마당은 다시 술렁거렸다.

"신 사직司直 허균이 아뢰옵니다."

어디선가 결기 가득한 목소리가 들리는가 싶더니 무리 속에서 허균이 두 발 앞으로 나왔다. 그는 등장만으로도 백관들의 이목을 집중시키기에 충분했다. 허균은 한 해 전 형조판서를 지냈지만 옥사를 잘못 관리한 죄로 오 개월 만에 파직되어 하급 관리인 정5품 사직으로 물러나 있었다.

"우리 주상 전하를 해하려는 자는 우리의 원수임을 잊지 마십시오."

주상 전하와 원수라는 이분법으로 서두를 꺼낸 허균은 광해의 옥좌 아래에 상석으로 마련된 단상을 올려다보았다. 이이첨을 비롯한 고위 관료들이 일제히 그곳에서 허균을 내려다보고 있었고 좌우 백관들의 시선 또한 그에게 쏠렸다. 목소리는 단단하면서 우렁찼다.

"그런 원수에게 아량을 베풀고자 한다면 이보다 더 통분한 일이 어디 있사옵니까? 끝까지 은애恩愛를 온전케 하려는 것은 우리 전하의 자애로운 성심이지만 대의를 앞세운 이들의 주장처럼 역적의 딸이자 어미인 대비의 품계를 낮추는 폄삭貶削은 오로지 신하로서 마땅히 수행해야 할 책임이옵니다. 그에 따라 재야에서 올린 여러 상소는 그 견해가 매우 정당하니 바로 시행하는 것이 실로 사리에 맞을 것이옵니다."

좌중을 쥐락펴락하듯 당돌하기까지 한 허균을 바라보는 이이첨의 표정에는 흐뭇함이 묻어났다.

      ……

끝이 없을 것 같았던 문무 백관회의가 비로소 끝이 났다.

승지가 가져온 회의록을 넘기는 광해의 손길이 빨라졌다. 대비를 지키기 위한 폐모 반대 의견들을 찾아보려 애를 썼으나 실망뿐이었다. 조정의 공론이라는 명분에 의해 대비의 폐모 절차는 일사천리로 진행되었다. 아무리 찾아도 탈출구가 보이지 않았다. 가슴에 무거운 바위가 올려진 듯 먹먹하고, 심장을 누르는 묵직한 통증에 한동안 호흡을 가다듬어야 했던 광해는 은밀히 허균을 들였다.

"그대는 과인을 우리 주상 전하라 칭했고 대비를 원수라 했다."

"……."

"지금 과인에게 필요한 것이 무어라 보느냐?"

광해의 용안을 올려다보지는 않았지만 호흡이 거칠고 낮은 목소리에 귀를 세우고 있던 허균은 역시 고개를 들지 않은 채 하문에 답했다.

"그것은 기울어져 있는 정국을 바로 세우는 것이옵니다. 더 이상은 물러날 곳이 없음을 전하께서는 이미 알고 계시리라 사료되옵니다."

"벼랑 끝인가?"

"기울어질 대로 기울어져 더는 버티기 힘들지 않겠사옵니까?"

"과인이 그대에게 의리를 보인다면 그대는 어찌하겠는가?"

그 어느 때보다 진중한 힘이 느껴지는 광해의 의리라는 말에 허균은 고개를 들고 눈을 맞췄다.

"대장부의 의리라면 받잡겠사옵니다."

"대장부라…… 가령?"

"가지를 잡고 나무를 오르는 것은 누구나 할 수 있는 일이오나 벼랑에서 간신히 잡은 가지마저 놓을 수 있는 사람이 진정한 대장부이옵니다."

"가지를 잡고 오르거나 놓고는 삶과 죽음 사이의 절박함이 아니더냐?"

"절^切이란 궁색하다 하여 끊어내는 것만이 아니라 고쳐 바로잡는 신의도 포함되어 있습니다."

"무례하게도 유생들까지 과인의 종사를 고쳐 바로잡겠다며 연이어 상소를 올리고 백관들은 종묘사직을 빌미로 서로에게 칼날을 세우고 과인을 겁박하는 일을 서슴지 않고 있다. 이것이 네가 말하는 절하고 무엇이다르냐?"

"그들의 고집은 양반의 기득권을 내려놓지 않으려는 발악이옵니다."

기득권과 발악이란 허균의 말에 광해는 귀가 번쩍 뜨였다. 그가 규정짓는 말들이 백번 옳았다.

"과인은 이런 말을 해줄 수 있는 사람이 그리웠노라."

사람이 그리웠다는 말에 허균은 숨이 막혔다. 바로 자신이 그러했었다.

"과인은 서궁을 향한 칼날을 거두게 하고 싶구나. 인목대비를 지키고자하는 것이 과인의 심중이다."

강한 적을 품 안으로 끌어들여 안는다는 것은 언제 심장이 도려내지는아픔을 겪을지 모를 위험천만한 일인 것이다.

하지만 광해는 인목을 향한 칼날을 무디게 하는 것도 칼날을 돌리는 것도 안심이 되지 않았다. 오로지 칼을 거두게 하고 싶을 뿐이었다. 광해의마음은 허균에게로 기울었다.

광해는 허균을 정2품 좌참찬으로 삼았다.

좌참찬은 좌의정을 보좌하며 대소국정에 참여하는 고위직으로 종1품인 판중추부사 우찬성에 승차하기 위해서는 반드시 거쳐야 하는 자리였다. 좌의정 정인홍, 좌찬성 박승종, 좌참찬 허균으로 판이 짜인 것이었다. 정인홍은 두말할 것도 없고, 좌찬성 박승종이 누구인가? 세자빈의 조부이자 이이첨의 사돈 아닌가! 더군다나 박승종은 정론이 다른 이이첨과는 이미 사이가 틀어져 있었다. 광해는 허균을 그런 박승종 편으로 밀어 넣은 것이었다.

당연히 이번 인사에 가장 놀란 것은 이이첨이었다.

전하가 내 발등을 찍는구나.

자신에게 그 어떠한 언질도 없이 허균을 사직 정5품에서 정승 반열에 오르기 바로 직전 단계인 정2품 최고 자리로 승차시킨 것이었다.

예조판서 이이첨, 좌참찬 허균…… 시류는 어느 쪽으로 흘러갈지 아무도 짐작할 수 없었다. 이 상황을 그대로 받아들이기가 어려웠던 사람은 단연 이이첨일 수밖에 없었다.

허균이 좌참찬이라…… 주상과 허균 사이에서 분명 내가 모르는 일이 있단 말인가? 혹시 김 상궁은 그 내막을 알고 있지 않을까?

이이첨은 머릿속 가득한 의구심을 쉽게 떨칠 수 없었다. 그러나 근래 들어 더욱 문전성시를 이루고 있는 개시의 사가를 직접 찾는다는 것은 이 민감한 시기에 사람들의 입방아에 오를 수 있고 자칫 오해로 부풀려질 수 있기에 사람을 보내 확인할 수밖에 없었다.

쌍리문동에서 사람이 찾아왔다는 연락은 받은 개시는 웃음을 터뜨렸다. 쌍리문동은 이이첨이 사는 곳 아닌가! 서궁에 떨어진 격문 사건은 허균의 약점을 쥐고 있는 이이첨이 그를 사주해 벌인 일이란 것을 이미 짐작하고 있었던 개시는 슬며시 부아가 치밀었다.

참 빨리도 움직이는군.

섭섭함이 묻어 있는 실쭉거림과 함께 개시는 일부러 내실 안쪽까지 그를 불러들였다. 그녀의 내실은 중궁전을 그대로 옮겨놓은 것처럼 화려하고 격조 높았다. 은색 봉황으로 수놓아진 보료 위에 앉은 개시의 등 뒤로 금사로 수놓아진 열 폭 모란 병풍이 놓여 있었고, 여인네들의 화장 도구를 보관하는 적홍색 빗접과 좌경 그리고 장롱까지 은은한 향나무에 금박으로 테를 두른 한마디로 작은 궁이었던 것이다.

"광창부원군 대감의 큰 자제께서 누추한 이곳까지 어인 일이십니까?"

이이첨에게는 네 명의 아들이 있었다. 네 아들 모두 과거에 장원 급제를 하였는데 첫째 아들이 장원으로 급제를 하자 실력을 갖춘 인재라 여기었지만, 둘째 셋째가 연이어 장원급제하자 부친의 후광 때문이라는 비아냥거림이 여기저기서 터져 나왔다.

이어 막내인 넷째까지 장원급제하자 부정과 조작이라는 말들이 공공연하게 나돌고 있던 터였다.

"부친께서 귀한 약재를 나누고 싶다 하시기에 심부름차 들렀습니다."

"이런! 부원군께서 큰마음을 쓰셨군요."

눈으로는 웃고 있었지만 입가에는 조롱기가 가득했다.

"아버님께서 답을 주실 거라 하셨습니다."

잠시 방 안에 침묵이 흘렀다. 개시는 느긋하게 찻물을 따르며 부원군의 큰아들 용모를 살폈다. 풍기는 외모는 이이첨과 판박이였으나 눈썹 사이에 사마귀 두 개가 엇박자로 걸려 있다. 이마에서 코로 내려가는 선이 매끄러워야 인생이 평탄하다 했는데 필시 모진 일을 당할 흉상이었다.

"많이 서운해하셨습니까?"

대답 대신 개시는 그녀가 즐겨 쓰는 분청 숙우에서 찻물을 찻잔으로 옮겨 담았다.

"허균 대감의 이번 승차가 득이 될지 실이 될지 가늠키 어렵다 하셨습
니다."

"주상 전하의 절대 신임을 받으시는 대감께서 모르는 일을 한낱 궁인인
제가 어이 알겠습니까? 이번 인사에 대감의 입김이 작용한 것은 아니랍
니까?"

말은 돌려 하면서도 개시의 표정에는 장난기가 다분했다.

"전하의 성심이 어디까지인지……."

"저는 부원군 대감께서 허균을 좌참찬에 적극 추천하신 줄 알았는데 제
가 잘못 알고 있었나봅니다?"

도리어 비수를 들이대듯 되물으며 개시는 터져 나오는 웃음을 참기 위
하여 허벅지를 꼬집었다. 이이첨의 독주를 막기 위해 고민하던 광해는 대
립각을 세울 수 있는 사람을 찾고 있었다. 이에 개시는 망설임 없이 허균
을 추천했었다.

백관회의가 끝난 지 달포가 지나가도록 광해는 비답을 내리지 않았다.
유야무야 시간을 끌고 또 끌었다. 그런데 훈도訓導 김대하金大河가 광해의
심기에 기름을 부었다. 인목을 곧장 사사함으로써 화근을 영원히 끊고 종
묘사직을 편하게 하자는, 뜻하지 않은 상소를 올린 것이다. 화근이란 말
이 입에 오르내린다면 곧 제거해야 한다는 당위성으로 전환될 것이 뻔하
였다.

오늘 이후로 대비의 존칭은 없애고 단지 서궁이라 칭하라. 그리고 다시
는 폐廢라는 글자를 거론하지 말며 사은私恩과 의리를 온전하게 하라.

광해는 고심이 역력한 비답을 내렸다. 폐 글자를 거론하지 말라며 준엄하게 비답을 내린 뜻은 더 이상 폐출을 거론하지 말라는 경고이기도 했다. 인목을 사가로 내치지 않고 서궁에 두어 보호하겠다는 의도였다. 그러자 신료들의 반격은 예상보다 강했다. 대비의 존호를 거둠으로써 인목에게 치명적인 모욕을 준 것으로 일단락될 수 있을 것이라 생각했던 광해도 적지 않게 당황스러울 수밖에 없었다. 저들은 손을 내어주면 발을 내어달라 머리를 내어달라 만족할 줄 모르고 악귀처럼 달려들기만 했다. 아무리 귀를 닫으려 애를 써도 점점 옥죄어오는 기득권자들의 욕심은 끝이 없어 보였다.

연일 바람 잘 날 없이 비방과 반목과 악의로 가득 찬 조정에 회의를 느낀 광해는 도망치듯 궁을 빠져나왔다.
"전하께서 강무장으로 향하셨다 하옵니다."
"어디서 수행하였더냐?"
소식을 접한 중전 유씨는 걱정이 앞섰다.
"내시부의 무예도감 몇몇과 단출히 행차하셨다 들었습니다."
"이런 어리석은 것들을 보았나! 속히 내금위에 일러 전하의 뒤를 따르게 하라."
다급하게 광해의 안위를 챙기며 중전은 개시를 서둘러 불러들였다.
"자네라도 전하를 따를 것이지 여기서 무얼 하는 겐가?"
중전의 책망에 개시 역시 황망함을 거둘 수 없었다.
"소인에게도 기별을 주시지 않고 순식간에 행하신 일이라……."
변명 아닌 변명을 했지만 사실 개시 역시 걱정을 접을 수 없었다.

이런 적이 한 번도 없었다. 전하의 성심이 궁 밖으로 행차할 정도로 어지럽고 힘드신 것인가!

다음 날 새벽 내금위 군사들의 호위 속에 왕실 사냥터인 아차산에서 돌아온 광해는 아침 수라상을 물린 후 도승지를 편전에 들였다.

역적 김제남을 부관참시하고 그의 처 노씨를 제주로 부처하라.

오직 인목을 보호하고 살리는 데 초점을 맞추고 있던 광해는 고민에 빠지지 않을 수 없었다.

삼사에서 문제를 삼는다면 이것은 피해 갈 수 없는 칼날이다. 부원군 김제남의 역모를 다시금 끄집어내어 재검토하게 한다면 결국 다치게 되는 것은 인목이 될 것이다. 선수 치는 빠른 결정만이 그녀를 지켜내는 길이다.

광해는 산 자의 목숨을 지키는 선택을 하였다. 산 자는 인목이요 죽은 자는 김제남이었다.

"부원군 대감의 묘를 파헤쳐 관을 쪼개 목을 베었다 하옵니다. 시신에 손대는 자는 엄벌에 처한다 하여 아무도 수습하지 못하고……."
서궁 밖 상황 파악에 동분서주하던 지밀상궁 여씨가 한걸음에 달려와 쓰러지듯 몸을 던지며 울음을 터뜨렸다. 김제남에게 극형인 부관참시가 행해졌다는 것이다.
"뭐라…… 아버님을……? 어찌 죄 없이 돌아가신 내 아버님을 두 번 죽일 수 있단 말이냐? 그럴 리가 없다. 나는 내 두 눈으로 보기 전에는 믿을 수가 없구나. 다시…… 다시 알아보거라."

"마마……!"

"사실이란 말이냐? 내 어머니는 어찌 되셨느냐?"

어머니의 안위가 걱정된 인목이 다그치듯 물었다.

울먹이며 잠시 망설이던 지밀상궁 여씨가 어렵게 말문을 열었다.

"제주섬으로 유배를 떠나셨다. 그리 들었사옵니다. 이를 어찌합니까? 마마!"

"제주라니…… 병약하신 어머님이 여인네의 몸으로 그 험한 뱃길을 어떻게 이겨내신단 말이냐? 이놈들 나와 무슨 철천지원수를 졌기에 우리 집안을 쑥대밭으로 만든단 말이더냐. 이놈들아……!"

소리 높여 악을 쓰던 인목은 갑자기 지밀상궁 여씨의 어깨를 잡아채며 다급하게 물었다.

"내 아들 영창은…… 영창은 어떻다 하더냐? 그 가엾게 죽은 내 아이의 몸에도 칼을 대지는 않았더냐?"

"그것까지는……."

"속히 알아보거라."

원통하고 억울해서 광기가 극에 달한 인목의 모습은 차라리 안쓰럽고 애달픈 몸부림으로 비쳤다.

서궁엔 온통 먹구름이 드리워졌다.

대비라는 존호를 잃게 되었으니 서궁을 비워줘야 한다. 지난 육 년 동안 치욕과 고통 속에 하루하루를 버텨오면서도 복수만을 꿈꾸던 인목은 시간이 얼마 남지 않았다는 절박감에 몸서리쳤다. 궁 밖으로 내쳐지기 직전인 지금이 어쩌면 처음이자 마지막 기회일 것이다.

그의 심장에 칼을 꽂거나, 독약을 마신 광해가 피를 토해내며 고통스럽게 죽어가는 모습을 떠올렸다. 작은 골을 만들고 있는 인중 사이로 오목하게 올라간 입술이 미세하게 떨리더니 '끅끅……' 울음소리가 배어 나왔다. 주먹을 쥔 두 손바닥 안에는 땀이 흥건했다.

기필코 네놈을 죽여 원한을 풀리라.

"마마, 일전에 제 친정 조카가 대전을 지키는 내금위 군사로 궁에 들어왔사온데 그를 통해서 대전에 심어둔 본방 나인에게 기별을 넣을 수 있을 듯하옵니다. 하지만 지금 서궁은 개미 새끼 한 마리 빠져나가지 못하게 철통 같은 감시를 당하고 있사오니 조금만 말미를 주시면 쇤네가 기회를 보겠사옵니다."

지밀상궁 여씨는 인목의 서궁 유폐 후 한시도 그녀의 곁을 떠나지 않았다.

"더 빠르고 안전한 방법이 없겠는가?"

"마마, 자충수라는 말이 있습지요."

"자업자득을 말하는 것이라면 그것은 많은 시일이 필요할 것이네. 나는 한시가 급한 것을…… 내 출궁 전에 광해의 숨통이 끊어지는 것을 보아야겠네."

"마마, 그리 시일을 끌어야 할 일은 아니옵니다. 마침 광해가 심한 안질眼疾을 앓고 있어 어의가 침으로 치료하고 있다 하오니 내의원 침의鍼醫를 매수하고자 하옵니다. 필히 두 눈이 멀고 온몸에 독이 퍼져 고통스럽게 죽어나갈 광해를 목도하게 해드리겠사옵니다."

"하지만 고립무원이 된 이 서궁에서 어떻게 침의를 매수할 수 있단 말인가?"

"선왕 때부터 침을 잘 놓던 침의가 아직도 내의원에 있을 것이옵니다."

"선왕의 침의라면 일관 ┐貫을 말함인가?"

"그렇사옵니다. 그의 침술은 조선 팔도 따라갈 이가 없사오니 분명 내의원 책무를 계속하고 있을밖에요."

일관은 왜란 시 어의 허준과 함께 선조의 몽진 길을 수행했었다. 내내 선조 곁을 지켰던 후궁 인빈 김씨도 그의 의술 덕을 톡톡히 본 적이 있다고 들었다. 의주로 가는 피난길에 대동강을 건너다 오른발을 접질려 걷지 못하던 인빈을 침의였던 일관이 긴급 처방을 했던 일이 있었던 것이다. 그때 실력을 인정받아 줄곧 왕자들과 옹주들의 건강을 책임질 정도로 선조의 신임 또한 두터웠다.

인목 역시 심한 소화불량과 편두통으로 자주 침술에 의존하던 선조의 모습을 지켜본 터라 여러 차례 그를 치하했었다.

"일관이라면 가능할지도 모르겠구나."

"광해도 그의 침술을 신뢰한다 들었사오나 일관에게 제대로 된 명분과 의리를 만들어준다면 어려울 것은 없을 것이옵니다."

"그러나 어찌 그를 설득한단 말인가?"

"정원군 대감을 믿어보소서."

지밀상궁 여씨는 물지게를 지고 서궁을 드나들던 무수리 명이를 통해 창덕궁 본방 나인 홍심에게 버선 한 켤레를 전달했다. 홍심은 버선 안쪽 섶에 숨겨진 비밀스러운 서신을 찾아내고는 서둘러 가슴 안쪽에 감추었다. 어렵사리 인목의 서신을 손에 넣은 정원군은 망설임도 없이 변복을 하고 은밀히 야심한 밤을 틈타 퇴청한 일관을 찾았다. 그의 집은 생각 외로 검소했다.

"전하의 일신을 책임지며 신망받는 침술 어의의 집이 왜 이리 휑하단 말이오."

정원군은 진심 어린 마음을 표현했다. 왕의 이복 아우인 정원군을 마주한 일관의 눈빛에는 놀라움과 혼란스러움이 교차되고 있었다.

"이 누추한 곳에 대군께서 몸소 어인 일이신지요?"

정원군은 대답 대신 대동한 심복을 쳐다보자 심복은 품속에서 금, 은가락지를 일관에게 내밀었다.

"이것이 웬 것입니까?"

"이 금가락지는 대비마마의 것이고 이 은가락지는 내 어머니 인빈께서 지니셨던 가락지라오. 유난히 의가 좋으셨던 두 분 마마께서 후일 증표로 내게 남긴 것이라네."

"그런데 왜 이것을?"

"뇌물이라 보아주게나. 아니면 턱없이 부족하지만 거사를 위한 약조금이라 생각해주시게."

"거사라니요?"

"자네와 내 목숨값이기도 하지."

"알아듣기 쉽게 말씀해주십시오. 제게 원하는 것이 무엇입니까?"

"내 굳이 돌려 말하지 않음세. 살殺이네."

잠시 일관의 눈빛이 흔들렸다. 무슨 이야기인지 알아챈 것이다.

"소인은 침을 놓는 침쟁이일 뿐입니다. 침은 사람을 살리는 침일 뿐…… 침의로서 해서는 안 되는 불문율을 깨뜨릴 수는 없는 법입니다."

"내 자네의 그 꼿꼿한 충심을 왜 모르겠는가? 하지만 이것은 대비마마와 내 어머니 두 분의 뜻이기도 하다네. 자네도 듣는 귀가 있으니 미루어 짐작할 수 있지 않겠는가? 선왕께서는 독을 넣은 찰떡과 홍시를 드시고 붕어하셨네. 그 살부殺父한 자가 누구이겠는가? 친형제를 죽이고 이복아우 영창대군을 증살하고 이제는 모후인 대비마마까지 폐모하여 모자의 정을 끊으려 하는 걸 자네도 알지 않은가? 궁 밖으로 내쳐지게 될 대비마마의 원통함은 지하에 누워 계신 선왕마저 벌떡 일으켜 세울 패륜이 아니겠는가? 대비께서 궁을 나가기 전 마지막 해야 할 숙원이라 당부하셨네.

악연은 여기서 잘라내야 한다며 통곡하셨다 하네. 더군다나 눈에 넣어도 아프지 않을 내 어린 새끼 능창군이 유배지 강화도에서 억울하게 목을 매었다네. 나는 매일 밤 저승에 가지 못하시고 구천을 떠도는 내 어머니 인빈마마의 혼이 통곡하는 소리를 듣는다네."

정원군의 이야기를 듣고 있자니 어미와 자식이 서로를 애절하게 찾느라 부르짖는 소쩍새 울음소리가 들리는 듯했다. 일관의 눈꼬리에도 물기가 어리고 손끝이 흔들렸다.

"내의원에서 평생 여러 임금을 모시면서 아귀 같은 권력 다툼으로 수많은 충신들이 죽어나가는 것을 누누이 보아왔습니다. 몽진 길에서는 나라를 잃을지도 모른다는 두려움과 선왕 전하의 의심 많고 우유부단함에 진언도 드리지 못하고 속을 끓이며 답답해할 때마다 아랫것들에게 따뜻함을 보여주셨던 인빈마마의 다정함으로 위안을 받곤 했습니다. 계축옥사 때는 증좌를 캐내기 위해 살점이 찢겨나가고 뼈가 으스러지거나 드러나 처참해진 사람들의 몸에 침을 꽂던 침의들의 전언을 듣고 함께 울기도 했습니다. 젊은 날들의 혈기 속에서 마음속에 타올랐던 희망의 불꽃들이 점점 사그라지는 것들이 늘 안타까웠습니다. 이제는 정원군 대감의 헤아릴 수 없는 분노와 비통함이 제게 전해져 진정한 충심이 무엇인지 돌아보게 합니다. 저도 일찍이 왜란 때 처자를 모두 잃고 그 슬픔에 섶을 짊어지고 적진으로 달려가 악귀들을 끌어안고 같이 죽고 싶었더랬습니다. 암요! 나라가 바로 서야 백성이 살고 나라님이 바로 서야 백성이 살맛 나는 것이지요."

일관은 결심이 섰다는 듯 금, 은가락지를 다시 무명에 곱게 싸 정원군에게 쥐여주었다.

"그대의 침 끝으로 다시는 피바람이 불지 않는 새로운 세상을 열어주시구려. 부디 내 절을 받으시오."

정원군은 자리에서 일어나 큰절을 건넸다. 일관 역시 맞절로 수락의 의지를 확인하여주었다.

대비마마의 밀명이다.

일관은 자신의 분신과도 같아 늘상 품속에 간직하는 침통을 만지작거리며 때를 기다렸지만 기회는 쉽게 오지 않았다. 속히 훈풍이 불어오길 기다리는 시간은 더디기만 했다.

"어의와 침의는 침전으로 들라."

광해는 해마다 봄이 오는 길목에 눈 두드러기가 심해지곤 했다. 시리도록 맑은 밤하늘에 별 무리가 명징했던 밤이 지났다. 때 이른 춘풍이 불어오기 시작하자 예견처럼 광해의 안질이 재발했다.

평소처럼 어의 곁에서 침통을 꺼내는 일관의 손이 미세하게 떨렸다. 의연하게 마음먹고 침착하려 했지만 긴장은 좀처럼 풀리지 않았다.

"전하, 눈두덩이 붓고 가려운 것은 봄 손님과 다르지 않사옵니다. 이전과 같이 두세 번 침을 맞으시면 호전될 것이옵니다."

광해의 곁을 지키고 있던 개시의 눈초리가 날카로워졌다. 미세하게 흔들리는 침의의 눈을 놓치지 않은 것이었다. 눈을 감고 누워 있는 광해의 관자놀이에 침을 꽂으려는 순간 개시가 침의의 팔을 잡았다.

"침을 거두시오."

낮았지만 빠른 목소리였다. 순간 일관이 급히 손을 빼며 개시를 쳐다보았다. 영문을 모르겠다는 듯 어의는 두 사람을 번갈아 바라보았다.

"침의의 손이 평소와 다르게 떨리고 있구려. 어디 불편하신 게요?"

"마마님! 관자놀이에 침을 잘못 놓으면 큰 화가 미칠 수 있소이다. 더군다나 용안이 아니오리까? 오늘은 이상하게도 혈맥 자리를 놓칠까 유난히 긴장해서 그러하옵니다. 하지만 염려 마시구려."

일관은 다시 침을 들었다.

"그럼 이렇게 합시다. 침통을 바꿔주시오."

개시는 단호하고 냉정했다. 그 소리에 일관은 그만 들고 있던 침을 놓칠 뻔했다.

여기서 물러서면 모든 것이 끝장난다.

일관은 애써 침을 삼키며 냉정을 찾았다.

"평생 전하께 놔드린 침이옵니다. 침통에도 저마다 침의가 있고 이 침통의 주인은 오직 전하뿐인 것을 모르고 하는 말인 듯하오. 침통을 바꾼다 해도 내 오늘은 마음이 흔들려 더는 전하를 치료하기 어렵겠소이다."

도움을 청하듯 어의를 바라보자 알겠다는 듯 그는 고개를 끄덕였다.

"그럼 오늘은 약제로 전하의 병세를 잡아보도록 하겠소."

뒷걸음으로 먼저 침전을 물러난 일관은 혼잣말을 자신에게 겨눴다.

요망한 년 때문에…… 이 나라가 한동안 더 위태롭겠구나.

대전의 큰문을 나서자 어느새 전갈을 받았는지 의금부 관원들이 그를 기다리고 있었다. 시작도 해보기 전에 발각되고 모든 것이 끝장났음을 직감한 일관은 서둘러 자신의 목으로 침을 가져다 대고 맥박이 뛰는 동맥을 힘껏 찔렀다.

"선왕이시여! 굽어살피소서."

코와 입으로 피를 뿜으며 쓰러지는 일관의 의복 앞섶이 검붉게 물들였다. 그 누구도 손을 쓸 수 없는 맹독이었다. 나인들의 비명에 대전을 뛰쳐나온 개시는 자신의 직감에 스스로 놀라며 치를 떨었다.

침의의 자살 사건으로 내의원은 발칵 뒤집혔다.

그 배후를 캐기 위해 내의원 의관들과 의녀들이 줄줄이 잡혀가고 일관의 집을 모조리 뒤졌지만 증좌가 될 만한 것은 하나도 나오지 않았다. 다만 짧은 글이 발견되었을 뿐이었다.

나의 침이 나라를 구할 것이다. 내 한 몸 역신이 되어 세상을 바로잡을
수 있다면 선왕을 뵈어도 떳떳하겠구나!'

의금부에서는 일관의 그릇된 영웅심에 발로된 단독 범행으로 결론지었지만 저마다 생각은 각기 달랐다.

개시는 서궁을 의심했으며, 이이첨은 미운털 박힌 허균을 의심했다. 광해는 다음 권력의 정점에 있는 세자를 떠올리며 세자빈의 외조부인 이이첨을 의심했고 허균은 교활한 개시가 짠 음모이거나 더 큰 권력을 꿈꾸는 이이첨의 짓이라 여겼다. 각자 생각이 이처럼 다르고 일관의 역심과 상통할 증좌 또한 없으니 미결 사건으로 남겨질 수밖에 없었다.

그러나 사람들은 한 가지를 잊고 있었다. 광해가 의심 많던 선조의 아들이었음을……

창덕궁으로부터 곡소리가 흘러나오기를 빌고 또 빌고 있던 인목은 시간이 지날수록 조바심이 났다. 반짝거리는 별빛들이 모두 침 끝으로 보였다. 그 별 무리들이 독침이 되어 유성을 그리듯 광해의 몸에 수없이 박히

기를 기원하고 또 기원했다. 온몸에 침이 박혀 고슴도치처럼 죽어갈 광해가 극한 고통에 나뒹굴면 뒹굴수록 침이 더 깊게 박혀 그의 심장까지 파고들기를 고대했다. 별 무리가 갈 길을 잃고 서로 부딪치는 금속성 소리가 야심한 밤을 깨우고 있었다.

제4부 　서리꽃

사갈^{蛇蝎} 이이첨과 이무기 허균

침의가 대전 앞마당에서 자진^{自盡}을 했다. 누구의 사주일까? 그가 옹립하려는 자는 누구였을까? 끝없는 마음속 질문들로 서로가 서로를 엮어가고 있었지만 수면 위로 드러나는 것은 아무것도 없었고 드러낼 수도 없었다. 무엇보다 광해의 지근거리에서 발생한 일이었기에 그 후유증은 엄청난 파괴력을 가지고 있다는 것을 모두가 너무나도 잘 알고 있었다.

인목이 마지막 기회로 여겼던 왕의 시해가 실패로 끝났다.

어디서 잘못된 것일까? 일이 밝혀져 죽임을 당하는 것은 두렵지 않으나 원한을 갚지 못하고 세상을 떠나는 것이 원통하다. 이승에서 내 손으로 매듭짓지 못한다면 기필코 저승에서라도 그 원한을 갚으리라.

인목의 절치부심은 그녀를 더욱 강인하게 만들어갔다.

대비 폐위를 반대했던 기자헌은 정평^{定平}으로, 이항복은 용강^{龍岡}으로 부처되었다. 하지만 이에 만족하지 못한 대신들은 다시 들고일어났다. 유배지가 별로 험하지 않다는 불만이었다. 더 혹독하고 험한 곳으로 보낼 것을 삼사에서 주청하자 유배지는 다시 바뀌었지만 그도 약하다며 끊임없이 더 험한 곳을 요구해왔다. 기자헌은 홍원洪原에서 삭주朔州, 회령會寧으로 이항복은 홍해興海에서 창성昌城, 경원慶源, 삼수三水, 북청北靑으로 여러 차례 유배지가 바뀌었다. 유배지에 미처 당도하기도 전에 또다시 파발마가 달려가 점점 세상과 동떨어진 오지로 내몰려가기를 반복했다.

그렇게 한양에서 가장 먼 땅인 명나라 국경 끝까지 밀어놓고서야 이들의 집단 움직임이 점차 가라앉았다. 임금의 권위를 능가하는 이기적인 조정 신료들의 패악이었다.

아버지 기자헌의 유배를 지켜보며 분을 참지 못한 예조좌랑 기준격이 집안의 가보와 함께 한 통의 상소를 개시의 사가로 보냈다. 마침 중국으로 보냈던 상단이 당도했다는 전갈을 받고 사가에 들렀던 개시는 기준격의 의도를 금방 알아챘다. 임금에게 비밀리에 전달해달라는 간곡함은 그가 보내온 예물에 담겨 있었다. 미루어 짐작되는 상소의 내용이었지만 그속에서 허균은 역적 중의 역적이며 반란자들의 수괴였다. 상소에 거론된 여러 사건 중에서 한 가지만 걸쳐도 능지처참을 피할 수 없는 고변들로 가득했다. 상소를 먼저 펼쳐본 개시는 예조판서인 이이첨을 떠올렸다. 기준격이 예조좌랑이었으니 예조를 맡고 있는 판서인 이이첨과 무관할 리 없다. 혹 그가 부추긴 것은 아닐까.

허균의 운명도 이것으로 끝이겠구나! 싸움은 붙이라 했거늘…… 기자헌 대감이 아들 하나는 쓸 만하게 키웠구나!

개시의 욕망은 날이 갈수록 켜켜이 독기毒氣처럼 쌓여갔다.

개시가 직접 가져온 기준격의 비밀상소를 훑어보던 광해는 인상을 찌푸렸다. 이이첨의 대항마로 허균을 좌참찬으로 승차한 닷새 만에 그의 역모를 고변하는 상소였기 때문이다. 그것도 모자라 기준격은 계축옥사를 거론하고 있었다.

김제남을 부관참시하고 그의 처를 제주섬으로 부처하여 여론을 잠재워놓은 지 얼마나 되었다고 다시금 역모를 들먹이는가! 괘씸한 놈이구나!

설사 상소의 내용이 사실과 다르더라도 의심의 눈초리를 피해 가기 힘든 불가항력은 늘 뒤따르기 마련이었다. 의심이라는 것이 그렇다. 처음에는 아무것도 아니겠지 생각하다가 어느 한순간 사실로 변질되는 것이다. 공교롭게도 광해의 의심은 이이첨을 향해 있었다.

"전하, 예조좌랑의 비밀상소를 어찌하실 생각이신지요?"

"네가 들고 온 골칫거리이니, 어디 네 생각을 말해보아라."

"아비를 살리고자 하는 아들의 절박함은 지푸라기라도 잡으려 하지 않겠사옵니까? 이미 전하께서 의도를 파악하고 계시오나 신첩은 반신반의이옵니다. 그냥 넘기기에는 의심쩍은 부분이 많을 듯하옵고……."

"네 생각도 그러하냐? 과인은 기준격의 고변이 지푸라기인지 동아줄인지 두고 봐야겠다."

"설사 그가 잡은 것이 지푸라기라 할지라도 생선을 엮었던 지푸라기라면 그 비린내가 어디 가겠사옵니까? 전하, 어찌하오리까?"

"너는 이 길로 좌참찬 허균에게 가거라. 그에게 상소의 내용을 소상히 일러주고 맞상소를 올리게 하라. 단 비밀리에 상소가 올라와야 한다."

"허균에게 살길을 마련해주실 의향이시옵니까?"

"과인은 그의 생각을 알고 싶을 뿐이다."

이틀 만에 허균의 상소가 올라왔다. 그러나 상소의 내용은 기준격과 일일이 맞서고 반격하는 것이 아니었다.

기자헌과 허균은 강원도 강릉에서부터 오랜 친분을 유지해오던 터였기에 기자헌의 부탁으로 허균이 그의 아들 기준격에게 학문을 가르쳤는데, 자신의 부친을 변호하지 않은 처사를 원망하고 비난하더니 그동안 자신에게 배운 강학들을 부정하며 트집을 잡아 모함하고 있다는 것이었다. 허균은 또한 제자를 잘못 가르쳐 어심을 불편하게 하였으니 죽어 마땅하다며 기준격의 스승이었던 자신을 벌하여달라고 피력했다. 광해의 얼굴에 의미를 알 수 없는 묘한 웃음이 흘렀다.

무오년(광해군 10년, 1618) 5월 13일.

그런 와중에 세자의 후궁 간택령이 반포되었다. 혼례 후 칠 년이 지났지만 세자빈 박씨가 연이어 공주 둘을 연이어 낳고 왕자를 보지 못하자 중궁전의 고심을 헤아린 내명부와 종실에서 후궁 들이기를 주청한 것이었다.

"대감께도 마침 마땅한 여식이 있다 알고 있습니다."

허균에게 먼저 손을 내민 것은 개시였다. 그녀의 호의가 새삼스럽긴 했지만 무엇보다 허균은 후궁 자리가 내키지 않았다. 세자빈 박씨가 이이첨의 외손녀이니 혹여 내 여식이 그녀에게 핍박을 받거나 다툼이 일어날지도 모른다는 생각이 앞섰기 때문이다.

"이번 후궁은 삼간택에 의한 소훈昭訓 자리입니다. 정식으로 혼례를 치러 맞는 마마님이 되시는 겁니다. 거기다가 만약 왕자 아기씨라도 생산하시게 된다면 대감의 어깨에 날개가 달리지 않겠습니까?"

"나를 겨냥한 탄핵상소가 아직 전하의 손에 쥐여져 있는데…… 그게 가당키나 하겠는가?"

소훈은 내명부의 종5품이지만 왕자를 생산한다면 종2품의 양제良娣 자리는 따놓은 당상이었다. 개시의 권유에 귀가 솔깃했으나 그렇다고 경솔할 수도 없는 일이었다.

"왕실과 연이 닿을 수 있는 절호의 기회입니다. 제가 이리 직접 대감을 찾아와 단자를 운운하는 것이 전하의 의중이라 생각하시면 아니 되겠습니까?"

"하지만 나는 예판이 마음에 걸리네."

"혼인의 정은 하늘이 정해주는 것이니 이이첨 대감이라고 도리가 있겠습니까? 기회를 잡으세요. 대감!"

여식의 사주단자를 넣는다면 간택이 보장되어야만 한다. 어쩌면 이것이 내 운명일 수도 있지 않을까! 운이 좋아 후궁에 간택만 된다면 자신도 한동안은 탄핵에서 자유로워질 것이다. 거기에다 왕실의 후광이 따른다면 승부수를 던져볼 시간도 벌 수 있다. 나와 이이첨의 차이는 왕실과의 연이 좌우한다고 볼 수 있지 않은가! 개시 말대로 딸아이가 왕자라도 생산한다면 판세는 역전된다.

허균은 평소의 그답지 않게 운에 명운을 걸었다. 허균이 사주단자를 넣었다는 소식에 이이첨은 예민해졌다. 판세를 가늠해볼 때면 항상 습관처럼 서탁을 가운뎃손가락으로 두드리곤 하는 그였다. 어떤 난제 앞에서도 두드리는 속도는 변함이 없었던 이이첨이었지만 이번엔 달랐다. 불안감이 엄습한 듯 빨라지는 속도에 스스로 놀라 흠칫거리기를 반복했다. 허균의 여식이 만일 후궁으로 간택되어 잉태라도 한다면 모든 총애와 권력의 중심은 뒤바뀌게 된다. 세자빈이라고는 하나 자신의 외손녀는 뒷방으로 물러날 수밖에 없다. 그리되면 자신 역시 운신의 폭이 좁아질 수밖에 없음이 불 보듯 뻔한 일이었다.

후궁 간택이 끝나기 전에 전하께서 가지고 계신 탄핵 상소가 의정부에 내려지면 이를 문제 삼아 좌참찬 여식의 사주단자를 빼버릴 수 있겠는데……무슨 생각이신지 자리에 품고 내려줄 기척이 없다.

스무 날을 넘기도록 비답이 내려지지 않자 이이첨은 다시 예조좌랑 기준격을 부추겨 추가 상소를 올리게 하였다. 하지만 역시나 그에 대한 하문은 내려지지 않았고 곽영의 상소조차 혼란스러운 북방 정세 문제로 시들해져 있었다. '까마귀 고기를 먹었단 말인가!' 혼자만의 넋두리가 이이첨의 입에서 늘어갔다. 서둘러 묘책을 찾아야만 했다.

머뭇거릴 사이도 없이 마치 짜인 각본처럼 허균의 여식이 후궁으로 간택되었다. 대비의 유폐로 내명부의 최고 어른이 된 중전 유씨의 결정에 개시의 입김이 크게 작용했기 때문이다.

후궁 간택 소식에 세자빈 박씨는 궁인들에게 애꿎은 심통을 부렸다. 외손녀의 심기를 읽은 이이첨이 세자빈을 찾았다.
"후궁의 입궁이 빈궁마마의 심기를 불편하게 한 듯싶어 이 외할아비는 걱정이 앞섭니다."
"종실 어른들과 어마마마의 결정이오니 따라야겠지요. 너무 심려치 마세요."
대답은 그리하였지만 볼멘소리까지 감출 수는 없었다.
"마마, 이번에 간택된 후궁이 허균의 여식임을 이미 들으셨겠지요? 만약 그 아이가 마마보다 앞서 왕자 아기씨라도 생산하게 된다면 마마의 처지는 장담할 수 없게 됩니다. 하지만 그 꼴을 이 할아비가 가만히 두고 보지는 않을 것입니다."

"왕실에 왕자를 낳아드리지 못한 제가 죄인이니 어찌합니까?"

"그런 나약한 소리를 듣고자 이 할아비가 찾아온 것이 아닙니다. 일단 그년을 하루라도 빨리 궐 밖으로 내칠 방도를 강구해보았습니다."

"내칠 방도라 하심은?"

이이첨은 품속에서 작은 주머니를 꺼내 보였다.

"놀라지 마세요. 적당한 때를 보아 세자에게 올리는 간식에 약을 타게 할 것입니다."

"약을 말입니까?"

"허균의 여식인 소훈의 손으로 세자 저하께 올리게 될 것입니다."

"그것이 가당키나 한 일입니까? 저하를 해할 수는 없습니다."

"빈궁마마, 이것은 독이 아닙니다. 아무리 이 할아비가 손주사위인 저하를 해치겠습니까? 생명에는 지장이 없는 설사 복통 약일 뿐입니다. 그러나 결과는 엄청난 후폭풍으로 불어닥칠 것입니다."

"할아버님! 아무리 그래도 세자 저하는 다음 대통을 이으실 분이자 제 지아비입니다. 만에 하나 잘못되기라도 한다면……."

"그런 일은 결단코 없을 것입니다. 다만 허균의 여식만 내치면 되는 일이라니까요?"

"좌참찬이 가만히 있겠습니까? 만약 들키기라도 하면……."

"쉿! 눈치채기 전에 다 마무리될 것입니다. 비록 가벼운 복통약이라고는 하나 이 나라 국본의 몸을 상하게 한 죄는 국법으로 다스릴 일 아니겠습니까?"

"꼭 그리하셔야겠습니까?"

"마마, 손 놓고 있다가는 우리 가문이 멸문지화를 당할 수도 있습니다. 허균은 이무기이옵니다."

"이무기라니요?"

"차차 아시게 될 것입니다. 마마께서는 마음을 굳건히 하고 기다리시면 됩니다. 이번 기회에 다시 한번 피바람을 일으켜야지요. 세자 시해 음모로 몰고 갈 것입니다."

이이첨은 입안이 꽉 차게 웃었다. 점점 자흥自興에 겨워 목젖을 드러내며 웃는 모양이 커져갈수록 허균의 코와 입과 귀에서 김빠지는 소리가 가깝게 들려오는 것 같았다. 마음껏 웃지 못해 혼자만의 상상으로 만들어낸 박장대소였지만 살기 어린 광기가 웃음기를 누르고 있었다. 세자빈 박씨는 여러 날을 뜬눈으로 밤을 새우며 이이첨의 말을 되새겼다. 세자빈의 갈등은 오래가지 않았다. 그 외할아버지에 그 손녀였다.

이번 일은 가문을 지키고 나를 지켜내는 것이다.

기준격과 곽영의 상소를 양손에 쥐고 있던 광해도 마음 편할 리 없었다. 양날의 칼을 쥐고 하루에도 몇 번씩 상소의 내용을 곱씹으며 계산하고 있었다. 허균과 이이첨…… 어느 칼날이 자신을 위해 기꺼이 부러질 수 있을까를 염두에 둔 것이다.

그중 무엇보다 광해의 고개를 갸우뚱하게 만드는 부분은 세자와 관련된 문장이었다. 아들인 세자의 안위를 흔드는 일은 어떠한 경우라도 용납될 수 없었다. 자신의 험난하고 끔찍했던 세자 시절과 비견되는 일이었던 것이다. 내리사랑은 만고의 진리처럼 광해도 다를 리 없었다. 아버지 선왕의 사랑에 목말라하며 끊임없이 미움과 증오로 점철되던 기억들을 품고 있던 광해였기에 유독 세자에 대한 애착이 클 수밖에 없었다.

상소를 다시 펼친 광해는 이홍로李弘老와 관련된 부분을 찾아 손가락으로 짚었다. '이홍로를 통하여 모의한 자도 허균이다. 어떻게 한 사람의 몸에 악이란 악이 모두 집중되어 있단 말인가!' 혼잣말하듯 읽어가며 개시를 내려다보았다.

"개시야! 허균이 이홍로와 모의하였다 하는 이 발고의 뒷배는 무엇이라 보느냐?"

"전하! 십 년도 더 된 일을 새삼 저들이 거론하고 나선 의도가 있지 않겠사옵니까? 이홍로가 누구이옵니까? 영창을 세자로 옹립하려던 소북파 유영경과 함께 참수된 자이옵니다."

"과인도 기억하고 있는 일이다."

"그럼 전하, 당시 서궁께서 중궁전에 있을 때 허균을 영창의 스승으로 천거한 일도 기억하시는지요?"

"그건 좌참찬 허균이 고향 강릉 땅에 장서각을 짓는다며 대관령을 넘나드느라 바빠서 고사하지 않았느냐?"

"옛말에 자두나무 아래서는 갓을 고쳐 쓰지 말라 하였지요. 호사가들에게는 그 잠깐의 스침도 뒷말이 되는 것 아니겠사옵니까?"

개시는 자기 답이 흡족한지 소매 끝으로 입을 가리며 눈으로 웃었다.

"그래서 저들이 허균과 이홍로를 엮어 나를 기만하려 한다는 것이나?"

"언제 쉰네가 그리 말했습니까? 영민하신 전하께서 그리 생각하시면 그런 것입지요."

"요것이 과인의 속을 아주 제집처럼 드나드는구나!"

개시의 교태에 광해는 흔쾌히 웃어 보였지만 속내는 달랐다. 의심 많았던 선조의 피를 이어받은 그가 아닌가! 선조의 의심은 머뭇거리다 결정을 늦추는 경우가 많았던 반면, 광해의 의심은 그 촉부터가 한순간 매듭짓듯 강한 결정타였다. 실로 매몰찼다.

다음 날 편전에 든 허균이 부복했다.

"전하, 지난 상소들은 소신을 곤경에 빠뜨리려는 비루한 무함誣陷이옵니다. 신을 믿어주옵소서."

"과인도 좌참찬을 믿고 싶구나. 하지만 상소의 전말이 이리도 맞아떨어지게 아귀를 맞추고 있으니 그냥 넘기기에는 명쾌하지 못하다. 이 불손한 논쟁을 끝맺기 위해서라도 과인에게 해명하라."

이이첨을 견제하고자 대항마로 내세웠던 허균이 자리를 잡기도 전에 경악할 만한 진술을 담은 상소가 하루가 멀다 하고 올라오는 것이 몹시 불편했던 광해였다.

"하문에 한 치의 거침도 없이 답하겠나이다. 일전에 서궁에 떨어졌던 격문과 이경준李耕俊의 흉격을 써준 배후로 소신을 지목하고 있사오나 이는 어불성설이옵니다. 분명 민심을 선동하고 전하의 성심을 미혹하려는 무리들의 간계이니 부디 신의 원통함을 씻도록 해주소서. 곽영과 함께 궐내에서 그 출처를 끝까지 밝혀주옵기를 청하옵나이다."

"그것은 과인도 원하는 바이다. 마침 과인에게는 또 다른 상소가 올라 있다. 그 소에서는 예조판서 이이첨을 거론하고 있다. 임금을 팔아 자신의 사리사욕을 채우는 간악한 사갈이라 비난하며 그런 자를 옆에 두고 있는 과인을 힐책하고 있다. 혹 과인이 이이첨의 손바닥 위에서 노는 광대는 아닌지 의심하는 무례를 범하고 있구나."

"전하, 소신 듣기 민망하여 고개를 들 수 없사옵니다. 감히 전하를 욕되게 하는 자들을 발본색원하여 엄벌을 내리소서."

"일이 이 지경에 이르렀으니 과인은 하루속히 그 시시비비를 명쾌하게 가리기 위해서라도 예판의 죄를 추국하고 싶다. 그러다보면 추국장에서 좌참찬 그대를 무함했다는 증좌들이 나오지 않겠느냐?"

광해는 허균으로 하여금 그에게 더 마음을 두고 있다는 것을 암암리에 전해주고 있었다.

"전하의 뜻대로 하소서."

"그대는 이번 기회에 논쟁의 불씨를 한 톨도 남기지 말고 제거해 무함을 밝혀내고 하루빨리 그대의 여식이 왕자를 생산하도록 힘쓰라."

"전하⋯⋯."

허균에게 보내는 눈길로 힘을 보태주며 광해는 신뢰 가득 담긴 미소를 건넸다. 조금 떨어진 자리에서 두 사람을 지켜보던 개시의 입가에는 곧 벌어질 싸움을 즐기려는 묘한 기운이 맺혀졌다.

그즈음 북방의 정세는 심상치 않게 돌아가고 있었다. 조선으로서는 북방의 경비를 강화하고자 애를 썼으나 엎친 데 덮친 격으로 명나라의 요동 총독 왕가수^{汪可受}가 조선에 파병을 요구해왔다. 광해는 갑작스러운 징병과 군량 조달 문제를 핑계 삼아 시간을 끌고자 했지만 한계에 봉착하자 강홍립을 도원수로 삼았다. 광해는 하루가 멀다 하고 허균을 불러들였다. 그에게 믿음을 보여주려는 것 같았다.

"좌참찬! 과인은 명과 후금의 싸움에 끼어들 생각이 전혀 없다. 이 위기를 모면할 수 있는 방도는 없겠는가?"

"명을 돕지 않는다면 평생을 대명률에 따라온 신료들은 배신이라 비난할 것이옵니다."

"그렇다고 과인은 내 백성을 차마 사지에 몰아넣을 수 없구나."

"강한 자의 편에 서는 것은 안전을 도모할 수 있으나 그 비위를 맞춰야 하고, 약한 자를 두둔하는 것은 인정에 사로잡혀 위험을 초래할 수 있사옵니다. 두 나라의 군왕을 보며 판세를 읽으소서. 명나라는 저급하고 천한 환관들이 권력을 주무르고 있사오나 후금은 용맹스럽고 지략이 뛰어난 누르하치가 정권을 잡고 새로운 나라를 세우고 있사옵니다. 하여 형세

판단은 큰 지략가이신 전하께서 하심이 옳을 듯 사료되옵니다."

"그대는 과인의 생각을 어찌 그리 읽어내느냐. 과인은 도원수 강홍립에게 두 나라의 싸움에 끼어들지 말고 명운에 따라 향배를 정하라는 명을 내리려 한다."

"도원수는 비록 무관이오나 전하께 충심을 다하는 인물이고 그곳 정세를 제대로 판단할 줄 아는 안목도 갖고 있으니 곧은 강단으로 잘 헤쳐나갈 것이옵니다. 그를 믿으시옵소서."

"이는 그대와 과인 둘만이 아는 내용이다. 함구하라."

편전을 받치고 있는 굵은 들보를 올려다보던 광해는 갑자기 생각난 듯 허균을 좀 더 지근에 앉히고는 목소리를 낮췄다.

"지금 조정에서는 서궁을 지키는 병사들까지 줄여 파병할 관군을 모으고 있는 형편이다. 이럴 때 사악한 무리가 자칫 서궁을 침범하여 해를 끼치지 않을까 과인의 근심이 크구나. 좌찬찬! 서궁을 보호해야 한다던 과인의 말을 기억할 테지? 그러니 병조를 통하지 않고 불온한 무리의 침입을 막을 수 있는 대책을 은밀히 강구하도록 하오."

광해의 당부가 너무나 진중해 허균은 어금니를 물었다. '대비는 한때 이 나라 최고 어른이었는지는 모르나 지금은 전하에 의해 존호가 삭호된 선왕의 후궁일 뿐이옵니다.' 자신도 모르게 튀어나올 뻔한 말을 막기 위해서였다.

무엇 때문에 저리 서궁에 집착하는 것일까! 남모르게 부모와 자식 간의 천륜의 정을 앞세우고 있는 모습은 그동안 그가 벌였던 행적들과는 너무 다른 모습이다.

허균은 머리를 조아리는 것으로 대답을 대신했다.

서궁을 지키고자 하는 광해의 진심을 확인한 허균은 가솔 중에서 무사 김시량^{金時亮}과 날래고 뛰어난 무예를 지닌 노비 돌한^{乭漢}을 불러들였다.

"나랏일을 하고자 하니 은밀하게 무예가 출중한 장정들을 모을 수 있겠는가? 이 일을 밖으로 드러내서는 안 되네."

의도하지는 않았지만 허균의 수족이 되고자 모여든 인물 중에 벼슬에 나가지 못하는 서얼 출신이나 천민이 많았다. 주변에 사람이 많이 꼬일수록 비밀은 더 이상 비밀이 될 수 없는 법이다. 허균을 중심으로 한 일거수일투족이 이이첨의 귀에 속속들이 보고되고 있었지만 허균은 웬일인지 무심했다.

스스로 역모의 빌미가 될 수도 있는 함정을 파고 있구나. 교산! 기다리게나. 내 곧 정신줄 놓칠 정도로 흔들어줄 터이니······.

칠월에 이르자 일만 삼천여 명의 파병 원정군이 결성되었다. 북방으로 떠나기 직전 도원수 강홍립을 불러들인 광해는 밀지를 내렸다.

형세를 보아 향배^{向背}를 정하라.

이것은 판세에 따라 명에게 등을 돌리고 후금 편에 서도 무방하다는 일종의 비밀 전략이었다.

여름 바람은 눅눅하고 비릿했다. 한바탕 소낙비가 쏟아질 요량인 듯 천둥 번개가 치자마자 빗방울이 굵어졌다. 덩달아 이이첨의 발걸음도 빨라지고 있었다.

이 비가 그치면 파병되는 원정군들이 도성을 밀물처럼 빠져나갈 것이다. 마침 도성이 비고 감시 병력이 줄어들었을 때 허균에게 올가미를 씌워야만 한다.

같은 시대 한 시절을 함께 풍미해가면서도 세태에 대한 두 사람의 대처 방법은 달랐다. 이이첨을 끊임없이 견제하면서도 광해의 믿음에 기대어 힘을 키우고자 집중하는 허균과 달리, 이이첨은 웃는 얼굴로 허균의 뒤를 캐며 역모의 꼬투리를 잡고자 안달하고 있었다. 어느 순간부터 허균은 그에게 정적이자 제거의 대상이 되었던 것이다. 집중과 제거의 대결처럼 허균은 느긋했고 이이첨은 치밀했다.

때를 놓치지 않으려 기회를 엿보던 이이첨은 이미 매수해둔 수라간 내 생과방 나인에게 연통을 넣었다. 부쩍 후궁전 소훈 허씨의 처소 출입이 잦아진 세자를 주시하고 있던 이이첨이 허균이 말미를 얻어 도성을 비우자 때가 왔음을 알린 것이다.

허균의 여식이 올린 다식을 먹고 잠들었던 세자가 갑자기 복통을 일으켰다. 다급히 어의가 들고 맥을 짚어 속을 다스렸으나 얼굴이 창백해지더니 설사를 하기 시작했다. 놀라 달려온 세자빈 박씨는 다식을 손수 올렸다는 소훈 허씨와 수라간 생과방 나인들을 모두 잡아들이라 소리를 질렀다. 이 상황이 믿기지 않는다는 듯 새파랗게 질린 소훈 허씨는 안절부절 못할 뿐이었다. 뒤늦게 달려온 중전 유씨는 앞뒤 가릴 새 없이 소훈 허씨의 빰을 쳤다.

"네년이 감히 세자를 죽일 뻔하였구나!"

"신첩은 모르는 일이옵니다. 왜 갑자기 저하께서……."

허씨의 변명을 미처 들으려 하지 않고 다시 한번 중전은 매섭게 쩌려보았다.

"시끄럽다. 내 이 일은 반드시 짚고 넘어갈 것이야. 네게 죄가 있다면 죽음으로 사죄를 해야 할 것이야."

허씨가 위기를 모면할 도리는 없어 보였다. 억울함에 눈물만 떨구는 소훈을 그 누구도 나서 도와주는 사람이 없었다. 엎친 데 덮친 격으로 생과방 나인이 비상약을 먹고 자결했다는 소식까지 전해졌다. 죽은 그녀의 품속에서 발견된 약봉지로 인해 대전도 발칵 뒤집힐 수밖에 없었다. 분을 삭이지 못한 광해는 장도를 빼 들었다.

만약, 그것이 비상이었다면…….

생각만 해도 몸서리쳐지는 일이었기에 광해의 분노는 하늘을 찔렀다.

"세자를 해치려 한 불온한 배후를 찾아 반드시 잡아들이거라."

불호령 섞인 어명을 내려도 성이 차지 않았다. 다만 세자의 후궁으로 들인 허씨가 허균의 여식이었고 더구나 내명부의 일인지라 애써 침착하려 했지만 온몸이 소름 끼치듯 떨리는 것이 멈춰지지 않았다. 자식에 대한 아비의 심정은 다른 이들과 다르지 않았던 것이다.

1618년 8월 5일.

광해는 박승종을 좌의정으로 이이첨을 판의금부사(判義禁府事, 종1품)로 명하는 교지를 내렸다. 판의금부사는 의금부를 총괄하며 위급한 사건을 수사하고 관료의 역모죄 등 중차대한 범죄에 대해 재판하고 임금에게 보고하는 자리였다. 나아가 형조에 갇혀 있는 죄수를 처결하거나 형옥^{形獄}을 다스리는 일을 겸하고 있기도 했다. 광해는 흉흉한 상소의 격문과 흉서의 진실을 분명히 밝혀내고 싶었던 차에 세자의 복통 사건이 터지자 이이첨을 판의금부사로 낙점했다. 하지만 이 판단이 허균의 생사를 가르게 될 줄은 꿈에도 몰랐다.

"판의금부사는 세자의 발병이 역모와 관련된 것이었는지를 철저히 밝혀내고, 일전 기준격과 곽영이 각각 올린 상소에 대해서도 그 내용의 사실 여부를 명백히 조사하라."

"명을 받잡겠사옵니다. 전하, 외람되오나 소훈 허씨가 허균의 여식이온데 만약 죄상이 밝혀진다면 어찌하오리까?"

"죄를 묻는데 상하 친소가 있겠느냐? 과인은 진상만 알고 싶으니 사정을 두지 말라."

"그래도 전하께서 아끼는 신하이온데……."

잠시 생각에 잠기는가 싶던 광해는 이 사달이 났음에도 허균이 보이지 않음이 이상했다.

"좌참찬…… 그는 어디 있는가?"

"소신이 알아본즉 강릉을 다니러 갔다 하옵니다."

"무엇 때문이냐?"

"지난 장마에 장서각에 물이 들었다 하여 며칠 휴가를 청하였던 것으로 알고 있사옵니다."

"아! 그랬었지. 과인이 경황이 없어 잠시 잊었군."

"하온데 전하, 아뢰옵기 황공하오나 좌참찬의 강릉행과 관련한 해괴한 소문이 장안에 돌고 있사옵니다."

"소문이라니? 무엇이냐?"

"강릉 땅 사천에는 교암蛟巖이라는 커다란 바위가 있사온데 그 바위 밑에 살고 있던 이무기가 용으로 승천했다 하여 붙여진 이름이옵니다. 세간에 떠도는 말이 좌참찬 허균이 강릉에 내려갔을 때마다 이 교암 바위에 들러 술을 올리고 임금을 대하듯 절을 하며 주문을 외웠다 하옵니다.”

“해괴한 일 아니냐? 주문을 외운다니…….”

“나는 새로운 세상을 만들고 싶은 이무기이다. 하나 때를 만나지 못하였구나라고 한탄하며 자신에게 세상을 호령할 천둥 번개와 비를 내려달라 기원하는 주문이라 하옵니다. 전하! 이무기는 득운우^{得雲雨}하여 승천하면 용이 되는 영물이 아니옵니까? 이것이 역성을 위한 발원이라는…….”

“이런 괘씸한 놈을 보았나! 감히!…….”

“소신 죽을 각오로 전하께 사실을 고하고자 하옵니다.”

이이첨은 몸을 웅크려 최대한 몸을 낮췄다.

“승천을 앞둔 이무기가 천둥 번개가 치는 장대비의 물비린내를 맡게 되면 그 기세는 어디까지 뻗칠지 모르는 일이옵니다. 통촉하소서.”

“과인에게 위험을 알리는 게냐?”

“경계를 늦추지 마시라 충심으로 간언하는 것이옵니다. 최근 허균이 사병을 모아 파병으로 인해 공백이 생긴 궁을 호위한다는 명분으로 공공연히 훈련도 한다 하옵니다. 그런데 그 사병의 우두머리들이 서얼과 천민이라 왕실과 양반 알기를 우습다 여기고 오로지 교산에게만 충성을 맹세했다는 이야기도 나오고 있는 터라…….”

“그의 패악이 과인을 기만하고도 남음이 있구나. 이 부사는 내게 증좌를 가져오너라. 그를 단죄하기에 늦지 않도록 서두르거라.”

이무기의 승천이라는 발원은 누가 들어도 역심이었다. 게다가 의심 많고 배신에 대한 극혐오를 지닌 광해의 성격이라면 이는 가벼이 넘길 일이 아니라는 것을 이이첨은 너무도 잘 알고 있었다. 이이첨은 양어깻죽지가 근지러웠고 광해는 마력에 걸린 사람처럼 이이첨이 꾸며낸 이야기에 깊이 빠져들었다.

허균은 누이 난설헌의 기일이 돌아오면 그립고 안타까운 마음을 누르지 못하고 강릉 땅을 밟곤 했다. 오누이의 정이 남달랐던 사랑하는 누이와 함께 노닐던 초당 옛집과 책벌레였던 그가 고향 사람들을 위해 세운 호서장서각을 둘러보곤 했다. 미려하게 뻗은 소나무 숲과 경포 호숫가를 거닐며 스물일곱 짧은 생을 살다 간 누이가 남긴 시구들을 읊조리며 누이가 늘 그리워하며 꿈꾸던 신선세계를 향한 애절한 시상을 가슴 깊이 품어보곤 했었다. 그러나 올해는 딸의 입궁을 신경쓰다보니 누이의 기일을 한참이나 넘겨버렸다.

1618년 8월 17일.

기준격과 함께 허균이 의금부에 하옥되었다. 판세가 허균에게 불리하게 돌아가고 있음을 간파한 개시가 궁 안에서 떠도는 홍길동 이야기를 광해에게 전달한 것이 결정적이었다. 뒤늦게 낌새를 알아챈 허균이 세자의 후궁이 된 여식과 식솔들 걱정으로 수없이 임금을 뵙기를 청하였으나 실권을 쥐고 있는 이이첨은 작정한 듯이 이를 묵살했다. 그러는 와중에 대전에서는 사람을 보내 증좌를 가져오라 수차례 독촉을 해오자 마음이 급해진 쪽은 이이첨이었다.

"죄인의 집을 샅샅이 수색하여 격문의 원본과『홍길동전』을 찾아내라."

의금부 관원들을 닦달했다. 그러나 허균의 사가 대청마루의 나무 바닥까지 걷어냈지만 이이첨이 그토록 애타게 찾고자 하는『홍길동전』은 찾을 수가 없었고 서궁 격문의 기초가 될 만한 글도 발견되지 않았다. 다만 누이 난설헌의 시를 필사한 종이뭉치들만 나뒹굴 뿐이었다.

추국장에서는 기준격과 허균의 대질신문이 이루어졌다.

이미 허균에게 독이 올라 있던 기준격은 살과 살을 더해 그의 잘못을 파고들었으나 허균은 단지 제자를 잘못 가르친 스승의 도리를 논할 뿐 일일이 대꾸하거나 반론하지 않았다. 추국을 이끌어가는 이이첨은 애가 탔지만 허균에게 자신의 의중을 들키지 않으려 애를 쓰는 것이 역력했다. 만일 광해의 변덕이 도져 허균이 이 난국을 벗어나기라도 한다면 자신을 적이 아닌 동지로 기억하게 해야 한다는 치밀한 계산이었다. 끊임없이 허균에게 안심해도 된다는 눈길을 보내면서도 기준격에게 힘을 실어줄 만한 말들은 빠짐없이 기록하게 하였다. 허균의 심복이었던 현응민, 하인준, 김윤황, 우경방까지 잡혀 와 장형을 받았다. 하지만 이들은 승복하지 않았고 화가 난 이이첨은 더 혹독한 압슬형을 가했다. 그러자 형을 이겨내지 못한 그들은 결코 허균의 사주를 받은 적이 없으며 자신들이 벌인 일이라며 목숨을 내놓았다.

원하는 결과를 얻지 못한 이이첨은 마침내 끝을 보기로 마음을 굳혔다. 어떠한 형태로든 자신보다 허균이 앞서게 되는 걸 결코 용납할 수 없었고 권력의 정점이 가져다주는 혜택을 이미 몸에 익힌 그였다. 그러니 누군가와 권력을 나눠 갖는다는 것은 곧 자신만의 아성에 위협이 될 수 있다는 것을 지난 경험으로 잘 알고 있었기 때문이다.

하늘의 해가 두 개일 수 없듯이 장차 왕의 할아버지가 둘이어서는 아니된다.

허균을 지키려 목숨을 내놓았던 자들이 결안했던 문서는 어느새 허균의 범행을 인정하는 것으로 바뀌어 있었다.

그로부터 일주일 후, 인정문 앞에 친국장이 차려졌다. 광해가 직접 나선 것이다. 광해의 좌우로 우의정 박홍구, 판의금부사 이이첨, 동지의금부사 유희발, 대사헌 남근, 대사간 윤인, 도승지 한찬남, 주서 한유상 등이 입시했다.

허균의 사람들인 우경방과 현응민은 이미 죽기를 각오한 듯 고된 공초에도 꺾이지 않고 의기가 단단했다.

"흉서는 모두 내가 한 짓이오. 좌참찬 허균 대감은 모르는 일이외다. 하늘이 무섭거든 억울한 사람을 만들지 마시오."

"그렇다면 흉격을 꾸민 연유가 무엇이냐?"

광해가 참지 못하고 다그쳤다.

"그것은 간신배들이 자신의 사욕에만 눈이 멀어 나라의 주인을 기만하고 백성들을 버러지같이 취급하는 현실을 차마 볼 수 없어 민심을 전하고자 한 것뿐이오."

입안 가득 고여 있던 핏덩이를 내뱉은 현응민은 이이첨을 노려보며 말을 이었다.

"민심을 핑계로 삼아 역모를 꾀하려한 흉악범은 바로 저놈이외다."

이이첨을 변호하듯 우의정 박홍구가 나섰다.

"허균이 행한 흉역을 저들의 입으로 실토를 하고 결안까지 하였습니다. 전하! 이들의 혀에 현혹되지 마소서. 불안에 떨던 백성들은 역적들이 붙잡힌 것을 다행이라 여기며 속히 처형하라 외치고 있습니다."

그러자 입시한 자들이 한목소리로 '속히 정형을 행하소서' 주청하기 시작했다.

이어 김윤황과 하인준이 끌려 나오자 이이첨은 격앙하여 목소리를 높였다.

"지난번 서궁에 떨어졌던 격문을 허균이 작성하였다 실토한 자들이옵니다."

서궁이란 말에 잠시 광해는 인목의 모습이 떠올랐다.

"정말 허균이 작성한 것이 맞느냐?"

그러자 김윤황이 이이첨을 매섭게 쳐다보며 말했다.

"이이첨 저놈이 듣고자 원하는 말은 모함입니다. 양심 있는 전하의 백성으로서 결코 따를 수는 없사옵니다. 그 격문은 결단코 허균의 글씨가 아니옵니다."

이이첨이 기겁했다.

"전하, 저놈은 허균의 심복이옵니다. 통촉하소서."

광해가 이렇다 할 증좌가 나오지 않아 결정을 내리지 못하고 머뭇거리자 이이첨이 두세 걸음 앞으로 나가더니 외쳤다.

"증인을 들여라."

걸음을 잘 떼지 못할 정도로 허약해 보이는 사내 하나가 형리들의 부축을 받으며 친국장에 들어섰다. 영문도 모른 채 끌려온 듯 얼굴빛이 파리해진 사내는 친국장 분위기에 놀라 온몸을 사시나무처럼 떨고 있었다.

"전하, 이자는 세자 저하를 해치려던 수라간 생과방 나인의 애비이옵니다. 증좌를 찾기 위해 이자의 집을 급습하였더니 집 안에는 쌀과 고기가 가득했으며 장안 최고의 의원이 이자의 병을 치료하고 있었사옵니다. 하찮은 궁인의 벌이로 겨우 입에 풀칠이나 할 살림에 그것이 가당키나 한 것이었겠사옵니까?"

"쌀과 고기에 의원이라…… 어찌 된 일이더냐?"

광해의 음성은 까칠하고 날이 섰다.

"네놈이 답을 올리거라."

이이첨의 카랑카랑한 목소리가 친국장을 울렸다.

사내는 광해를 바라볼 엄두도 내지 못한 채 이마를 땅에 붙이고 이가 맞부딪히는 소리를 낼 정도로 떨기만 했다.

"이놈! 물고를 내어야만 입을 열 테냐?"

이이첨의 불호령에 간신히 사내의 입이 떨어졌다.

"보름 전에 좌참찬 대감댁 청지기가 찾아와 궁에 들인 제 딸년에게 약조를 하였다며 쌀가마와 고기를 들여놓고 십수 년 누워 지내던 소인의 병을 고쳐줄 의원을 부르라며 큰돈을 안겨주고 갔사옵니다."

"좌참찬이라면 허균 아니냐?"

놀란 듯 광해는 자리에서 벌떡 일어서며 다시 물었다.

"그리 알고 있사온데 천한 것이 의원이라니요. 죽을죄를 지었사옵니다."

사내는 끌려온 이유도 딸의 죽음도 모르는 듯했다.

예기치 않은 증인의 입에서 허균이란 이름이 나오자 친국장은 술렁였다. 사내의 증언이 미심쩍기는 하지만 차마 드러낼 수는 없는 감정에 대사헌은 눈을 감았고 우의정과 도승지는 입을 벌렸다. 놀란 것이다. 모든 귀와 눈은 광해에게 쏠렸다. 이이첨은 속으로 쾌재를 불렀다.

이제 주상의 한 마디면 모든 것이 끝이 날 것이다. 나는 다시금 두 다리 쭉 뻗고, 나는 새도 떨어뜨리며 국본을 손아귀에서 쥐락펴락할 수 있는 호시절을 만끽할 것이다.

보름 전 이른 새벽녘에 쌀을 가마니로 가득 채운 지게를 짊어진 노비 두 사람을 앞세우고 그들보다 수십 보 떨어져 갓을 쓴 이이첨의 수하가 연신 주위를 살피며 길을 나섰다. 그리고 생과방 나인의 집에 당도한 그들은 고깃덩이와 엽전 한 자루를 나인의 부모에게 안겼던 것이다.

"믿을 수 없도다. 내 좌참찬을 그리 아꼈거늘…… 과인의 평생지기로 같은 길을 걷고자 했거늘……."

광해는 휘청거렸다. 믿음이 깨지며 엄습해오는 광기가 그를 압도했다.

"감히 세자를 시해하려 음모를 꾸미고 있는 것도 모르고 그의 여식을 통해 왕자까지 보려 했으니…… 한심하고 또 한심하다."

이때를 놓칠 이이첨이 아니었다. 그 자리에 부복하며 말을 이었다.

"전하의 총애도 부족해 감히 용을 꿈꾸고 있었다는 정황이 아니오니까? 전하! 소신 역도의 의중을 미리 파악하지 못하고 전하의 곁을 맴돌도록 방관한 죄 백번 죽어 마땅하옵니다. 소신! 죽여주시옵소서."

입시해 있던 신료들도 일제히 머리를 조아렸다.

"허균을 사하소서."

"대역죄인 허균을 끌어내라."

추상같은 어명에 따라 옥중에 있던 허균이 친국장으로 끌려 나왔다. 다른 죄인들은 수차례 형신을 받아 몰골이 피투성이인 데 반해 허균은 텁수룩한 수염과 헝클어진 머리로 피곤해 보일 뿐 온전한 모습이었다.

끌려 나온 허균과 눈이 마주치자 광해는 분을 참지 못하고 자신이 앉았던 의자를 집어던졌다. 계단을 구르며 의자 부서지는 소리가 땅이 갈라지는 소리와도 같았다.

"네놈이 국본인 세자를 해하여 얻고자 한 것이 무엇이더냐? 과인의 이 자리였더냐?"

"전하! 소신은 결단코 불온한 마음을 품은 적이 없사옵니다. 하늘이 알고 땅이 알고 판부사가 누구보다 잘 알고 있는 일이온데……."

엎드려 읍소하고 있는 이이첨에게로 고개를 돌려 허균은 그의 비호를 간절한 마음으로 기대했다.

"관송! 관송…… 말 좀 해주시오."

이이첨은 허공을 응시한 채 꿈쩍도 하지 않았다. 그럴수록 허균의 몸부림은 더욱 강해졌다.

"전하, 혜안을 밝히소서. 소신을 믿으셔야 하옵니다."

허균의 간절한 목소리와 몸짓에 광해는 마음이 흔들렸다. 심장이 심하게 쿵쾅거리는 소리가 들리는 것 같아 가슴을 움켜쥐었다.

"죄인은 저자를 똑바로 보아라."

보다 못한 우의정 박홍구가 허균의 시선을 돌렸다.

"네가 세자 저하 시해를 사주한 년의 아비다."

세자 시해를 사주했다는 우의정의 말에 허균은 정신이 번쩍 들었다. 다만 오해일 것이다. 오래전 칠서의 변에 대한 상소의 후유증일 것이라 생각하고 충분히 헤쳐나갈 수 있을 것이라 자신했던 자신의 생각이 틀렸다는 걸 뒤늦게 깨달은 것이다. 철저한 음모와 함정에 자신이 빠져버렸다는 것을 눈치챘지만 어쩌면 너무 늦었다는 생각이 눈앞을 가렸다.

우의정이 가리킨 자를 돌아보았으나 전혀 알 턱이 없는 사람이었다.

"전하! 소신은…… 저자를 본 적이……."

허균이 말을 마무리하기도 전에 부복해 있던 이이첨이 빠르고 낮은 목소리로 의금부 도사에게 지시했다.

"뭣들 하느냐? 저놈의 주둥이를 틀어막지 않고……."

이이첨의 짧은 외침에 형리들이 재빨리 그의 입에 재갈을 물리려 달려들었다. 허균은 고개를 가로저으며 심하게 저항했다. 하지만 어쩌랴…… 이이첨이 가장 두려워하는 것은 언제 광해의 마음이 바뀔지 모른다는 것이었다. 허균의 몸부림이 거세질수록 '속히 정형을 집행하소서' 이어지는 독촉의 목소리도 높아갔다. 실핏줄이 터져 붉은 눈물이 금방이라도 쏟아질 것 같은 허균의 얼굴을 목격한 광해는 고개를 돌렸다.

내게 있어 허균이 누구였던가! 그를 통해 조정의 도당들을 일제히 몰아내고 그와 함께 새로운 세상을 펼치리라 희망을 품었던 자가 아닌가!

"허균의 입에 물린 재갈을 풀라. 저자에게 물어볼 말이 있다."

"아니 되옵니다. 철면피 가죽을 뚫고 나온 수염처럼 질기고 거칠고 위아래 예의도 모르고 양심이라곤 찾아볼 수 없는 짐승만도 못한 인간을 한시라도 더 대면하시게 되면 용안이 손상될까 두렵사옵니다. 명을 거두어 주시옵소서."

반발하는 이이첨의 말투에 위기감이 돌았고 허균과 광해의 두 눈빛이 다시 마주쳤다. 온통 시뻘겋게 핏기를 머금은 두 눈에서는 야수의 섬뜩함이 전해졌다. '그는 이무기이옵니다.' 이이첨의 말이 귓가를 맴돌았다.

"역적의 예에 따라 정형하라."

두려움이 엄습한 광해는 더 이상 그를 바라보지 못하고 고개를 돌렸다.

"나는 할 말이 있소"

허균의 절규 섞인 목소리가 재갈 물린 입속에서 몸부림을 쳤다.

이이첨은 이무기 목에다 올가미를 거는 상상을 했다.

대추나무에 걸린 이무기가 발버둥 치면 칠수록 가시에 찔려 상처가 나고 힘이 빠져 축 늘어질 것이다. 이제 활활 타오르는 관솔불에 이무기는 던져질 것이다.

"교산! 이번 생에 승자는 나일세. 잘 가시게나."

이이첨의 괴이한 실웃음 소리가 저잣거리로 끌려 나가는 허균의 뒷목덜미에 꽂혀 따라가고 있었다. 아무리 생각해도 이해할 수 없는 이 억울한 죽음을 설명하지도 설명받지도 못했다. 다만 역사가 기록할 오명을 천추의 한으로 곱씹으며 이 무례하고 무지하고 비겁하기 짝이 없는 조선에서 태어난 영웅호걸은 스스로를 탓할 뿐이었다. 허균은 혀를 깨물었다.

배신에 울며 구차하게 목숨을 구걸하진 않으마. 미완으로 끝나는 교산의 여의주는 저세상에서 제대로 품고 놀아주마.

이무기 승천하다

허균의 형이 집행되는 저잣거리는 몰려든 인파로 북새통을 이뤘다.

참혹한 사지거열형[四肢車裂刑]의 형장은 역적이라는 오명을 쓴 채 죽음을 눈앞에 둔 허균에 대한 동정과 비난이 뒤섞여 아수라장이 되었다. 팔다리와 목이 제각기 다른 방향으로 선 다섯 대의 우차에 단단히 묶인 채 집행관의 손에 들린 죽음의 부표를 향한 허균의 눈동자는 하얗게 뒤집어져 혼절한 듯 보였으나 비겁하고 치졸하기 짝이 없는 더러운 세상을 향해 포효하듯 몸부림치는 팔다리가 그가 깨어 있음을 알려주고 있었다.

"왕이 또 하나의 억울한 원귀를 만드는구나!"

"깨어 있는 세상을 꿈꾸는 자를 죽음으로 다스려지는 이 조선에 망조가 드는구나!"

"사람보다 더한 악귀가 없다고 했던가!"

어디선가 허균을 대신한 단말마의 외침들이 쏟아졌지만 사람들의 웅성거림에 묻혀 공기처럼 흩어질 뿐이었다. 형리들이 소의 엉덩이를 세차게 치자 소들은 허균을 매달고 사지 오방으로 내달렸다. 비명도 호사라 순식간에 허균의 목과 사지가 찢겨나가며 거리의 황톳빛 흙 위로 선홍빛 핏물이 솟구쳐 올랐다. 붉은 꽃, 생명의 꽃이었다. 그 광경을 목도하고 있던 군중에게까지 붉은 피가 튀자 놀라 비명과 함께 땅바닥으로 나자빠지는 사람들과 그 핏줄기를 피하려 밀고 밀치며 피해 가는 사람들로 형장은 지옥도를 방불케 했다. 노인들은 어린아이의 눈을 가렸고 놀란 아녀자들이 오줌을 지렸다.

저잣거리와 담 하나를 마주하고 있던 서궁에도 끔찍한 형장의 상황이 전해지지 않을 리 만무했다.

"무슨 일로 저리 소란하단 말이냐?"

먹물을 흠뻑 머금은 붓끝을 가볍게 털어내며 쓰고 있던 글을 멈춘 인목이 방문을 열었다.

"난리라도 터진 게냐?"

"마마! 방금 좌참찬 허균이 사지거열당하였다 하옵니다."

담장 밖으로 목을 길게 빼었지만 군졸들과 군중에 가려 형장을 바로 보지 못해 발끝을 올리던 나인이 인목에게 고했다.

"좌참찬이? 그럴 리가 있겠느냐? 허균은 한창 광해군의 총애를 받고 있을 터인데…… 좀 더 알아보고 오너라."

"쇤네의 말이 맞사옵니다. 몰려든 사람들이 분명 그리 말하고 있사옵니다. 죽은 죄인이 좌참찬 허균 대감이온데 역모죄라고……."

"그가 무엇이 아쉬워 역모를 한단 말이냐? 나는 믿지 못하겠다."

"아이~참! 마마! 역모가 아니면 왜 저잣거리에서 저렇게 참혹한 형벌을 받겠사옵니까?"

"그러면 그와 연관된 자들은 누구라 하더냐?"

"허균의 조카사위 되는 의창군이라 하옵니다."

"뭐라…… 의창군? 분명 의창군이라 하더냐?"

이미 세상을 떠난 인빈 김씨를 떠올리며 입술을 지그시 깨물었다

"이를 어찌한단 말입니까? 인빈!"

한여름 밤이었으나 한기가 몰려왔다. 인목은 조용히 문을 닫았다.

허균의 문재는 선왕께서도 아끼셨다. 천재적인 그의 재능에 나는 그를 우리 영창대군의 스승으로 천거하려 하지 않았던가! 선왕께서 살아 계셨다면 그도 나도 우리 영창도 이렇게 허무하게 세상을 등지게 되지 않았을 것을…… 비록 내게는 칼을 꽂는 자들 중 하나였으나 결국 그대도 세상으로부터 버림을 받았구려.

인목은 허균의 죽음을 안타까워하면서도 인빈 김씨에게 죄스러워 고개를 숙였다. 유일한 소일거리였던 붓도 내려놓고 끼니도 거른 채 기도했다.

내 나약함이 내 자식을 죽이고 그대의 자손들까지 죽음으로 내몰고 있군요. 나를 용서하지 마세요. 인빈……!

그 시각, 쌍리문동 자신의 집 앞마당을 뒷짐 지고 천천히 거닐던 이이첨은 오랜만에 찾아온 여유와 편안함을 즐기고 있었다. 동지였으나 어느 날부터인가 정적이 되어버린 허균의 제거를 위해 불나방처럼 뛰어다녔던 시간들을 떠올려보았다.

허균이 경술했어. 허균이 오만했지.

반복해 되뇌며 이이첨 자신을 앞설 것만 같던 허균에 대한 불안과 자조감을 지우려 애를 썼고 그 자격지심 때문에 허균을 사지에 몰아넣은 자신을 스스로 정당화하기도 했다.

교산! 자네는 임금의 곁을 가까이 지키는 데 만족해야 했었네. 여식을 세자 후궁으로 밀어 넣고 왕손에 대한 욕심을 내며 권세를 꿈꾸는 것을 내가 간과할 줄 알았던가? 제 무덤을 스스로 판 사람은 교산 바로 자네였었네. 나를 원망하지 말게나……

세자 음해 사건은 광해가 허균의 목에 비수를 꽂게 만드는 결정타였다. 그 비수를 칼집에서 빼준 것이 자신 아니었던가! 이이첨은 자신의 계략을 스스로 대견해하며 걸음걸이에 힘을 실었다.

그 누구라도 내가 가는 앞길을 막을 수 없다. 응당 죽음으로 맞설 용기 있는 자 어디 있으랴.

허균의 죽음은 창덕궁 대전을 지키고 있던 개시에게도 큰 충격이었다. 사지거열형까지 그리도 신속하게 처리될 줄은 꿈에도 생각지 못했다. 광해의 우유부단함과 의심의 충돌이 그리 쉽게 마무리될 줄 상상도 하지 못했다. 그녀가 알던 광해가 아니었다. 허균의 딸을 세자의 후궁으로 넣으려 종용한 것도 자신이었고, 이이첨의 야망과 간교함을 견제하고 광해를 지키고자 허균을 광해의 곁으로 밀어 넣은 것도 자신이었다. 무엇보다 그와 함께 세상을 논하며 지내다보면 개시는 자신의 약점과도 같았던 가난에서 비롯된 어린 날의 상처들이 허균의 내면 깊숙한 곳에서 꿈틀대는 천민과 서얼에 대한 차별 없는 평등 세상을 만날 수도 있을 것이라는 경외감이 생겼다. 그것이 그녀를 허균에게 더 다가가게 했던 것이다. 개시는 세자 음해 사건의 배후에 이이첨이 있으리라 의심했으면서도 매관매직뿐 아니라 후궁들에게서까지 뒷돈을 챙기는 데 빠져들어 자신이 잠시 한눈판 것이 이이첨에게 시간을 벌어줄 줄은 몰랐다. 그리고 그 빈틈이 허균의 명줄을 잘리게 할 줄도 더더욱 알지 못했다. 이이첨의 손바닥에서 놀아난 것 같은 더러운 기분에 개시는 이를 갈았다.

이이첨! 그대의 사악한 야망이 전하께로 향하는 일만은 자중해야 할 것이야.

등 떠밀리듯 허균에게 사형을 명한 것이 묵은 체증처럼 마음에 걸린 광해는 불온한 세력들이 서궁에 잠입할지도 모른다는 심려까지 보태 노심초사했다. 그렇게 마음이 불안해질 때마다 광해는 은밀히 음영을 불러들였고 그 때문에 음영의 움직임도 분주해질 수밖에 없었다.

교산을 너무 성급히 보냈다. 조금 더 신중을 기했다면 그를 이리 허무하게 잃지는 않았을 것을…….

허균의 처형을 두고 여러 가지 의혹이 제기되자 생각이 많아진 광해는 말을 아꼈다. 한동안 잠잠했던 서궁에 대한 여론은 허균 처형 이후 다시금 머리를 들기 시작했다. 사헌부와 사간원에서 서궁 폄손貶損 절목을 정해 속히 폐출하라 강하게 주청하고 나섰다. 광해가 이를 물리치자 다음 날은 홍문관이 그다음 날은 양사가 반복해서 주청하고 나섰다. 불같이 화를 내며 일언지하에 거절해도 그들의 주청은 멈출 줄 몰랐고 하루도 거르는 일이 없었다.

인목의 궐 밖 폐출만은 용인할 수 없다. 하지만 의정부와 삼사에는 온통 이이첨 사람들로 채워져 있다. 그렇다면…… 이이첨을 달래야 한다.

이번에 반드시 서궁 문제를 매듭짓겠다 결심한 광해는 승지와 내관을 물리친 후 이이첨을 마주했다.

"예판이 좌참찬 허균을 이무기라 칭하였던 것을 과인은 똑똑히 기억하고 있소. 또한 세간에서 예판을 이르길 사갈이라 칭한다는 것 역시 과인이 모르지 않소. 그렇다면 예판! 우리 오늘 허심탄회하게 이야기해봅시다. 허균을 고신 한 번 가하지 않았고 그의 자복도 없었던 상황에서 성급하게 처단해야만 했던 급박함이 무엇이었소? 결안結案의 서명도 강제로 받은 것을 과인이 모를 줄 알았던 게요?"

광해의 가시 돋친 추궁이었다. 기세에 질리지 않으려 애를 쓰고 있었지만 내심 놀람이 역력했던 이이첨은 답을 서둘렀다.

"전하, 그는 대역 죄인이옵니다."

"그것은 예판 생각이고! 그의 죽음에 지금 뒷말이 많은 것을 어찌 해명하겠소?"

"창덕궁을 역습해 전하의 목에 칼을 겨누려 했던 이무기이옵니다. 여의주를 품으려 전하의 용상을 넘본 자란 말이옵니다. 소신은 일찍이 그의 첩인 추섬秋蟾을 공초하여 증좌까지 확보해두었습니다. 그러나 이를 공론화하지 않고 속히 마무리 지었던 것은 전하께서도 아시다시피 허균과 저는 동지애를 나눈 형제와 같은 사이였으며 그가 전하의 총애를 받고 있던 터라 전하께 누가 될까 심려되어 그리하였사온데……."

"그것은…… 그 증좌라는 것이 말이오. 어쩐지 허균을 죽여야 했기에 짜놓은 구실로밖에 보이지 않소만."

"전하, 소신의 충정을 의심하시옵니까? 억울하옵니다."

날카롭고 서슬 퍼런 지적과 함께 광해는 오른손으로 턱수염을 쓸어내렸다. 그런 동작은 타협을 요구할 때 나오는 습관이었다.

"예판, 이리된 마당에 과인이 예판을 의심한다면 그게 가당키나 한 말이겠소? 두 사람의 친분을 보아서라도 예판이 의심 살 일은 아니지. 하나 뒤집어 생각해보니 그대의 말처럼 그리 친한 벗인 허균의 역모를 얘기하면서 이 일에 예판이 연루되지 않았을 것이라 생각하는 자가 몇이나 되겠소이까?"

광해는 생각을 뒤집어 허균이 역도라면 벗인 이이첨도 무사할 수 없을 것이라는 허점을 제대로 꼬집고 있는 것이었다.

아뿔싸…….

이이첨은 자신이 광해에게 뒤통수를 맞았다는 것을 깨달았다.

뛰는 놈 위에 나는 놈이라더니…….

"전하, 소신에게 원하는 것이 있으신 듯하옵니다."

눈치 빠르고 영민한 이이첨이었다. 광해는 그런 그가 마음에 들었다는 듯 너털웃음을 터뜨렸다.

"예판! 과인은 이번 역모 사건에서 허균이 옹립하려 했다는 의창군을 기읍畿邑으로 위리안치할 생각일세. 그러니 서궁은 이제 더 이상 건드리지 마시게."

그제야 이이첨은 왜 광해가 자신과 독대하며 허균의 사지거열에 대한 논란을 추궁하고 있는지가 명백해졌다.

"전하, 그것은 소신이 홀로 결정할 일이 아니오라……."

"그만하시오."

이이첨의 시선을 외면하며 허공으로 쏟아낸 광해의 외마디는 단호했다.

"서궁을 폐출하라는 상소에 대한 비답은 과인이 곧 내릴 것이오."

마침표를 찍듯 광해는 자리에서 일어났다. 삼사에 너의 사람들로 채워져 있음을 알고 있으니 그 뒤는 알아서 하라는 강한 암시이면서, 차후 전교가 아니라 비답으로 내린다는 것은 타협이었다.

이미 사지거열된 허균을 임금이 문제 삼겠다 적극 나서면 내 목줄이 끊어질 수도 있을 것이다. 오히려 사라진 허균을 앞세워 타협을 요구하고 있는 것이 다행일 수도 있다.

이쯤에서 한발 양보하기로 마음 굳히고 궁을 나서는 이이첨의 발걸음이 무거웠다. 임금의 방패막이며 허울뿐인 정승이 아니라 권력의 중심은 자신이라는 자존감으로 가득 채워져 있던 그 이이첨이 아니었다.

서궁의 예우에 대한 비답이 삼사에 내려지자 삼사의 상소도 거짓말처럼 멈추었다. 비답에 담긴 타협을 이이첨이 받아들인 것이었다. 인목의 예우에 대한 기준이 결정된 것이다.

조알^{朝謁}, 문안^{問安}, 숙배^{肅拜}를 폐지하고 공헌^{貢獻}을 없애며 공주는 옹주의 예에 따른다. 아비가 역적의 괴수라 서궁 역시 역모의 죄를 비껴갈 수 없으며 아들은 역도들에 의해 추대되어 이미 종묘에 죄를 지었으니, 죽은 뒤에는 온 나라 상하가 거애^{擧哀}하지 않고 복^服을 입지 않음은 물론, 종묘에 들어갈 수도 없다. 이에 궁궐 담을 올려 쌓고 파수대를 설치하는 한편 군사를 수직^{守直}하게 한다.

이로써 서궁을 지켰다. 비록 대비와 공주의 칭호는 잃었지만 인목과 정명을 서인으로 강등하고자 발악하는 저들의 사특한 손아귀에서 구해낼 방법은 이것밖에 없다.

대소신료와 유생들이 앞다투어 상소를 올렸지만 이를 물리치며 사 년 가까이 지루할 정도로 시일을 끌던 광해가 지키고자 했던 그녀, 인목이었다. 서인으로 강등되어 궁에서 폐출되는 일만은 막아낸 대신 삼사의 주청과 절충한 비답이었다.

이이첨의 맞상대로 허균을 좌참찬에 낙점하고 그를 통해 서궁을 지키고자 하였으나, 애석하게도 허균은 계략에 말려들어 참혹하게 죽음을 맞았다. 절치부심하듯 광해는 이이첨의 허점을 제대로 파고들어 서궁 문제를 비로소 정리한 것이었다. 광해는 안도의 숨을 크게 내쉬며 오랜만에 술잔을 달게 넘겼다.
결론적으로 허균의 죽음이 인목을 지키게 만든 꼴이었다.

하지만 서궁은 쑥대밭이 되었다. 광해가 내린 신분 강등 전교에 의해 얼마 남지 않았던 궁인 중 또다시 반의반이 서궁에서 쫓겨 나가 서궁의 모든 것이 열악해졌고 절망적으로 변했다. 서궁에서 쫓겨나는 궁녀들이 발길을 떼지 못하고 대비마마를 애절하게 부르며 통곡을 했다. 억울하고 참을 수 없는 분노에 어지러운 마음이 쉽게 가라앉지 않았다. 떠나는 이들을 차마 볼 수 없었던 인목은 망연자실 눈가를 붉히고 정명공주도 인목의 무릎에 얼굴을 묻고 눈물을 흘렸다.

"어찌 지내느냐?"

"뜰에 나와 비를 맞으며 실성한 사람처럼 서 계시옵니다."

"궁인들은 다 어디 가고……."

광해의 목소리에 걱정스러움이 묻어났다.

"얼마 남지 않은 궁녀들도 함께 비를 맞으며 울고 있사옵니다."

음영이 가져온 우울한 소식에 광해는 두세 번 깊게 호흡을 삼켰다. 그러고는 청심재 쪽 하늘을 응시했다.

심하게 젖어들면 허물어지는 법인데…… 부디 조심하시길…….

세자 시절 선조로부터 꾸지람을 듣지 않는 날이 없었다. 그럴 때마다 동궁에 틀어박혀 홀로 울분을 삭였다. 간혹 장대비라도 내리거나 폭설이라도 쏟아지면 대전을 찾지 않아도 되는 것을 위안으로 삼았다. 그러다 날이 개면 푸른 하늘에 원망을 실어 보내고 부모 사랑에 대한 갈증을 안으로 삭이며 오래도록 흰 구름을 바라보곤 했었다. 비를 맞고 있는 인목의 심정 또한 그럴 것이다.

후궁 전각에서는 웃음소리가 멈추질 않았다. 임 소용과 정 소용의 거처를 제 방 드나들 듯 넘나들며 늦어지는 수태를 책망하는 일이 많아진 개시는 근래 들어 이름패 뒤집기 놀이에 재미를 붙였다. 명나라에서는 내관이 매일 밤 후궁들의 이름이 적힌 부표를 뒤집어 상판에 올려바치면 황제가 그중 한 패를 뒤집어 선택된 후궁이 그날 밤 황제를 모셨다. 개시도 이 놀이에 맛을 들이면서 간간이 광해를 흔들었다.

"전하께서 오늘 잡으실 패는 누굴까, 매번 궁금해 죽을 지경입니다."

"그것이 그리 재미있더냐?"

개시에게 매수된 내관은 광해가 상판에 놓인 패를 잡을 때는 왼손을 쓰는 습관을 기억해두었다가 그 자리에 후궁 임씨와 정씨의 패를 놓고는 했다. 그 패를 잡게 했을 때 개시가 느끼는 희열은 컸으나 후궁의 처소로 향하며 광해가 남기는 그림자의 여운을 눈으로 좇다보면 씁쓸한 기분을 감출 수 없었다.

개시는 자신의 손바닥 안에서 흔들려주는 광해에 만족할 수 없었다. 모든 것이 자신이 설정한 틀 안에서 이루어져야 했던 그녀를 종종 자극하고 참을 수 없게 만드는 것이 있었기 때문이다. 그것은 가끔씩 서궁 쪽 하늘을 바라보는 광해의 애잔한 시선이었다. 언젠가는 후환이 될 것이라는 기우가 점점 현실 속으로 다가오는 것 같아 불길하기까지 했다. 그럴 때면 진즉 후환덩이를 없애버리지 못한 것이 두고두고 한이었다.

광해는 인목을 서궁에 가두고 옴짝달싹 못 하게 옥죄어놓았지만 간간이 식량과 물품을 내리며 지속적인 관심을 보였다. 그럴 때마다 개시는 물건을 바꿔치기하거나 훼손하여 훼방을 놓았다.

궁중 물품을 담당하는 내소사에서 보내온 짐을 풀던 서궁의 궁인들은 매번 기겁을 했다. 보내온 옷가지에는 죽은 쥐가 말려 있었고 쌀과 곡물에는 잿가루와 타분새기가 섞여 까맣게 변해 있었다. 찬거리로 보내온 채소 나물은 벌레 똥이 가득한 채 으깨져 지저분하기 짝이 없었다. 사람이 먹을 수 있는 것들이 아니었다.

"모두 태워버리거라."

믿을 수 없다는 듯 물품들을 눈으로 확인한 인목은 어이가 없었던지 두 번 다시 눈길을 주지 않은 채 안으로 들었다.

"이제 우리를 아예 굶겨 죽이기로 작정을 하였구나."

"마마, 저들의 비열하고 악랄함은 더하면 더했지 여기서 그치지 않을 것이옵니다. 궁에서 보내오는 물품들을 태워 저들을 자극하면 아니 되옵니다. 드러내지 말고 버텨내셔야 하옵니다."

"그래서 내가 이리 참고 있는 것이 아니냐?"

"마마를 제대로 보필하지 못하는 저희 궁인들이 송구할 뿐이옵니다."

"그대들의 불편과 고난을 내 모르지 않는데 그리 말하지 마라. 다 내 부덕함 때문이다."

"존귀하신 우리 대비마마를 이리 홀대하는 자들 모두 천벌을 면치 못할 것이옵니다."

"그래…… 자네들이 곁에 있어 내 이리 목숨 부지하고 살고 있네. 우리에게도 별 들 날이 오지 않겠는가? 그날을 위해 내 이 수모들을 참아낼 것이다."

인목의 의연함에 지밀상궁 여씨와 달이의 얼굴에 모처럼 잔잔한 미소가 내비쳤다.

"궁 살림은 제게 맡기시고 마마께서는 공주 아기씨와 마마의 안위만 생각하셔야 하옵니다. 언제 또 자객이 보내질지 모르는 일이라 안팎으로 문단속을 잘하고 있사오나 늘 근심이옵니다."

밤잠을 설쳐가며 모녀를 지키고 수족처럼 움직이는 이들이 고마워 인목은 궁인들 손을 일일이 잡아주었다. 몸과 마음고생이 심한 손이라 메마르고 딱딱했지만 어우르는 손길은 따스하고 부드러웠다.

"아버님과 영창을 죽인 자들을 도저히 용서할 수 없구나. 자네의 말처럼 반드시 갚아줄 날이 올 것이야. 혹독한 겨울 땅에도 봄은 올 것이니 이곳에도 봄 햇살이 그냥 지나칠 리 없지 않겠느냐? 버티자꾸나."

인목의 눈물에 여 상궁뿐만 아니라 서궁 나인들 모두 눈물을 쏟아냈다.

"우리 가엾은 공주도 명심해야 한다. 우리 모녀는 지금부터 광해군의 눈길과 관심에서 지워져야만 살아남을 수 있다. 이 어미가 너만은 꼭 지켜줄 것이야."

정명공주의 맑은 눈빛에 인목의 애처로움이 스며들었다. 인목은 막막한 앞날에 대한 두려움을 목울대로 넘기며 정명을 안았다.

광해는 후궁들의 치마폭에 싸여 경연과 조회도 잊은 듯 술과 함께 시간을 보냈다. 가끔씩 술에 대취한 광해는 후궁들의 얼굴을 쓰다듬고 꼬집으며 '복사꽃이 아름답습니다'라고 혼잣말처럼 읊조리곤 했다. 후궁들은 자신의 고운 얼굴에 빠져든 광해의 애정 표현으로 착각하며 교태를 부렸지만 이를 바라보는 개시의 눈에서 불꽃이 일었다. 복사꽃이 인목을 지칭한 은어라는 것을 짐작하고 있었기 때문이다.

그런 날이면 그 불똥은 어김없이 서궁으로 튀었다. 한술 더 떠서 서궁으로 들이는 내소사 공물까지 빼돌리고 낡고 해어진 옷가지를 골라 보내는 횟수가 많아질수록 서궁의 생활은 궁핍했다. 궁인들은 여기저기 땅을 헤집고 다니며 먹을 만한 풀들을 찾아내 간신히 인목의 상에 올렸고 먹을 것이 부족해 끼니를 건너뛰던 궁인들은 벌레 똥이 가득하고 뭉그러진 나물을 일일이 씻어 자신들의 배를 채웠다.

서궁살이의 고난을 비웃기라도 하듯 광해의 평안에 기댄 창덕궁 개시의 처소에는 여인네들의 웃음소리가 끊이질 않았다. 개시의 치맛바람을 따라 궁인들의 웃음소리가 몰려다녔다. 개시는 의기양양했다. 무서울 것도 없었다. 인목을 향한 광해의 감정의 골을 따라 의심하고 질투하면서도 보란 듯이 자신에게 보내는 변함없는 광해의 애정에 개시도 전에 없던 평온함에 취해 있었다.

내 앞날에 거칠 것이 없으나 참으로 심심하구나. 이참에 저 중궁전에나 앉아볼까? 에이~ 하지만 그것도 재미없겠다. 내게 배 아파 낳은 왕자가 있는 것도 아니고…… 구중궁궐에 꼼짝없이 갇혀 살아가야 하는 중전보다는 그래도 궐 안팎을 마음대로 드나들며 호사를 누리는 내 팔자가 상팔자인 게지.

"어떠하시던가?"

"대비께선 몸져누워 계시옵니다."

"수저는 들었느냐?"

"오늘도 미음조차 드시지 못하셨사옵니다."

음영의 답변에 속이 타는 광해의 한숨 소리가 흘러나왔다. 숨기려야 숨길 수 없는 답답함이었다.

나는 그대까지 잃을 수 없다.

"기력을 회복할 수 있는 고기와 약제를 은밀히 전하거라."

"존명!"

야심한 밤, 잠시 자리를 비운 광해를 찾아 전각 밖으로 나온 개시는 광해가 누군가와 이야기하는 것 같아 주위를 둘러보았지만 아무도 찾을 수 없었다.

"전하! 이 야심한 밤에 어찌 나와 계시옵니까? 그러다 고뿔이라도 걸리시면……."

"너무 괘념치 마라. 답답하여 잠시 바깥바람을 쐬고 있으니……."

미심쩍은 마음에 개시는 은근슬쩍 기둥과 담벼락을 살펴보았으나 아무것도 보이질 않았다.

하기야 하루도 술과 가무를 거르지 않으니 총기가 흐려져 탈이 날 만도 할 테지. 그렇다고 한기가 있는 이 밤에 혼잣말을 하다니…….

자신이 너무 민감했는가 싶어 개시는 목소리에 애교를 실었다.
"가을바람이 제법 차옵니다. 건강이 저어되오니 그만 드시오소서."
광해의 부름을 받고 달려온 음영은 재빨리 어둠 속으로 몸을 숨겼다. 차마 서궁에 먹을 것이 없다는 말을 전하지 못한 음영은 왠지 자신의 탓인 것 같아 가슴을 서너 번 두드렸다.
다음 날 새벽, 서궁 수라간 쪽 문고리에 고깃덩어리와 약제가 매달려 있었다. 서궁의 궁핍함을 딱하게 여긴 누군가의 위험한 행동이라는 것만 짐작될 뿐이었다.

잡채판서와 더덕정승

누구일까!

개시는 분명히 들었다. '그림자'라고 부르는 어렴풋한 말끝에 '존명'이
라는 어둠 속에 낮게 깔린 묵직한 응답이었다. 결코 광해의 혼잣말이 아
니었다. 궁궐 내 광해의 지근거리에서 아무도 모르게 명을 받잡는 자라면
쉽게 모습을 드러낼 리 만무했다. 개시는 혼란스러웠다.

"예판 대감, 대비가 서궁에 완전히 유폐되었다 하지만 언제 어디서 역
모의 불씨가 살아날지 모르는 일입니다. 유비무환…… 각별히 신경 써야
할 것입니다."

"서궁이 할 수 있는 일은 아무것도 없네. 그저 하루하루 목숨 부지할 일
에나 전전긍긍할 수밖에……."

"그것은 자만입니다. 잊으셨습니까? 인목이 살아 있는 한 그 존재만으
로도 전하께 위협될 수 있다는 것을요. 역도의 잔당들이 어디선가 힘을
키우고 있을지 누가 알겠습니까?"

"걱정도 팔자라 하더니 김 상궁은 무엇이 그리 걱정인 겐가?"

"하긴 불아궁이 앞에 한 번도 앉아본 적 없는 대감께서 모를 수도 있겠지요. 불씨라는 것은 꺼졌는가 싶으면 다시 살아나고 부지깽이로 툭툭 재를 한번 뒤집어놓으면 아궁이 속을 먼지처럼 날아다닙니다."

"그렇다면 서궁은 어느 쪽인가? 부지깽이인가? 불씨인가?"

"양날의 칼 아니겠는지요. 하니 한 번 더 대감께서 움직여주셔야겠습니다. 지난번처럼 허접한 자객이 아니라 이번엔 제대로 쓸 만한 실수를 넣어주세요."

개시는 이이첨과의 밀담 중에도 연신 주위를 살폈다. 그녀의 머릿속에서 광해가 부리던 그림자라는 단어가 떠나지 않고 있었다.

"알았네. 돌아오는 그믐에 좋은 소식을 보내줌세."

손가락 셋을 펴 보이며 이이첨이 자리를 떴다. 세 손가락은 자객의 수를 의미했다.

이번에야말로 인목을 제거해야만 한다. 그런데 이번에도 그의 그림자가 움직일까? 이번이 아니면 기회는 다시 오지 않을지도 모른다. 반드시 성공해서 서궁을 향한 광해의 시선을 거둬야 한다. 더 이상 아름다운 복사꽃 운운하는 광해의 잠꼬대 같은 소리를 듣고 있을 수는 없다.

독기를 가득 채운 개시의 눈동자 속에 칼을 맞고 피를 토하는 인목의 모습이 각인되자 만면에 편집된 승자의 웃음이 그려졌다. 서궁이 주인을 잃고 나면 옹주를 낳고 의기양양해진 소의 윤씨와 죽은 인빈의 사람인 소원 신씨뿐 아니라 눈엣가시였던 뒷방 후궁들까지 모두 그곳으로 내칠 생각에 미치자 개시는 아수라처럼 웃어젖혔다.

신유년(광해군 13년, 1621) 9월.

칠흑같이 어두운 그믐밤 삼경이 지나자 온통 검은 옷과 복면으로 몸을 감싼 자객들이 서궁의 담을 재빠르게 타고 넘었다. 인목의 침소를 향해 움직이는 발걸음이 민첩한 승냥이 떼 같았다. 하지만 이들이 당도한 인목의 거처 청심재의 방문은 단단하게 잠겨 있었다. 전광석화 같은 한순간을 계획했던 이들은 할 수 없이 방문을 부수고 침전으로 뛰어들었다. 그리고 망설임 없이 누워 있는 인목을 향해 힘껏 칼을 내리꽂았다. 비명을 지를 새도 없이 절명한 여인의 희디흰 목덜미 동맥을 짚어 숨이 끊어졌음을 확인하고 돌아서는 찰나 방문 밖에서 비명이 들렸다. 문 부서지는 소리에 놀라 달려온 궁인이 이들을 목격한 것이다. 당황한 자객들이 몸을 피하면서 그 궁인을 향해 칼을 그었다. 그러고는 홀연히 어둠 속으로 사라졌다.

서궁 안 가장 한갓지고 허름한 방에서 잠을 청하던 인목이 소식을 듣고 달려왔을 때 그녀의 침소 하얀 무명 이불 위로 선홍빛 핏물이 빠르게 번지며 붉은 양귀비 꽃잎들을 그려내고 있었다.

"달이야…… 아니 된다. 안 된다."

자신의 침소 이부자리에 백지장처럼 창백한 얼굴로 생명줄을 놓아버린 달이를 끌어안은 인목은 처절하게 몸부림쳤다. 얼마나 지났을까! 정신이 든 인목은 달이의 얼굴을 어루만지며 '미안하다. 미안하고 또 미안하다' 울음 삼키는 말들을 이어갔다.

열아홉 살 꽃 같은 나이에 궁으로 시집오면서 사가에서부터 혈육처럼 아끼던 달이를 동반했었다. 떨어지지 않겠다고, 아기씨를 끝까지 모시겠다고 인목의 만류에도 불구하고 입궁하여 하루도 소홀함이 없던 살갑고 정겨운 아이였다. 곧 출궁시켜 시집보내주겠다 약속하고 또 약속했던 아이였다.

지난밤. 비록 풀죽이었지만 저녁상을 물린 인목이 붓을 들어 먹을 적시려 할 때 달이가 근심스러운 표정으로 말을 건넸다.

"마마, 오늘을 그냥 지나치기에 불안한 마음을 감출 수 없어 아룁니다."

"어인 일이기에…… 말해보아라."

"낮에 잠깐 졸았사온데……."

"그래, 네가 나로 인해 피곤할 만도 하지."

인목은 진심 어린 미안함으로 따뜻한 눈길을 보냈다.

"당치 않사옵니다. 그런데 마마! 그 순간 짧게나마 선몽에 들었사온데 선조 대왕께서 나타나시어 제게 호통을 치셨사옵니다. 놀라 바라보니 선왕의 옷자락에 불이 붙어 타고 있었사옵고 소인이 그 불을 끄려 하자 오히려 대비마마를 걱정하는 말씀을 주시는데 얼마나 급하셨던지 말을 더듬으며 급히 손사래를 치셨나이다."

"선왕께서…… 네 꿈에 나오셨단 말이냐? 불에 타고 있는 옷차림으로?"

"그러하옵니다. 새파랗게 질려 다급해하셨던 모습이 너무도 생생한 것이…… 마마…… 아뢰옵기 황송하오나 너무도 불길하옵니다."

"설마 무슨 일이 있으려고?"

"일전에도 짐작하기 어려운 일을 겪지 않으셨사옵니까? 쇤네 그때를 생각하면 억장이 무너지고 잠이 안 옵니다."

"비록 서궁 바깥채 방문이 피로 얼룩졌던 끔찍한 날이었지만 난 이리 무사하지 않느냐! 걱정은 그만 접거라."

"그래도 쇤네는 마음이 편치 않으니 마마, 오늘 밤만이라도 저와 잠자리를 바꾸셨으면 하옵니다."

인목은 붓을 내려놓고 달이의 눈을 지그시 들여다보았다. 진정한 간절함이 들어 있었다. 인목에게는 친자매와도 같았던 달이가 자신의 목숨을 바쳐 주인을 구한 것이다.

한발 늦었다.

음영이 빠르게 움직이며 사력을 다해 서궁에 당도했으나 앞서 들려오는 여인네들의 통곡 소리에 인목대비가 변을 당했구나 싶어 다리가 꺾였다.

이럴 때일수록 냉정해져야 한다.

아직 전면에 나설 처지가 아닌지라 문설주 옆에 몸을 숨기고 동태를 살피던 음영의 시야에 슬픔에 차 있는 인목의 모습이 언뜻 비쳤다. 가슴을 쓸어내리며 불 밝힌 침전 안으로 시선을 돌리자 인목의 친정 몸종인 달이의 얼굴이 눈에 들어왔다. 그제야 이 어수선한 상황이 이해가 됐다. 인목을 대신한 달이가 죽은 것이다. 또 다른 궁녀는 어깻죽지에 칼을 맞고 피를 쏟고 있었다. 의녀도 마음대로 들일 수 없는 서궁의 외롭고 서러운 처지가 얼음장 같던 음영의 마음을 울렸다.

조금만 더 서둘렀다면 가여운 대비의 사람을 저리 허망하게 보내지는 않았을 것을…….

자책감에 음영은 고개를 떨궜다.
촉각을 곤두세우며 음영의 존재를 찾아내고자 혈안이 된 개시의 눈을 피해 빠져나오느라 움직임이 늦어진 것이었다.

자객이 두 번이나 서궁을 침범했다. 한 번은 부지불식간에 누군가가 자객들을 물리쳐주었지만 이번에는 달이가 나를 대신해 칼을 맞았다.

목울대가 뜨겁게 아려왔다. 인목은 지난밤 달이가 꿈에서 친견했다는 선조 이야기를 떠올렸다.

"전하! 보고 계십니까? 이런 시련이라면 차라리 소첩을 데려가세요."

날이 밝자 창덕궁은 소란스러웠다.

서궁에 자객이 들었다는 소문이 순식간에 퍼져 나가고 있었지만 광해는 짐짓 귀를 닫은 듯 모른 척하고 있었다. 당연히 인목이 유명을 달리했을 것이라 믿으며 기분이 좋아진 개시는 자신의 또 다른 계획들을 구상하면서 그 어느 때보다 공들여 치장을 하고 대전으로 발걸음했다. 그렇지만 살해당한 궁녀 달이의 소식을 전해 듣고는 안색이 이내 굳어졌다.

자객이 들 줄 어찌 알고 있었단 말인가! 분하고 분하다. 그년의 명줄이 이리도 길다니……. 분명 인목을 보호하고 있는 숨은 세력이 있는 것이 분명해졌다.

이제 개시의 머릿속에는 인목의 비호 세력에 대한 의심이 광해와 이이첨에게까지 미쳤다. 자객을 찾기 위한 탐문이 계속되었지만 십여 일이 지나도록 어떤 흔적도 찾을 수가 없었다.

멀리 보이는 산아에 붉은빛이 내려앉는 속도가 제법 빨라졌다. 궁중 여인네들의 스란치마처럼 층층 붉은 기운을 담고 하강하는 가을바람에 스산한 냉기가 실려 귓불을 때렸다. 밤벌레 울음소리가 보름달을 기다렸다는 듯 높아지고 있었다. 겨울과 가까워질수록 밤하늘의 별은 더 총총해지고 땅과 가까워진다. 바람결인 듯 낙화하는 별 하나를 지켜보는 인목의 머리 위에는 이른 서리가 내렸다. 이제 서른여덟 살이었다.

바람이 차다. 머지않아 겨울이 올 것이다. 이곳 청심재에 갇힌 지 일곱 해를 넘기고 있지만 앞날은 암울하기만 하다. 내게 주어진 시간이 얼마나 될까?

대청마루에 앉아 살구나무에 눈길을 주는 인목의 눈이 촉촉해졌다.

이 기나긴 핍박의 세월을 나는 네가 있어 큰 위로가 되는구나. 내년 춘삼월에도 너는 어김없이 꽃을 피우고 또 열매를 내어주겠지? 이 구중 중궐에서 가장 화려하고 소담스러운 너를 선왕께서는 우리 영창의 두 볼이 너와 같다 하시며 아끼셨었다. 그 봄을 내가 무사히 맞을 수 있겠느냐?

서궁의 큰 상궁 여씨는 늘 좁은 문틈 사이로 오가는 이들을 살폈다. 해가 떨어지면 일찍이 청심재 전각의 불을 모두 껐다. 더 어두운 곳에서는 또 다른 어둠 속 사물을 구별하기 쉬워도 어둠 속에서 더 어두운 곳의 사물은 구별이 쉽지 않기 때문이었다. 같은 어둠이라도 차이가 크다는 것을 이들은 어둠 속에서 깨쳤다. 인간 박제가 될지언정 인목은 차라리 침울하고 칠흑 같은 어둠이 좋았다. 역적으로 몰려 목숨을 잃은 아버지와 오라버니와 동생들, 어린 영창과 조카들 그리고 제주도로 유배를 간 어머니와 피붙이 같던 해맑은 달이의 얼굴이 떠올랐다. 이들에게 너무 미안해서 울었고 자신의 드센 팔자에 서러워 울었다.

이들을 위해 해줄 수 있는 일이라도 있었으면 좋으련만……

인목은 단계석 벼루 위에 아껴두었던 은가루를 아교 섞은 물에 꼼꼼히 개었다. 은니銀泥가 달빛을 교교하게 받아냈다. 붓끝에 채워진 은니는 감지^{紺紙} 위에 「법화경」 「보문품」 경문의 글귀로 빼곡 채워나갔다. 「보문품」은 관음이 중생의 고난을 구제하고 교화한다는 내용이다. 인목은 억울한 원혼을 위로하고 극락으로 왕생하기를 거듭 기원하면서 붓끝에 정성을 기울였다. 어느새 새벽이 밝아오고 있었다. 꼬박 밤을 새운 것이다.

엇갈리게 살아온 애증스런 내 삶도 저 동녘의 빛처럼 되살아날 수만 있다면 좋으련만……

인목은 밤새 정성을 기울여 쓴 「보문품」을 신라 천년 고찰이자 금강산 제일의 사찰인 강원도 유점사^{楡岾寺}에 봉정하여 자신 때문에 억울하게 죽어간 원혼들을 위로하고 싶었다. 유점사는 오래전 인목이 왕의 적통인 영창대군을 낳자 이를 기뻐하면서 사명대사 유정^{惟政}에게 내탕금을 내어주어 중건한 인연 깊은 절이었다. 까마귀가 땅을 쪼아대는 곳을 파보았더니 샘물이 솟아났다는 오탁수^{烏啄水}로 치성을 드리면 소원이 이루어진다는 기억도 되살아났다.

그즈음 광해는 후궁들의 치마폭에서 세상의 시름을 잊고자 했다. 의심 많고 변덕이 심했던 부왕 선조의 그늘 밑에서 늘 두려움에 떨며 살아야 했던 광해는 피해망상을 보상받으려는 듯 정사에 대한 관심 대신 후궁들의 감언이설과 교태에서 헤어 나올 줄 몰랐다. 이를 기화로 매관매직을 일삼던 개시뿐 아니라 후궁들까지도 그녀들의 일족^{一族}을 관직에 앉히고 재물을 탐하기 시작하더니 날이 갈수록 더욱 간악스러워졌다.

소의 홍씨의 아버지는 고양 군수였다가 연안 부사로 승차를 했다. 그러자 그는 지위를 이용하여 민가로부터 조세를 혹독하게 거둬들이고 마음에 드는 재물과 여인이 있으면 강제로 빼앗기를 밥 먹듯 했다. 보다 못한 이들로부터 그를 탄핵하는 상소가 조정에 올라와도 광해는 눈을 감았다. 소의 권씨의 아버지 권여경은 자신의 입맛에 맞는 관직만을 차지하면서 탐욕을 채워나갔고 숙의 허씨의 아버지 허경은 의금부 도사였다가 광해군의 밀지로 사헌부 지평이 되자 지위를 이용해 뇌물을 받고 탐욕을 채우며 폭주했다.

숙의 원씨도 예외는 아니었다. 그녀의 아버지 원수신은 무신이었는데 제멋대로 사사로이 형벌 집행을 남용하면서 수많은 구설이 꼬리를 물었다. 결국 비변사에서까지 나서 그의 죄를 주청했지만 광해는 오히려 원수신의 손을 들어주기까지 했다. 도성은 백성들의 원성과 비난으로 가득할 수밖에 없었다

"전하, 소첩들의 처소가 너무 비좁아 불편이 이만저만하지 않사옵니다. 새로운 궁을 지어주시면 아니 되겠사옵니까?"

"알겠다. 내일 당장 영건도감을 들게 하여 경덕궁과 인경궁 공사를 독촉하마."

"그리고 전하, 그 전에 서궁을 비워 소첩들에게 내어주소서"

"뭐라 하였느냐?"

총애를 업고 기고만장해진 소의 윤씨의 응석 섞인 청이었지만 서궁이라는 말에 순간 광해는 안색이 변했다.

"방금 무어라 했는지 다시 한번 내뱉지 못하겠느냐?"

노기가 그대로 느껴지는 쩌렁쩌렁한 음성에 입직해 있던 내관과 궁녀들이 큰일 났다 싶었던지 몸을 최대한 수그린 채 마른침을 삼켰다. 눈치 빠른 윤 소의가 얼른 자세를 고쳐 앉으며 허리를 굽혔다.

"전하, 소첩은 단지 옹주 아기의 울음소리가 너무 커서 다른 마마들께 피해가 갈까 심려되고 눈치가 보여 드린 말씀이옵니다. 부디 노여움을 푸

소서."

놀란 토끼같이 어깨를 떨며 눈물을 떨구는 윤 소의의 변명에 측은지심
이 일었던지 광해는 이내 화를 가라앉히고 손짓해 그녀를 무릎에 앉혔다.

"다시는 그리 말라."

이른 새벽부터 영건도감이 불려 들어왔다.

"경덕궁 공사의 마무리가 늦어지고 있는 연유를 말하라."

"전하, 아뢰옵니다. 올해 농사가 흉년이 든 까닭에 노역에 참여하는 이
들이 식솔들 거두기에도 힘이 든다며 공사 현장을 이탈하는 자가 늘고 있
사옵니다."

"저런 괘씸한 놈들을 보았나! 과인이 언제 놈들을 굶겨가며 일을 시킨
다더냐? 백성들이 게으르고 몽매하여 벌어진 일이다. 영건도감은 각별히
검칙하여 금년 내로 마무리 짓도록 하라. 그리고 지난번 과인이 직접 돌
아보니 석역石役이 미비하였다. 무명과 베를 내리고 내탕고에 있는 대미大
米 이천 석을 풀어 돌을 더 사들이도록 하라."

이 나라 군주라면 마땅히 내탕고에 저장된 곡식을 풀어 백성들을 구제
해야 하지만 광해는 오히려 새로운 궁궐 전각을 짓기 위한 돌을 사들이는
데 내탕금을 풀고 있으니 그 처사에 여기저기서 울분이 터져 나왔다.

"이놈의 나라 꼴이…… 백성들이 다 죽어나가도 그만인 게지. 우리는
그놈의 돌덩이보다도 못한 목숨인 게야."

"백성이 있고 임금도 있는 것이지……. 적통도 아닌 것이 용상에 앉아
있으니 나라가 이 모양 이 꼴이 아닌가! 하늘이 가만있지 않을 걸세."

그러나 영건도감은 목숨을 내어놓지 않고서야 백성들의 이런 원성까지
광해에게 전할 수는 없는 노릇이었다.

광해의 입맛은 별나고 식탐도 강했다.

그중 이충李冲이란 자가 만들어 올린 잡채가 수라상에 올라오면 기미 상궁보다 먼저 손이 갔고 수라상에 잡채가 없으면 수저를 들지 아니하면 서 음식 타박을 심하게 했다. 오이채, 무, 석이, 표고, 송이, 참나무버섯, 숙 주, 도라지, 마른 박고지, 냉이, 미나리, 두릅, 고사리, 가지를 함께 넣어 무 친 잡채 맛은 말로 다 표현하지 못할 정도로 독특했다. 고소한 기름에 버 무린 온갖 나물 위에 꿩고기를 얹어 입에 넣어주면 광해는 눈을 감고 그 감칠맛을 오래도록 음미하곤 했다.

　"한겨울에도 이처럼 신선한 나물들을 계속 맛볼 수 있다 하였지?"

　수라상에서 눈을 떼지 않고 상선에게 물었다.

　"예, 전하, 신선한 나물을 얻기 위해 그가 자신의 집 안에 온실을 마련하 고 정성을 다해 기르고 있다 하옵니다."

　"과인을 위한 그의 정성이 실로 갸륵하구나. 조석으로 이것을 올리게 하라."

　사시사철 잡채의 변함없는 맛에 빠져버린 광해는 그에게 호조판서를 제수하였다. 근본 없이 하달된 어명에 이조판서 조정趙挺은 어이가 없었지 만 예조판서 이이첨이 모른 체하며 슬며시 고개를 끄덕이자 이의를 달아 보지도 못하고 임금의 교지를 작성해야 했다.

　광해의 기행은 그뿐만이 아니었다. 더덕을 까서 두드린 후 찹쌀가루를 입혀 기름에 지진 다음 다시 꿀로 버무려 말린 더덕 밀병蜜餅을 상납하던 한효순을 뜬금없이 좌의정으로 제수하는 등 광해의 입맛을 사로잡는 음 식을 만들어 바치면 판서가 되고 정승도 되는 세상이었다.

　"그까짓 나물 나부랭이 잘 비벼 판서에 오르고…… 밀병을 잘 빚었다고 정승 자리를 꿰차다니 전하를 사로잡는 이들의 재주가 가히 놀랄 만하지 않습니까? 정승과 판서 자리 정도면 도성 안 대갓집 여러 채 사고도 남을 거래인데…… 이젠 아예 전하와 직거래를 하다니요? 실로 영악함이 두 대감 머리 꼭대기에 있는 듯합니다그려?"

"옛 말씀에 뛰는 놈 위에 나는 놈이라 하지 않던가?"

개시의 비아냥거림이 귀에 거슬렸던 유희분이 말을 거들었다. 개시의 웃음보가 터졌다. 유희분이 스스로를 뛰는 놈이라 칭하였기 때문이다.

"이런…… 무식하게……."

민망해진 이이첨은 유희분에게 타박을 놓았다.

"대감, 그렇다고 매관매직賣官賣職에 나서진 마시고 매관육작賣官鬻爵을 하셔야 뒤탈이 없을 것입니다."

개시가 농을 건네 듯 유희분에게 말을 던졌다.

이이첨은 이들의 대화에 끼어들지 않고 담뱃대에 불을 붙였다.

"매관매직은 알겠는데 매관육작은 뭔가?"

"관직을 팔되 그냥 돌려보내지 말고 팥죽이나 술 한 잔 내려주란 말입니다. 하찮기는 하오나 죽 한 사발, 술 한 잔 값으로 받은 은냥이라는 것을 분명히 하시면 뒤끝이 없다…… 이 말입니다."

"육鬻은 죽이고 작爵은 술이란 말이군?"

"뒤가 구린 것을 적당히 가려주어야 탈이 없는 법입지요."

이이첨도 유희분도 비껴가지 않는 분야였지만 도성에서 뇌물에 대한 탐욕은 개시를 따를 자가 없었다. 뇌물을 뜯어내는 데는 매관매직이 최고였다. 모든 관직에 거래되는 값이 매겨져 있어 재물만 넉넉하면 언제든지 자신이 원하는 관직을 받을 수 있는 썩을 대로 썩어가는 정국을 주도해나가는 세 사람의 탐욕은 끝이 없는 듯했다. 관직 인사를 결정하는 날이 다가오면 예조판서 겸 대제학인 이이첨과 병조판서 유희분이 정신이 없을 정도로 바빠졌고 개시는 붓을 쉴 틈 없이 만지작거렸다.

뇌물로 받은 은냥의 부피에 따라 후보자의 이름 위에 점을 찍었다.

이름 위에 점을 찍는 수망[首望]은 관직을 제수하는 광해의 판단에 결정적인 역할을 하였고 이조에서는 그대로 교지를 작성하곤 했다.

"전하! 이제야 내탕금이 4만 냥을 넘었사옵니다. 10만 냥은 되어야 전하께 힘이 될 것이온데…… 조금만 더 기다려주옵소서."

"일전에 경덕궁과 인경궁, 자수궁을 창건할 때 민가를 사들이고 좋은 나무를 심어 담장을 두르느라 내탕금 바닥이 드러났다 들었다. 개똥아! 네 노고가 심히 크구나."

개똥이라는 호칭이 오랜만에 불리자 개시는 반가움에 이를 드러내고 환하게 웃어보였다.

광해는 만주를 발판으로 세력을 키워가며 명과 대립하고 있는 후금의 존재를 인정해주면서 조선이 전쟁에 휘말리는 것만은 피해 가고자 했다. 하지만 이것은 명나라를 섬기며 명분과 의리를 중시하던 사대부들에게는 결과적으로 명에 대한 배신이었다.

또한 친형제인 임해군과 적통 왕자인 영창대군을 살해하고 인목대비를 폐모하여 서궁에 유폐함으로써 모자 관계를 끊어버린 폭정은 성리학 윤리관에서 저지른 패륜으로 광해의 발목을 잡았다.

광해의 주변에는 썩고 타락한 간신배들이 넘쳐났고 이들이 벌이는 횡포는 매관매직을 넘어서 갈수록 강도를 높이고 있었다. 해를 거듭할수록 부정부패의 고리는 질겨졌다. 빚을 내 관직을 산 관리는 그 빚을 갚기 위해 백성들을 괴롭히면서 결국 백성들의 고혈로 관직을 사고파는 꼴이었다. 이러한 불신과 패륜과 횡포는 세상을 뒤엎겠다는 반정의 명분이 되기에 충분했기에 반정의 불쏘시개로 타올랐다. 광해의 즉위로 정치권력을 잃었던 서인 사류[士類]들 사이에서 정변을 향한 열정이 꿈틀거리기 시작한 것이다. 혼란스럽고 어지러운 난세를 개탄하며 과거를 포기한 채 낙향하는 선비가 늘어갔다. 이들은 한결같이 권필權韠의 시 한 수를 가슴속에 품었다.

> 대궐 버들 푸르고 꾀꼬리는 어지러이 나는데 (宮柳青青鶯亂飛)
>
> 성 가득 벼슬아치들 봄볕에 아양 떠네 　　　(滿城宮盖媚春暉)
>
> 조정에선 입 모아 태평세월 하례하는데 　　(朝家共賀昇平樂)
>
> 누가 포의 입에서 바른말 나오게 했나 　　(誰遣危言出布衣)

광해군을 세자로 삼으라며 선조에게 직언했다가 쫓겨난 정철의 유배지까지 찾아가 배움을 청하고 허균과 친교를 나누며 시대를 논하고 시로 문답을 이어가던 벗이 권필이었다.

그는 경술년(광해군 2년, 1611)에 치러진 과거 시험장에서 중전 유씨와 유희분 일가의 비리를 꾸짖는 글을 지었다가 과거에 급제를 하고도 광해의 노여움을 사서 삭과削科된 또 다른 벗 임숙영任叔英의 일로 비분강개한 적이 있었다. 그런 권필이 중전과 그의 오라버니 유희분을 비롯한 세자의 외척들을 궁궐버들로, 뇌물을 꾀꼬리로, 광해군을 봄볕으로 빗대고 삭과된 임숙영을 포의에 비유한 시를 지어 퍼뜨린 죄로 추포되어 의금부에 끌려갔다.

그는 진노한 광해가 지켜보는 앞에서 사흘 동안 죽도록 매를 맞고서야 들것에 실린 채 함경도 경원으로 유배를 떠나게 되었다. 동대문 밖에는 권필의 벗들이 그를 기다리고 있었다. 송별의 아쉬움과 함께 장독에 효험 있을 것이라 그들이 권하는 막걸리를 원 없이 받아 마신 권필은 오히려 장독이 심해져 그만 세상을 떠났다. 부조리를 꾸짖는 시를 지었지만 그 시로 인해 죽음을 맞은 권필의 시구는 두고두고 의로운 선비들에게서 회자되고 있었다.

"자네 권필이란 자의 시를 아는가?"

"혹세무민하였다는 죄로 억울하게 장형을 맞고 죽은 권필을 모른다면 의로운 선비라 할 수 있겠는가?"

임진왜란 당시 탄금대 전투를 이끌다 순국한 신립과 김여울의 아들인 신경진과 김유가 모처럼 한자리에 앉았다.

"나는 자네와 내가 임금 앞에서 기죽지 않고 세태를 비판한 임숙영과 그릇된 이들에 대한 울분을 참지 못하고 시로써 우매한 백성을 깨치려 했던 권필이었으면 한다네."

"그들처럼 진정한 의인으로 살고 죽을 수 있다면 나도 더 이상 바랄 것이 없겠네."

"그래서 우리가 그분들이 펼치지 못한 대의를 대신하고 항거에 앞장섰으면 하는데 자네의 생각은 어떠한가?"

"이를 말인가?"

부친의 제삿날이 같은 두 사람의 대를 이은 의기투합에는 그 어떤 두려움도 없었다.

신경진은 무신 이서와 손을 잡고 반정계획을 세우기 시작했다. 평산 부사 이귀까지 의기투합하자 이귀의 큰아들인 이시백이 자신의 벗인 최명길, 장유, 김자점, 유생 심기원 등을 합류시켰다. 그러나 반정의 틀을 더욱 견고하게 갖추기 위해서는 덕망 있고 존경받는 원로를 앞세워야 한다는 데 의견을 모은 그들은 강원도 홍천에 유배 중인 이원익을 적임자로 떠올렸다. 이원익은 광해군 즉위 초에 초대 영의정을 지냈던 인물이기도 했다. 하지만 그를 설득하려면 아무래도 큰 대의명분이 필요했다.

김유는 이원익을 반정 세력에 합류시키기 위하여 발걸음을 옮겼다. 산자수명한 홍천은 팔봉산, 금학산, 공작산을 끼고 높고 아름다운 절경을 자랑하는 곳이었지만 전국에서 가장 넓은 땅을 가진 곳으로도 알려져 있어 이원익의 유배지를 찾아가는 일은 쉽지 않았다. 넓은 강가를 돌고 돌아 간신히 이원익의 거처를 찾아낸 김유는 아무 말 없이 다짜고짜 그의 앞에 줄에 매단 뼈다귀 하나를 던져놓았다.

얼마 지나지 않아 어디선가 나타난 서너 마리의 동네 개들이 뼈다귀를 향해 달려들었다. 그러나 김유는 여전히 말을 아끼며 개 떼가 뼈를 향해 달려들면 줄을 거둬들였다가 다시 던지기를 반복했다. 그러자 더 많은 개들이 뼈다귀를 차지하려고 서로 으르렁거리며 물고 무는 난장판이 벌어졌다. 개싸움판인 것이다.

"수투여구골 군구투방한(誰投與狗骨 群狗鬪方狠), 누가 개에게 뼈다귀를 던져 주었나 개 떼들 사납게 싸우는구나."

그 모습을 지켜보고 있던 이원익이 먼저 운을 떼었다.

"소자필사대자상 유자규유욕승흔(小者必死大者傷 有盜窺窬欲乘釁), 작은 놈은 죽고 큰 놈은 다치니 도둑놈이 엿보고 그 틈을 노리도다."

이원익의 운에 김유가 응답했다.

"주인포슬중야읍 천우장괴백우집(主人抱膝中夜泣 天雨墻壞百憂集), 주인은 무릎을 껴안고 한밤에 흐느끼나니 비 내려 담장 무너짐에 온갖 근심 모인다."

문답을 하듯 서로 시를 읊는 그들의 얼굴에 화기가 돌았다. 이 시는 권필이 지은 「투구행鬪狗行」이었다. 당파 싸움하는 모양새가 개들이 뼈다귀를 가지고 서로 싸우는 꼴과 다를 바 없다며 풍자했던 시라는 것을 서로 모를 리 없었다. 그제야 뼈다귀를 매단 줄을 멀리 던지고 두 손을 툭툭 털어낸 후 몸을 낮춘 김유가 정중히 예를 갖추었다.

"영상대감, 김유라 하옵니다."

"형조좌랑을 지내고 동지사로 명나라를 다녀온 관옥^{冠玉}아니오?"

"그러하옵니다. 무례하게도 제가 마음이 급해 개들과 좀 놀아보려 하였더니 그만 개싸움이 되고 말았습니다."

"초야에 묻힌 후 눈과 귀를 닫고 살았는데 오랜만에 자네로 인해 흉한 개싸움을 보게 되네그려."

"저 악다구니 같은 개싸움이 대감께도 익숙하지 않으신지요? 저놈들 중에는 간혹 주인을 몰라보고 사람도 무는 미친개도 있기 마련 아닙니까? 그런 미친개는 몽둥이가 최고라 하더이다. 우리에게 달려드는 미친개를 계속 바라보고만 있을 수는 없지요. 주인이 누구인지 제대로 알려주어야 하지 않겠습니까? 그래서 이제 그만 빛이 바랠 대로 바랜 바닷속을 헤치고 나와 비단 무늬 밝게 빛나는 새 땅을 주유할까 합니다."

김유는 광해와 능양군의 이름을 뜻풀이하며 속내를 내어 보였다. 이원익은 한참을 먼 허공에 눈길을 두었다.

"비단에 바람이 닿으면 무늬가 빛을 받고 출렁일 터! 나는 그때를 기다리겠네."

"조만간 훈풍이 불어올 것입니다."

김유의 행보로 문인과 무인으로 두루 어우러진 진영이 갖추어졌다. 반정의 대들보가 되어줄 이원익의 승낙까지 얻어냈으니 더는 기다릴 필요가 없었다. 이들은 정원군의 큰아들인 능양군을 새 왕으로 내세웠다. 아우 능창군이 역모의 누명을 쓴 채 목을 맸고 아버지 정원군이 화병을 이기지 못하고 세상을 떠났다. 천추의 한으로 여기며 이를 갈고 있던 능양군이었다.

혁명이란 것이 그렇다. 처음 시작은 관솔이었다. 불을 지피기 어려우나 한번 불이 붙으면 그 기세는 무섭게 타오르고 잔불로라도 남아서 두고두고 두려움에 떨게 하기도 한다. 여기저기서 불씨를 머금은 관솔불들이 서로서로의 열기를 감싸고 때를 기다리는 것처럼 반골 성향이 강한 사람들이 하나둘 모이기 시작하면 불이 꺼져도 꺼진 것이 아니었다.

때를 기다리는 일은 짧을수록 좋다고 했다. 반정의 기틀을 마련하고 재빠르게 움직이리라 생각했지만 어느 틈엔가 복병이 생기게 마련이었다. '이귀와 김자점이 모반을 꾀하고 있다'는 풍문이 도성에 조심스럽게 돌면서 사람들의 입을 타고 있었다. 미처 풍문의 근거를 파악하기도 전에 반정 세력은 와해될 위기에 봉착했다. 풍문이 소문이 되면 그게 역모다. 모든 게 끝장이었다.

하지만 천운이 닿았던 것일까. 위기에 봉착한 이귀는 고심 끝에 딸을 불렀다. 이귀에게는 김자점의 형인 김자겸에게 출가를 했으나 일찍 청상과부가 되어 비구니로 불가에 의탁하고 있던 딸이 있었다. 그런 그녀가 수완이 뛰어났던지 불가에 든 지 얼마 되지 않아 도봉산 자락 회룡사 주지가 되더니 궁궐 내 정업원淨業院을 드나들면서 기도 불사를 위해 틈틈이 정업원을 찾던 개시와 친분을 쌓고 있었다.

"애야! 네가 나서줘야겠다. 개시를 매수할 수 있겠느냐? 우리 집안이 삼대멸문을 당하느냐 마느냐는 모두 네 손에 달려 있구나!"

"아버님, 소녀 비록 출가외인의 몸으로 비구니가 되어 부처를 모시고 있지만 이씨 집안 자손입니다. 어찌 소녀가 가문이 위기에 처하는 것을 보고만 있겠습니까?"

"고맙구나. 재물은 얼마든지 내어주마."

"걱정 마세요. 아버님, 제가 김 상궁을 어머니라 부르고 있습니다. 김 상궁이 워낙 은냥에 눈이 멀고 탐욕스러워 제 청을 물리치진 못할 것입니다. 소녀, 사력을 다해보겠습니다."

이귀의 딸은 영특했다. '칠순을 바라보는 자신의 늙은 아비가 무슨 영화를 더 보겠다고 역모를 도모하겠냐' 눈물로 호소하며 도리어 무고한 자들을 발본색원해달라 소리 높였다. 그뿐 아니라 자신의 시아주버니인 김자점을 북방 함흥의 관리로 관직을 높여달라는 청탁까지 넣으며 적잖은 은냥을 개시에게 안겼다. 역모를 도모한다는 사람이 어떻게 한양에서 천리길도 넘는 북방 함흥 땅으로 부처하겠다며 아까운 재물을 바칠 까닭이 있겠느냐고 개시 스스로가 판단하게 했다.

그녀의 생각은 주효했다. 하늘이 도운 것일까! 광해 즉위 초에는 역모의 역자만 거론되어도 정국이 흔들릴 정도로 민감하게 반응했던 이이첨이 이상하리만치 잠잠했다. 허균 처단 이후 수많은 사람으로부터 원성과 비난을 받고 있었기에 조심스러워하는 연유도 있었지만 김자점을 함흥으로 보낼 자리를 알아보라는 개시의 연통이 그의 눈과 귀를 막고 있었다.

더군다나 영의정 박승종과 대사헌 남근, 대사간 유대건, 한유상 등이 역모의 주동자로 거론되는 이귀와 김자점을 잡아들여 전위를 밝혀야 한다고 수차례 주청했으나 광해는 후궁들과 연회를 즐기는 일에 빠져 있었다. 가끔 '또 지긋지긋한 역모를 말하느냐? 항간에 떠도는 풍설만 믿고 과인의 심기를 어지럽히지 말라'며 역정을 낼 뿐이었다. 참다못한 대사간 유대건이 사직을 청하였고 대간들의 상소가 연신 올라와도 광해는 꿈쩍하지 않았고 불윤했다. 이귀의 딸을 자신의 사람이라 굳게 믿은 개시의 입김 때문이었다.

이귀를 선두로 봉기군의 총지휘 대장을 맡은 김유와 반정군은 은밀하게 움직였다. 광해가 거처하는 창덕궁으로 가기 위해서는 굳게 닫혀 있는 창의문彰義門을 통과해야 하고 궐문을 지키는 잘 훈련된 수문병들과 일전을 벌여야만 한다. 반정군의 최대 걸림돌이었다. 신중하게 반군을 움직일 계획을 점검하고 사전 훈련을 반복해가며 잠시 주춤하는 사이에 신의 가호가 있었던지 장유의 동생 장신이 자신의 장인인 훈련대장 이흥립李興立을 끌어들였다.

게다가 때마침 북병사北兵使로 부처된 이괄이 뜻을 같이하겠노라 이들을 찾아왔다. 천군만마를 얻은 것보다 귀한 우군이었다. 이제 반정의 성공은 기밀 유지에 달렸다. 일시에 봉기하여 기선을 제압하기만 하면 새로운 세상이 열릴 것만 같았다.

하지만 계해년(광해군 15년, 1623) 삼월 십이일, 계획된 거삿날을 하루 앞두고 갑자기 심경의 변화를 일으킨 이이방李以放은 반정군이 궁궐을 습격할 것이라 고변을 했다. 다급해진 박승종과 유희분이 화급히 연회가 열리고 있는 어수당魚水堂을 찾아 역모를 알렸다. 관모도 미처 갖추지 못하고 사색이 되어 달려온 두 사람을 맞은 광해는 대낮임에도 대취해 있었다.

"개똥아, 저들이 툭하면 과인에게 역모를 고변하는데 네가 과인 대신 나가서 역도들을 혼쭐 좀 내주고 오너라."

"호호호…… 전하, 이 개똥이에게 대검을 주시옵소서. 신첩이 괴수의 목을 가져다드리겠사옵니다."

흥을 주체하지 못한 개시도 술에 취한 채 몸을 가누지 못하고 손에 칼을 쥔 듯 춤을 추어 보였다. 그런 개시가 기특해 보인다며 광해는 후궁의 치마를 벗겨 뒤집어쓴 채 어깨춤을 추었다. 그 모습에 개시는 자지러지듯 웃으며 광해에게 다가와 잔을 채웠다.

"전하, 이년이 단언컨대 이귀와 김자점은 역모를 일으킬 배포가 없사옵니다. 괘념치 마시고 어서 이년의 잔을 받으셔야지요."

"그렇지. 이보게 처남! 걱정은 개나 주고 이 술잔이나 받으시게."

몸을 가누지 못해 비틀거리는 광해의 우스꽝스러운 몸동작에 후궁들은 웃음보를 터뜨렸다.

"전하! 소신들의 말을 감읍해주소서. 오늘 밤 역도들이 궁을 급습한다는 전언은 거짓됨이 없사옵니다."

유희분의 황망하고 애타는 목소리에 박승종이 무릎을 꿇었다.

"전하, 제발 정신을 온전히 하소서. 사직이 위태롭사옵니다."

그 어조에서 간절함을 느낀 듯 광해는 잠시 또렷한 어투로 질문했다.

"누구더냐? 그들이 앞세운 왕재가?"

순간 난감해진 것은 박승종과 유희분이었다. 거기까지는 미처 파악하지 못한 것이다. 그렇다고 모른다고 말할 수는 없었다.

"그들이 누구를 옹립하든 이처럼 군사를 일으킨다는 것은 결국 서궁을 명분으로 내세울 요량이 아니겠사옵니까?"

"서궁을 명분으로?"

광해의 눈빛이 심하게 흔들리기 시작했다. 그러나 광해는 이미 취해 있었고 천운은 반정군 편이었다.

"과인 앞에서 서궁을 들먹이지 마라."

화가 치밀어 오른 듯 자리를 박차고 일어나던 광해가 또다시 휘청거리자 개시는 소용 임씨에게 눈짓을 보냈다.

"전하, 오늘은 임 소용이 모실 것이옵니다. 편히 쉬소서."

"개똥아, 너는 왜 일어나느냐?"

"전하, 신첩은 정업원에 가야 하옵니다. 철야기도가 있사옵니다."

"해도 저물어가는데 오늘은 쉬지 그러느냐."

"아니옵니다. 전하의 만수무강을 축원드리는 일에 낮밤이 있겠사옵니까? 더구나 오늘은 큰 무당 복동이 신첩을 따를 것이옵니다."

광해의 총애를 붙잡아두기 위해 개시가 종종 해오던 일이었다.

관군과 구별하기 위하여 인仁과 의義가 쓰인 두건을 두른 반정군들은 삼경이 되기를 기다렸다.

"형제들이여! 우리는 오늘 불온한 세상을 바꾸기 위하여 의로운 길로 나섰다. 명나라와의 의리를 저버리고 오랑캐와 손을 잡은 왕! 부모와 자식 간의 도리를 헌신짝처럼 저버리고 형제간의 도륙도 서슴지 않았던 왕의 패륜을 더 이상 용서할 수 없다. 간신들의 세 치 혀끝에 좌우되는 국정 농단을 더 이상 지켜볼 수가 없다. 이에 우리는 무능무치한 왕을 폐위하고 능양대군을 새 주인으로 모시려 한다. 깃발을 들어라. 궁으로 가자."

결기로 가득 찬 김유가 출정을 알리자 사기충천한 반정군의 함성이 하늘을 찔렀고 춘무인추무의春無仁秋無義 깃발이 힘차게 흔들렸다. 창의문을 향해 거침없이 돌진한 반정군의 기세에 성문은 이내 무너졌다. 그 성문을 밟고 반군은 숨 돌릴 틈 없이 창덕궁으로 향했다.

"햇불로 크게 원을 그려라."

선발대로 나선 이괄이 돈화문 앞에 이르러 큰 소리로 외쳤다. 신호를 기다리고 있던 이흥립이 돈화문을 활짝 열고 반정군을 맞았다. 관군과 이렇다 할 충돌도 없이 창덕궁을 순식간에 장악한 것이다. 궁궐 마당에 미리 쌓아둔 장작더미에 불을 붙이자 궐 안은 대낮같이 밝았다.

궁인들의 움직임이 몹시 다급해졌다. 손을 써보지도 못하고 반정군에게 궐을 내어준 상황에 다급해진 것은 개시였다. 혼비백산한 그녀는 다급히 수라간 나인의 옷으로 갈아입었다. 그 누구보다 궐내 지리에 밝았던 개시였기에 반정군의 눈을 쉽게 피해 갈 수 있었다. 그러나 간신히 수라간에 당도한 개시가 안도의 숨을 내쉬는 순간 서늘한 기운과 함께 달빛을 받아 차갑게 빛을 내는 칼끝이 그녀의 목을 지그시 눌렀다.

"누구냐?"

생각지도 못한 장소에서 마치 그녀를 기다렸다는 듯 정확히 목을 겨누는 자의 기척에 놀라 개시는 그만 발목을 접질리며 휘청거렸다. 그 반동 때문인지 개시의 희디흰 목덜미가 가로로 그어지며 핏방울이 맺혔다.

"이젠 세상과 하직할 때가 되었소."

복면을 한 남자의 높지도 낮지도 않은 목소리였다.

순간 개시는 그가 혈혈단신인 것에 집중했다.

반정군은 아니구나.

역시 개시의 눈썰미는 남달랐다.

혹시?

개시의 속마음을 읽었었던지 그가 얼굴을 가렸던 복면을 내렸다.

"내가 바로 김 상궁이 그토록 찾고자 했던 그림자다."

달빛에 고스란히 그의 얼굴이 드러났다.

"네가…… 그자였단 말이냐? 그놈의 목소리는 분명 지금처럼 굵고 낮은 남정네의 목소리였다. 한데 어찌하여 네가?"

개시는 야심한 밤에 광해의 지시에 짧은 답을 던지고 사라졌던 어둠 속 그림자의 목소리를 똑똑히 기억하고 있었다. 그날 이후 그녀는 내시부는 물론 내금위와 의금부에 이르기까지 궁인들의 목소리에 촉각을 곤두세우며 그림자를 찾고 있었다. 그런데 정작 가장 가까이 부리던 대전 내시부의 인물일 것이라고는 상상도 해본 적이 없었다.

"감히 상선영감이 나를 기망한 것이냐?"

"내 양아버님을 욕되게 할 생각은 마시오. 그분이 나를 거둬 대전에 둔 것은 전하의 뜻이었소."

"말도 안 되는 소리 말거라. 전하께서 나를 속일 리 만무하다."

"가장 지근한 거리에서 전하의 눈과 귀를 가리고 천하를 주무르고 있었다 자신했다면 그것은 김 상궁의 착각이었소. 그대를 총애하면서도 나를 곁에 두신 것이 그 예가 될 것이오."

"전하와 나를 이간질하지 말거라. 전하는? 전하는 어디 계시느냐?"

"김 상궁! 내 양아버님이신 상선께서는 늘 세상살이를 일장춘몽이라 하셨소. 아마 지금쯤 전하를 충심으로 모신 죄로 인해 반정군의 손에 죽임을 당하셨을 터! 나는 전하를 지키기 위해서라도 그대의 목을 가져가야만 하오."

음영의 칼이 허공을 갈랐다. 그 칼날에 몸이 무너지며 개시는 분명히 보았다. 춘풍가절홍 수절위도화(春風佳絶紅 守切爲桃花)…… 봄바람이 고와서 빛깔마저 고운 복사꽃의 절박함을 어이 지나칠꼬…….

음영의 칼등에 새겨진 글귀였다.

"복사꽃의 절박함까지 검에 새겨……."

개시는 그 글귀를 눈동자에 각인하듯 쓰러져서도 눈을 감지 못했다.

"전하께서 이 보검을 내게 하사하시며 그녀는 내 심중 속 도화였으니 이 검으로 그녀를 보호하라 하시었소. 대단히 유감이오. 김 상궁! 전하의 복사꽃이 그대가 아니었음을……."

순간 다시 한번 허공을 가르는 칼끝에 피가 갈래갈래 솟구쳤다.

"궐 안을 샅샅이 뒤져 폐주 광해와 세자를 잡아들여라."

반정군들은 광해를 잡기 위해 궁의 모든 전각들을 샅샅이 뒤지기 시작했고 수많은 횃불 뒤로 갑옷에 칼을 찬 능양군이 말을 타고 유유히 입궁했다.

서궁 문이 열리다

　삼경이 넘은 새벽녘, 담장 밖에서 들리는 우레와 같은 함성에 인목은 놀라 잠이 깼다. 군사를 훈련하는 소리는 아닌 듯하여 불안해진 인목은 정명공주부터 찾았다. 설핏 잠이 깬 정명이 서둘러 인목의 처소로 달려왔지만 인목의 맥박은 빨라지고 심장 뛰는 소리가 마치 다듬이질하는 소리 같았다. 궁인들에게 다시 한번 문단속을 시키고 날이 밝기를 기다리는 일각이 여삼추처럼 느릿하기만 했다.

　얼마나 지났을까! 어렴풋이 날이 밝아오자 서궁의 정적을 깨며 문 두드리는 소리가 요란했다. 그리고 이내 나인들의 비명과 함께 담을 넘어 들어와 강제로 대문을 열어젖힌 군사들이 청심재 앞마당을 가득 메웠다.

　그래. 나는 이 전각의 주인이다. 내 사람들은 내가 지켜야 한다.

　일순 두려움이 엄습했지만 궁인들의 비명을 외면할 수 없었던 인목이 대청마루에 올라서자 기다렸다는 듯 이귀와 김유를 앞세운 한 무리의 군사들이 인목을 향해 일제히 한쪽 무릎을 꿇었다.

"대비마마를 뵈옵니다."

부복한 이귀와 김유의 목소리는 비장했다.

"누구의 사주로 이 이른 새벽부터 해괴한 짓을 벌이는 것이냐? 궁을 침범한 저 무리는 무엇이란 말이냐?"

"마마! 신 이귀 아뢰옵니다. 천우신조로 반정에 성공한 소신들이 대비마마를 뵈시러 왔사옵니다."

"앞뒤 없이 이귀라고 밝히는 너는 관직도 직책도 없단 말이냐?"

"소신 경황이 없어 미처 아뢰지 못하였나이다. 노여움을 푸소서. 신은 북병사 이귀이옵고, 제 옆은 전 형조좌랑 김유이옵니다."

"조금 전 내가 잘못 들은 것이 아니라면 반정이라 하였더냐?"

"그러하옵니다. 대비마마! 이제 마마께서는 대궐의 제일 큰 어른이신지라 소신들이 호위하고자 이리 왔사오니 안심하옵소서."

김유의 말끝에 인목의 몸이 잠시 휘청거렸지만 여 상궁이 재빠르게 그녀를 부축했다. 인목은 잠시 반정군들을 응시했다. 그러고는 기뻐하며 치하할 줄 알았던 그들의 기대와는 달리 인목은 몸을 돌려 내전 쪽으로 조용히 발길을 옮겼다. 그 모습에 앞마당에 부복해 있던 사람들은 이해할 수 없다는 듯 인목의 뒷모습만 우두커니 바라보았다.

"방문을 닫아걸어라."

"마마, 어인 말씀이신지……."

"저들이 또 무슨 술책을 부리려고 저러는지 도무지 알 수가 없다. 반정이라니…… 혹시 우리 모녀를 해하려는 것은 아닌지…… 나는 섣불리 믿을 수가 없다."

"마마, 소인도 방금 반정이 성공하였다 그리 들었습니다. 전 형조좌랑이 앞장선 것으로 보아 불충한 일은 아닌 듯싶사오나 신중하여 나쁠 것은 없을 듯싶으니 상세히 더 알아보겠나이다."

"불온한 의도라면 엄하게 물리쳐 돌려보내거라."

이른 새벽부터 경운당에 난입한 저들의 말을 그대로 믿을 수는 없었기에 인목은 스스로 냉정해지자며 마음을 다졌다.

"나는 저들을 믿을 수 없다. 나와 공주를 궁 밖으로 끌어내기 위해 술수를 부리는 것이다. 혹 저들이 공주를 찾거든 정명공주는 이미 죽어서 담장 밑에 묻은 지 오래되었다고 이르고 썩 물러가게 하라."

다시 한번 당부하는 인목의 목소리가 심하게 떨렸다.

한 식경이 채 지나지 않아 경운당 담장 밖 동태를 살피러 나갔던 나인을 앞세운 여 상궁이 숨 가쁘게 뛰어 들어왔다.

"수많은 병사들이 이 전각을 에워싸고 있사옵니다."

"그들이 어느 곳을 바라보고 있더냐?"

"그것이 좀 이상하옵니다. 이전과 달리 하나같이 궁 밖을 향해 서 있사옵니다. 그리고 마마! 담장 밖으로 백성들이 모여들고 있사옵니다."

"백성들이 말이냐? 제지하는 군졸들이 있을 터인데?"

"아니옵니다. 마마, 이 전각을 지키는 병사들 말고는 담장 밖에 백성들뿐이온데 갓을 쓴 사대부까지 모여들여 이곳 전각을 살피고 있는 듯하였사옵니다. 이는 필시 그들의 말대로 반정에 성공했다는 정황이 아닐는지요? 마마…… 감축드리옵니다."

지밀상궁 여씨가 쓰러지듯 절을 올리자 곁에 있던 나인들도 눈물을 글썽이며 함께 절을 올렸다. 인목의 눈빛에 생기가 돌며 눈가에 이슬이 맺혔다.

그녀는 알고 있었다. 연산군이 자신을 죽이러 온 것으로 알고 목을 매어 자결하려 했던 중종이 뒤늦게 반정군의 말머리가 집 밖을 향해 있음을 알게 되어 가슴 쓸어내렸다는 지난 이야기를 기억해낸 것이다.

십 년을 서궁에 유폐되어 있었다고는 하나 선왕의 정비였으며 권력의 정점에 있었던 이 나라의 국모였었고 대왕대비였다.

그들이 나를 찾는 이유는 단 하나일 것이다.

침착하게 옷을 갈아입은 인목은 자리에 좌정하고 다시금 마음을 가다듬었다.

이제 내게 복수할 때가 온 것이다.

인목은 들창문을 열게 했다. 들창문이 열리는 소리에 경운궁 뜰을 가득 메운 사람들의 시선이 일제히 쏠렸다. 이귀와 김유가 빠르게 창문 아래로 달려와 몸을 낮췄다. 이를 지켜보던 인목은 결심이 섰는지 다시 천천히 걸어 나와 대청마루에 선 채 아차산 자락으로 눈을 돌렸다. 구름 한 점 없는 맑은 하늘이었다.

"이곳 서궁에 갇혀 십 년에 이르는 동안 한 사람도 찾는 일이 없었던 뒷방 늙은이를 이른 새벽부터 찾아대는 이 소란은 무엇인 게냐?"

재차 확인하는 인목의 위엄 서린 앙칼진 목소리에 부복해 있던 김유가 손을 높이 들어 반군들을 대문 밖으로 물리쳤다. 일사불란하게 군사들이 눈앞에서 사라진 것을 확인한 김유는 인목을 올려다보며 멋쩍게 웃어 보였다.

"대비마마를 놀라게 해드려 대단히 송구하옵니다. 하나 혼군^{昏君}을 몰아내고 새로운 임금을 옹립하고자 소신들이 죽음을 각오하고 일으킨 반정이 무혈입성으로 마무리되었기에 이 소식을 제일 먼저 대비마마께 전해드리고자 결례를 범하였사옵니다. 용서하소서.”

“그대들이 말하는 혼군은 누구이며 새로운 임금은 누구더냐?”

“폐주는 광해군이옵고 새로운 용상의 주인은 능양대군이옵니다.”

“이런 무모한 자들을 보았나! 누구 마음대로 능양군을 입에 올리느냐?”

인목의 서슬 퍼런 반문에 이귀와 김유는 당혹스러웠다. 십여 년 서궁에 갇혀 죽은 사람처럼 살던 인목이었기에 이 반정을 무조건 지지하고 반가워할 것이라 짐작했던 그들이었다.

“마마, 불과 몇 시간 전인 삼경에 도모한 반정이옵니다. 더구나 능양군께서 앞장을 서셨던 만큼 시급을 다투고 기밀을 유지해야 하는 일이었기에 대비마마께 미리 진계하지 못하였던 것이옵니다. 반정군 모두 목숨을 내어놓고 새로운 세상을 만들어보겠다 의기 분천 일어선 것이니 너무 탓하지 말아주소서.”

모두 목숨을 내어놓고 일을 벌였을 반정의 사정도 이해 못 할 것은 아니었지만 인목은 먼저 영창을 떠올렸다. 가장 큰 혈통적 명분을 가진 왕재가 아니었던가! 그러나 영창은 이 세상에 없었다.

“대비마마, 창덕궁으로 드실 의장을 준비하였사옵니다.”

종종걸음으로 다가온 침방 나인이 금빛 보자기에 싸인 물건을 내려놓았다. 인목은 금빛 보자기에 잠깐 눈길을 주던 인목의 시선이 다시 아귀에게로 향했다.

“폐주 광해는 어디 있느냐?”

“황송하오나 아직 찾지 못하였사온데 반정군이 궁궐을 샅샅이 뒤지고 있사오니 곧 소식이 들려올 것입니다.”

“이지…… 폐세자는 잡아들였느냐? 내 눈앞에 광해 부자의 머리를 가져오지 않으면 나는 결코 믿지 못하겠다. 내가 직접 그것들을 도륙한 이후에 모든 것을 결정하겠다.”

인목은 단호했다. 눈으로 보기 전에는 능양군을 인정하지도 반정군의 손을 들어주지도 못하겠다며 자리를 박차고 일어나 다시 내전으로 들어가버렸다. 난감해진 이귀는 창덕궁에서 기다리고 있을 능양군에게 전후 사정을 전하도록 하였다.

"대비마마의 심정이 이해되고도 남네. 나 또한 혈육을 잃고 핍박받으며 살아오지 않았나? 내 직접 광해를 끌고 경운궁으로 가겠네."

광해는 밤새 후원 북쪽 소나무 숲길로 나 있는 담장을 넘어 의관인 안국신의 집에 숨어 있었다. 그러나 안국신의 가솔인 집사가 밀고하면서 새벽녘에 궐로 압송되었다.

"쉬! 물렀거라. 능양대군 행차이시다."

서궁이었던 경운궁을 향한 능양의 모습을 보기 위해 구름처럼 몰려든 사람들 사이로 길을 내는 소리가 우렁차게 퍼졌다. 갈색 갈퀴가 화관처럼 휘날리는 말을 탄 능양은 승자의 여유답게 늠름했다. 그 뒤를 작은 평교^平^轎가 따르고 있었다. 광해였다. 길가에 도열한 사람들은 능양을 향해 이마에 손을 얹어 축수하고 화려한 어가가 아닌 평교에 실려 가는 광해를 바라보며 더러는 혀를 차고 더러는 분을 이기지 못해 팔뚝질했다.

"돈 애비야, 돈 애비야, 금은보화 어디다 감춰두고 그곳에 있느냐?"

광해를 향한 원망과 비난의 소리가 길을 메웠다. 광해는 고개를 떨궜다. 어제와 오늘은 너무 달랐다. 어제까지는 천상천하 무서울 것이 없었는데 오늘은 저 백성들이 두렵고 두렵다. 막심한 후회가 밀려왔다. 한때는 성군으로 칭송받고자 했다. 그러나 언제 어디서부터 잘못된 것일까! 이이첨을 곁에 두고 허균을 내치고 형제를 죽이고 계집들을 총애했다. 외척을 경계하지 못하고 당파에 의존했다. 자신의 숱한 과오들이 머릿속을 헤집었다.

이 길은 경운궁으로 가는 길이다. 혹 인목을 만날 수 있을지도 모르겠다. 하지만…… 그녀에게만은 보이고 싶지 않은 내 비참한 꼴을 어찌할꼬. 달게 받자. 어리석었던 내 과오인 것을…… 그녀는 어떻게 변했을까? 세월을 속일 수 없듯 나이는 들었겠지만 여전히 곱디고운 눈매에 복사꽃 같은 자태일까? 십여 년이 지나는 동안 나를 얼마나 원망하고 미워했을까! 그래도 나는 그녀가 보고 싶다. 늘 보고 싶었다.

인목은 석어당으로 자리를 옮겼다. 이어 광해가 끌려오고 있다는 소식에 스스로 마음을 다졌다.

반정에 성공한 저들이 날 찾는다는 것은 내가 왕실의 어른이라는 명분 때문일 것이다. 나는 그들이 원하는 것을 가지고 있다. 용상에 대한 전위! 이 나라의 임금이 바뀌었음을 조선 만방에 알릴 당위성은 대비인 나만이 줄 수 있는 일이다. 반정군의 우두머리에 머물지 않고 이 나라의 군왕으로 결정지어줄 수 있는 권한이 이 손안에 있다.

"대비마마, 능양 이제야 하례드리러 왔사옵니다. 소손의 절을 받아주시옵소서."
승전보를 전하는 이긴 자의 당당함 때문인지 능양의 음성에는 기쁨과 반가움이 실려 석어당 뜰을 쩌렁쩌렁 울렸다.
"사리에 어둡고 패륜을 일삼던 어리석은 광해군를 몰아내고 새로운 세상을 열게 한 공이면 그것으로 되었다."

인목은 능양을 직접 대면하지 않고 궁인을 통해 치하했다. 인목의 뜻을 전해 들은 능양은 그 자리에서 절을 올리며 예를 갖추었다. 그사이 궁인을 뒤따라온 지밀상궁 여씨가 허리를 굽히며 인목의 또 다른 하교를 전달했다.

"옥새와 계자啓字를 안으로 들이라는 명이십니다."

인목이 석어당 문을 열고 나와 직접 옥새를 건네받을 것으로 예상했던 사람들 사이에 웅성거림이 전해졌다. 만약 옥새를 대비의 내전으로 들였다가 대비의 마음이 변하여 다른 왕재에게 전위하겠다 결정을 한다면 그것으로 모든 것이 끝이었다.

"폐주를 몰아내고 용상이 비어 있다면 당연히 옥새는 왕실의 최고 어른이 간직하는 것이 법도 아니더냐? 그럼에도 그대들이 주저하는 것은 새로운 세상에 대한 의기보다 용상에 대한 탐욕일 것이다. 거리낄 것이 없다면 뭘 그리 꾸물거리느냐?"

인목의 반전이었다. 재차 내려진 그녀의 깜짝 전언에 놀란 김유가 몸을 일으키자 능양군이 화급히 그를 제지했다.

"할마마마, 백번 지당하신 말씀이옵니다. 명을 받잡겠사옵니다."

옥새를 품에 안은 인목은 쏟아지는 눈물을 주체하지 못하고 흐느꼈다.

"마마, 고정하소서. 듣는 귀가 많사옵니다."

여 상궁은 어찌할 바를 몰라 하며 안절부절했다.

"억울해서 그런다. 내 원통하고 또 원통하고 억울해서 이 옥새를 내려놓을 수가 없구나!"

내 손에 옥새가 쥐어진 것이 두 번째다. 십오 년 전 나는 이 옥새를 서둘러 광해에게 물려주었었다. 세 살배기 영창이 옥새를 손에 꼬옥 쥐고 입으로 빨며 내어놓지 않으려 하던 그 옥새가 아닌가! 옥새를 뺏겨 울고불고 하던 영창의 어린 모습이 아직도 생생한데…… 차라리 그때 독하게 마음먹고 광해가 아니라 영창에게 보위를 물려주고 수렴청정하였더라면 나도, 영창도 이리 참혹하게 이별하지 않았을 것을…… 왜 그리 서둘렀을까? 어리석고 또 어리석었다.

인목은 옥새를 이리저리 돌려보며 혹 영창의 젖니 자국이라도 남아 있지 않을까 찾고 또 찾다가 다시 눈물을 쏟아냈다. 석어당에는 오랜 침묵이 흘렀다. 석어당 뜰에는 인목대비의 전교를 기다리는 대신들의 조급함만이 미세하게 귀를 스칠 뿐이었다.

얼마나 시간이 지났을까! 옥색 당의에 꽃분홍 삼단 치마로 한껏 치장을 한 인빈 김씨가 화사하게 웃는 얼굴로 다가오더니 말없이 인목을 향해 큰절을 올렸다. 인목은 반가운 마음에 몸을 일으켜 인빈 김씨의 손을 잡으려 허공을 짚었다. 그러나 인빈 김씨는 따듯한 미소만 지을 뿐 손에 잡히지 않고 서서히 멀어져 갔다. '인빈…… 인빈……' 인목이 소리 높여 그녀를 불렀지만 인빈은 온데간데없었다. 밤새 긴장을 풀지 못했던 피로가 밀려온 것일까! 잠깐의 선잠이었다.

그렇게 보고 싶어도 나타나지 않던 인빈이 오늘 꿈에 나타나다니…… 손자 능양군을 부탁한다는 선몽인 것인가? 그래, 능양군은 인빈의 셋째 아들인 정원군의 장자 아닌가! 선왕의 손자이기도 한 그 아이가 내게 할마마마라 불렀다. 다른 누구보다 인빈의 자손에게 옥새를 넘겨주게 되어 그나마 다행이다.

목소리가 갈라질 정도로 칼칼해진 목을 잠시 물로 축인 인목은 능양군

이종으로 하여금 보위를 잇게 하겠노라는 전언을 내렸다. 오랜 시간 이제 나저제나 석어당 내실 쪽으로 목을 빼고 있던 사람들은 큰 소리로 환호했다.

"대비마마, 천수를 누리소서."

인목은 드리운 발을 사이에 두고 능양을 맞았다.

"대비마마, 소손 능양군 이종 다시 하례드리옵니다. 너무 늦은 불효를 용서하소서."

능양이 절을 하며 감정이 복받쳐 흐느꼈다.

"이런! 이런! 용상에 오르실 귀한 분께서 이리 눈물바람이라니…… 아랫것들이 흉을 보겠습니다그려!"

능양의 얼굴에서 인빈을 발견한 인목 또한 눈물을 찍어내고는 웃었다.

"어서 오세요. 내 덕이 박하여 나라가 망하는 꼴을 보게 되는가 노심초사하였더니 다행히 종사를 바로잡을 수 있어 천만다행입니다."

"소손이 조금 더 일찍 폐주에 대한 반기를 들었더라면 할마마마의 고난과 시련도 줄어들 수 있었을 터인데…… 황송하여 고개를 들지 못하겠나이다. 두고두고 위로해드릴 터이니 너무 책망하지 마옵소서."

자신의 마음을 알아주는 능양군이 고마워 인목은 목이 메었다.

"고맙소. 능양군! 앞으로는 주상이라 해야겠지요?"

"대비마마, 황공하옵니다. 앞으로 폐주 광해가 저지른 부도덕함까지 낱낱이 밝혀내어 왕실의 존엄과 위상을 바로 할 것이오니 그 점도 심려치 마소서."

"하나 내가 이 옥새를 건네기 전에 꼭 해야 할 일이 있어요."

"무엇이옵니까? 마마."

"폐주가 저지른 패륜은 끝이 없음을 잘 알 것입니다. 내가 이 치욕을 겪으면서도 선왕을 따라가지 않고 지금까지 목숨을 부지해온 것은 오직 한 가지 역천 부도한 원수를 벌하기 위함이었어요. 광해군 부자의 목을 가져다주세요. 억울하게 세상을 떠난 이들 앞에 내가 얼굴 들고 제를 지낼 수 있게 해주세요. 그것이 내 평생 염원이며 한입니다."

광해의 목을 가져오라는 인목의 목소리에는 서슬 퍼런 칼날이 들어 있었고 단단했다.

"대비마마, 마마의 심중을 백번이라도 헤아릴 수 있사오니 그 하명만은 거두어주시옵소서."

"지금 무어라 하셨습니까? 그리 못 하시겠다구요?"

평정심을 잃고 날카로워진 인목의 모습에 능양군은 난감할 수밖에 없었다. 그러자 김유가 나섰다.

"마마, 예부터 물러난 왕을 폐치시킨 적은 있어도 주륙한 적은 없사옵니다. 소신들도 명을 따를 수 없사오니 통촉하여주시옵소서."

인목도 익히 알고 있는 일이었다. 폐주 연산군 때도 있었던 일이었다. 하지만 인목은 양보할 수가 없었다. 주먹을 움켜진 인목의 어깨가 심하게 떨렸다.

"정 그렇다면 유희분과 이이첨, 두 도적놈의 국문이라도 내가 직접 할 수 있게 약조해주시오."

"대비마마, 황송하옵니다. 그 또한 예로부터 모후께서 신하를 직접 국문한 전례가 없사옵니다. 능양군께서 용상에 오르신 뒤에 그들을 주벌하더라도 늦지 않사옵니다. 속히 보위에 대한 전교를 내려주시면 그들의 죄는 소신들이 나서서 만천하에 모두 드러낼 것이옵니다."

김유가 다시 한번 허리 굽혀 간곡히 아뢰었다.

"그들을 친국하고자 하는 것은 그들의 죄상을 그 누구보다 내가 잘 알고 있고 몸소 겪었기에 한 치의 허술함 없이 밝힐 수 있는 적임자 또한 본

궁이기 때문이오."

"소신들도 어찌 모르겠나이까? 하나 법도를 따르고자 함이옵고 자칫 새 왕조에 오점을 남길까 우려되어 아뢰는 것이오니 대비마마께서 넓게 혜량하시어 통촉하옵소서."

너무도 간곡한 만류였기에 인목은 더 고집할 수 없었다.

"십여 년 동안 쌓여온 나의 울분과 노여움과 치욕을 제공들이 어찌 이해하겠는가? 하지만 아녀자의 원한으로 새로운 주상의 치세에 누가 되어서야 쓰겠는가? 다만 제공들이 나와 내 아들 영창군과 능창군 그리고 우리를 위해 목숨을 잃은 수많은 사람들의 울분도 헤아려 처결해줄 것이라 믿어보겠소."

"마마의 뜻을 받들겠나이다."

"도망간 이이첨과 박승종은 군사를 동원할 수도 있는 자들이옵니다. 마마, 나라의 대계가 바로 세우기 위해 그들을 조속히 잡아들일 수 있도록 왕위를 전위하소서."

인목은 서청으로 자리를 옮겨 능양군에게 옥새와 계자를 넘겨주었다. 역대 조선왕조사에서 가장 짧은 즉위식이었다. 그만큼 상황이 급박하고 위중했음을 보여주는 방증이기도 했다. 이제 반정이 일단락되었음을 보여줌으로써 조선 팔도 민심을 안정시키고 능양군 즉위를 알리는 일은 왕대비와 능양군이었던 인조의 교서를 전국 팔도에 내리는 것이었다. 인목은 인조의 즉위와 광해군의 폐위에 대한 교서를 지은 후 손가락으로 짚어가며 다시 읽고 또 읽어보았다. 숱한 만감이 교차하며 주체할 수 없는 분노와 감회가 그녀를 감쌌다.

천운이 따랐는지 광해군은 용상을 이어받았으나 천성이 천박하고 난폭

하여 즉위 이후 끊임없이 못 하는 짓 없이 방자하여 사람의 도리, 자식의 도리, 형제의 도리, 군신의 도리를 다하지 못하였는바 우선 그중 큰 일만을 거론하겠노라. 참소하는 간신배들의 말을 믿고 스스로 시기하여 나의 부모와 형제들을 형살하고 자신의 형제들을 죽이는 것에 그치지 않고 모후인 내 품에서까지 어린 자식을 빼앗아가 죽이고 나를 유폐하여 치욕을 주는 등 인륜의 도리라곤 찾아볼 수 없었다. 심지어는 여러 차례 큰 옥사를 일으켜 무고한 사람들을 해치고 선 왕조의 구신들은 하나도 남김없이 다 내쫓아 간신들의 악행을 조장하여 종묘사직의 위태로움은 마치 가느다란 끈과 같았다. 그 통분함을 어찌 이루 다 말할 수 있겠는가! 이제 광해를 폐위하고 능양군에게 왕위를 전위하고 부인 한씨를 중전으로 책봉하여 왕비로 삼고자 이와 같이 교시하노라.

전국 팔도에 교서를 반포하면서 인목의 머릿속에서는 제주로 유배 가 있는 어머니 노씨와 다른 가족들의 안위에 대한 걱정이 떠나지 않았다. 친정아버지의 죽음에 이어 오라비와 동생들이 참혹한 장형을 이기지 못해 세상을 떠났고 어린 조카들까지 몰살당했다는 끔찍한 소식에 치를 떨었던 인목이었다. 이후 오라버니인 래의 부인과 동생 규의 부인은 관가의 종으로 내쳐졌다는 소식을 어렵사리 전해 들었을 뿐 그녀들의 행방도 더 이상 알 수 없었다. 기나긴 십여 년 동안 정명을 지켜내고 원한을 갚을 날만 기다리며 절치부심하느라 친정 식솔까지 근심할 여력이 없었던 자신이 원망스러울 뿐이었다. 인목은 도승지를 불러 부친 연흥부원군의 마지막 순간을 알고 싶어했다.

"대비마마, 안타깝게도 부원군께서 부관참시될 때 접근 금지령이 내려져 있었기에 감히 어느 누구도 선뜻 나설 수 없었던 터라 부원군 대감의 시신은 흔적도 없이 사라져버렸다 하옵니다."

"뭐라……"

치밀어 오르는 분노가 머리끝까지 치받았다. 입천장이 뒤집어진 듯 아렸지만 인목은 입술을 깨물었다. 어떻게 해서든지 나머지 가족들을 찾아 자신의 그늘에 두어야만 안심이 될 것 같았다. 인목의 걱정을 알게 된 인조는 승지 정립鄭岦과 예조참의 목대흠睦大欽을 비롯해 내관과 궁녀, 호위병까지 붙여 서둘러 제주도로 내려보냈다. 늙고 병든 노씨를 간병하고 귀향 행차의 안전을 위한 조치였다.

인조는 인목대비와 서인 세력의 비호를 받으며 용상에 앉았지만 광해를 따르던 무리도 없지 않았기에 한시도 긴장의 끈을 놓을 수 없었다. 이런 이유로 반정군은 경운궁을 철저히 호위하면서 광해의 비호세력들을 잡아들이기에 집중했다. 승자는 패자의 세력을 뿌리째 뽑아 신속하게 화근을 없애는 것이 고금의 이치였다. 인조반정의 반대 세력이었던 유희분, 한찬남을 비롯한 대부분의 족속들이 속속 잡혀 들어왔다. 그런데 아무리 도성을 샅샅이 뒤지고 다녀도 이이첨과 박승종의 행방을 찾을 수가 없었다. 조바심이 난 인조는 재차 다급히 어명을 내렸다.

"경상도 합천에 기거하고 있다는 정인홍을 잡아들이고 이이첨과 박승종의 행적을 추궁하라."

여든아홉 살이었던 정인홍은 별다른 저항 없이 한양으로 압송되었다. 그러나 그 역시 이이첨과 박승종의 행방을 알지 못하는 듯했다. 이이첨은 반정군이 도성을 점령했다는 소식을 듣기 무섭게 세 아들과 함께 노비 복장으로 변복을 하고 한강을 건넌 다음 경기도 광주로 향하고 있었다. 낮에는 산에 숨어들었다가 이슥한 밤을 택해 길을 재촉했지만 운이 따라주지 않았던지 그만 관군에게 붙잡히고 말았다. 영의정이자 체찰사였던 박승종 역시 경기감사인 아들 박자흥과 함께 경기도 양주로 몸을 피했다. 그들 부자는 수원방어사 조유도趙有道와 양주목사 박안례朴安禮에게 군사를 이끌고 반군을 진압하라 회유했지만, 인조의 즉위 소식을 접한 방어사와 목사는 군사를 모두 해산하여 이들을 좌절케 했다. 붙잡혀 한양으로 압송되면 분명 온갖 수모를 당하고 추한 죽음을 피할 길 없다는 것을 누구보다 잘 알고 있던 박승종 부자는 함께 스스로 목숨을 끊는 길을 선택했다.

반정 공신인 이서는 호조판서에 제수되고 신흠이 이조판서, 김유는 병조판서, 이귀는 판의금부사, 이흥립은 공조판서, 이괄은 한성판윤, 최명길은 이조좌랑, 신경진은 공조참의를 제수받는 등 그 공에 따라 관직이 내려졌다. 원로 훈구대신인 이원익이 영의정에 올랐음은 말할 것도 없었다. 이원익은 어린 나이에 국모가 된 인목이 이덕형, 이항복과 함께 가장 의지했던 인물이었다.

"선왕께서 죽을 만큼 험난했던 지난날을 위안 삼으라 배려하시어 영상을 제게 보내주신 듯합니다."

"대비께서 그리 말씀해주시니 몸 둘 바 모르겠사옵니다. 신이 조정에 너무 오래 머물러 죄만 짓고 있음입니다."

"별말씀을요. 영상! 지금 우리 곁에 이덕형 대감과 이항복 대감도 함께 계셨더라면 얼마나 좋았겠습니까? 그것이 한스러울 뿐입니다."

인목은 이원익을 보자 오성과 한음이 생각났다.

"한음은 오성과 함께 계축년 당쟁의 여파 속에서 대비마마를 지켜내고자 서궁 유폐를 강력히 반대했다가 탄핵을 받고 낙향하였사온데 그 화병을 이겨내지 못하고 세상을 떠났고, 오성은 정사년 서궁에 유폐된 마마를 서인으로 강등하려는 것을 막으려다 삭탈관직되었습지요. 안타깝게도 유배되었던 함경도 북청에서 운명을 달리했으니 실로 통탄할 일입니다. 한데도 송구스럽게 불초한 신만 목숨을 이리 보전하고 있으니 이것이 어찌 지기의 도리요 벗을 향한 의리이겠나이까! 매일 밤 그들에게 나도 속히 데려가달라 기원할 뿐이옵니다."

"그런 말씀 마세요. 영상이 계시어 마음이 얼마나 든든하고 단단해졌는 지 모르실 겝니다. 영상마저 두 분 대감을 따르셨다면 나는 또 저세상에 가서 선왕을 어찌 뵈라구요. 슬픔은 그만 거두시고 이제 조정 대신들의 수장으로 영상께서 종사의 틀을 바로 잡아주셔야지요."

인목은 오랜만에 편안한 미소를 지어 보였다. 한음과 오성의 우정을 높 이 사며 그들이 나눈 시구를 자랑처럼 내어 보이고는 너털웃음을 짓던 선 왕 선조의 모습이 새삼 아련하게 떠올랐다.

진눈깨비가 날렸다. 바람이 실어오는 냉기는 금방이라도 굵은 눈이 되 어 세상을 하얗게 덮어버릴 기세였다. 석어당 앞뜰에 새끼줄로 성글게 만 든 거적이 깔렸다. 중앙통로를 중심으로 양편에 세워둔 거대한 화로에서 불꽃이 사정없이 튀더니 금세 불덩이가 되어 활활 타오르고 있었다.

"폐주 광해를 끌어내라."

영의정 이원익의 호령에 사람들의 시선이 한곳에 쏠렸다. 흰 무명옷을 입은 탓인지 초췌해져 보이는 광해는 사령들에 의해 끌려 나오자마자 주 위를 둘러보았다. 반정 공신들이 무장한 군사들을 뒤로하고 나란히 도열 하여 광해에게 눈길을 주고 있었다.

"뭣들 하느냐?"

이원익의 타박 섞인 외침에 사령 하나가 광해의 어깨를 눌러 거적 위로 무릎을 꿇렸다. 광해의 어깨는 저항하지 못하고 그대로 내려앉았다. 생각 이 많은 탓인지 호흡에 따라 어깨가 올라왔다 내려가기를 반복했다.

"폐주의 일가들도 함께 끌어내거라."

폐중전 유씨와 폐세자 이지가 끌려 나와 광해와 근접한 거리에 쓰러지듯 주저앉았다.

"이놈들, 하늘이 무섭지 않느냐? 감히 성상과 국본에게 이 무엇 하는 짓이냐?"

폐중전 유씨는 발악을 하듯 목소리를 높였다.

"전하, 어찌 그러고 계십니까? 여기를 좀 보세요. 이 대역무도한 놈들이 왕실의 존엄을 이리 핍박하고 있으니 이것이 조선의 법도에 가당키나 한 일이란 말입니까? 어명을 내리세요. 전하……."

폐비 유씨는 정신줄을 놓은 듯 두 다리를 뻗고 앉아 발을 땅에 굴렀다.

"어마마마, 고정하소서."

보다 못한 폐세자 이지가 유씨의 소맷자락을 잡아당겼다.

"왕실의 존엄이라 하였느냐? 폐주더러 어명을 내리라니…… 네가 제정신이 아닌 듯하구나."

언제 나타났는지 단상 위로 모습을 드러낸 인목의 목소리에 노기가 가득했다.

"대비마마!"

도열해 있던 대신들과 궁인들이 머리를 숙였다. 옹골찬 모습으로 사람들 앞에 나선 인목은 스스로의 화를 누르려 두 주먹을 움켜쥐었다. 눈치 빠른 내관 하나가 소리 없이 인목에게 의자를 내밀었다. 타닥타닥 불길 오르는 소리가 적막을 깨고 있었다. 진눈깨비 탓인지 살짝 젖은 장작 타는 냄새가 눅눅한 음기를 풍겨내고 있었다.

"내가 덕이 없어 마땅히 지켜야 할 혈육의 도리를 다하지 못해 인륜이 무너지는 패륜을 당하기에 이르렀었다. 이 참담한 꼴을 죽음으로 씻지 못하고 이리 목숨을 부지한 것은 폐주 광해의 죄상을 만천하에 드러내 종사를 안정케 하고 뼛속까지 사무친 내 원한을 갚기 위함이었다. 폐주의 목숨을 내 친히 거두려 하였으나 왕실의 질서가 있어 아쉽고 애달프다.”

얼음장같이 차갑지만 그 냉기를 누르는 인목의 목소리는 위엄으로 가득했다. 다만 아쉽고 애달프다는 말끝에는 감정을 주체 못 한 듯 떨림이 강했다. 인목은 이원익에게 명을 대신한 날카로운 눈길을 보냈다. 기다렸다는 듯 영의정 이원익이 목소리를 날카롭게 높였다.

“폐주는 고개를 들라.”

인목의 서슬 퍼런 눈빛에 잠시 그녀를 올려다보는 듯하던 광해가 이내 고개를 떨구었다.

전하, 보고 계시옵니까? 아버님, 보고 계십니까? 이제 소첩이, 이 여식이 뼈에 사무친 원한을 풀고자 합니다.

잠시 인목의 시선이 먼 하늘로 향했다.

“이 손에는 폐주인 네가 저지른 서른여섯 가지 죄악이 적혀 있다. 하나하나 열거하는 것조차 버겁고 역겹구나. 효도 죽고 충도 죽고 도리 또한 죽었다. 네 입으로 너의 죄를 고하게 하여 훗날 모범으로 삼고 싶었으나 이런 패륜은 다시는 반복되면 아니 되겠기에 마음을 바꾸었다. 폐세자 이지로 하여금 읽도록 하여 그 아비가 저지른 죄악이 얼마나 악독한 것인지 세상에 알려지게 하라.”

광해가 저지른 죄목이 일일이 적힌 두루마리를 들어 보이는 인목의 모습은 냉정했다. 아비가 죄를 짓고 아들이 벌을 받는 꼴이었다. 이보다 더 잔인하고 치욕스러운 것은 없었다.

“대비마마, 아니 어마마마, 죽을죄를 지었사옵니다. 부디 옛정을 생각하시어 가혹한 처분을 제발 거두어주시옵소서.”

폐중전 유씨의 다급하고 간곡한 청이 이어졌다. 조금 전과 다르게 이제

야 사태 파악이 된 듯 어마마마라고 인목을 부르는 그녀의 음성은 신음과
도 같았다.

"옛정이라고? 누가 누구에게 옛정을 운운하는 것이냐? 너희들이 진정
나를 어미로 생각이나 하였더냐? 참으로 어이가 없어 할 말을 잃게 만드
는구나! 네 지아비가 혼군이 되도록 방조한 죄를 물어야 제대로 정신을
차리겠구나? 폐세자 대신 폐비, 네가 읽어보겠느냐?"

마땅히 지켜야 할 분수조차 모르는 사람을 꾸짖는 듯 언성을 높이는 인
목의 일성에 귀를 찢는 카랑카랑한 쇳소리가 났다.

"대비마마, 소자의 죄이옵니다. 소자가 석고대죄하는 마음으로 읽게 하
여주시옵소서."

침묵하고 있던 광해의 다급한 외침이 뒤따랐다.

"폐주는 소자라 하였느냐?"

어이없어 입을 다물지 못하고 성난 목소리로 쏘아보는 인목의 눈동자
가 이글거렸다.

당장 뛰어 내려가 저놈의 주둥이를 불로 지져버리고 싶지만 대비의 체통
을 지켜야 한다. 모든 귀와 눈이 내게 쏠려 있지 않은가!

"폐주인 네가 쇠로 만든 낯가죽을 쓰지 않고서야 어떻게 네 입으로 소
자라 운운하느냐? 나는 네 어미인 적이 한 번도 없다. 너 스스로 나를 폐
모 하지 않았더냐? 게다가 천하의 간신배들 말에만 귀를 기울이고 천하
의 간신배들을 믿고 따랐던 폐주는 그들의 우매하고 충성스러운 노비였
느니 백성들이 어찌 그런 노비를 우러러볼 수 있었겠느냐? 용상이 부끄
럽구나! 너는 이 나라의 큰 재앙이었다."

독설이었다. 지난 설움에 대한 응축된 폭발이었다. 소자라는 광해의 말

한 마디에 처절하게 반응하는 인목의 원한은 온몸에 꽂혀 있던 가시들이 하나하나 고개를 들고 폐부를 찌르듯 잔혹하고 아팠다.

광해는 눈을 감았다. '그녀는 내 심중의 복사꽃이었느니…… 그녀를 보호하라.' 음영에게 지시했던 말들이 귓전을 울렸다. 인목을 서인으로 강등시켜 폐출하려던 대신들의 강압적인 읍소와 상소를 여러 해 동안 물리쳐가며 죽음의 손길로부터 그녀를 지키려 했던 지난 기억들이 아련하게 떠올랐다.

이제는 그 가녀리고 곱디곱던 복사꽃이 아니구려. 내가 깊은 상처와 한으로 점철된 여장부를 만들어낸 것인가? 그래도 나는 그대가 애련하기만 하오. 그립고 또 그리웠구려.

"폐세자 이지는 폐주 광해가 저지른 서른여섯 가지 죄악을 큰소리로 조목조목 읽거라. 이는 수백 년이 흐른 뒤에도 올바른 세상을 만들려 하는 자들에게 반면교사가 될 것이다. 아울러 폐주는 그 내용을 토씨 하나하나 빠뜨리지 말고 기억하라."

이지의 손은 심하게 떨리면서 놀라 죄명이 적혀 있는 한지 두루마리를 여러 차례 떨어뜨렸다.

예서 구차해지지 말자. 그녀에게 마지막 내 모습이 추해 보여서는 아니 된다.

"세자는 어서 읽거라."

예상치 못한 광해의 침착하고 묵직한 음성이었다. 사람들로부터 손가락질과 업신여김을 당하는 모욕을 안겨주려 하는 인목의 의도를 알아차리고, 오히려 당당해지기로 한 것이었다. 무엇보다 인목에게 굳건한 남자로서의 의연함을 보여주고 싶기 때문이기도 했다.

"폐주 광해가 저지른 죄목을 하늘에 고하고 땅에 알려 천년만년 후세에 기억되고자 한다. 짐승들의 우두머리인 이혼은 천고에도 없는 어그러진 죄를 지었으니 죄 하나다."

세자가 피 울음 토하는 목소리로 죄목을 읽어가자 폐비 유씨는 거적에 앞이마를 반복해 찧어댔다. 그녀의 이마에 붉은 피가 흥건했다. 연좌제는 모질고 혹독했다.

"요망한 상궁 김개시를 곁에 두어 내명부의 질서를 무너뜨렸으니 그 죄가 둘이다."

이지가 두 번째 죄명을 읊자 갑자기 생각이 난 듯 인목은 소리쳤다.

"개시 년은 어디 있느냐?"

인목의 격앙된 목소리였다.

"반정군이 궐에 입성하던 날 새벽 수라간에서 칼에 베여 쓰러진 김 상궁을 나인 하나가 발견했다 하옵니다."

"죽었느냐?"

"그리 알고 있사옵니다."

"다시 확인해보라. 그 악녀의 죽음을 내 직접 목격하기 전에는 믿을 수가 없다."

석어당 뜰 그 어디에서도 개시의 모습을 찾을 수 없어 그녀의 생사 여부가 궁금했던 광해였다. 광해는 마음속 깊이 헛헛한 웃음을 떨궜다.

음영이 그녀를 잘 보내주었을 것이다.

자신의 의지와 다르게 코끝이 붉어진 광해는 화급하게 소맷자락으로 얼굴을 가렸다.

"선왕의 유언을 어기고 어린 아우 영창대군을 폐서인하였고 모후의 품 안에서 어린 자식을 강제로 빼앗아 절해고도로 유배를 보낸 것도 모자라 무참히 증살하였으니 그 죄가 다섯이다."

이미 폐세자 이지의 얼굴은 눈물과 콧물이 범벅이 되어 말을 잇지 못한 채 무릎 사이로 머리를 박고 심하게 몸을 떨었다.

"읽는 소리가 작아 내 미처 듣지 못하였다. 이지는 다시 읽거라."

철천지한으로 각인되었다. 아들 영창에 대한 억울한 죽음을 묻는 대목 에서 노여움을 참지 못한 인목은 물이 담겼던 작은 놋그릇을 들어 그들을 향해 집어 던졌다. 놋그릇은 둔탁한 소리를 내며 이지의 허벅지를 치고 지나서 거적 위에 떨어졌다.

"지야!"

폐비 유씨가 놀라 외마디 비명을 질렀다.

서른여섯 가지 죄목이 하나하나 읽히는 동안 유씨는 모욕과 수치감에 온몸을 떨었고 광해는 죄목이 한 가지씩 더해질 때마다 머리를 숙였다.

서너 날 후, 종로 저잣거리로 오라에 묶인 죄인들이 하나둘 끌려 나왔 다. 형장을 지켜보려는 사람들이 몰려들면서 발 디딜 틈도 없이 인산인 해를 이루는 진풍경을 만들어냈다. 칼을 갈고 있던 망나니가 시퍼런 칼 을 허공에 휘두르며 죄인의 목을 겨냥하는 동작을 느리게 시연하는 모습 이 마치 춤사위와도 같았다. 이에 질세라 또 다른 망나니는 입에 문 막걸 리를 투박하고 커다란 칼 위에 내뿜으며 칼날의 날카로움을 확인하는 동 작으로 공포감을 조성하고 있었다. 끌려 나오는 죄인들 틈 속에 이이첨이 있었다. 바로 오 년 전 이 자리에서 교산 허균의 거열을 주도했던 이이첨이 아닌가! 사람의 앞일은 한 치 앞도 짐작할 수 없다는 옛말이 틀리지 않았음을 보여주듯 죄인의 모습으로 형장에 나타난 이이첨에게 사람들은 침을 뱉었다.

"이이첨을 사지 거열하시오."

"허균 대감의 한을 풀어주시오."

"저 극악무도한 간신배들의 시신을 조선 팔도에 골고루 뿌려 억울하게 죽어간 이들의 원혼을 위로하라."

유림과 사대부까지 여기저기서 목소리를 높이며 형장의 분위기를 압도하자 이이첨을 향한 차마 입에 담을 수 없는 욕설까지 봇물 터지듯 쏟아졌다.

"이이첨과 아들 셋 모두 끌려 나왔네그려…… 아비와 자식들의 제삿날이 한날이라니…… 저 집안의 말년도 흉하기 그지없군. 권세는 역시 오래가지 못하는 것이라는 말이 딱 들어맞지 뭔가."

"이걸 양반들은 화무십일홍花無十日紅이라고 한다지."

이이첨과 그의 패거리들이 저잣거리로 끌려 나갔다는 소식을 들었지만 인목은 분이 풀리지 않고 답답한 울화가 계속되어 가슴을 두드렸다.

"마마, 등을 좀 만져드리오리까? 아니면 내의녀를 들이오리까?"

걱정스러운 듯 지밀상궁 여씨가 곁에 다가와 앉았다.

"아닐세. 체기가 조금 있는 듯하나 의녀를 부를 정도는 아닐 듯하네."

"그나저나 대비마마 오늘 형장에 대역무도한 박응서란 놈도 끌려갔다 하옵니다."

"뭐라 했는가? 박응서…… 그 씹어 먹어도 시원치 않을 놈이?"

"네, 마마, 소인 그놈을 생각만 해도 이가 갈려서 맷돌에 갈아 먹고 싶을 지경이온데 마침 오늘 목이 베인다 하옵니다."

"아니 된다."

"네?"

"그놈을 그리 쉽게 저승길로 보내서야 쓰겠느냐? 강변칠서의 옥사 때 거짓 고변으로 친정아버지 부원군 대감과 내 핏줄들을 죽음으로 몰아넣은 자가 아니더냐?"

인목은 다급한 듯 여 상궁을 재촉했다.

"형을 멈추게 하라."

군마 한 필이 급하게 형장으로 달려갔다. 파발 사령이 간신히 형장에 도착했을 때는 이미 시체가 되어 들것에 실려 나왔던 정조와 이위경의 목이 막 베이고 있었다.

"대비마마의 명이시다. 형을 멈추어라."

형을 집행하던 형조판서는 대비의 명이란 전갈에 당혹스러워했다.

"형 집행을 중단하라 하시는 연유가 무엇인가?"

"대비마마께서 친히 이르시길, 이이첨과 박응서는 다시 국문을 열고 몸소 죄를 묻겠노라 하시었습니다."

갑작스러운 대비의 친국 명령에 형장을 지키던 관리들은 어찌할 줄 몰라 갈팡질팡했고 지켜보던 백성들은 영문을 몰라 웅성거리며 형을 빨리 집행하라 소리를 질렀다.

친국을 위해 의복을 고쳐 입는 인목의 옆으로 정명공주가 다가왔다.

"어마마마, 이제 노여움을 푸옵소서. 소녀 또한 저들을 고통스럽게 찢어 죽여 철천지한을 갚고 싶사옵니다. 하지만 이리 다시 국문을 하고 그 형장에 어머님께서 직접 나가신다 한들 외할아버님도 외숙부들도 우리 영창도 다시 우리 곁으로 돌아오지는 못하옵니다. 원수를 갚는다 하나 목이 베인 저들이 염라지옥에 떨어져 당할 고통과 같으오리까? 어마마마

손에 피를 묻히지 마옵소서. 부처께서 어머님을 가엽고 가상히 여겨 우리 영창을 보우해주실 것이라 소녀는 그리 믿고 기도하였사옵니다. 속히 저들을 처형하라 명하시고 어마마마와 소녀는 이제 그만 기나긴 악몽에서 벗어났으면 하는 간절한 마음이옵니다."

"우리 가문과 혈육을 죽음으로 내몬 놈들이라 이 어미가 그만 분을 이기지 못해 가볍게 처신하고 말았구나."

인목은 공주의 눈을 들여다보았다. 큰 슬픔에 겨워 어린 정명의 상처와 슬픔을 잠시 잊었더랬다. 정명의 눈 속에 인목이 있고 인목의 눈에 정명이 있었다. 인목은 소리 없이 정명의 머리를 쓰다듬어주며 가만히 끌어안았다.

"네가 이 어미를 깨우쳐주는 부처로구나."

또다시 파발마가 형장으로 뛰어갔다.

"나라의 지엄한 국법을 늦출 수 없으니 형을 속히 시행하라."

이이첨은 아들들과, 유희분은 동생 유희발과 함께 망나니의 칼날에 목이 잘렸다. 몸부림치며 살고자 저항하던 박응서는 망나니의 칼을 피하려다 몸이 두 동강 났다.

정권을 농락하며 사리사욕에 여념 없던 대북파 관료 대부분이 참수형에 처했다. 어둠은 결코 빛을 이길 수 없다. 빛이 만들어내는 여유는 상처에 새살을 돋게 하고 어두운 기억에 대한 상흔을 엷어지게 하는 힘을 가져다준다. 경운궁에도 봄날 같은 평온이 찾아오면서 궁 안팎은 창덕궁으로 이어를 서둘렀다. 인목은 성찬으로 차려진 수라상을 마주하자 상을 되물리더니 앞으로는 소찬으로 대신하라 찬방에 일렀다. 가까운 이들을 모두 떠나보내고 홀로 목숨을 부지하고 있다는 자책감과 상실감은 내명부 최고 어른으로서의 화려했던 기억들을 하나하나 지워나갔다. 의복을 검

소히 하고 소식小食으로 끼니를 때우며 살뜰히 궁인들을 챙겼다. 서궁 시절 자신을 한결같은 마음으로 모시고 공경해주던 궁인들에 대한 고마움도 잊지 않았다.

세상이 바뀌면 그간의 원망과 원한이 물밀려 나가듯이 빠져나갈 줄 알았는데…… 마음은 공허하고 삶은 비루하기만 하구나! 오늘따라 유난히 까치 소리가 요란하니 반가운 연통이라도 왔으면 좋겠다. 내 어머님은 그 거칠다는 제주 바닷길을 잘 건너셨을까? 어머니!

인목이 손수 살구나무가 바라다보이는 들창문을 열자, 여린 순을 내민 가지 사이로 두 마리의 까치가 나뭇가지를 옮겨가며 울음소리를 내고 있었다.

"마마, 대비마마."

지밀상궁 여씨가 석어당 밖 댓돌 위에서부터 비명 같은 날카로운 소리를 내며 달려 들어왔다.

"무슨 일인가. 여 상궁? 밖에 또 난리라도 난 겐가?"

"마마, 잠시 나와 보셔야 할 듯하옵니다."

입은 웃고 있지만 눈은 놀라 토끼눈만 했다.

"오늘따라 여 상궁이 별나게 요란스럽구나. 주상이라도 발걸음하신 거라면 안으로 뫼시면 될 것을……."

보료 위에서 몸을 일으키며 여 상궁을 타박하던 인목은 고개를 들다 말고 다시 그 자리에 주저앉아버렸다.

"대비마마, 그동안 강건하셨사옵니까?"

생사를 수소문해달라 인조에게 직접 당부했던 인목의 친정 오라버니와 남동생의 안식구들이 들어선 것이다.

"살아 있었구려. 살아 있었어?"

말보다 왈칵 눈물이 앞섰다.

"대비마마!"

그녀들은 긴장이 풀려 무너지듯 주저앉은 채 절을 올렸다.

"이게 꿈은 아니지요? 어서들 오시오. 이리…… 이리 내 곁에 가까이들 오세요."

인목은 그녀들을 부둥켜안고 어깨를 다독였다. 그간 고생한 흔적이 역력한 그들의 손과 얼굴을 어루만지자 신음 같던 울음보가 다시 터졌다. 자신의 사나운 팔자로 인해 올케들에게까지 해를 끼쳐 지아비와 자식마저 잃고 생고생하게 한 것이 미안하고 또 미안해서 울었고 무사히 살아 돌아온 것이 기뻐서 또 울었다.

기쁜 일은 한꺼번에 찾아오는 것인가! 친정 식구들과 회포를 푸느라 정신이 없었던 그날 오후 한성부판윤이 세 명의 낯선 중을 데리고 경운궁을 찾아왔다. 소년의 티를 채 벗어나지 못한 두 동자승과 나이 든 중이었다. 잠시 뒷간을 다녀오마 하고 나가던 작은 올케가 제일 먼저 이들을 발견하고는 버선발로 뛰어나가며 두 팔을 벌렸다.

"천석아!"

그녀의 찢어질 듯한 비명과 가까운 외침에 정담을 나누던 내전 사람들 모두 누가 먼저랄 것 없이 자리를 박차고 뛰어나갔다. 죽은 줄만 알았던 인목의 오라버니 김래의 아들 천석과 군석이 살아 돌아온 것이다. 인목은 두 아이의 몸을 몇 번이나 돌려세워가며 무탈한지 확인하고는 연신 '고맙다. 고맙다'를 뱉어냈다.

"어떻게 그 난리를 피했더냐?"

"의금부 군사들의 추적을 피해 외갓집 다락방 틈새에 숨어들었다가 피신해 십 년 동안 치악산 영원사에 동자승으로 몸을 의탁해 신분을 속였사옵니다."

"잡히면 죽을 것이 자명한 일이었는데…… 이 어린것들이 얼마나 무섭고 외로웠겠느냐? 실로 너희들이 대견하고 장하구나."

두 조카의 손을 놓지 못하고 감격해하는 인목을 진정시킨 것은 정명공주였다.

"스님께서 제 외가 아우님들을 보살펴주셨는지요?"

나이 든 중을 향해 두 손을 모아 정중히 합장해 보이는 정명으로 인해 내전 사람들은 그제야 문밖에 서 있는 중에게 시선을 주었다.

"대비마마, 저희들의 은인이옵니다."

천석이 인목을 향해 나이 든 중을 소개했다.

"소승 원성이라 하옵니다."

인목은 다시 자리에서 일어나 원성을 향해 걸어갔다.

"고맙소. 내 진심으로 감사하오."

"대비마마. 저 원성스님께서 저희들을 외갓집 사지에서 구해내어 의금부 군사들의 추적을 피할 수 있도록 내내 동행하셨고 원주로 간신히 피신한 후에도 저희와 함께 불가에 귀의해 늘 지근거리에서 저희를 돌보아주셨습니다."

"스님! 우리 가문의 큰 은인이셨군요. 이 은혜를 어찌 갚으오리까?"

"대비마마, 인사가 늦었사옵니다. 절 알아보시겠는지요?"

원성은 머리에 썼던 큰 삿갓을 벗어 들었다.

"대비마마, 사가의 노복이었던 천돌이옵니다."

"자네가…… 아니, 스님이 천돌이란 말이냐?"

천돌의 얼굴을 확인한 인목은 놀라 몇 걸음 뒷걸음치는 듯싶더니 이내 허청거렸다. 인목을 대신해 칼을 맞고 백지장 같은 얼굴로 죽어간 달이를 떠올렸다. 사실 천돌은 경운궁에 들어서자마자 궁녀들 속에서 달이의 모습부터 찾았다. 행여 달이가 먼저 자신을 알아봐주지 않을까 가슴이 뛰었다. 인목을 따라 입궁하였지만 때가 되면 출궁하여 혼인하기로 약속했던 사이였다. 역모에 휘말리는 변고 중에도 달이와 천돌은 주인을 배반하지 않고 자신들의 자리를 지키며 본분을 다하자 약속했고 운명처럼 좋은 날이 오리라 여겼었다.

"달이를 지켜주지 못해서 미안하고 나만 살아서 미안하구나."

인목의 참담한 표정에 지밀상궁 여씨가 주인을 지키고자 의롭게 목숨을 내어놓았던 달이의 최후를 전하자 천돌은 어깨를 들썩이더니 끝내 울음을 터뜨렸다.

"내 마음도 천 갈래 만 갈래 이리 찢어져 곤죽이 되었는데 네 마음이야 오죽하겠느냐?"

"마마, 한시도 서궁 소식에 귀를 기울이지 않은 적이 없사옵니다. 긴 세월 숱한 고난과 위험을 감수해내며 버틸 수 있었던 것은 그 사람 때문이었사옵니다. 하나 저는 괜찮사옵니다. 달이가 목숨 바쳐 지키고자 했던 주인께서 이리 무사하시고 다시 궁을 호령하시는 것을 안다면 달이도 기뻐하지 않겠사옵니까?"

"두 사람을 진즉 엮어주지 못한 내 욕심이 원망스럽구나. 내게 준 달이의 꽃다운 목숨, 결코 잊지 않고 잘 지켜가마. 고맙고 미안하다. 천돌아!"

"마마, 이제 무거운 마음의 짐을 내려놓으시고 훌훌 털고 일어나시옵소서. 달이 또한 그리 바랄 것이옵니다."

"두 사람의 충심에 감복할밖에! 이보게, 천돌! 내 두고두고 갚겠네."

달이의 숨결과 흔적을 찾는 듯 경운궁 곳곳을 눈으로 둘러본 천돌은 모든 미련을 접고 유명 산천과 사찰을 찾아 그녀의 명복을 비는 것으로 여생을 보내겠다며 서둘러 길을 떠났다. 인목은 오래전 달이에게 자신이 하사했던 꽃신을 비단보에 곱게 말아 천돌의 봇짐 속에 넣어주었다.

믿지 못할 기적들이 계속되었다.

남동생 규의 아들 홍석이 살아 있다는 소식이었다. 삼대 멸문지화를 피해 당시 두 살이었던 홍석 역시 그의 외가로 피신해 있었다. 이미 죽은 남동생의 어린 혈육을 찾아 외가까지 급습했던 관병들은 집안을 쑥대밭으로 만들고도 홍석을 끝내 찾아내지 못했었다. 배포가 있고 현명한 여장부였던 홍석의 외할머니가 외손자를 자신의 치마폭 속에 숨겼다. 이후 아이가 죽었다 소문을 내고 장례까지 치르면서 먼 친척의 손에 맡겨두었다. 그렇게 구사일생으로 살아난 아이가 파주 장지산 아래 무녀 도화의 조카로 살고 있다는 연통이 전해진 것이었다. 천운이 따랐던지 연흥부원군 김제남의 시신의 행방도 찾을 수 있었다. 사돈인 서경주가 부관참시된 부원군의 시신을 목숨 걸고 수습한 뒤 경기도 양주 땅에 가매장해두었다는 소식을 가지고 달려왔다. 서러움과 원한에 그나마 위로가 되었다.

서궁에 갇혀 지내는 동안 세상 속에 혼자 버려져 고립무원이라 여기었었는데 상상도 못 했던 기적들이 속속 찾아온 것이다. 가문의 멸문지화로 상심하고 있던 인목에게 조카들의 소식은 세상을 다시 얻은 듯 큰 희망이 되었다.

죽은 줄만 알았던 조카들이 이렇게 다 살아 돌아왔으니…… 어쩌면 우리 영창도 어딘가에 살아 있지 않을까?

방망이질하는 가슴을 주체하지 못한 인목은 침전을 서성거리며 혹시나 하는 기대와 희망으로 쉬이 잠을 이루지 못했다. 나뭇잎 떨어지는 작은 소리에도 귀를 세우며 문밖을 확인하고 또 확인했다. 이 때문인지 경운궁에서는 이른 새벽 나인들의 비질이 금기시되었다. 작은 비질 소리에도 인목대비의 정신이 온통 영창대군의 발걸음일지 모른다는 희망으로 점철되었기 때문이다.

광해는 강화도로 위리안치되었다. 인목은 인조와 함께 창덕궁으로 이어하면서 굳게 닫혔던 경운궁 궐문을 십 년 만에 나섰다.

"대왕대비마마! 천세…… 천세…… 천천세."

"주상 전하! 만세…… 만세…… 만만세."

창덕궁 가는 길을 가득 메운 채 부복한 백성들이 소리 높여 인조와 인목의 행렬을 맞았다. 백성들의 환대에 목이 멘 인목은 가마의 휘장을 걷고 미소로 답했다. 눈가에 이슬이 맺힌 인목은 온몸에 춘설^{春雪}이 날리는 환상을 보았다. 숱한 감정들이 봄눈 녹듯 사라져가고 있었다.

나로 인해 너무나 많은 사람들이 희생되었고 세상에 너무 많은 빚을 졌다. 이를 언제 다 갚을꼬…….

창덕궁 돈화문 앞이 소란스러웠다. 갓 서른이 됨 직해 보이는 농부가 막무가내로 주상 전하의 알현을 청하고 있었다.

"소인은 강화도에서 올라 온 수생^{壽生}이라 하옵니다."

"한데 어찌하여 이 먼 곳 한양까지 올라와 무엄하게도 궁문 앞에서 떼를 쓰느냐?"

"꼭 주상 전하를 뵈어야만 합니다요. 나리!"

"그 지엄하신 분을 강화도의 천것이 함부로 알현할 수 있다고 보느냐? 곤장을 칠 일이로다."

"죽을 땐 죽더라도 이놈은 꼭 뵈어야겠습니다요."

"어허! 그래도!"

"나리! 이놈이 능창대군마마님의 생전 서신을 가지고 왔다 아뢰어주십시오."

때마침 지나던 의금부 도사로 인해 능창군 소식은 궁 안을 술렁이게 만들었다. 인조는 떨리는 가슴을 애써 누르고 상선을 보내 상황을 파악한 후 수생을 들라 명했다.

"네놈 말이 사실이더냐?"

"네 전하, 뉘 안전이라고 거짓을 고하겠습니까? 소인은 능창대군마마님이 유배된 가옥을 드나들며 잔심부름을 하던 관동이었사온데 대군께서 목숨을 끊기 전 부모님께 남기신 서신을 가져온 것입니다."

수생은 잘 보관된 서신을 품 안에서 꺼내 들었다. 고이 접혀진 서신을 펼치는 인조의 손이 심하게 떨렸다. 한눈에 보아도 능창군의 글씨였다. 그 서신 위로 인조의 굵은 눈물방울이 떨어졌다. 인조는 글씨가 번질세라 용포 소맷자락으로 눌렀다.

"네가 내 아우 전이의 죽음을 곁에서 지켰단 말이냐? 그래, 유배 생활은 어떠했더냐?"

"차마 입에 담을 수 없는 능욕을 당하셨습니다. 석회수로 지은 밥에 흙모래를 섞어 끼니로 던져주는 일이 다반사였사온데 그것은 도저히 사람이 먹을 수 있는 것이 아니었습니다."

"이런 쳐 죽일 놈들!"

"능창군께서는 매번 굶고 지내셨기에 가끔 수졸들의 눈을 피해 제가 던져 드린 주먹밥으로 겨우 연명을 하셨습니다."

"그만! 그만하거라."

인조는 더는 듣지 못하겠다는 듯 두 손으로 머리를 감싸 쥐었다. 그러나 수생은 눈물 콧물이 범벅이 된 울음 섞인 목소리로 말을 이어갔다.

"전하, 대군께옵서는 이런 치욕 속에 항상 이불 속에 머리를 파묻으시고는 사시나무 떨듯 떠시다가 '이 개 같은 세상, 이 더러운 세상…… 허울뿐인 왕손은 부질없고 썩어 문드러진 권력과 부와 명예도 다 필요 없다'

하시며 통곡으로 혼절하시는 일이 일상이셨습니다."

구 년 전 아우 능창군을 잃고 방황하던 그때의 슬픔보다 더 지독한 통증이 몰려왔다. 인조는 가슴을 움켜잡았다.

"자결하시기 전날 밤에 서신을 쓰시곤 은밀하게 소인을 불러 부모님께 꼭 전해달라 당부하셨사옵니다. 그러고는 그만 목숨을……."

더 이상 말을 잇지 못하고 감정에 겨워 수생은 어린아이처럼 꺼이꺼이 울었다. 간신히 마음을 추스른 인조는 상선을 통해 그에게 넉넉히 후사하라 명했다.

강화도에서 능창군의 서신을 가지고 왔다는 전갈에 인목은 촉각을 곤두세웠다. 어쩌면 영창에 대한 소식도 듣게 되지 않을까 하는 실낱같은 희망 때문이었다. 내관을 보내 궁을 나가려던 수생을 불러들였다.

"너의 충성심이 많은 사람을 감동시키는구나!"

"황송하옵니다."

"그 강화도 교동에 우리 영창대군도 유배를 갔었느니라."

"들어 알고 있사옵니다. 대비마마!"

"내 너에게 확인할 것이 있어 이라 불렀느니…… 혹 영창대군을 모신 적이 있느냐?"

"아뢰옵기 황공하옵니다. 소인이 직접 모신 적은 없사오나 대군마마님들의 묘는 소인이 남몰래 보살피고 있었사옵니다."

"대군마마들이라 함은?"

"영창대군과 능창군마마이옵니다."

"그래? 영창을…… 우리 영창을 네가 돌보고 있었더란 말이냐?"

얼마나 놀랐던지 인목은 한쪽 무릎에 밟혀 옷고름이 풀어지는 것도 모른 채 몸을 반쯤 일으켜 세웠다.

"좀 더 가까이 오너라. 그래, 우리 영창은 잘 있느냐?"

마치 살아 있는 자식의 안부를 묻는 듯 환하게 웃으며 수생을 바라보는 인목의 모습에 내전 궁인들 모두 안쓰러움 가득한 눈물을 찍어냈다.

"대비마마, 실은 영창대군마마님의 옥체를 수습한 이는 제 아비였사옵니다."

"네 아비라?"

"네, 아기씨의 죽음을 누구보다 비통해하시던 제 아비가 각별한 친분을 가지고 있던 그곳 수졸들과 함께 가매장을 하고 봉분을 만드셨사옵니다. 그러고는 그날로 군직을 내려놓으시고 강화도로 물러나 촌부로 살아가고 있사옵니다."

"고맙고 또 고마운 충의를 아는 백성이로구나. 그리고 너는 어떻게 능창군을 모시게 되었느냐?"

"아비가 숨어 사는 처지가 되시니 가족들의 생계가 막막하여 제가 강화 관아의 잔심부름꾼으로 들어갔사온데 얼마 후 능창군께서 역모죄로 교동도에 유배되셨습지요. 그때 소인이 수직병사들의 식사와 수발을 맡게 되었습니다. 간간이 소인이 대군마마께 제 끼니를 나누어 드렸다가 도리어 대군께 해가 되는 일도 있었지만 대군께서는 저를 아껴주셨사옵니다. 능창군께서 자진하시기 전날 밤에 잠시 잠깐 얼굴을 뵈온 것이 마지막이었사옵니다. 그 후 제 아비와 저는 두 분 대군마마님 묘소를 남몰래 돌보고 있는 것이옵니다."

"사람의 진심 어린 마음을 받는 일보다 더 아름다운 일은 없을 것이다. 너희 부자 덕분에 영창이 외롭지는 않았겠구나!"

인목은 약지에 끼고 있던 금가락지를 뺐다.

"이 가락지를 네게 주마. 이 가락지는 선왕이신 영창대군의 아버님께서 영창의 두 돌 때 내게 하사하신 것이지만 대를 이은 너희 부자의 의로운 인연에 고마움을 표하고 싶구나. 사양하지 말라."

수생이 물러간 후 인목은 또 한 번 옷소매를 적셨다. 죽었다 여기었던 조카들이 속속 살아 돌아오는 것을 보면서 영창도 어딘가에서 누군가의 도움으로 살아 있지 않을까 하는 기적을 고대하고 또 고대했다. 천불생무록지인(天不生無祿之人)이란 말을 마음에 새기며 직접 강화도로 건너가 영창을 찾아낼 희망에 들떠 하루하루를 버티고 있었었다.

금방이라도 풀어질 것 같았던 응어리는 더 단단해져 인목의 마음을 짓이겼다. 여러 날 자리보전하고 누워 지내던 인목은 불현듯 자리를 털고 일어났다. 가슴 깊이 서린 천추의 한을 자신의 손으로 매듭짓자 마음먹은 인목은 이십 년 넘게 보관해오던 금실 나비수 향낭을 불길 속으로 내던졌다. 똬리 틀듯 몸을 비틀며 검은 연기를 뿜어내던 향낭은 이내 한줌 재로 타올랐다.

참으로 질기고 지독한 인연이었다.

한 번도 내색한 적 없었다. 한 번도 아는 척한 적도 없었다. 필운동에 복사꽃 핀 봄날, 향낭으로 마음을 전해주던 붉은 노을 속 젊은 선비가 광해 당신이었느냐 물어본 적도 없었다. 한눈에 사랑을 가져간 열아홉 살 꽃 같던 처자가 인목 아니, 휘정 당신이었노라는 고백을 받아본 적도 없었다. 질기고 기나긴 마음의 끈이자 비밀의 숲이었고, 결코 맞받아칠 수 없었던 수평선과 지평선 딱 그만큼의 거리에서, 가슴으로 울던 짝사랑 같은 연정이었고 애증이었다.

폐주 광해가 위리안치된 강화도에 아들 영창을 한시라도 놔두고 싶지 않았던 인목대비의 심중을 헤아린 예조에서는 영창대군과 능창군 가묘를 가까이로 이장해 오기 위해 의례를 서둘렀다.

　인목의 지난 세월에 대한 기억은 쓰리고 아팠다. 무엇보다 십여 년 전 인목과 정명은 누비 바지저고리와 곱게 수를 놓은 버선을 강화도에 유배된 여덟 살 어린 영창에게 보냈었다.

　하지만 영창의 손에 닿기도 전에 악귀 같은 놈들의 손에 들어가 불 아궁이 속으로 던져졌고 뜨거운 구들방에 감금된 영창은 그로 더해진 불길에 고통스럽게 죽어갔다. 어미라는 사람이 아들을 화마의 열기 속에 죽어가도록 불쏘시개를 보태주다니, 아들의 수의를 만든 꼴이라니…… 이는 잊을 수 없는 비극이었다.

　그 후 인목은 방구들에 온기라도 전해지면 사색이 되었고 물 가득 채운 물동이를 곁에 두고서 새우잠을 잤다. 잠시 잠이라도 들면 검은 연기를 내뿜는 화마가 망령처럼 인목을 덮쳤다. 따라오지 말라고 악을 쓰고 소리치며 발을 굴러도 소용없는 악몽이 매일같이 이어졌었다.

　영창을 위해 할 수 있는 것이 무엇일까! 그 아이가 살아 있다면 지금 열아홉 살이다. 눈에 넣어도 아프지 않을 소중한 내 피붙이가 곧 어미 곁으로 돌아올 것이다. 그때만큼은 장성한 왕자의 의관을 입혀주고 싶다. 미처 입어볼 새 없이 세상을 떠난 적통 왕자의 대례복을 입혀야겠다. 그러면 내 아이 영창이 이승에서 못다 한 꿈을 저승에서라도 이루게 되지 않을까…… 지체 말고 서두르자.

"영창에게 입힐 옷이면 품이 이 정도쯤 되지 않겠느냐?"
"어마마마, 너무 크지 않을까요?"
"아니다. 정명아! 영창이 열아홉 살이니 이 어미의 곱은 될 정도로 훌쩍

컸을 것이다."

"어마마마! 곱은 너무 후하셨사옵니다. 아바마마쯤이면 어떻겠사옵니까?"

오랜만에 대비전에서 들리는 웃음소리가 봄날 꽃잎 날리듯 가볍게 흩날렸다. 인목과 정명공주는 강화도 교동도에 묻혀 있는 영창을 이장할 때 입힐 저고리와 의관을 손수 바느질하고 있었다.

"열아홉 청년이면 인생에 있어 가장 준수하고 한창 뜻을 피울 꽃다운 나이 아니더냐? 그래서 이 어미는 네 아우가 저승에서라도 고귀한 왕의 자손임을 알리고자 버선에 용을 수놓을 것이다."

인목은 하얀 이를 드러내며 환하게 웃었다. 진정한 용상의 주인은 영창이었다라는 심중의 말은 내뱉지 않았다. 정명공주는 어머니 인목대비가 이렇게 활짝 웃는 모습을 보았던 일은 아득히 멀었다. 영창이 비명에 떠난 후 인목은 웃음을 잃었다. 얼굴은 창백했고 아렸다. 그래서 더 슬퍼 보였다. 그런데 이제는 슬픔에서도 화려함이 묻어날 수 있다는 걸 알게 된 정명이었다.

"어마마마, 저는 왼쪽 속저고리에 진달래꽃 수를 놓아보겠사옵니다. 어마마마께옵서는 영창이 읽을 서신도 쓰시겠지요?"

해맑은 정명의 말에 미소로 답하던 인목은 목이 멘 듯 영창의 저고리에 얼굴을 묻고는 참고 참았던 속울음을 토해냈다. '아가야! 진달래꽃이 피면 널 보러 가마.' 십 년 전 영창에게 보냈던 서신이 생각났기 때문이었다. 그때는 그것이 마지막이 될 줄 꿈에도 몰랐었다.

생전에 보낸 편지는 영창에게 닿지 못한 채 불 아궁이 속으로 들어갔다. 그러나 나는 영창을 품에서 떠나보낸 적이 단 한 번도 없었다. 내 아이가 머나먼 천상에서 읽게 될 사연은 길고 길 것이다. 내 아들 의야! 네 누이와 꼭 너를 보러 가마. 기다려주겠니?

창밖으로 봄이 다시 살아나듯 춘설이 분분히 날리며 궁궐 가득 희디흰 융단을 깔고 있었다. 그리움은 강물보다 깊고 공기보다 고요했다.

인목대비는 제주 유배지에서 돌아온 어머니와 눈물로 상봉했다. 사돈인 서경주가 목숨 걸고 수습했던 아버지 연흥부원군은 원주 안창리 명당에 안장된 후 영의정으로 추숭되었다. 인목은 비로소 지아비 선조의 능을 찾아갈 수 있었다. 산 자와 죽은 자로 처음 만나 눈물 가득한 잔을 올렸다. 이후 경기도 광주 남한산 양지바른 곳에 묻힌 아들 영창의 묘를 찾아 체면도 잊은 채 대성통곡했다. 마주 선 동자석의 머리를 쓰다듬으며 영창의 무덤을 바라보는 인목의 애잔함은 영창의 혼백이 외롭지 않기를 바라는 어머니의 모습으로 남았다.

계해년(인조 즉위년, 1623)

인조반정의 공신 책정에 불만을 품었던 이괄이 군사를 일으켰다. 그의 무리는 도성에 들자마자 인목대비부터 혈안이 되어 찾았다. 흥안군을 용상에 올린 명분을 대비에게서 찾고자 했기 때문이다.

인조의 끈질긴 설득으로 피난길에 올랐던 인목은 이괄의 난이 평정된 후 다시 궁으로 돌아왔으며 정명공주는 세 살 어린 중추부동지사 홍영의 아들 홍주원과 혼례를 올렸다.

인조는 할아버지 선조를 닮아 의심이 많고 변덕이 심했다. 이에 총명한 정명공주의 안위를 걱정한 인목은 시와 서를 멀리하게 하고 아녀자의 본

분을 지킬 것을 누누이 강조했다. 주위의 관심에서 벗어나고 인조의 눈에서 비껴나 있는 것만이 혹시 모를 변란에 대비하는 일이었기 때문이다.

이후 펼쳐진 끊임없는 반목과 대립의 뒷이야기 그리고 반정에는 성공했으나 굴욕적인 치세를 펼쳤던 인조에 대한 평가는 독자의 몫으로 남겨두고자 한다.

임신년(인조 10년, 1632)

인목은 마흔아홉 살의 나이로 생을 마감했고 구리시 동구릉에 묻혔다. 그녀의 시호는 소성정의명렬광숙장정인목왕후(昭聖貞懿明烈光淑莊定仁穆王后)다.

인목대비의 유일한 혈육인 정명공주는 부마 홍주원과의 사이에 칠남일녀를 두었으며 왕실 어른으로 각별한 대우를 받으면서 여든세 살까지 살았다.

-끝

인목대비

그는 연모했고 그녀는 증오했다
광해와 인목의 이야기⋯

펴낸날	초판 1쇄 2020년 11월 14일
	초판 3쇄 2020년 12월 7일

지은이	이재원
펴낸이	심만수
펴낸곳	(주)살림출판사
출판등록	1989년 11월 1일 제9-210호

주소	경기도 파주시 광인사길 30
전화	031-946-1350 팩스 031-624-1356
홈페이지	http://www.sallimbooks.com
이메일	book@sallimbooks.com

ISBN	978-89-522-4251-8 03810

※ 값은 뒤표지에 있습니다.
※ 잘못 만들어진 책은 구입하신 서점에서 바꾸어 드립니다.

이 도서의 국립중앙도서관 출판시도서목록(CIP)은 서지정보유통지원시스템 홈페이지
(http://seoji.nl.go.kr)와 국가자료공동목록시스템(http://www.nl.go.kr/kolisnet)에서
이용하실 수 있습니다.(CIP제어번호: CIP2020046021)

책임편집·교정교열	최정원